江苏省『青蓝工程』中青年学术带头人项目
扬州大学『高端人才』支持项目
扬州大学出版基金

共同资助

# 世界经典电影文学导读

【第二版】

柏红秀 著

南京大学出版社

图书在版编目(CIP)数据

世界经典电影文学导读 / 柏红秀著. -- 2版. -- 南京：南京大学出版社，2017.8(2022.6重印)
ISBN 978-7-305-19184-8

Ⅰ.①世… Ⅱ.①柏… Ⅲ.①电影文学－文学欣赏－世界 Ⅳ.①I106.35

中国版本图书馆CIP数据核字(2017)第193856号

出版发行　南京大学出版社
社　　址　南京市汉口路22号　　邮编　210093
出 版 人　金鑫荣

书　　名　世界经典电影文学导读（第二版）
著　　者　柏红秀
责任编辑　刘　飞　蔡文彬　编辑热线　025-83686531

照　　排　南京开卷文化传媒有限公司
印　　刷　常州市武进第三印刷有限公司
开　　本　787×960　1/16　印张 16.25　字数 320千
版　　次　2017年8月第2版　2022年6月第2次印刷
ISBN　978-7-305-19184-8
定　　价　39.00元

网　　址：http://www.njupco.com
官方微博：http://weibo.com/njupco
官方微信号：njupress
销售咨询热线：(025)83594756

\* 版权所有，侵权必究
\* 凡购买南大版图书，如有印装质量问题，请与所购图书销售部门联系调换

# 序

　　此书初版后,得到了不少读者的认同,尤其是高校同行专家及在校大学生,如今得以再版,欣慰感动之余,更想就此书再版时所作的改进作一番简要的陈述。

　　随着DT时代的来临、移动互联网的迅猛发展,科技与教育之间的联系也变得越来越紧密。很多智者都在探索科技服务于教育的有效路径,近年来更是涌现出不少创新性的教学理念和教学方法,比如为教育界诸多人士所热议和大胆尝试的大规模在线开放课程(MOOC)、传统课堂与慕课有机融合的小规模限制性在线课程(SPOC)、追求碎片化和精细化的微课等。这些新理念和新方法的大力推广使教学工作变得更加地灵活有趣且高效便捷。

　　作为一部已经被不少高校使用的教材,它自然也应当跟上时代的步伐,做一个敢于尝试、勇于创新的先行者。

　　一直以来,笔者都是先进科技的热烈拥护者,十分期待当下的科技进步能够与人文学科充分融和,使人文学科充分发挥出"引领人心向上"的功能,进而使我们所生活的这个世界变得更加地生机勃勃,令人乐于居住。基于此,笔者一直都在思考如何将教学和实践有机地结合起来,使这本教材可以与时代的发展同步。所以在教学过程中,一方面会结合它的具体使用的效果及学生的阅读反应,来对本教材作更加精细的修改,另一方面也积极运用已有的教学设施和教学条件,来提升本教材的现代性。

　　此次再版,在内容和框架上大体仍保持了原有的面貌,但在行文和遣辞上作了更为细致的修定,力图使它准确流畅,简洁优美,增强可读性。所作的改进主要体现在它的数字化和立体化这两方面,具体工作如下:

一是专门配合本教材建立一个关联性极高的在线资源库。将与本教材相关的经典电影作品收集整理在一起，供阅读者随时随地赏析。这样一来，阅读者就能够在深入学习本教材之前，就有了一个良好的作品观看基础。

由于电影是叙事艺术，因而故事情节与人物形象是作品的关键。在多年的教学过程中，笔者带领广播电视专业的研究生就本教材作深入研读，并就其中的剧情介绍和人物形象重点作深入的研讨，终而将其中优秀的成果视频化，分成"剧情介绍"和"人物形象分析"两个系列，一并放入资源库中。这样一来，可使学习者对教材中涉及作品的故事梗概有相对明晰的掌握，对作品塑造的人物形象留有鲜明的印象。这个在线资源库内容十分丰富，既可以使学习变得自由灵活，也可以大大提升学习的效率。

二是为配合本教材的学习，又另外撰写《闪光的人性——世界经典电影主题探析》一书，并依托这两本书建成了《电影鉴赏》这门慕课。本书只是电影学习的入门课，因而它的撰写形式相对传统，分为"主要剧情"、"作品主题"、"人物形象"、"艺术特色"这四个部分。笔者力图在传统框架之下，讲解出自己个性化的独特理解。不少读者阅读以后，仍有意犹未尽感，所以应读者们的要求，笔者在这本教材的基础上又新撰了《闪光的人性》，以此来对本教材涉及的相关作品作系列的整体分析。《电影鉴赏》已放在相关网站上使用两年，本校平均每学期选课的学生近千人，使用效果极好。经笔者授权以后，读者可以登录专门的网站随时随地在线学习，做章节测试。近期，笔者又请人将《闪光的人性》中与本教材相关的内容作全文朗读，并且将之音频化。

关于本教材相关的电子资源库（经典影片、作品剧情介绍、人物形象分析）、配套的《闪光的人性》的全文音频资源，以及《电影鉴赏》相关教学视频，读者均可以从本教材每章节标题处所附的二维码扫码进入，自由获取。

期待这本在内容上精益求精、在形式上已实现数字化和立体化的再版教材，可以带给读者全新的学习体验，使学习本身成为一件意趣盎然且效果卓越的美事。

# 第二版前言

此书初版后，得到了不少读者的认可，尤其是高校同行专家及在校大学生，如今得以再版，欣慰感动之余，更想就此书再版时所作的改进作一些简要的陈述。

随着DT时代的来临、移动互联网的迅猛发展，科技与教育之间的联系也变得越来越紧密。很多的智者都在探索科技服务于教育的更多有效路径，近年来更是涌现出不少创新性的教学理念和教学方法，比如为教育界诸多人士所热议和大胆尝试的大规模在线开放课程(MOOC)、传统课堂与慕课有机融合的小规模限制性在线课程(SPOC)、追求碎片化和精细化的微课等。这些新理念和新方法的大力推广使目前的教学工作变得更加地灵活有趣且高效便捷。

作为一部已经被不少高校使用的著作，它自然也应当跟上时代的步伐，做一个敢于尝试、勇于创新的先行者。

一直以来，笔者都是先进科技的热烈拥护者，十分期待当下的科技进步能够与人文学科充分融和，使人文学科充分发挥出"引领人心向上"的功能，进而使我们所生活的这个世界变得更加地生机勃勃，令人乐于居住。基于此，笔者一直都在思考如何将教学和实践有机地结合起来，使这本书可以与时代的发展同步。所以在教学过程中，一方面会结合它的具体使用的效果及学生的阅读反应，来对本书的文字内容作更加精细的修改，另一方面也积极运用已有的教学设施和教学条件，来提升本书的现代性。

此次再版，在内容和框架上大体仍保持了原有的面貌，但在行文和遣辞上作了更为细致的修定，力图使它准确流畅，简洁优美，增强可读性。所作的改进主要体现在它的现代性上，这包括数字化和立体化两方面，具体如下：

一是专门配合本书建立一个关联性极高的在线资源库。凡是与本书涉及的经典电影作品能够运用网络进行收集的，都努力地整理在一起，以供阅读者能够随时随地地赏析,使阅读者在深入学习本书之前,就有一个良好的作品观影基础。同时由于电影是叙事艺术,因而故事情节与人物形象是作品的关键所在。在多年的教学过程中,笔者一直带领广播电视学专业的研究生就本书作深入地研读,就其中的剧情介绍和人物形象重点作系列地探讨,最后将其中的优秀成果给视频化,然后将之分成"剧情介绍"和"人物形象分析"两个专题,一并放入到资源库中。这样一来,可使学习者对本书中涉及作品的故事梗概有相对明晰的掌握,对作品塑造的人物形象留有鲜明的印象。

相信有了这个内容丰富的在线资源库,学习就会变得更加地灵活自由,从而大大地提升学习的效率。

二是为配合本书的学习,又另外撰写《闪光的人性——世界经典电影主题探析》一书,并依托这两本书建成了《电影鉴赏》这门慕课。本书只是电影学习的入门课,因而它的撰写形式相对传统,分为"主要剧情"、"作品主题"、"人物形象"、"艺术特色"这四个部分。笔者力图在传统框架之下,讲解出自己个性化的独特理解。鉴于不少读者阅读以后,仍有意犹未尽感,所以应读者们的要求,笔者在这本书的基础上又新撰了《闪光的人性》,以此来对本书相关的作品作系列的整体分析。《电影鉴赏》这门慕课已放在相关网站上使用了两年多时间,这几年扬州大学平均每学期选课的学生达千人,使用效果极好。经过笔者授权以后,读者可以登录专门的网站随时随地进行在线学习,做相关的章节测试。近期,笔者又请专门的人将《闪光的人性》中与本书相关的内容作全文朗读,并将之音频化。

所有关于本书相关的电子资源库(经典影片、作品剧情介绍、人物形象分析等),与之相配套的《闪光的人性》的全文音频资源,以及《电影鉴赏》相关教学视频等,读者均可以从本书所附的二维码扫码进入后,自由获取。

期待这本在内容上精益求精、在形式上已实现数字化和立体化的再版著作,可以带给读者全新的学习体验,使学习本身成为一件意趣盎然且效果卓越的事情。

作　者<br>2017年8月

# 第一版前言

　　生活在这样一个资讯发达的时代,我们既自感幸运又无比惆怅。幸运的是,每天都可以通过多种途径阅读到艺术作品;惆怅的是,在快节奏与高强度的生存境遇下,面对汗牛充栋的艺术作品,常常不知所措。如何高效率地挑选出经典从而避免与低俗和平庸为伍,似乎成了当代人阅读的一个难题。事实上,在一个人人有机会阅读的时代,经典依然能够激起人们强烈的阅读兴趣和由衷的敬意。无论是著名专家的推荐,还是权威机构的排行榜,或是对大众阅读趣味的分析,其宗旨无非是想帮助普遍读者更加快捷地拣选出经典。

　　就当代艺术类别而言,融现代技术与诸种艺术于一体的电影无疑是一枝独秀,倍受现代人的青睐。动辄几亿的票房收入、红极一时的明星、独具风格的导演……这些为人们所津津乐道的娱乐话题,已经将电影与现代人的生活紧紧地融为了一体。"万人空巷"的场面显然已经不足以形容当下电影事业的蓬勃发展。这样一来,电影经典便成为当下最为关注的话题之一。

　　谈到电影,学术界对于其本质是"技术还是艺术"这一话题显然怀有极高的热情,历来争论不休,而且还在继续着。然而,大众对此却不甚留意。这就好比欣赏一幅绘画,很少有人会去关注颜料的构成或纸张的来源;聆听一首歌曲,大家似乎也不太会去考察生产演奏乐器的工艺程序。关于电影本质的话题,大众似乎满足于这样的一个共识就已经足够:电影诞生于技术,但艺术才是它的生命;电影借着技术的"东风",正昂首阔步地向艺术圣殿奋力迈进。基于这样的理解,大众在欣赏电影时往往更加注重它的艺术而非技术。

　　电影是一门综合的艺术样式,与之相似的还有西方的戏剧与东方的戏曲,它们均有着悠久的历史。虽然电影的历史极短,但是较之戏剧与戏曲,它在艺术的康庄大道上走得更快更远。可以毫不夸张地说,电影将综合艺术推向了一个前所未有的高峰。置身其中,人们常常会情不自禁地如此赞誉电影:如诗如画,如歌如泣,如梦如幻……

虽然电影融合了音乐、绘画、舞蹈、建筑、文学等诸种艺术元素,但其中的文学元素却拥有显赫的地位,它是电影的核心元素。关于这点,只需做一项小小的实验便可知晓。当观众们正在观赏电影时,如果突然将声音关闭,而且将上面的字幕一并抹去,这时你就会发现,绝大多数观众会因为看得云里雾里而心生痛苦,最终能够坚持把整部作品看完的寥寥无几,更谈不上获得美的享受。关于这点,我们还可以从很多方面得到验证。比如很多的经典电影改编自文学作品,而这些文学作品在电影作品产生之前就早已广为人知;一部电影风靡以后,与它同名的文学作品会迅速问世,以满足大众更多的阅读渴望;在电影制作过程中,编剧有着突出的地位;从事电影教学与研究的人往往都受过系统的文学训练;即便有了一流的导演、优秀的演员和尖端的摄影器材,可是如果没有一个好的故事,"默默无闻"将是这部电影无法避免的悲惨结局!

所谓电影的文学元素,说得简单直白点,就是它讲述了怎样动人的故事,塑造了哪些鲜明的人物形象,表达了何种深刻的主题,又有着什么独特的艺术技法。因此,了解电影的文学性,既是欣赏电影的起点,也是欣赏电影的重点。

基于上述的这些理解,本书精心挑选了16部世人所公认的世界经典电影,紧扣住"文学"来对它们进行逐篇细读,以此推进学生们对电影艺术的深入理解,一并提升他们的人文艺术素养。

由于所选的电影作品均来自国外,故关于人名与地名的翻译可能与原著不尽一致;同时受课时设置的限制,经典电影并不能全部网罗;另外,限于本人的学养与精力,所作分析可能仍存在不少疏漏或欠精准的地方。以上这些不足,敬请读者谅解,真诚期待大方之家斧正!

作　者

# 目 录

**《泰坦尼克号》文学导读** …………………… 1
    一、主要剧情 ………………………………… 1
    二、作品主题 ………………………………… 4
    三、人物形象 ………………………………… 7
    四、艺术特色 ………………………………… 11

**《英国病人》文学导读** …………………… 13
    一、主要剧情 ………………………………… 13
    二、作品主题 ………………………………… 16
    三、人物形象 ………………………………… 19
    四、艺术特色 ………………………………… 22

**《埃及艳后》文学导读** …………………… 26
    一、主要剧情 ………………………………… 26
    二、作品主题 ………………………………… 30
    三、人物形象 ………………………………… 35
    四、艺术特色 ………………………………… 39

**《人鬼情未了》文学导读** ………………… 42
    一、主要剧情 ………………………………… 42
    二、作品主题 ………………………………… 46
    三、人物形象 ………………………………… 48
    四、艺术特色 ………………………………… 50

## 《钢琴课》文学导读 …………………… 53
　　一、主要剧情 …………………………… 53
　　二、作品主题 …………………………… 57
　　三、人物形象 …………………………… 60
　　四、艺术特色 …………………………… 63

## 《一夜迷情》文学导读 …………………… 67
　　一、主要剧情 …………………………… 67
　　二、作品主题 …………………………… 70
　　三、人物形象 …………………………… 72
　　四、艺术特色 …………………………… 76

## 《廊桥遗梦》文学导读 …………………… 79
　　一、主要剧情 …………………………… 79
　　二、作品主题 …………………………… 84
　　三、人物形象 …………………………… 89
　　四、艺术特色 …………………………… 92

## 《克来默夫妇》文学导读 ………………… 95
　　一、主要剧情 …………………………… 95
　　二、作品主题 …………………………… 99
　　三、人物形象 …………………………… 104
　　四、艺术特色 …………………………… 107

## 《辛德勒名单》文学导读 ………………… 112
　　一、主要剧情 …………………………… 112
　　二、作品主题 …………………………… 118
　　三、人物形象 …………………………… 124
　　四、艺术特色 …………………………… 128

## 《为你朗读》文学导读 …………………………………… 131
一、主要剧情 …………………………………… 131
二、作品主题 …………………………………… 138
三、人物形象 …………………………………… 143
四、艺术特色 …………………………………… 146

## 《黑天鹅》文学导读 …………………………………… 149
一、主要剧情 …………………………………… 149
二、作品主题 …………………………………… 155
三、人物形象 …………………………………… 159
四、艺术特色 …………………………………… 164

## 《贫民窟的百万富翁》文学导读 …………………… 168
一、主要剧情 …………………………………… 168
二、作品主题 …………………………………… 173
三、人物形象 …………………………………… 176
四、艺术特色 …………………………………… 181

## 《末路狂花》文学导读 …………………………………… 184
一、主要剧情 …………………………………… 184
二、作品主题 …………………………………… 189
三、人物形象 …………………………………… 193
四、艺术特色 …………………………………… 195

## 《只要在一起》文学导读 …………………………………… 199
一、主要剧情 …………………………………… 199
二、作品主题 …………………………………… 203
三、人物形象 …………………………………… 208
四、艺术特色 …………………………………… 211

《雨人》文学导读 ……………………… 215
 一、主要剧情 ……………………… 215
 二、作品主题 ……………………… 217
 三、人物形象 ……………………… 220
 四、艺术特色 ……………………… 223

《肖申克的救赎》文学导读 …………… 225
 一、主要剧情 ……………………… 225
 二、作品主题 ……………………… 231
 三、人物形象 ……………………… 235
 四、艺术特色 ……………………… 239

第一版后记 ……………………………… 242

第二版后记 ……………………………… 244

# 《泰坦尼克号》文学导读

## 一、主要剧情

看电影

家喻户晓的泰坦尼克号沉没以后,一家著名的打捞公司用了三年时间在大西洋里打捞它,最后终于在船上找到了那只寻觅已久的保险箱,这使大家非常兴奋。但是让全体成员大失所望的是,里面并没有他们一心想要的价值连城的"海洋之星"。就在这时,从保险箱里拿出的一幅佩戴着"海洋之星"的女人裸体素描引起了他们的兴趣。他们通过卫星向全世界展示了这幅绘画。一位年过百岁的美国老妇人罗丝·卡维特在家中无意间从电视上看到了这则新闻。她非常震惊。她打电话给打捞公司,说自己就是画中人。这使打捞公司的老板布洛克又重新燃起了希望。他不顾员工的反对,用飞机将老人接上船,希望能够找到继续打捞这颗钻石的线索。

《泰坦尼克号》电影海报

老妇人来到船上,看到了那幅画以后,准确地说出了这颗钻石的所有人。这原本是一个高级的商业机密。她因此得到了大家的信任。原来,她是匹兹堡钢铁大亨奈森·霍克理儿子的未婚妻,这颗钻石本来是赠给她的订婚礼物。工作人员向她精确地讲述了泰坦尼克号沉没的原因及过程。八十四年以后,作为那场灾难为数不多的幸存者,面对海中沉没破败的泰坦尼克号,她耐心听完讲解以后,也触景生情地进行了一番感人的描述。她的讲述使在场的人大吃一惊,原来那是一场人祸而非天灾。

事情要追溯到八十四年前,也就是一九一二年,世界上最豪华的游轮泰坦尼克号建成后,时人将之誉为"梦幻之船"、"不沉之船",对它充满着期待。它载着二千二百名乘客从英国出发,进行首航,目的地是美国的纽约。泰坦尼克号的建造商伊士美和设计师安德鲁都参与了这次航行。为了更好地宣传泰坦尼克号,伊士美一心要制造爆炸性新闻。他游说即将退休的船长,建议让船全速前进,提前到达纽约。一心想光彩退休的船长于是不顾"引擎是新的,须跑顺才好"这一常识,欣然接受了伊士美的建议。途中,船员向船长递上了冰山警报,但这并没有引起船长的足够重视。26年的航海经验使船长变得极其自负。他认为冰山在这个季节里极常见,即便遇到也可以及时躲避。由于途中眺望镜丢失,船员们只能靠肉眼进行观察。当他们深夜看清前方冰山后发出警报时,一切都已经太迟了!船因为舵太小根本就避让不了,结果一头撞上了冰山,船身严重受损。设计师安德鲁知晓船上的五个舱全部进水后,他告诉船长情况十分危急,泰坦尼克号最多两个小时必将沉没。船长下令全体船员组织紧急撤离。由于最初造船时,为了美观起见,只在船上放了够一半乘客用的救生艇,所以这时只能确保部分乘客可以撤

正在沉没的"泰坦尼克号"

离。而在危急时刻,大家又发现救生艇一旦载满乘客,便会发生严重倾斜。所以最终被撤离的乘客只有七百名。泰坦尼克号沉没以后,一千五百人随之落入冰冷的海里。坐在救生艇里面的人害怕被落水者拉下水,所以二十艘救生艇最终只有一艘划回来进行救援。一千五百名落水者中最终获救的仅六人,而罗丝就在其中。

作为一位头等舱里的乘客,罗丝原本可以在第一时间坐上救生艇逃命。但她为何会不幸地落入大海,最终又因何被救起,这里面又有一个与泰坦尼克号的辉煌与沉没息息相关的感人故事。年迈的罗丝在向人们讲述泰坦尼克号沉没原因的同时,也将这个故事讲了出来。

原来罗丝是一位没落贵族的小姐。她在母亲和未婚夫卡尔的陪同下登上了泰坦尼克号,前往费城出席盛大的订婚仪式。卡尔是匹兹堡一位钢铁大亨的儿子。虽然罗丝坐的是头等舱,但是她却非常苦闷,因为目前的生活以及未来的婚姻都不是她想要的。

一天深夜,她再也无法忍受下去,独自狂奔到船头,打算跳海自杀。正当她面对漆黑的大海犹豫之际,躺在椅子上仰望天空的流浪画家杰克意外发现了她。他上前进行劝说,最终打消了罗丝的自杀念头。可是就在杰克伸手拉罗丝时,罗丝意外踩空。尽管她后来被杰克及时拉住,但是仍十分惊恐地大声尖叫。结果警察被惊动,前来救援。随后卡尔也赶来了。卡尔以为是杰克想非礼自己的未婚妻,就让警察把杰克抓了起来。情绪有所稳定的罗丝不想恩将仇报,于是灵机一动,谎称自己是趴在栏杆上看船头推进器时不慎滑落而被杰克救起来的。在罗丝的建议下,卡尔邀请杰克第二天与他们一起共进晚餐。后来罗丝找到杰克,对他表示感谢,还顺便观看了他的画册,并给

杰克参加头等舱宴会,很绅士地向罗丝行礼

予了很高的评价。晚上,杰克如期赴约。他在宴会上谈吐幽默,不卑不亢,令罗丝印象深刻。宴会结束以后,杰克悄悄约罗丝去三等舱参加舞会,罗丝玩得非常开心。卡尔和罗丝的母亲知晓两人交往后,共同对罗丝施压。罗丝决定不再与杰克联系。杰克非常伤心,罗丝也怅然若失。后来罗丝又去找杰克,并将杰克带回自己的房间。她戴上卡尔送给她的"海洋之星",让杰克给她画一幅裸体画。此时卡尔的手下束福杰正在四处寻找他们。他们画好画以后,把画与钻石一起放到保险箱里,然后逃跑。无意间来到了游轮的货仓里。两人在那里心生爱意,以身相许。罗丝决定到下一站就立刻下船,与杰克远走高飞。但不幸的是船撞上了冰山,即将沉没。当他们打算把这个坏消息告诉罗丝的母亲和卡尔时,卡尔却心生诡计,让束福杰把钻石偷偷地放到杰克的外套里,说杰克偷了他的钻石。杰克有口难辩,被束福杰带到地下船舱里铐起来暴打。束福杰最后戴着手铐的钥匙扬长而去。船员要罗丝穿上救生衣上救生艇,罗丝不顾妈妈的哀求和卡尔的反对,决定去寻找杰克。罗丝不顾生命危险,最终

发现杰克被冻死了,罗丝非常伤心

救出了杰克,与他一起逃生。后来她又被卡尔送上了救生艇,但是仍然不忍心抛下杰克,所以又跳到即将沉没的泰坦尼克号上,与杰克一起逃命。卡尔非常愤怒,想杀死他们。罗丝与杰克最终得以脱身,一起来到船头。船沉没以后,杰克在冰冷的海水中四处寻找罗丝,将她推到身边唯一的木板上。虽然自己身处冰冷的海水里,杰克却一直给罗丝打气,要她不要对生活失去信心。后来杰克死去,命悬一线的罗丝听到前来救援的声音以后,从身边死人嘴里拿起哨子吹起来。尽管罗丝母亲与卡尔都得救了,但罗丝并没有与他们相认。她将自己的名字改为罗丝·道森以纪念死去的杰克。这场灾难使罗丝的人生改弦易辙。此后,她做演员,结婚生子,一直在一座小镇上过着平静的生活。罗丝后来还从报纸上了解到卡尔的一些消息:他结婚后继承了庞大的家业,后来受股灾的影响吞枪自杀。

　　罗丝讲述的故事,让在场所有的人热泪盈眶。年迈的罗丝回忆起这段鲜为人知的往事时,仍然满怀深情,她认为是杰克彻底拯救了自己。打捞公司老板布洛克的内心也受到了巨大的震动,他终于明白了泰坦尼克号真正伟大之处,巨大的精神收获使他决定放弃继续打捞钻石。年迈的罗丝带着对杰克的强烈思念,在夜深人静时独自走到甲板上。她将一直藏在身上的"海洋之星"抛入大西洋。完成了多年的心愿以后,罗丝最终如杰克临终前所希望的那样寿终正寝。

## 二、作品主题

　　这部影片的主题显然是爱情,不过这一主题是放在一个金钱至上的商业社会背景下展开的。一家打捞公司运用高科技打捞一些著名的沉船。虽然他们对外堂而皇之地宣布是为了获得关于过去的秘密,实际上就如人们所说的那样是想发死人的财。因此,他们在打捞泰坦尼克号时,最想找的是船上的那只保险箱。当他们发现保险箱里并没有"海洋之星"时,老板布洛克顿时流露出失望和尴尬的表情,他的团队也一下子由此前的狂欢陷入死一般的沉默。当年迈的罗丝告诉布洛克自己就是画中人时,打捞队的一位工作人员对此充满怀疑。他认为这不过是一位老妇人想借此出名或是骗钱而已。布洛克之所以会让罗丝来到船上,也是在巨大的利益面前权衡再三后做出决定的。毕竟罗丝可能是唯一知道这颗钻石线索的人了!这些功利的举措和想法显然都是身处现代商业社会的人常有的。所以罗丝这位见证过泰坦尼克号的辉煌与沉没的奇女子,能够在临终前将她保守多年的动人心弦的爱情故事公布于世,其实不过是个意外。只是这场爱情故事比世界名钻还珍贵。它感动了在场所有的人,让人们经历一次深刻的心灵洗礼之后,最终开始思索起人生。是啊,人生应当关注的是精神情感,而非物质欲望。

当然,这场爱情一路坎坷,进行得并不顺利。其中最大的阻力是两人的阶层差别。罗丝是一位贵族小姐,受过严格的贵族教育,她的人生一直由精明的母亲负责规划。她此时登上泰坦尼克号,是为了赴费城出席自己的订婚仪式。她将要嫁给富甲一方的贵公子卡尔。卡尔对于美丽聪慧的罗丝显然是非常满意的。为了赢得美人心,他在登船之前还购买了价值惊人的钻石"海洋之星"送给她。"海洋之星"重五十六克拉,极其贵重,原来属于路易十六。不仅如此,卡尔还对罗丝说,只要她用心去爱他,他什么都可以给她,而且什么都能给她。因此在船上,罗丝过的是锦衣玉食的生活。整天与社会名流一起聚会,不是吃饭喝茶就是舞会聊天。而杰克呢?他是一位贫困的画家,无亲无故,四处流浪。他曾到巴黎追逐过艺术梦,但最终还是失望而归。他最大的财富就是随身携带的画册,可偌大的世界却没有人愿意正眼瞧一下,连回家的船票都是靠赌博赢来的。所以当杰克第一次见到罗丝,从三等舱的甲板上向一等舱远远投去爱慕的眼光时,同伴就笑说:"老弟,甭想了,你连接近的机会也没有!"以世俗的标准来看,他们一位灿若星辰,一位低如尘埃。

当他们因为一次偶然的机会而惺惺相惜、进而产生爱慕之情时,罗丝身边的人便采用各式各样的方式来阻挠。比如罗丝的母亲,她非常了解罗丝,看出罗丝对杰克流露出亲近之情,便一心想要拆散他们。在宴会上,她故意向大家说杰克是住在三等舱里的,并且假装热情地询问他的经济状况,想以此来当众羞辱杰克,让他知难而退。此计不成以后,她又找罗丝单独谈话。她强调家中经济处境艰难,企图利用罗丝的善良和自己的眼泪博得罗丝的同情,以拆散他俩。比如卡尔,他一直派手下严密监视罗丝,发现罗丝与杰克有了接触以后,更是提高警惕。当他得知两人一起到三等舱参加派对时,便强迫罗丝答应自己以后不要再跟杰克交往。遭到罗丝的拒绝以后,他竟动起粗来,企图使她屈服。后来他又派手下将前来看望罗丝的杰克赶走。再后来更是栽赃杰克说他偷了自己的钻石,并让手下人将杰克带到船舱里铐起来。在灾难来临时,他的手下扔下杰克,想让海水淹死杰克。等到发现两人还是不愿意分开时,他又故意装着关心,与杰克一同将罗丝骗上救生艇,然后将杰克扔在死亡线上,自己密谋用钱买通船员后逃生。看到这些手段都不能奏效后,他恼羞成怒,打算开枪杀死两人。总之,阻碍这场爱情的既有天灾也有人祸。

然而,世界上的一切都不能拆散他们!

因为这样的爱情纯洁无瑕,两人都有颗金子般的心。罗丝,虽然出身高贵但却超凡脱俗,不为世俗所浸染。身处空虚无聊、低俗至极的名流中,她毫不心动,拒绝与这些人同流合污。对于那些内心善良的底层人,她能待之以平等尊重。当她发现杰克不但救了她而且还帮她保守秘密时,便主动到三等舱向他道谢。虽然在画界,杰克名不见经传,但是她却认真地观看他的作品,并且对他的才华给予真诚的肯定。到了三等舱里,她能与穷人们打成一片,其乐融融。灾难来临时,看到母亲与卡尔对于他人的生命毫不顾惜,她对此做出了非常尖锐的批评。得救以后,她也没有与他俩相认。而杰克,虽然是一位浪迹天涯的穷画家,受尽挫折和苦难,却仍然关心身边更为不幸的人。巴黎街头不幸的人成为他的艺术源泉,他用自己的画笔表达了

杰克带罗丝来到船头,让她领略飞翔的感觉

对他们的同情与关怀。当他遇到痛苦的罗丝以后,便迫切地想帮她解除捆绑在身上的沉重枷锁,好让她过上幸福的生活。在罗丝打算跳海自杀时,素不相识的杰克竟然为了救她而愿意与她一起跳下去。即便因此受了冤枉也不解释,事后也不向罗丝邀功求赏。知晓罗丝所处的生存状况,他明知自己一文不名,并不能给罗丝的生活带来强有力的物质保障,但是却不因此放弃。他怕罗丝那样热爱生活的心最终被扼杀掉。他之所以要留在罗丝的身边,仅仅是想确定罗丝真的是幸福的,而不是为了自己。到了后来,当罗丝请他作画时,面对一丝不挂的罗丝,他持敬重之心,非常专心地绘画。事后想也没有想就把价值连城的钻石放回了保险箱。所以,两颗高贵的灵魂最终互相吸引。

这样的爱情坚如磐石,两人都愿意为对方付出一切,包括生命。当他们决定到下一站就一起下船时,灾难突然降临了。最初,罗丝作为头等舱的乘客已经被送上了救生艇。但是一想到被卡尔栽赃抓走的杰克此时生死未卜,她毅然放弃了逃生的机会,返回已被海水漫进即将沉没的船中,不顾生死去寻找杰克,终于将杰克救了出来。后来情况更加紧急,卡尔再次将她送上救生艇,她还是放弃了独自求生的机会,

年迈的罗丝

要与杰克生死与共。杰克明知卡尔是用计将罗丝骗上救生艇的,但是为了能让深爱的人活下去,他掩藏住内心巨大的不舍,依然故作轻松地与罗丝挥手道别。后来看到罗丝不愿意离他而去,他悲喜交加,不顾一切地带着罗丝在船上四处奔跑寻找逃命的办法。落水以后,他在拥挤的人群里四处寻找罗丝,拼命将她拉到安全地带,把身边唯一的木板让给罗丝,而自己则浸在刺骨的海水里。苦苦等待,看到的却是死亡在肆虐,加上身体渐渐麻痹,罗丝意志开始变得消沉。杰克虽然一直浸泡在冰冷的海水里,但他一心想到的却是罗丝的安危。他仍然强打起精神乐观地给她打气,要她承诺自己好好活下去,永不放弃。杰克死后,罗丝看到有人来救他们,已经气若游丝的她为了实现对杰克的诺言,毅然坚强地翻身下去,拿起死人嘴里的哨子,拼尽全力吹起来。逃过劫难的罗丝最终按照杰克的遗愿,隐姓埋名,结婚生子,长命百岁,寿终正寝,度过了健康而平静的一生。杰克临死前,内心充满的都是对罗丝的爱。而罗丝即便年迈,一旦回忆起往事,心中充满的亦是对杰克无尽的爱。

"你跳,我也跳",就是对这场生死契阔爱情的最好诠释!

相爱的人在任何时刻都会毫不思索地信任对方。

珍贵的爱情,永远能让人看到希望,让人拥有健康活下去的信心,让人能够时刻感受到人生的美好!

## 三、人物形象

这部影片出现的人物数量很多,但是每一位形象几乎都被塑造得鲜明独特。

首先是罗丝。她是一位没落的贵族小姐,不但美丽,而且还多才多艺。她接受过严格的大学教育,博览群书,酷爱艺术,尤其是绘画。她喜欢收藏画作,将它们随身携带着,即便乘船长途旅行。她对绘画有很高的鉴赏能力,对于默默无闻的杰克作品非常赞赏。对于当时一些前卫的学说,比如颇受争议的弗洛伊德学说等,她也比较关注。她的性格经历了一个丰富发

年轻的罗丝

展的过程。起初,她是苦闷压抑的。她极其聪慧,对外界有着很强的感悟力。发现自己身处在一群精神空虚、道德低下、自私伪善的人群中,她非常难过。但是年轻且涉世未深的她却找不到突破的办法,只能进行消极的抵抗。比如,当众在宴席上吸烟,以毁掉昔日的淑女形象,用弗洛伊德的观点讽刺造船商伊士美的浅薄,在深夜里狂奔到船头想跳海自杀。多年的贵族教育使她习惯于在人群里小心地掩饰着自己的内心,因而人生倍感压抑。尽管内心极其痛苦,她却不轻易跟别人提及。即便后来杰克出现了,她对他仍然很难一下子敞开心扉。杰克看到她对于自身的状况欲言又止,于是便关切地问她是否爱卡尔,她突然觉得受了冒犯,愤怒地想要离开。最终是杰克的真诚、坦率让她放下戒心,逐渐表现出热情奔放的一面。比如她在三等舱参加派对时,不但与男人们一起喝酒,而且还疯狂地跳舞,当众表演高难度的舞技等。一旦知晓了自己想要的生活,她便很快成为一位有主见、勇敢坚强的女性。面对卡尔的暗中监视,她义正词严地提醒对方,自己是他的未婚妻,不是受他随意摆布的厂里工人。面对卡尔的粗暴及恐吓,她亦毫不惧怕屈服。当她决定与杰克一起远走高飞时,即便是面临灾难也毫不动摇。面对卡尔的责问"你宁愿做那小混混的妓女吗",她坚定且自豪地回答道:"总比做你的妻子好。"她曾有两次机会逃生,但是她都没有为之心动。她的坚强,观众可以从几乎快要冻僵的她翻落大海、从死人嘴里拿起哨子用力吹响时坚定的眼神里看出来。另外,她经历海难时才十八岁。八十四年以后,她经历了漫长的人生风雨,却依然乐观、自信、幽默。这亦可以说明她的坚强。

自由自在的杰克

其次是杰克。这是一位穷苦的年轻人,十五岁父母双亡,从此无亲无故,浪迹四方。这是一位潦倒的画家。虽然有着很好的绘画才华,也想追逐心中的艺术之梦,为此还特地去了艺术之都——巴黎,但是他并不被时人认可。尽管身逢不幸,他却没有丝毫颓废,一直保持着积极乐观的心态。你看,他一路尖叫着在最后五分钟冲上最豪华的轮船,兴奋地在船头观看与船角逐的鲸鱼,享受地躺在椅子上看大海上满天的繁星。他身无分文,行走天涯,靠运气吃饭,为自己能够拥有健康的身体和画画用的纸张而心怀感恩之心。即便后来置身于一群头等舱的社会名流中,他仍然不卑不亢,幽默风趣,谈吐自如,甚至还骄傲地向他们宣扬自己的生活理念。他鼓励大家随遇而安,相信运气,珍惜光阴,好好享受眼前的生活等等。他极富同情之心,总是关心那些身处贫困痛苦中的人们,用手中的画笔挥洒着对他们的同情。在灾难之际,仍然不忘帮助那些需要关心的人。他可以为了一位小孩而停下逃生的步伐,也可以为拯救朋友而全力以赴。尤其,他还非常痴情。当看到罗丝被周遭的生活环境折磨得生不如死时,尽管罗丝出于生活的惯性对他有所拒绝,但是他始终陪在她的左右,一心要把她从苦难中拯救出来。在灾难来临时,他所想到的只是让罗丝活下去。临终前他告诉罗丝,能够赢得船票并遇到她是自己一生中最美好的事,即便葬身海底也毫无遗憾。他鼓励罗丝要好好地活下去,希望罗丝能够子孙绕膝,延年益寿。当罗丝坚持不下去时,他说"不要这样,现在还不是说再见的时候"、"你要答应我,你会活下去"、"不管未来希望多么渺茫……永不放弃。"杰克的乐观、善良、极富牺牲精神,如同一阵清新芬芳的风吹进罗丝沉闷浑浊的生活,荡清了她心中的阴霾,使她从此看清了人生应当努力的方向。杰克不但拯救了罗丝的生命,还拯救了罗丝的人生。罗丝因他而拥有了完整健康的人生。

其次是卡尔。他出生于美国,是匹兹堡钢铁大亨的儿子,享有庞大家族产业的继承权,极为富有,上船时随身携带的行李就达十二箱。他送给罗丝的订婚礼"海洋之星"更是贵重得吓人。他自视为新时代的皇族,在费城所举办的婚宴邀请了五百多名上流人士。然而物质的富有并不能掩盖他知识的浅薄。他是一个充满铜臭味的人,除了商业与政治以外,一无所知。对于滋润精神的艺术作品,仅仅以是否值钱作为优劣与否的衡量标准。作为一名商人,他显然是非常精明的。总是随身带着保险箱,连买给罗丝的订婚礼物都要提前买上保险,而且还与保险公司签下保密协定。后来,逃难时还不忘吩咐手下人去买份保险。为了能够从杰克手里夺回罗丝,他在人前故意假装风度,让罗丝先走,并悄悄地将宝石放到罗丝的口袋里,然后想扔下杰克,买通船员独自趁乱离开,好人财两得。虽然他对罗丝说,只要罗丝用心去爱,他可以给她一切。实际上,他小气得要命,锱铢必较。当罗丝说出杰克是自己的救命恩人时,他只给了二十块钱就想把杰克给打发走。后来即使罗丝对此进行了讽刺,他也只是十分不情愿地邀请杰克去参加晚宴。而且,他根本就不懂爱情。明知罗丝一路上非常不开心,却对此不闻不问。他不但没有帮助身处精神困境中的罗丝,相反他还派手下对罗丝进行监视,竭力限制罗丝的人身自由。此后,当他发现罗丝与杰克越走越近时,他对罗丝的态度也一步步变得霸道恶劣。除了使用语言的恐吓以外,还使用起暴力来。他曾两次动手打罗丝,一次是知道罗丝跟随杰克到三等舱参加派对以后,一次是看到杰克为罗丝画了裸体画以后。最后,甚至使用了谋杀,想开枪把两人都打死。实际上,他压根儿就没有把罗丝当作爱人来平等对待,用心去爱护。他城府很深,且工于心计。这尤其表现在拆散罗丝与杰克上。他自己不能给罗丝以幸福,看到罗丝与杰克越走越近时,却非常愤怒,想出了恶毒的阴谋拆散他们。先是栽赃杰克偷了他的钻石,让手下将杰克带到船舱里铐起来,想让杰克与船一起沉入大海。后来又骗罗丝,说他已经将杰克也安排好了,然后把罗丝送上救生艇,而自己则单独拿钱买路逃生。此外,他还非常冷血残酷。当罗丝告诉他们救生艇只能救一半人时,他一点儿也没有悲悯,反而厚颜无耻地说能够活下来的都是好的(指富人),死的都是坏的(指穷人)。他奉行"好汉自己创造好运",为达到目的不择手段。除了设计陷害杰克以外,在逃难时,他甚至用重金买通船上的长官来逃生。此计行不通以后,他竟十分无耻地抱了一位与自己毫无关系的孩子,谎称自己是孩子唯一的亲人,最终蒙混上船。

  接着还有罗丝的母亲。这是一位没落家族的贵妇人。面对沉重的债务,她非但不想自食其力,而且还千方百计地养尊处优。为此,她将未来押到了唯一的女儿罗丝身上。她严格地教授罗丝各种贵族礼仪,甚至让她接受大学教育。这些在母爱和亲情精心包装之下的付出,其实目的只有一个,那就是钓一个金龟婿。所以当罗丝与富商之子即将订婚时,她洋洋得意地将之作为经验传授给其他贵夫人。可见,她是一位极其自私的母亲。宁愿牺牲罗丝一生的幸福,也不愿自己去承受生活的一丝苦难。她骨子眼里的这种自私自利,在灾难降临时暴露无遗。她明知救生艇只能救一半的人,知晓自己有机会登上救生艇时,面对船上其他人因为恐惧而表现出来的无序和混乱,她竟然不知羞耻地询问救生艇是不是也分等级坐。她不仅自私,而且还非常虚伪。骨子眼里看不起暴发户玛格丽·布朗,但是脸上却丝毫不流露出来。当她与同伴们聊天时,看到玛格丽向她们走过来,她立刻谎称自己要去甲板上散步,以避免与之接触。对于穷小子杰克,她毫不尊重,充满鄙视,在宴会上提出了一系列让杰克极其尴尬的问题,比如"你住在哪里"、"你怎么有钱生活旅行的"、"你喜欢这样四处漂泊吗"等等。

  再次是玛格丽·布朗。她是一位暴发户,因为丈夫在西部发现了金矿而变得富有。拥有巨大的财富以后,她便挖空心思想跻身于贵族行列。不料却受到了贵族们的排斥,他们把她称为"新贵族",以与自己相区别。但是她毫不介意,仍然极力地讨好贵族们,努力与他们打成一片。在聚会时,她会用一些粗俗的金钱笑话逗他们开心。即便受到排斥,她也假装毫不知情。对于穷困者,她有一定的同情之心,喜欢帮助别人。得知杰克要赴名流的宴会,她十分热情地将自己儿子的衣服借给他穿,还教他如何使用餐具等。在撤离时,她帮助身边的人上船,坐在救生艇上也想着去救那些落水的人等。

  除了上述人物之外,作品还塑造了其他一些人物。比如船长。他有着丰富的航海经验,是一位非常严肃谨慎之人,但是在临退休前却一时丧失了理智,做出了危险的决策。对于自己的失职,他勇于担当,最终与泰坦尼克号共存亡。再如设计师安德鲁。他极富有才华,但意志不坚定。所提交的设计方案被无理否定后也没能坚持,这使自己精心设计的杰作最终毁于一旦。他对此非常自责,最终放弃了逃生机会,葬身海底。再如造船商伊士美。他才疏学浅,竟然以为弗洛伊德是船上的乘客,让在座的人大跌眼镜。他喜欢夸耀,结果所夸赞的泰坦尼克号初次试航就以沉没告终,这使他哑口无言、无地自容。另外,还有无名的年迈贵族,他在死前无比从容镇定。还有那些乐师们,他们舍生忘死,用音乐抚慰大难中的人们等。

## 四、艺术特色

关于此片的艺术特点,主要讲两方面。一是它独特的叙事结构。影片由三个故事构成,由一个故事牵出另一个,再由另一个牵出下一个。起先讲述的是打捞公司如何在大西洋一只沉没的船里寻找钻石的故事。先是讲他们通过高科技找到了船上的保险箱,但结果却一无所获。后来老板不甘心,又想从一位百岁老妇人那里打听线索。结果听完老妇人讲述的人生经历后,老板却做出了放弃继续打捞钻石的决定。接着讲的是老妇人听完打捞公司工作人员对泰坦尼克号失事原因的分析之后,作为亲身经历者,她给出了另外一种解释,其中牵涉到当时在船上的许多人,有造船商、设计师、船长、船员以及乘客等。这个故事非常生动,触及丰富的人性,比如善良、关爱、怜悯、虚荣、自私、冷酷等。在灾难来临时,它们全部给释放了出来。最后又是一个故事,即讲述者本身的逃难历程和人生往事。这三个故事,可谓一个比一个精彩,一个比一个感人,最好的那个故事被精心地藏在最里面。这种巧妙的叙事结构,极富魅力,能够充分调动观众的好奇心,激发他们的观看热情。

二是它的重要道具。将片中这三个故事串起的是一个重要的道具,它就是价值惊人的钻石——"海洋之星"。打捞公司在大西洋上劳作三年,目的是寻找钻石。年迈的罗丝之所以能受到打捞公司的邀请八十四年以后重临泰坦尼克号的出事地,也是因为她知晓钻石的秘密。这颗钻

**佩戴"海洋之星"的罗丝**

石是卡尔在登上泰坦尼克号之前买的,并购买了保险。船沉以后,卡尔报失并得到了赔偿。打捞公司由保险公司保存的赔偿文件推断,钻石当时应与船一起沉入了大海,所以

他们才会坚持打捞三年。这颗钻石不仅受到打捞公司关注,而且还被当事人罗丝珍视,因为它与自己的爱情密切相关。先是卡尔赠钻石以图俘获罗丝不羁的心,后来罗丝戴上钻石请杰克给她画画,由此两人定情。卡尔见状,便声称钻石失窃,从而栽赃杰克偷钻石以拆散两人。灾难来临时,卡尔又把钻石装在外套里逃生,结果却无意间将外套披到了罗丝身上。罗丝在不知情的情况下披着装有钻石的外套,与杰克一起逃亡。得救以后,罗丝才知晓自己拥有这颗价值连城的钻石。此后,她一直将之珍藏着,以此来纪念她所深爱的杰克。事隔八十四年以后,年迈的她再次来到沉没地点,却将世人苦苦寻觅的钻石抛向大海。打捞公司后来也放弃了打捞这颗钻石。

当然"钻石"在影片中的功能,不仅是一个道具,而且还是一个极巧妙的隐喻。在世人的眼里,这是一颗价值连城的钻石。但是在相爱的人眼里,它却有时轻如鸿毛,有时重如泰山。卡尔以为用此就可以赢得美人归,即便无情地束缚她、不尊重她。但是,令他没有想到的是,罗丝并不看重它。起初看到它,罗丝只是有点吃惊,戴着它沉思了一会儿,后来也只是将它作为绘画的道具佩戴过一次。罗丝遇救上岸,虽然发现钻石就在口袋里,但是劫后余生的罗丝宁愿选择做职业女性,过普通人的生活,也没有将它变卖。罗丝之所以会珍藏着这颗钻石,也并不是因为它值钱,而是因为它是自己十八岁爱情的唯一见证。罗丝只是以此来思念和缅怀深爱的杰克。不仅罗丝,杰克对之亦是如此。当罗丝说它很贵时,他只是将之作为艺术品来鉴赏把玩。当罗丝把它戴在脖子上躺在沙发上,杰克满眼看到的只是罗丝而不是钻石。画好画以后,他想也没想就把它放到保险箱里。这颗钻石显然是他们爱情的试金石。当卡尔以世人的心态将之视为至宝,说杰克偷了它时,罗丝一点儿也不相信。杰克后来问罗丝为什么会相信他时,她的回答是杰克不可能那样做的。年迈的罗丝之所以不惜使了个小小计策,重返泰坦尼克号失事现场,也是为了完成一个心愿。临终前她要把这颗世人万般向往拥有、爱慕不已的钻石投向了大海。是啊,在这个世界上,只有葬身海底的杰克,只有那段与沉船一并发生的美好爱情才配拥有它。

钻石在海底闪闪发光,似乎向世人昭示:真爱如钻,光芒永放!

# 《英国病人》文学导读

## 一、主要剧情

看电影

故事发生在二战期间,此时盟军正在与德军展开最后的激战,军队伤亡惨重。这场战争给盟军战地医院加拿大籍女护士安娜造成了巨大的痛苦。她先是听到男友战亡的噩耗,后来又目睹了好友珍因误入雷区而被当场炸死的惨景。安娜因此对生活几乎失去了信心。

安娜所在的部队要将病人全部转移到意大利。途中,一位生命垂危的病人引起了安娜的关注。这位病人是在驾驶英国飞机飞越撒哈拉沙漠时被德军击落的,当地人将他救起以后送到了盟军医院。当时这位病人的身体被严重烧伤,救活以后连自己的国籍甚至姓名都忘记了,人们只好把他称为"英国病人"。

安娜看到这位英国病人身体非常虚弱,根本不能承受长途颠簸。考虑到当时战争已经结束,所以

《英国病人》电影画报

她不顾队友的劝阻决定,暂时离开队伍,与病人一起留下来。她把病人安置在路边一所废弃的修道院里,打算好好照顾他,等他死后再重返队伍。修道院里安静的环境和安娜的悉心照顾,使病人的记忆逐渐得到了恢复。安娜渐渐对这位病人有了更多的了解。

原来这位病人是一位匈牙利籍的历史学者,名叫拉兹罗·德·艾马殊,是一位伯

爵。作为国际沙丘勘探协会的一员，他放弃闲适的生活跟随探险家好友马驿来到撒哈拉沙漠进行科学考察。他平静的生活随着两位新成员的加入发生了巨变。他们是由"皇家地理学会"推荐来协助他们绘制地图的一对新婚夫妇。丈夫叫杰夫，是一位飞机师，妻子叫凯瑟琳·嘉芙莲，年轻、貌美且博学。凯瑟琳的机智、风趣不但给协会成员带来了很多的快乐，同时也深深地吸引了沉默寡言的艾马殊。

　　后来国际沙丘勘探协会的资金出现了危机，杰夫便以筹集资金为由独自离开了一周。凯瑟琳随着大家一起到沙漠里考察。艾马殊意外发现了一个留有大量游泳绘画的原始人山洞，这使大家非常兴奋。但在返回途中，不幸出了意外，两辆车在沙漠里翻车抛锚。大家只好兵分两路，一路回去寻找救援，一路留在沙漠里等待。为了减轻回车的重荷且让丈夫全力前来救援，凯瑟琳决定留下来。凯瑟琳把自己摹画的原始山洞游泳图送给艾马殊，却被对方拒绝了。晚上沙漠里刮起了沙尘暴，凯瑟琳只好与艾马殊躲在小小的驾驶室里。为了打发时光，一向不爱讲话的艾马殊，竟然陪凯瑟琳说了很多话。第二天清晨，因为车轮的痕迹被一夜狂刮的风沙覆盖，前来救援的同伴们没能及时发现他们。凯瑟琳非常担心，但有着丰富沙漠经历的艾马殊劝她安心，并请求凯瑟琳把她的画送给自己，这让凯瑟琳非常吃惊。后来他们发现同伴的车被沙埋了起来，于是一同奋力抢救。凯瑟琳将画放入艾马殊日记时，无意间发现了一张纸条，上面写着好多缩写字母"K"。凯瑟琳对此十分好奇。晚上，救援的人仍然未到。看到艾马殊仍在期待杰夫能开飞机救他们，凯瑟琳于是告诉他一个秘密。杰夫此时并不在开罗，他的真实身份是一位英国间谍。飞机也不是她父母送的结婚礼物，而是来自英国政府。他们加入协会是为了替英国政府弄到北非的航空地图。她问艾马殊日记中的"K"是不是指她。艾马

艾马殊邀请凯瑟琳跳舞

殊对此默认了。很幸运的是，救援队伍最终找到了他们，他们得以重返开罗。回到开罗以后，艾马殊对凯瑟琳又恢复以前彬彬有礼、敬而远之的态度。但是随着凯瑟琳的造访，艾马殊再也无法控制自己。激情过后，两人进行了深入的交谈。当艾马殊说自己最恨的事是占有与被占有时，凯瑟琳听后难过极了，头也不回地走了。此后好长一段时间，他们都没有见面。但是，两

人均深陷相思而不能自拔。在圣诞节的庆祝宴会上,两人再次激情相拥。此后他们时常暗中约会。为了庆祝结婚一周年,杰夫悄悄带着鲜花回家,想给凯瑟琳一个惊喜,结果却发现了这个令他伤心的事实。不久,凯瑟琳担心杰夫得知此事会伤心绝望,于是不顾艾马殊的反对,主动提出了分手。艾马殊受到了沉重的打击,以至于后来在同事宴会上口不择言,当众失态。即使艾马殊苦苦哀求,凯瑟琳也没有同意与他继续交往下去。艾马殊只好用工作来麻醉自己。

后来战争爆发,协会的研究工作受到严重影响,大家纷纷离开。马铎也接到英国政府的通知放弃了考察工作回国。临走之前,他把北非地图和一架飞机留给了艾马殊。艾马殊不顾战争危险继续在沙漠里考察。杰夫从开罗开飞机来接他,他把凯瑟琳也带上了,说是要给艾马殊一个惊喜。其实饱受情感折磨的杰夫此时已经丧失了理智,他想让三人同归于尽。当杰夫开着飞机向艾马殊撞过去的时候,艾马殊无意间发现情况不对,结果躲避及时,逃过了劫难。最后,杰夫随着飞机坠毁当场死亡,凯瑟琳也受了重伤。艾马殊把凯瑟琳从飞机上救了下来,安顿到原始山洞里。

直到此时,艾马殊和凯瑟琳才明白,两人从来不曾忘记过对方。艾马殊非常伤心,决定不惜一切代价拯救凯瑟琳。他马不停蹄地走了三天三夜,才走出沙漠,遇到了英国军队。但令他始料未及的是,他独特的姓氏以及焦急的态度引起了英军的怀疑,英军误把他当成了德国间谍,将他当场打昏并押上开往德国的火车。心急如焚的艾马殊后来假装上厕所,借机杀死了看守他的士兵,最终从车上跳了下来逃生。为了实现自己对凯瑟琳的诺言,他用马铎留给他的北非地图跟德国人换了汽油,然后开着马铎留给他的飞机再次来到原始山洞。但是一切为时已晚,凯瑟琳已经不幸辞世。艾马殊只能痛哭着将凯瑟琳的尸体抱出山洞,带上飞机。他打算将她带回她日夜思念的故乡,给她最隆重的葬礼,以实现她的遗愿。但是因为飞机上印有英国旗帜的标志,所以在途中遭到了德国军队的炮击。最终,艾马殊被严重烧伤,并失去了记忆。

**伤心的艾马殊抱着凯瑟琳的尸体走出原始山洞**

安娜被艾马殊断断续续的讲述深深地吸引着、感动着。就在安娜照顾艾马殊期间,修道院里还来了一位不速之客,他是加拿大间谍,代号为"会友"。他一直在寻找艾马殊,想把他杀死以报仇雪恨。原来艾马殊把地图交给德军以后,发生了一系列意料不到的悲剧。首先,德军势如破竹地攻占了盟军的总部,造成盟军的巨大损伤。其次,会友身份暴露后被德国人抓去。会友遭受了严刑拷打,还被剁去了手指。同时,马铎得知艾马殊把地图给德军后国家蒙受了巨大的损失,心怀内疚,最终饮弹身亡。后来,杰夫夫妇又突然双双辞世。这一系列的事件让会友误以为艾马殊是混入协会的德国间谍,利用与马铎的友谊干出了上述的一切,是所有悲剧的缔造者。可是当会友了解事实的真相以后,他却再也无法对艾马殊下毒手。

艾马殊恢复记忆以后,便沉浸在对凯瑟琳的刻骨思念中。他请求安娜将所有的吗啡注入体内以早日结束自己的生命,与他深爱的凯瑟琳团聚。最后,艾马殊躺在床上,听着安娜给他读凯瑟琳临终时饱含深情所写的日记,平静地离开了人世。

安娜在照顾艾马殊期间,逐渐从先前痛苦中走了出来。后来她还遇到了一位印度籍拆弹中尉基普,并与他产生爱情。但是战后形势仍然很严峻,基普的伙伴因为庆祝战争胜利而意外被德军遗留下来的炸弹炸死了,这使基普非常地难过和自责,他决定重新回到非常危险的拆弹岗位上。安娜最终与他冷静地分手了。艾马殊去世以后,安娜在会友的帮助下离开了修道院,去追随自己的队伍。

## 二、作品主题

为了救凯瑟琳,艾马殊花了三天三夜
步行走出沙漠

作品主题是爱情,但是与和平时期的爱情不一样,它发生在战争中。对这场爱情而言,战争是一把双刃剑。它既让凯瑟琳与艾马殊偶然相遇,心生情愫,又让他们饱受痛苦,最终双双死亡。

凯瑟琳之所以会出现在艾马殊的身边,给他的人生带来天翻地覆的变化,是因为战争。英国政府为了获取北非航空地图以取得战略上的优势,以"皇家地理协会"的名义将杰夫派打入国际沙丘勘探协会。凯瑟琳作为他新婚的妻子,陪他一起前往。艾马殊与凯瑟琳因而相遇相爱但是最终战争又彻底毁灭了这场爱情。二战爆发以后,协会的科学探险活动立刻受到影响,协会被迫解散,只有艾马殊还坚持留在沙漠里作考察。此时,所有的外国人都有可能被当成间谍。所以当艾马殊知晓凯瑟琳对自己的浓情蜜意,想把被撞成重伤的凯瑟琳救出沙漠时,他却被英军当成了德国间谍给抓了起来,这使他失去了拯救凯瑟琳的大好时机。不仅如此,当艾马殊想方设法将凯瑟琳带上飞机,想把她送回家乡安葬,以实现她的临终遗愿时,飞机又被德国人当成英军的给击落了。

所以战争成了这场爱情的最大阻力。除此之外,这场爱情还备受道德的煎熬。杰夫是艾马殊的同事,这使得艾马殊对凯瑟琳的爱情有所顾忌。当他情不自禁地爱上凯瑟琳之后,他宁愿将这种感情写进日记,封锁在心里,也不愿意流露出来。他一直小心翼翼地掩饰着自己内心的那份激情。明明是担心凯瑟琳一个人逛市场有危险,他却假装偶遇,一路相随,直到她回到宾馆才放心。当凯瑟琳把画送给他、并邀请他到家中作客时,他都礼貌地予以拒绝。后来,凯瑟琳想在他家留下来陪他,他也持反对意见。不仅如此,他的好友马铎发现他对凯瑟琳怀有特殊情感,小心试探并善意提醒他,这更是增加了他的内心负担。所以当他与凯瑟琳分手之后,虽然每晚都心如刀割,但他仍然坚强隐忍着。不仅艾马殊如此克制,凯瑟琳亦是如此煎熬。她与杰夫青梅竹马,情同手足,杰夫在人前从不掩饰对她强烈的爱意。所以她爱上艾马殊以后,对杰夫充满了愧疚。为了逃避爱情,她甚至请求杰夫立刻将她带离沙漠,返回家乡。为了不伤害杰夫,她还不顾艾马殊的反对,主动地提出了分手。即便后来艾马殊苦苦哀求,她仍坚持当初的分手决定。所以,他们虽然相爱,但是道德压力却让他们相聚得少别离得多,欢乐得少痛苦得多。

另外,两人生活观念的差异也是这场爱情的阻力之一。艾马殊是一位严谨的学者,凯瑟琳是一位博学的知识女性。他们对于很多事物早已形成了独特的理解,因而相处时难免会发生意见分歧。比如对于形容词功能的理解。两人初次见面,就对此进行了争论。艾马殊认为形容词"妄加修饰,于事无补",在撰写学术论文时基本上不用。但是凯瑟琳却认为形容词有着独重要的功能。她说同样是爱,但"浪漫的爱"、"纯洁的爱"、"反哺的爱",它们的内涵各不相同。再如对待爱情的态度。面对内心不可抑制的爱意,艾马殊充满愧疚,既非常渴望又竭力抗拒,所以在很多场合表现得极其不自然。当他看到杰夫把凯瑟琳留在沙漠里独自离开时,他竟然对此进行了抗议,表情极其焦虑烦躁。当凯瑟琳将自己的画送给他时,他明明觉得它们很精美,却拒绝接受。与艾马殊不一样,凯瑟琳则听从自己的内心,对于正在发生的一切采取顺其自然的态度。当她发现艾马殊反应异常时,她要他不必过意不去,顺其自然好了。另外,当两人真的被对方吸引

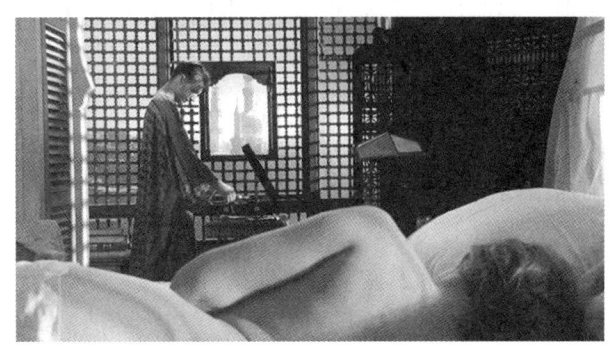

艾马殊在自己房间里给凯瑟琳放民谣

时,艾马殊却不想受爱情的束缚,不想因为突然而来的爱情而放弃原来无拘无束的生活。但凯瑟琳却对此极不赞同。听完艾马殊的这番话,她愤然离开。然而爱情的力量是巨大的,它能将两个原本平行生活的人变成心灵交汇的人,心甘情愿地为了对方改变自己。凯瑟琳接受了艾马殊的观念,提出两人互不占有。但是就在此时,艾马殊却产生了强烈的占有欲。他不但要占有凯瑟琳的一切,而且再也不愿意分手。被迫分手以后,他对凯瑟琳的思念到了朝思暮想的程度。可见,观念的差异给两人的爱情带来了不小的波澜。

　　上述这些阻力使这场爱情显得万般沉重。然而,可贵的是爱情轻盈如云雀,扶摇直上九重霄,最终两人做到了灵肉合一、生死相随。艾马殊不仅放弃了自己恪守多年的信条,而且还不顾好友的劝说,飞蛾扑火般投入了爱情的怀抱。他如此渴望占有凯瑟琳的一切,从身体到心灵,"你让我意乱情迷"、"我要请求国王把它们赐给我"、"凡是属于我的,我都要占有"。不仅艾马殊为爱情疯狂,凯瑟琳亦是如此。明知到自己的举措会给善良的丈夫带来巨大的痛苦,但凯瑟琳还是情不自禁地要去艾马殊家里找他,并且一次又一次地暗中赴约。尽管两人最终被迫分手,但是爱情如奔腾江水,岂有止息的时候?两人的相思从未有过退潮的时刻:一个人总是在人群中默默地四处寻觅,用如炬的目光守望着爱人;一个人则时常从梦中惊醒,嘴里留有对方的余香。爱人赠送的绘画、贺卡被放在随身携带的日记本里;对方赠送的一只破针箍被视为至宝,一直挂在脖子上,如影相随。一个人尽管被殴打、被扣押,仍然会一诺千金,不辞生死地赶到爱人的身边;一个人尽管病痛缠身、长夜漫漫,仍然饱含深情地写下相思,坚信爱人

艾马殊与凯瑟琳暗中约会

一定会回来。即便可怕的死亡也不能熄灭他们心中的爱情之火!凯瑟琳最后是那样快乐地拥抱死亡,因为她相信到天国就可以与爱人无拘无束地相伴同行;艾马殊是那样渴

望地奔向死亡,因为只有在天国才能够与日夜思念的爱人永不分离。

真爱如同烈火,能融化世间所有的枷锁,最终走向自由。爱情其实就是两个人完全的占有与被占有,中间容不得半点空隙。自由的爱情实际上就是两心毫无间隔地融为一体,比翼自由飞翔。尽管以世俗的标准来看,艾马殊与凯瑟琳的爱情最终以悲剧收场,但是人们都会为它唱一支颂歌。它不但深情浪漫,而且庄严肃穆。凯瑟琳与艾马殊最终奔向了死亡。但死亡并没有使这场爱情褪色,反而给它镀了金、着了色,令其熠熠生辉。观众在动容之际,对之心驰神往。是啊,有什么比两个相爱的人永不分离来得更可贵呢?无论是在人间还是天堂,只要永不分开就好。这场爱情的第一位倾听者,此前对生活近乎绝望的安娜,就深受感染,不但走出了痛苦,而且在苦难的岁月里还与印度籍军官发生了一段浪漫的爱情。即便最终与爱人分手,也丝毫没有削弱她对生活的坚定向往。故事结束时,安娜是那么的镇定从容。艾马殊和凯瑟琳的这场爱情让她学会了冷静地面对苦难,进而成长为生活的强者。这就是高尚的爱情,它总能给人带来无限的光明和希望!

总之,这场爱情曲折传奇,内涵丰富,饱含深情。它不仅让当事人刻骨铭心,而且还让观众沉醉其中,经久回味。

## 三、人物形象

这场电影塑造了许多个性鲜明的人物形象。首先是艾马殊。他博学多才,专业造诣很高,拥有极高的语言天赋,精通多国语言;他生性孤介,不擅于和别人交流。虽然身处艰苦的沙漠之中,从事近乎枯燥的学术生活,他却持一种享受的态度。他是一位真正的国际主义者,毫不关心时事政治,也不关注自己的国籍,只醉心于自己的学术探究。即便周围已经战火纷飞,他也丝毫不受影响。在严谨冷漠的学者外表下,他藏有一颗炽热深沉的心。面对爱情,他万般温柔:会将爱情悄悄地记在日记本中,会精心编织各式各样的故事讲给凯瑟琳听,会为凯瑟琳缝补衣服,情到深处还会自唱自吟,会把凯瑟琳送的每一件礼物都随身携带。面对爱

艾马殊在沙漠学术考察

情,他无限痴情:他对凯瑟琳的身体怀有强烈的占有欲,分手后完全承受不了打击,在同事们面前竟然一度失控,连好友马铎也为他极度担心;看到凯瑟琳与其他男性跳舞,会心生嫉妒到发疯的程度;他对凯瑟琳不离不弃,一诺千金,不惜为之付出生命。即便他身体严重烧伤,记忆全失,他仍然会记得凯瑟琳是他的"妻子",记得她临海的美丽家乡。除此以外,他还是一位重情重义的男子,听到好友马铎因为自己把地图给德国人而自杀身亡,极度内疚,心如刀割。即便杰夫想要用飞机撞死他,而且还将他深爱的凯瑟琳撞成重伤,他仍然将杰夫从飞机的残骸里弄出来,让对方死得体面。可见,艾马殊是一位心怀高尚情操的学者。正因为如此,即便被烧得面目全非、命悬一线,他仍能深深地吸引住年轻的安娜。

其次是凯瑟琳。她是一位娇艳美丽、心智聪慧的女子。在没有见到艾马殊之前,就已经阅读了他的学术论文。看到艾马殊在篝火晚会上凝视她,并在暗中跟踪她,后来又在日记中又记有"K"的缩写字母,她已经明白艾马殊对自己的深情厚谊。在爱情方面,凯瑟琳与艾马殊的深沉内敛不一样,她热情奔放,大胆追求。虽然杰夫很爱她,但是特殊的身份使她的生活有着难以言说的沉重。正如她后来对艾马殊所言,杰夫在人前的所为,其实带有很多表演的成分,他们的婚姻生活其实并不如表面上那样浪漫轻松。很多时候,间谍身份的杰夫并不能陪伴她左右,而且她连他去往何处都无从知晓。所以,

美丽智慧的凯瑟琳

她常常要忍受新婚后的生活孤寂。不仅如此,她还得勉强适应干燥炎热的非洲沙漠生活。说实话,她对于沙漠生活并不是十分喜欢。所以当杰夫说要带她回家时,她渴望回的是自己临海的家乡,因为她喜欢绿荫和雨水。所以临终前,她请求艾马殊将她带回家安葬在自己童年生活过的花园。因此,当她发现艾马殊爱上自己、而自己亦爱着艾马殊时,她便勇敢地奔向了爱

情。她会不露声色地创造与艾马殊单独相处的机会;她会找借口留在沙漠里陪他;她会将自己的绘画主动送给他;她会主动去艾马殊家里向他敞开心扉;面对艾马殊的追求,她会装着不堪炎热昏倒以便到房间里与他相聚。但是,她又是一位极善良的女子。当情感失去控制时,理智却要她悬崖勒马。她一向讨厌谎言,所以她不能原谅自己欺骗杰夫。她亦深爱杰夫,尽管这已是一种兄妹之情。但是面对深爱她的丈夫杰夫,她丝毫也不想伤害他。不断的纠结之后,最终,她做出了分手的决定,她要将这样炽热的爱从此

深藏于心。当艾马殊误以为提出分手的她是一位绝情人的时候,她仅反问了一句,"你以为只有你有感情吗?"言语虽轻,却道出了她内心的万般沉重以及做出决定的不易。只有到了生命的最后一刻,她才告诉了艾马殊,"我一直都深深地爱着你"。可见,与艾马殊一样,凯瑟琳亦是一位情感高尚的女子。她渴望爱,寻找爱,奔向爱。但是一旦这样的爱伤害到善良的丈夫时,她宁愿选择折磨自己,成全丈夫。虽然知道杰夫想杀死自己和艾马殊,但她仍然托艾马殊好好安葬杰夫。

除了艾马殊与凯瑟琳以外,影片中还有一些人物同样丰满动人。如杰夫,他表面上幽默浪漫,内心却严肃深沉。特殊的职业使他与妻子聚少离多,但这丝毫不影响他对凯瑟琳的爱。即便身处热闹的人群,他也时刻牵挂着妻子。他会清楚地记得两人的结婚纪念日,并不辞辛苦地要送给妻子惊喜。他对妻子的爱是深沉的。明知凯瑟琳背叛了自己,却不愿意挑明。他怕给凯瑟琳压力,更怕因此永远失去凯瑟琳。影片中,发现真相的他一直默默地坐车上喝酒,痛苦时用手撕出来的却是爱心图形。当他发现自己根本不能挽回凯瑟琳的心,他俩再也不能回到过去时,他选择的竟然是一同毁灭。临终前,他还对凯瑟琳大声喊着"我爱你"。可见,这是一位深爱妻子的善良丈夫。

另外,还有安娜,这是一位年轻的战地女护士。她恪尽职守,不但在战地医院用自己的热情和爱心照顾着伤势严重的士兵,而且面对奄奄一息的艾马殊,她非但没有抛弃,而且还愿意冒着生命危险保护,一个人留在废弃的修道院里,一直照顾他到临终。她心智纯洁,有着女性特有的脆弱。听到男友阵亡的消息,她失声痛哭;看到珍被炸死,她竟不顾生命危险踩着地雷去拿友人的遗物——一枚胸针。她对于陌生人毫不设防,在战乱时期竟然同意自称是自己家乡人的会友留下来与自己一起居住。尽管身受创伤,她仍然充满朝气活力。在破旧的修道院里,她剪发、洗衣、脱掉军服;她种菜、弹琴、修建楼梯。虽然此时外面的世界仍然饱受战争的困扰,充满危险,但是在她所创造的世界里,一切都显得那么甜美,充满生活气息。尽管深受战争创伤,但是她仍然坚强地进行自我疗伤。起初,她会做噩梦,会一个人默默痛哭。但是当她听到艾马殊的传奇遭遇后,她学会了平静地面对生活的一切,包括艾马殊的死,以及与基普的分手。对于生活,她学会了心怀感激;对于未来,她开始充满盼望。这场战争和这场爱情,让安娜最终勇敢地成长。

除了上述这些人之外,还有基普、会友、马铎等。基普因为从事非常危险的拆弹工作,所以较之一般人更为冷静淡定。但是他心中的温柔浪漫并没有因此抹去,他给了安娜极独特的爱。但是同伴的死让他在人生排序中,将责任高高置于爱情之上。为了让更多无辜的人远离可怕的死亡,他最终选择了舍弃自己的爱情,重新回到危险的岗位上。再如会友,作为一位间谍,他有着坚强的意志。面对德军的严刑拷打,他毫不屈服。同时他还有着良好的适应能力。在战争中能够想方设法地生存下来,即便为此沦为小偷。另外，他有着强烈的是非之心，决不放过对他造成伤害的德国纳粹。因为对艾马殊存有误解，所以他费尽周折，一路尾随。但是弄清真相以后，他便放弃最初的打算，开始新生活。再如马铎，作为一位探险家，他热爱探险，重视友谊。看到艾马殊隐忍爱情痛苦时，他不但给予告诫，而且还处处小心地保护他。同时他还有着一颗强烈的爱国之心。听到国家因为自己的疏忽而蒙受巨大伤亡时，他不能宽恕自己，最终自杀身亡。

总之，在这场战争中，在见证过这场爱情的主要人物身上，我们看到他们的人性是美好多于丑陋，高尚多于卑鄙。因此，观众在观赏作品时会有心境明朗、神情愉悦之感。

## 四、艺术特色

关于这部作品的艺术特色，这里主要讲三个方面，一是它丰富的叙事技法。就本影片的叙事方式而言，有顺叙、倒叙与插叙。顺叙主要讲述的是安娜在这场战争中的成长。它包括安娜遭受男友及好友珍相继死亡之痛；安娜与艾马殊单独留在修道院里，陪伴艾马殊度过了人生的最后一段时光；艾马殊死后安娜继续出发，回归部队。倒叙主要讲艾马殊被送到医院时，不但面目全非，而且记忆严重受损。后来在安娜的照顾之下，他不断地恢复记忆。人们最终不但弄清了他的真实身份，而且还了解到他在战争中所经历的坎坷遭遇。有插叙，主要讲述了艾马殊为了实现自己对凯瑟琳的承诺，将地图交给德军以后，对于当时战争的格局以及身边的人的命运均产生严重的后果。这些后果显然是艾马殊所不知道的：德军在沙漠里长驱直入，最终进入开罗，攻占盟军总部；艾马殊好友的马铎饮弹身亡；会友的手指被切掉等。串连这几种叙事方式的媒介主要有三种：一是艾马殊随身携带的日记。不但它本身唤起了艾马殊的部分记忆，而且里面的内容、夹着的贺卡、插画以及小字条等，都引起了艾马殊对往事的回忆。二是声音。躺在病床上的艾马殊听力严重受损。身边任何声响，都会引发他的幻觉，进而对往事有所回忆。如安娜夜晚在地上跳格子时发出的声响让他想起了与凯瑟琳在沙漠篝火晚会上的跳舞声。会友因为他忘记一切而愤

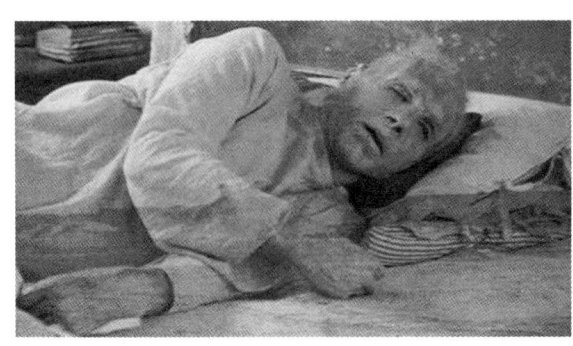

严重烧伤后的艾马殊在床上回忆往事

怒地打碎东西的声音让他想起了与协会同事及凯瑟琳干杯的声音。基普摩托车的声音让他想起了与凯瑟琳一同去沙漠考察的汽车声。基普敲打罐头的声音让他想起与凯瑟琳复返开罗后的汽车声等。三是会友。面对眼前这位面目全非的病人,他不敢仅根据日记本来完全确定他就是艾马殊,所以他不断地逼迫艾马殊回忆过去。如告诉艾马殊他的名字,告诉他结婚一周年是纸婚,告诉他自己手指砍断的原因,告诉他地图的流失给盟军所造成的巨大损失,并逼问凯瑟琳的真正死因,等等。所以,尽管影片运用了多种叙事方式,但是彼此之间却连接得非常自然,给人以行云流水之感。复杂的故事因此显得脉络清晰,主线突出,动人心弦。

其次是完美的配乐。影片中的音乐始终跟随着剧情的发展,特别是随剧中人内心情感的起伏而不断地变化或重复。如片头的女声独唱,在后来两人独处时也曾播放过。它是一首古老的匈牙利民谣,咏叹的是一个凄美的爱情。旋律优美,声音空灵,给人以穿透心灵的悲凉感。其情感基调与作品中的爱情一样。如病重的艾马殊翻到床头的日记时,一下子有了记忆。这时出现的音乐舒缓、绵长且深沉。这段乐曲后来还重复出现过。当时凯

暗生情愫的艾马殊与凯瑟琳一起在沙漠里

瑟琳刚来到沙漠。她与杰夫坐在一架飞机上,艾马殊与马铎坐一架飞机上,两架并行飞越在辽阔的非洲上空。这段乐曲不但与当时两人在蓝天之上比翼齐飞的自由场面相吻合,而且还将两人最初所萌生的情愫烘托得纯洁高尚。如他们前往原始泳洞时,埃及导游所唱的歌声。它们回荡在浩瀚的沙漠里,再加上他们所进行的独特仪式,让人有一种古老神秘之感,对浩瀚的沙漠顿生敬畏之情。如凯瑟琳坐在车上一边翻看艾马殊的笔记本,一边向远处的艾马殊望去。此时的音乐是温柔甜蜜的。两人躺在浴缸里,凯瑟琳谈起了自己的丈夫时,此时音乐是惆怅忧愁的。两人在房中亲近时,音乐是复杂的。外面响着圣洁的圣诞节歌,里面却奏着另一种音乐,等等。总之,音乐将作品中人物丰富复杂的情感作了无比高妙的形象演绎,使观众能够在欣赏故事之外,感受到更多源自艺术的精美享受。

再次是独特的背景。它发生在撒哈拉沙漠。那里有一望无垠的流沙、高低起伏的山脉,有束着头发的老人、高大的骆驼,有神秘的星空、随时可能发生的沙尘暴。总之,一切

既宏伟辽阔又神秘浪漫。强国在这块土地上征战,盟军与德军交替地活跃着,带给当地人的只有苦难。在这片炎热的土地上,艾马殊与凯瑟琳却擦出了炽热的爱情火花。"炎热"的场面处处可见,这构成了爱情的绝佳隐喻。在这片不自由的土地上,艾马殊与凯瑟琳产生了同样不自由的爱情。绘制地图,收藏地图,赠送地图,他们的爱情似乎一直与"地图"密切相连,于是"地图"也成了一种极贴切的隐喻,用以象征人类的不自由和受束缚。可见,独特的背景把这场爱情烘托得神秘且意味深长。

当然,这部电影的优秀之处还有很多,演员的精湛演出、人物的简洁对话、极富艺术性的构图等等。总之,在这部光色音所交织的神奇世界里,爱情最让我们荡气回肠,永生难忘。

**附:**

Betrayals in war are childlike compared with our betrayals during peace. New lovers are nervous and tender, but smash everything-for the heart is an organ of fire.
战火硝烟中的背叛与我们在太平盛世中的背叛相较而言,就天真单纯得多了。初恋的人们心存紧张并满怀柔情,却可以粉碎一切——只因为心如烈火。

My darling, I'm waiting for you. 亲爱的,我在等你。
How long is a day in the dark? 不见天日的一天会有多长?
Or a week? 一周呢?
The fire is gone now. 火熄灭了。
and I'm horribly cold. 我觉得寒风刺骨。
I really ought to drag myself outside, 我真想拖着病体到外面去,
but then there'd be the sun. 外面阳光普照。
I'm afraid I waste the light. 我很抱歉我将电筒里的电都浪费了。
on the paintings and on writing these words. 看这些画,还有给你写信。
We die. 我们都会死。
We die rich with lovers and tribes, 我们与爱人、家族一同魂归天国,
tastes we have swallowed, 我们嘴里都有对方的味道,
bodys we have entered... 我们曾经灵欲合一……
and swum up like rivers. 在爱河里畅游。
Fears we've hidden in, 内心的恐惧,
like this wreched cave. 像这幽暗的山洞。
I want all this marked on my body. 我要把这些永远铭刻在身体上。
We are the real countries. 我们的国家是实在的。
Not the boundaries drawn on maps, 不是画在地图上的边界,

the names of powerful men. 被用强人的姓名命名。

I know you'll come and carry me out into the palace of winds. 我知道你会回来把我抱起迎风屹立。

That's all I've wanted，我已别无所求，

to walk in such a place with you，只想跟着你漫步天国，

with friends. 与朋友们一同。

an earth without maps. 去一个没有地图的乐土。

The lamp's gone out，油尽灯枯了，

and I'm writing . . . in the darkness. 我在黑暗中默默写着……

# 《埃及艳后》文学导读

## 一、主要剧情

这是一部记录埃及艳后克莉奥佩特拉从登基到死亡的个人史。它选择了她一生中的重大事件进行描述，以展示她不凡的一生。而这些重大事件与埃及和罗马的政治局势密切相连，同时涉及罗马多位著名的执政者，包括凯撒、安东尼与屋大维。其情节大致如下：

罗马国内发生了严重的内战，最终凯撒打败庞培成为独一无二的统治者。得知庞培扮成小贩逃往埃及，凯撒决定将罗马大权暂时交付给安东尼，自己带着两支军队前往埃及。凯撒此行的目的除了追捕庞培以外，还打算前往埃及去寻求财物，以补充军饷。凯撒来到埃及以后，才知晓埃及国内也处于混乱状况。原来埃及国王死前曾立下遗嘱让女儿与儿子一同执政，结果两人政见不和。弟弟托勒密国王的部下将姐姐克莉奥佩特拉（下文均简称埃及艳后）的势力赶出了亚历山卓后，正打算一并铲除她。为了讨好凯撒，托勒密国王将庞培的人头作为见面礼送给了凯撒，但凯撒并没有因此高兴。作为埃及的保护人，凯撒想进行协调，让姐弟两人共同执政。凯撒要求与部下一起入住埃及皇宫。

凯撒入住皇宫以后，埃及艳后派人从一个秘密通道里送了一件礼物给他。凯撒打开后才发现礼物就是她本人。两人见面以后，埃及艳后要求凯撒让她独掌王权，但是凯撒并没有同意，这使她很愤怒。此后，她一直在秘密通道里监视着凯撒。后来她召见凯撒，但凯撒没有去。当凯撒不请自来时，她更愤怒，告诉凯撒当前形势非常严峻，托勒密国王已派重兵将皇家禁地包围了起来，凯撒与她都面临着巨大的危险。但是听完她的陈述后，凯撒并没有丝毫惊慌。原来凯撒已作好精心准备。为了防止被敌人包围，凯撒

**埃及艳后将自己卷在地毯里作为礼物送给凯撒**

下令将在海边包围自己的埃及船都烧掉。结果大火蔓延,埃及的国家图书馆被烧毁。埃及艳后对于罗马人的举措非常愤怒,她不顾卫兵的阻拦,亲自找凯撒理论。当双方激烈辩论时,凯撒情不自禁地拥抱并亲吻了她。后来局势严峻,凯撒亲自披挂上阵,但是他下令军队坚守大门不出来应战。原来他在起航埃及时就已经安排手下大队人马开往埃及,此时部队即将到达。凯撒在埃及大获全胜以后,他代表罗马元老会宣布让埃及艳后独掌大权。埃及艳后对于凯撒的这种决定非常震惊。

凯撒的羊癫疯病在她面前突然复发,埃及艳后没有叫他的仆人前来照顾,而是亲力亲为。她让凯撒不要担心,说自己会医好他。两人感情迅速升温。在登基仪式上,埃及艳后机智地让凯撒在她面前下跪,这使凯撒的部下十分震惊。凯撒打算回到罗马处理政治事务,但埃及艳后对他进行了深情挽留。她带凯撒来到亚历山大墓前,要凯撒联合罗马与埃及,实现征服世界的政治梦想。凯撒留在埃及以后,埃及艳后与之按照埃及的礼仪结婚,并且还为他生了儿子。正如埃及艳后所希望的那样,无比喜悦的凯撒当众抱起儿子,这意味着凯撒正式承认他与埃及艳后所生的儿子是罗马人,并且是他的继承人。信息传到罗马时,在国内引起了巨大的震动。元老院里有些人对凯撒是否会破坏罗马的共和制表示了怀疑。凯撒的侄子屋大维对此保持了沉默,凯撒的心腹安东尼则奋力维护。安东尼对屋大维的态度表示了不满。

后来,凯撒离开了埃及,继续在非洲和中亚等地征战。两年以后凯旋,他在意大利治理政务。罗马人对凯撒表示了热烈欢迎。为了表扬凯撒对罗马的贡献,元老院宣布他为罗马终生独裁领袖。埃及艳后得知消息后非常开心。凯撒信守诺言,邀请她们母子到罗马参加他的加冕仪式。埃及艳后来到罗马以后,罗马为之万人空巷。她最终征服了整个罗马,连凯撒的妻子以及元老院中凯撒的反对者西塞罗也对之肃然起立。当然被征服者还有凯撒的左右手安东尼与屋大维。

埃及艳后与儿子留在了罗马,陪在凯撒的身边。此时凯撒与元老院产生了激烈的争执。原来凯撒在罗马地位巩固和声誉隆起以后,他的权力欲望也空前膨胀,他要罗马元老院宣布他为罗马皇帝。但是元老院对此表示抗议,最终只肯承认封他为除了意大利之外的帝国国王。凯撒对这个空头衔非常不满。埃及艳后劝他还是先接受下来,以后再作进一步的打算。就在这时,元老院反对者们用谋杀手段来警告凯撒。此举反而坚定了凯撒称帝的决心。凯撒一面加强防备部署兵力做好反击的打算,一面与元老院的议员们进行周旋。然而,令凯撒始料未及的是,他的反对者们为了保护罗马的政治体制,已经精心策划了一场谋杀。凯撒在元老院议会室里被刺杀。行刺者中有凯撒的儿子布鲁特斯。埃及艳后知晓此事后,悲痛欲绝。安东尼以罗马最高的仪式安葬了凯撒,并当众宣读了凯撒的遗嘱。凯撒的侄子屋大维成为罗马新的执政者。虽然安东尼告诉埃及艳后,她在罗马是安全的,但是埃及艳后还是决定离开罗马返回埃及。

此后安东尼与屋大维合力,用了两年时间平定内乱,打败凯撒的反对党,将当年参与刺杀凯撒行动的人一一追捕。屋大维建议由他、安东尼与雷彼德斯三人共同执政。安东尼对此表示同意,他选择统治东方。安东尼来到东方以后便疏于治政。后来听说屋大维在罗马势力日益巩固,并且还赶走了雷彼德斯时,才有所担心。但是他所面临的最大问题是军饷严重不足。安东尼不得不向埃及求助。他派使者去召见埃及艳后,但均被拒绝。不过她很快便坐船经过安东尼的居所,安东尼以为埃及艳后要来见他,但埃及艳后并没有下船,也没有接受他的邀请,而是要求安东尼上船与她见面。安东尼只好深夜前往。埃及艳后设宴盛情款待。两人单独相处时,安东尼带着酒意向埃及艳后倾诉对凯撒的嫉妒以及对她的强烈爱慕之情。埃及艳后终于被其打动,两人定情。此后,安东尼便留在埃及。消息传到罗马后,屋大维在元老院对安东尼进行了攻击,认为他的行为有损罗马利益。虽然安东尼知晓国内对他的攻击不断升温,但是他却无动于衷,因为他舍不得离开埃及艳后。当两人不得不告别时,埃及艳后表现出极大的不舍。埃及艳后叮嘱他回罗马以后要小心防范屋大维,要牢记自己想要的一切,包括对东方的绝对统治。

埃及艳后在自己的船上设宴款待安东尼

屋大维让守寡的妹妹屋大维雅嫁给安东尼,想用政治联姻的办法来束缚安东尼并巩固自己的地位。安东尼不得已与屋大维达成重大协议。他继续与埃及联盟,掌握东方控制权。埃及艳后知晓他结婚的消息后非常痛苦,以至于安东尼先后派去了五名使者想与她签订联盟条约,均被拒绝了。最后安东尼只好亲自前往。安东尼来到埃及以后,埃及艳后让他等了几天后才召见他。不仅如此,埃及艳后还拒绝他单独见面的要求,要他当众向她下跪。她提出了非常苛刻的结盟条件,要安东尼割让罗马帝国三分之一领土给埃及。安东尼只想与埃及艳后过清静的两人世界,他对于埃及艳后所提的条件全部答应。安东尼与埃及艳后按照埃及的礼仪结婚。消息传至罗马以后,屋大维抓住了这个机会,对安东尼进行猛烈的攻击,力图瓦解他在罗马的崇高声望。

埃及艳后与安东尼决定对屋大维开战。埃及艳后的老臣认为此法欠妥,他请求埃及艳后派自己去跟罗马人谈判,以示埃及人酷爱和平的意愿。但此时屋大维已经在元老院里说服了众人,对安东尼和埃及公开宣战。屋大维当众刺死了前来讲和的埃及老臣。安东尼听从了埃及艳后的建议,不顾部下的劝阻,放弃自己擅长的陆地作战,选择在海上与屋大维作战。结果屋大维避开了安东尼的锋芒,从四处包围孤立无援的安东尼,安东尼乘坐的战船被严重烧伤。埃及艳后误以为安东尼已经阵亡,悲伤地下令返回埃及。这时损失严重的安东尼发现埃及艳后已经离他而去,万念俱灰的他竟然丢下伤亡惨重的军队,独自去追赶埃及艳后。安东尼在登上埃及艳后的船以后才意识到此举给他人生所带来的巨大耻辱。内疚与自责使他从此变得沉默,拒绝与埃及艳后有任何交流。这时屋大维正带领大军向埃及挺进。埃及面临着前所未有的巨大威胁。屋大维派使者到埃及,要埃及艳后交出安东尼,否则就开战。埃及艳后对此断然拒绝。一直处于悲伤状态的安东尼最终被埃及艳后的深情打动,打算再次组织军队迎战屋大维。埃及艳后其实此时已经明白所处的不利局面,所以吩咐手下带着儿子逃离皇宫,而自己则来到陵墓里等待安东尼。她打算与安东尼同生共死。

安东尼的部下看到形势极为不利,于是集体叛变。安东尼独自一人与屋大维的部队作战,但没有罗马官兵愿意迎战他。安东尼只好回来寻找埃及艳后。焦急万分的他向埃及艳后的忠臣兼爱慕者阿波罗德斯打听爱人的下落。对方含糊的回答使他误以为埃及艳后已经死去,他当场自杀殉情。后来得知埃及艳后还活着,便请求阿波罗德斯把他送到埃及艳后的身边。最终他在埃及艳后的怀里咽下了最后一口气。

**带兵与屋大维在海上作战的安东尼**

正当埃及艳后沉浸在巨大的悲痛中时,屋大维找到了她。屋大维要她跟自己一起回罗马。埃及艳后对此表示了拒绝,后来无意间看到屋大维的手上戴着凯撒送给儿子的戒指,她立刻明白儿子已经遇害。尽管她非常伤心,但仍假装以儿子的名义答应了屋大维的要求。她让屋大维撤走看守她的罗马卫兵。随后,埃及艳后与两位侍女自杀,尊贵地离开了人世。在去世之前,她让士兵给屋大维送了一张留言条,请他将自己安葬在安东尼身边,直到地老天荒,永不分离。

## 二、作品主题

这是一部集政治、战争、权术、阴谋与爱情为一体的史诗式作品,旨在艺术地展现埃及艳后不同于常人的一生。而在埃及艳后传奇的一生中,最吸引观众的是她的执政历程和感情经历,当然这两者又是纠缠在一起的。作品生动形象地展示了埃及艳后如何在政治抱负与个人爱情之间的数度徘徊,最终义无反顾地奔向爱情的过程。所以爱情自然是这部影片最醒目的主题。

埃及艳后的爱情主要有两段,一段是与凯撒的,一段是与安东尼的。她与凯撒的爱情是崇高的、神圣的。两人都是政治精英,拥有过人的政治才华:一位是罗马最高执政官,所到之处,所向披靡,获得了罗马人的真诚爱戴;一位是埃及王位继承人,博览群书,极具智慧与谋略,迎得了埃及人的由衷崇拜。两人在政治结盟中渐生爱意,终而定情。

凯撒突然亲吻年轻的埃及艳后

当凯撒来到埃及以后,尽管此时埃及艳后已经被她的弟弟赶出了亚历山卓,而她的军队也因为军饷不足士兵们纷纷逃亡。但是年轻的埃及艳后仍然气度非凡,以国王与埃及之神自居。她在伟大的凯撒面前不卑不亢,与他平等对话,对他清晰地分析当前的形势。她告诉凯撒自己的弟弟是一位数典忘祖的小人,他执政对罗马没有任何好处。只有将她扶上王位,罗马与埃及结盟,才是罗马和平获得埃及财富、维持罗马帝国统治的最佳办法。所以能使凯撒对她刮目相看的,不仅仅是她的年轻貌美,还有她的才华、气度与智慧。在政治方面,凯撒显然更胜埃及艳后一筹。面对混乱的埃及形势,凯撒非但没有慌乱恐惧,而且还表现出了惊人的勇气。他仅带两支军队就直抵皇宫。面对埃及国王的重兵,他早已作了精心安排。即使有着绝对制胜的把握,他在埃及艳后面前也丝毫没有流露出来。大获全胜以后将埃及艳后扶上王位,他也没有丝毫的洋洋得意。凯撒应对紧急政治事务时所表现出来的沉着、智慧与稳健,让埃及艳后对之充满敬意。不仅如此,这种伟人还有着异常感性的一面。他到亚历山大墓前凭吊时会暗自落泪,他会大段地背诵与自己政见不同的诗人卡图卢期的诗篇。他把一向高高在上的埃及艳后当成一个小女孩,放纵她的娇宠,对她的私生活充满着好奇。这些使得年轻的埃及艳后不顾一切地爱上了他。

当然,他们爱情之所以异常坚固,是因为他们有着一个共同的政治抱负,那就是征服和统治世界。凯撒作为罗马帝国的执政者,受到了罗马人的真心爱戴。但是这种爱是建立在共和制基础上的。也就是说他只是罗马元老院决议的执行者,仅此而已。随着凯撒在世界征服步伐的加剧,他逐渐有了统治世界的野心,富有的埃及显然成了他实现此野心的强大依靠。而埃及艳后一向以自己的祖先亚历山大为骄傲,她一直期望成为亚历山大的继承者。所以她对于来自罗马统治者的支持抱着极高的期望。这就是她当初不顾生死,让手下把自己卷在毛毯里带到凯撒面前的重要原因。她说,有了凯撒,她便不再担心。所以,当两人心心相印时,征服和统治世界便成了他们共同的追求。两人结婚以后,便朝着这个宏大的政治理想阔步迈进。一路上互相扶持,彼此勉励。比如埃及艳后,她充满激情地带领已经年迈的凯撒再次凭吊亚历山大石墓,以激发凯撒的称帝雄心;她深情满怀地挽留尚无子嗣的凯撒,要为他生下法定的继承人;她盛装去罗马,代表埃及人向凯撒表示无限的敬意,以提高凯撒的威望;她全心全意地留在罗马,以加快推进凯撒的独裁步伐。而凯撒亦是如此,他虽然深爱着埃及艳后,但是仍然主动离开了埃及,征战各地以扩张罗马帝国的地盘;一旦他在罗马地位巩固以后,便以最隆重的仪式来迎接埃及艳后母子俩,并在罗马为她塑立了新的女神像,以提升她们母子在罗马人心中的神圣地位;不惜冒犯元老院议员,要求他们改变现行的共和制,让自己做罗马的皇帝,以便儿子将来能够顺利继承他的帝国霸业。

所以,这场爱情是在追求征服和统治世界的宏大政治抱负中发酵起来的。最终它随着这种政治理想的毁灭而以悲剧结局:伟大的凯撒在元老院会议上被人刺死,埃及艳后带着他们的儿子黯然返回埃及。在此后的三年时光里,埃及艳后过着忙碌却孤寂的生活,只有脖子上的印着凯撒头像的金币以及凯撒的神像与她相伴。这场爱情耀眼如旭日,深沉如大海,让人惊叹无比,且充满深深的敬意。

埃及艳后带儿子到罗马参加凯撒的加冕仪式

当然,更令人难忘的是埃及艳后与安东尼的那段爱情,因为它更加纯粹、激情甚至充满毁灭性。

安东尼是凯撒最信任的部下。凯撒虽然曾表示在他的字典里没有"信任"二字,但是他却又异常清晰地说世上唯有安东尼是他信任的人。这种特殊的亲密关系使安东尼一直隐藏着对埃及艳后的爱,尽管在埃及艳后第一次来到罗马时,他的心就完全被征服了。而埃及艳后早在十二岁那年第一次见到了当时身为骑马军官的安东尼以后,便对他终生难忘。只是此时她身边已有让她无限敬爱的凯撒。他俩的爱因为无法超过凯撒而经历了漫长的等待。

安东尼疯狂地爱上了埃及艳后

凯撒之死让他们的爱有了转机。安东尼在凯撒突然被刺以后,尽管面临着诸多需要处理的事务,但是仍然赶去劝埃及艳后留下来,劝说无效后主动拿走埃及艳后的丝巾作为留念。为了心爱的人,他在此后的两年时间里积极地实践着当初别离时对埃及艳后的承诺。他不但替凯撒报仇,而且还为维护凯撒与埃及艳后的儿子的合法权利与元老会议员们作斗争。为了接近埃及艳后,当屋大维提出三个共治罗马帝国时,他毫不思索地选择了统治东方。尽管他极度思念埃及艳后,但是在三年多的时间里,他并没有与埃及艳后见面,因为内心无法超越凯撒。为此,他终日烂醉如泥。同样,埃及艳后非常确定拙于言辞的安东尼需要她,但是她并不流露出来。她需要安东尼的真正勇气,那种超越凯撒来爱她的勇气。最终如她所愿,安东尼彻底拜倒在她的石榴裙下。

但是从此以后,身为埃及国王的埃及艳后与罗马三大巨头之一的安东尼,在爱情的道路上越走越远,直至最后完全摆脱了世间最具诱惑力的权力欲望。让埃及与罗马结盟,使自己的儿子统治世界,这一直是埃及艳后远大的政治抱负。即便凯撒死后,她仍然一直在坚持着,寻找新的机会。但是与安东尼相爱之后,她所作所为却是在不断地偏离这个雄伟的政治理想。为了保护埃及艳后和她的儿子,凯撒当初立下遗嘱让侄儿屋大维执政。屋大维执政以后,一心想继续凯撒的伟业,不但改名为凯撒,而且还想成为罗马的皇帝和神,所以阻碍埃及艳后实现这种政治抱负的人是屋大维。而当时唯一可以与屋大维相抗衡的就是安东尼。所以从政治利益来看,她与安东尼相爱,本是一件对她绝对有利的事。但是结果,这场爱情却让她越来越远离她当初的政治抱负。处在爱情中的埃及艳后再也不如先前睿智,她的诸多举措都在无形地削弱着安东尼在罗马人心中的声望。比如当安东尼初次来到埃及以后,屋大维借此发挥对他进行了人身攻击。这时她非但没有让其立刻起程回罗马,用行动对屋大维进行反击,反而还想挽留他,只是因为害怕安东尼走后自己会度日如年。比如当安东尼不得已与屋大维的妹妹屋大维雅联姻之后,她醋意大发,以至于后来安东尼前来结盟时,她提出了极不理智的条件。她要安东尼割让罗马三分之一的国土,这将安东尼从此推到了与罗马人民为敌的风口浪尖。而对屋大维派来的在罗马极富声誉的使者,她竟然要安东尼对他们进行百般侮辱,并且还让他们带去了安东尼写给声名极好的屋大维雅的一纸休书。这只是因为她怕安东尼回到罗马后会再次掉进屋大维雅的温柔陷阱。她明知罗马不希望安东尼与屋大维开战,而安东尼也不愿意与罗马作战,并且在海上作战也不是安东尼的强项,但是还是让他硬着头皮开战了。这主要也是因为屋大维曾经设计了安东尼与屋大维雅的政治婚姻,让她与安东尼差点永远分离。可见,她在与屋大维对决中的最终失意,其实不是天意而是人为,是她因爱情而失去了理性。

不仅埃及艳后被爱情冲昏了头脑,安东尼亦是如此。三大巨头共治罗马后,深受罗马人爱戴的安东尼被极富野心的屋大维视为眼中针,安东尼对此非常清楚。当另一巨头被屋大维赶出罗马之后,他也知道自己的选择并不多:要么听命于屋大维,要么让屋大维听命于自己。虽然他也曾意识到形势的严峻,但是一旦置身于爱情,他便将这些政治危机抛置脑后。比如当屋大维提出三人共治时,他为了能够离埃及艳后更近些,想也没有想就选择了执政东方,而不是留在当时的政治中心罗马。到了东方以后,他没有对屋大维严加防范,而是纠结于自己不能超越凯撒赢得埃及艳后的芳心。初次到埃及以后,他与埃及艳后两情相悦。面对罗马帝国中人们对他的种种猜测与非议,他竟然不闻不问,甚至对部下说他对政治不再感兴趣,不想再回到罗马,不想离开埃及艳后一步。后来再次来到埃及时,当埃及艳后因嫉妒和愤怒情绪所左右提出来向他割让领土的要求时,他虽然明知这会使他失去罗马人的爱戴,但最终还是同意了。甚至后来与屋大维作战时,他也不能全心投入。总之在这场爱情中,他的勇敢、英明与声望消失全无,最终落得个众叛亲离的下场。

**参加海上作战的战船**

所以,使埃及艳后失去实现她政治抱负绝好机会的,不是屋大维的政治精明,而是她与安东尼作为当时处于顶峰之上的两位统治者眷恋爱情,疏于治政。

处在政治漩涡之中的两位统治者因为爱情而淡薄于权力,这使得这场爱情较之常人的更为纯粹。这种纯粹性最主要的体现就是能够忘我,可以为了对方抛弃世人所追慕的一切,包括荣华富贵、自尊骄傲甚至生命。当埃及艳后得知安东尼与屋大维雅结婚时,身为帝王并被埃及人拜为神的她,竟然在空荡荡的皇宫里哀呼着安东尼的名字,哭着刺破见证两人爱情的床单;面对逃生后沉默冷漠的安东尼,她觉得自己的世界完全崩溃了,彻底成了一位软弱的女人,无助地伏在地上,向安东尼痛哭流泪,诉说她作为母亲和国王的不易。而安东尼呢?为了能够与埃及艳后永不分离,不顾罗马帝国的利益和自己的政治前途,割让了大片的土地。在作战中,看到埃及艳后离他而去时,他竟然不顾将军的荣誉、士兵的死活,独自追随而去。他们的这种因爱忘我的精神,尤其表现在屋大维带领大军紧逼埃及之后。安东尼明知自己所带领的是残兵败将,为了让心爱的人能够有尊严地活下去,依然一如既往地勇敢地奔赴战场。后来误以为埃及艳后已先他而死后,他立刻毫不犹豫地选择了自杀以追随心中的爱。作为勇士,他丝毫没有为自己没能死在战场而遗憾,相反他为能死在爱人的怀抱里而倍感幸福。面对屋大维的最后通牒,埃及艳后断然拒绝将安东尼交出来。最后,明知安东尼必败,她也没有独自逃走,而是在陵墓里等待着安东尼的消息。要逃,她也要跟与他一起逃;要死,两人也要一起死。安东尼死后,一向聪明的她再也无心与屋大维周旋,自杀殉情。临死前,她要待女给她穿上安东尼第一次见到她的衣服,好让安东尼一眼就看到她,即便距离再远。临死前,她高贵而平静,因为将要与自己的爱人永不分离。

安东尼生前就立下遗嘱要求把自己安葬在埃及,葬在他爱人的身边;埃及艳后临终前也请求屋大维让她与安东尼同葬。"我们一起证明,死比爱容易得多;证明,死不过是最后的拥抱。"

总之,这部影片着力展示的是埃及艳后传奇人生中最动人心弦的两段爱情,一段深沉缠绵,一段激越奔放,均感人至深。

## 三、人物形象

由于这部影片所描述的是两个古老国家——埃及与罗马的重要历史,因而场面宏大,人物众多,当时两国著名的政治要人均在其中,他们给观众留下了鲜明的印象。

首先是克莉奥佩特拉。她是埃及名垂千古的女国王。关于她的性格特点,除了直接描写外,还有间接描写。如她与凯撒见面以后,凯撒让手下人对她进行了调查。结果报告声称,她足智多谋,阅历丰富,精通七国语言,擅长科学和算术。报告说如果不是国王,她也应当是一位杰出的知识分子。除了智慧以外,她还擅长权术。为了达到目的,她几乎不择手段,如用刑罚、毒药与性等。同时她还非常美艳。当时社会就有诸多关于她的传闻,说她在爱情方面极富主动性,情人无数。总之,这是一位集智慧、权术、美艳于一身的女性。

影片主要就是围绕这三方面刻画她的。关于她的智慧,可以从多个方面看出来。比如她对凯撒作战地图的评价;离开罗马后,她对手下人说安东尼需要她,一定会来找她;看到屋大维手上戴的戒指,便知晓儿子的不幸,但是却假装不知情,骗过了狡猾的屋大维,最后仍能自主安排自己的人生,选择自杀。关于她的权术,既可以从她在皇宫里打下多处秘密通道,一直秘密监视凯撒,而且还能在她弟弟的眼皮底下在皇宫里自由行动看出来;也可以从她主动找凯撒,寻求支持,成功登上王位,此后一直致力于埃及与罗马的结盟看出来;还可以从她生儿子时,吩咐手下人一定要将儿子亲手送到凯撒手里,让凯撒当众抱起,以取得儿子对罗马帝国的继承权看出来。关于她的美艳,既可以从罗马执政官凯撒与安东尼对她的爱情看出来;也可以从她身边忠臣阿波罗德斯的一生所为看出来。阿波罗德斯始终与她相伴，对她情深义重，忠心耿耿。他不但在许多危难时刻为之挺身而出，而且最后还为她殉情自杀。关于她的美艳，影片中还有一个重要的侧面烘托，那就是屋大维对她的格外青睐。当她初次去罗马时，屋大维站在凯撒的身边始终面带微笑地看着她走过来。战胜安东尼以后，屋大维见到她，不但夸赞她"经历了沧桑、动乱以后，你依旧明艳动人"，而且还要她跟自己一起回罗马。他打算以更隆重的仪式欢迎她，并且还答应她提出的所有要求。他还在她的宝座上抚摸她用过的头饰，听说她自杀死亡的消息后更是极度震惊等。

为情所伤的埃及艳后坐在宝座上招见安东尼

正因为如此，埃及艳后的性格呈现出复杂的特征。她常随着特定场合的角色身份需要而做出相应的举措。她是一位酷爱文明的知识分子，博览群书，喜爱诗歌和音乐，有着清高的一面。她称擅长作战的罗马人为野蛮人，对他们将埃及国家图书馆烧毁的行为进行强烈的斥责。她是一位执掌埃及权柄的国王，既冷酷又高贵。为了夺得王位，她对自己的亲弟弟也毫不手软；发现侍女对自己下毒药，她平静地让侍女喝下毒药，死在自己面前。与凯撒进行政治谈判时，她不卑不亢；要求安东尼割让领土时，她极度强硬；与胜利者屋大维谈话时，她充满鄙视等。同时她又是一位感情丰富的女性，不时流露出可爱和感性。在秘密通道里偷听到凯撒与手下人赞扬自己时，她对阿波罗德斯投以妩媚的微笑；在凯撒加冕典礼上，她对凯撒鞠下庄严肃穆的一躬后，面对人山人海的欢呼声，她却偷偷对凯撒眨眼睛，眉目传情。总之，她的一颦一笑都牵动当时人的心。

她性格的最大特点是对政治充满激情。她一直以亚历山大为榜样，想做一位征服和统治世界的人。为此，她苦心经营。她先是说服凯撒让自己登上王位；接着与凯撒结婚，并激励凯撒做罗马皇帝，好让自己的儿子成为罗马权力的合法继承人；然后又与安东尼结婚，共同对抗屋大维，为自己的儿子谋取统治世界的机会。正如凯撒所言，"你将政治与热情混淆了，不知何时开始，如何终结。"她激动地回答道："对我没有开始，也没有结束。"所以,有时我们很难分清,她是在经营王权,还是在经营感情。她的爱情总是与政治贴得很近。正因为如此,一旦政治的热度过高,她的爱情便随之灼伤。最终,她的政治抱负与爱情同归于尽。

其次是安东尼。他是罗马三大巨头之一,深得凯撒的信任,也极受罗马人的爱戴,攻城略地是他的强项。他在战场上英勇善战,战无不胜。搞政治权术是他的弱项。面对政治野心家屋大维的步步紧逼,他常常表现得极其被动。对于屋大维所提出的三大巨头共治罗马,以及后来的政治联姻,他均无法拒绝。他虽然是一位勇士,但是终生所追求的却不是战场而是情场,"我只有一个主人……对你的爱。"虽然处于政治权力的中心,他却无心政治。他人生最大的愿望就是与埃及艳后朝夕相伴,"若问我的心愿,只想与世无争跟你坐在这里"。为了爱情,他近乎到了疯狂的程度。第一次在罗马见到埃及艳后,他突然像大病了一场。因为爱情,他充满嫉妒。凯撒先他一步成了埃及艳后的爱人,而他在各个方面都无法与凯撒相比,所以一直嫉妒凯撒,为自己不能超越凯撒而暗自伤心。为了爱情,他无限慷慨,将自己所拥有的一切都赠予了埃及艳后,包括国土、军队。他对埃及艳后完全言听计从。爱情让他整日担惊受怕,"我想摆脱你,不想你……不想再担惊受怕。"他一直害怕埃及艳后有一天会突然离他去。正因为如此,身处战场的他看到埃及艳后扬帆而去时,不顾一切地追上去;正因为如此,即便没有一兵一卒,他也要为拯救埃及艳后而独挡千军万马。他可以为了爱情放弃所拥有的一切,甚至生命。最终,他自杀殉情。他死时非常平静,因为他终于如愿地死在爱人的怀中。"只有永远地背弃自己,否则我怎么会错失一生中追寻的目标。"

为爱而战的安东尼

接着是凯撒。他英明而仁慈。作为罗马的唯一统治者,虽然四处征战,并且战无不胜,但是他却极不喜欢战争,认为这会带来可怕的死亡。对于战败者,他亦表示出充分的尊敬。不但赦免了庞培的部下,而且还将庞培以最高的仪式安葬。他是勇敢智慧的。面对埃及混乱的局面,他直入虎穴,住到了危机重重的皇宫,并且运筹帷幄,巧妙地化解了一场可怕的政变,让心爱的女人登上了王位。他还多愁善感。到了埃及以后,他独自去凭吊亚历山大的石墓,并为这位伟人短暂辉煌的一生而流泪。他和蔼可亲,手把手地教导年幼的儿子如何成为一位杰出的统治者。他既强大又软弱,会为自己的病情有朝一日暴露于天下而担惊受怕,临终前看到自己的私生子参与谋杀自己而彻底绝望。

他的一生追求不是称王称帝,而是不想被别人征服。他活着,受尽爱戴,忠臣无数;他死后,名垂千古,令世人缅怀。连屋大维都得靠继承他的姓氏来开始自己的霸业。

在罗马人心里,凯撒就是"无法超越"的代名词。

**凯撒在元老院遇刺身亡**

最后是屋大维,他是凯撒的侄子。作为一位政治家,他身体病弱,思维缜密,城府极深。继承凯撒的遗愿,成为罗马的皇帝和神,是他的人生志向追求。在凯撒如日中天时,他追随其左右。但是当元老院的反对者对凯撒有所质疑时,他则惜言如金,明哲保身。成为罗马的执政官以后,他改名为凯撒,以讨取罗马人的欢心,赢得他们的拥护。他一心要除掉阻碍他独裁的安东尼,所以设下了三个巨头分治罗马的圈套,将安东尼的势力轻而易举地赶出了罗马。为了诋毁深受罗马人爱戴的安东尼,他明知安东尼深爱着埃及艳后,却不惜以亲妹妹的幸福为代价,设计了一场政治婚姻。他明明想对安东尼宣战,但是却故意派最受罗马人敬重的使臣去劝安东尼离开埃及,以此来激怒埃及艳后,好为自己征伐埃及找到借口,好争取到更多的民心。明明杀死了埃及艳后的儿子,却故意欺骗,好让她成为自己凯旋罗马时的辉煌战利品,好获得更多的政治资本。尽管他机关算尽,但是在凯撒、埃及艳后和安东尼面前,他仍然略逊一筹。他不如凯撒光明磊落,不如安东尼勇敢豪迈,不如埃及艳后智慧机警。他的政治成功赢得并不光明,甚至还可以说是他们拱手让给他的。因为凯撒是为了怕自己死后发生动乱危及埃及艳后母子的安全,才让他继承自己的权柄;而安东尼和埃及艳后是因为专注于爱情而不与他处心积虑地对抗。所以当他以胜利者的姿态警告埃及艳后并派人严密监视她时,她非常轻蔑地反去道,"我决心一死,就一定会死的。"

除了上述这些主要人物以外,其他的一些人物,虽然戏份并不多,但是仍然给观众留下了难忘的印象。正面人物有博学、睿智而爱国的老臣、忠诚而深情的阿波罗德斯、词锋犀利的西塞罗、捍卫罗马共和制超过爱戴凯撒的布鲁特斯、贤惠端庄的卡普妮雅、忍让克制的屋大维雅等;反面的人物有数典忘祖、愚蠢至极的托勒密国王、巧言令色奸诈阴险的波第诺斯(托勒密国王的大宦官)、自私恶毒的席铎特斯(托勒密国王的大宦官)、缺乏主见的亚其勒斯等。

屋大维在元老院宣布对埃及开战

## 四、艺术特色

首先,影片以历史与爱情这两条线索展开故事,并以历史来烘托爱情。埃及艳后与凯撒的爱情,以及她与安东尼的爱情,都是在一个非常宏阔的历史背景下展开的,那就是埃及与罗马的政治联盟。当时埃及与罗马政坛上所发生的一系列大事均被描述到。比如埃及国王死后,他立了遗嘱让女儿克莉奥佩特拉和儿子托勒密共同执政,结果引发了埃及内乱,托勒密将克莉奥佩特拉的势力赶出了亚历山卓。比如凯撒与庞培为争夺执政权发生内战,庞培失败后逃到埃及寻找庇护,结果被杀,而凯撒因为追捕庞培来到埃及,从而插手埃及内政。比如凯撒将克莉奥佩特拉扶上王位以后,埃及与罗马正式结盟。比如凯撒被杀以后,屋大维执政,罗马从此进入三巨头时代。比如安东尼与屋大维开战,安东尼兵败自杀,屋大维最终成为罗马皇帝。比如屋大维征服埃及以后,埃及艳后自杀身亡。政治的风起云涌,使埃及艳后的爱情随之起伏不定、曲折动人。它时而平静如水,时而惊涛骇浪,时而温柔缠绵,时而悲苦雄壮,时而华丽奢侈,时而艰苦卓绝。

同时英雄们的逐鹿天下,也使埃及艳后的爱情抹上了一层厚重、庄严的底色。影片中伟人灵魂的高尚处处可见：凯撒战胜庞培后，作为唯一的执政者却没有丝毫的狂喜。他孤独地站在高坡上神情沉重地俯视着硝烟弥漫的战场，说"是庞培希望这样的，不是我"。得知庞培已死的消息后，凯撒对在场所有人郑重地宣称"庞培是罗马荣誉的守护者"，并且命令收全他的尸体，给他安排最高的葬礼。后来他还一直感慨自己女儿对庞培的一往情深。凯撒的私生子布鲁特斯一直在爱凯撒还是爱罗马两端挣扎徘徊，他行刺时内心极其痛苦。安东尼花了两年多时间追捕杀死凯撒的刺客，结果面对为正义而死的布鲁特斯，他充满敬意，用自己的战袍盖在他的身上。听到手下人报告安东尼死去消息时态度随意，如同说"汤热了，汤冷了"一样，屋大维虽然视之为仇敌，却严厉地训斥道："说这话时，你应当吓得发抖"、"你三生有幸，宣布他的死亡"、"宣布这人的死，你应当哭着、叫着……直到宇宙那方传来回响"。总之，宏伟壮阔的历史将埃及艳后的爱情渲染得气度非凡，让观众为之肃然起敬。观众们在情感熏陶的同时，还陷入对历史的无限追思。

其次，作品还散发着古老的文明气息。由于这段爱情是在埃及和罗马间展开的，所以也烙上了这两个伟大国度的文明痕迹。作品涉及的埃及文明，包括统治者以神自居，相信天赋神权；包括标志性的建筑物——辉煌的金字塔、气宇恢宏的皇家宫殿、馆藏丰富的国家大图书馆；还包括神秘的巫术、原始的舞蹈甚至可怕的毒药等。涉及的罗马文明包括共和制政体、元老院的权威、民主的力量、好战的精神以及英雄情结等。除此以外，还有埃及与罗马的大型雕像、独特的民族服饰和饮食习俗等。这两种文明虽然差异明显，但却同样光辉夺目。最能突现这两种文明魅力四射的场景有四次：一次是埃及艳后初次来到罗马时，载歌载舞的盛大场面使罗马人的呼喊声一浪高过一浪。一次是埃及艳后在海上驾船来到安东尼的居处，音乐、鲜花、美女及数不尽的礼物使人们以为女神降世。陆上的百姓

**埃及艳后在陵墓自杀身亡**

为之拜倒,水中的人民向她奋力游去。一次是凯撒的葬礼。罗马人为了表达对伟人死去的沉痛悼念,纷纷举着木块,放入熊熊燃烧的大火中,官兵们情绪激动地将凯撒的尸体置于其上,脸上充满悲伤。一次是埃及艳后自杀时,她手拿着藏有毒蛇的无花果盘,如神灵般超然生死。最终她身着金衣手执权柄,高贵地躺在陵墓里,身边还有两位忠诚的侍女陪葬。

### 附:影片经典对白摘录

国王和神从来都不是被选出来的。
除你(凯撒)之外,世上充斥着小人。
我只有一个主人⋯⋯对你(埃及艳后)的爱。
长久以来,我生命中充满了你,像风中随时听到的噪音。
我想摆脱你,不想你⋯⋯不想再担惊受怕。
我永远忘不了你。
你昨晚没来,我无法入睡。今晚你会来吗?
爱会伤人,锥人之痛。
若问我的心愿,只想与世无争地与你住在这里。
有了爱,你就忘记了一切。忘记了身份,忘记了雄心大志。
克莉奥佩特拉再次消失了踪影,我还是要紧随其后,终其一生,甚至于生命之外。
一个女人⋯⋯我唯一的爱,从未曾改变,除了由生人⋯⋯化为白骨。
只有永远地背弃自己,否则我怎么会错失一生中追寻的目标。
我们一起证明,死比爱容易得多;证明,死不过是最后的拥抱。
吻我,封住我最后一口气。
我决心一死,就一定会死。
生存是一场梦,别人的梦,此时终于要结束了。现在应该开始,我自己的梦了,一场永不醒来的梦。

# 《人鬼情未了》文学导读

## 一、主要剧情

看电影

　　山姆是一家金融交易所的员工，与从事艺术工作的莫莉很相爱，两人决定住在一起，于是就忙着装修房子。山姆的好友兼同事卡尔也常常前来帮忙。

　　山姆与卡尔关系很要好，对卡尔也很信任。有时工作繁忙，他甚至会把自己银行密码告诉卡尔，请他帮忙转账。有一天，他正在上班忙着，卡尔进入他的办公室，说用他原来给的密码没法进入客户马克和赖瑞的账号，问这是怎么回事。山姆告诉卡尔，这两个客户的账号有异常现象，正在对它们进行调查。卡尔主动要给山姆帮忙，但山姆拒绝了。卡尔问山姆晚上有何安排，山姆说他要跟莫莉一起去剧院看戏，并邀卡尔一同前往。卡尔说自己没有空。

　　晚上，山姆与莫莉看完戏剧后，一起在街上散步。莫莉告诉山姆自己有两件作品将要展出，所展出的画廊还得到过《纽约时报》的赞誉。莫莉深情地对山姆说，她非常爱山姆，想跟他结婚。山姆对此非常吃惊。莫莉对他的这种反应有些不满。这时，莫莉发现有人跟踪他们，于是就拉着山姆离开。结果那人还是追了上来，用枪逼着山姆交出钱包。山姆与歹徒进行搏斗，结果不幸中枪。歹徒拿走山姆的东西逃离现场。

　　山姆的灵魂离开了身体，去追赶歹徒，回头时却发现莫莉抱着自己的尸体痛哭，这时才知道自己已经死去。山姆①对此非常伤心，没有随光去天堂，而是追着莫莉去了医院。后来他又来到墓地和家中。人们正在哀悼他。山姆留在了家里。夜深人静时，他听到莫莉在独自悲伤，想去安慰她，却悲哀地发现莫莉并不能够感觉到自己的存在。

---

① 下文将山姆的灵魂一律简称为山姆。

山姆悲伤地看着莫莉与卡尔整理自己的遗物

此后山姆一直陪在莫莉的身边,关注着她的一举一动。一天,莫莉与卡尔一起整理自己的遗物,准备把一些东西给扔掉,但是最终又非常不舍,把一只装有他通讯录的小盒子给留了下来。卡尔离开他家前,对莫莉表示了关心,希望她从悲伤中走出来,并主动约她一起出去散步。莫莉最终同意。山姆听后心里充满嫉妒,想追上他们。结果正在这时,有人用钥匙打开了他们家的门。他非常生气,但所有的阻拦都无效。后来莫莉很快回来了,因为歹徒手里有枪,所以他更加担心。为了帮助莫莉脱离危险,他拼命地吓唬蹲在歹徒旁边的猫。猫能够感到他的存在,受惊后跳起,结果抓伤了歹徒的脸。歹徒落荒而逃。山姆非常生气,于是就穿过门,一路追赶歹徒。追到歹徒家以后,他才发现歹徒到他家并不是为了偷财物,而是受人指使的,要到他家里拿一件东西。歹徒打算过几天再到他家去拿。这个歹徒就是杀死他的凶手。

山姆知晓此事后,非常吃惊,极度焦急,但却百般无助。他一个人在街头乱走。他无意间来到一位声称能够跟鬼说话的灵媒奥德美家里。他在一旁观看奥德美施法术,结果却发现她是个骗子,以此来骗人钱财。山姆在一旁对奥德美进行了冷嘲热讽。没想到,奥德美竟然能够听到他的话,这使他重新燃起了希望。他于是缠着奥德美,要她帮助正处在危险中的莫莉。奥德美被他缠得没有办法,只好打电话给莫莉。莫莉接到奥德美的电话非常吃惊,结果把电话给挂了。他又逼着奥德美登门拜访莫莉,莫莉同样拒绝见面。这时,他让奥德美在楼下说出了很多只有他与莫莉才知晓的一些生活细节。最终莫莉被打动,下楼与奥德美见面。山姆让奥德美告诉莫莉,她正处于危险中,而且还把杀死自己的歹徒地址和姓名写给她,要她立刻去报警。

**山姆看着正在行骗的灵媒奥德美**

莫莉对于白天发生的一切很疑惑,就把这些告诉了卡尔。卡尔听后,让她不要相信这一切,并答应她会做一些调查工作。卡尔离开后直接驱车去了歹徒的住处。当山姆为卡尔的安全担心时,他却意外发现卡尔与歹徒本来就认识。从两人的谈话中,山姆知道了一个天大的阴谋。原来卡尔一直为贩毒分子洗钱。自己发现的那两个异常账号就是犯罪分子的,里面有四百万的巨款,其中八万是卡尔的。当他把账号密码修改以后,卡尔不能将里面的四百万巨款转出来,因此非常着急。卡尔原本是指派歹徒去抢山姆的钱包和钥匙好拿到他的密码,不料山姆抵死反抗,结果歹徒情急之下杀死了他。卡尔要求歹徒把奥德美杀了,同时还把山姆的钥匙拿走,准备亲自去他家里找银行密码。山姆知晓真相后,非常悲愤。

**山姆到地铁站跟那里的鬼魂学习移动物体的本领**

莫莉经过一番思索后,决定报警。但警察并不相信她的话。警察找不到歹徒的档案,相反却查到了奥德美的材料。令莫莉大吃一惊的是,她竟然是一位有着非常严重犯罪前科的女人。警察于是建议莫莉去起诉奥德美,莫莉并不同意警察的看法。卡尔偷偷地来到山姆家里,拿走了他的通讯录,获得了密码。卡尔进入电脑系统,发现钱还在账上,这才放下心来。但卡尔并没有就此罢休,而是继续为贩毒分子服务。觉得危机已过的卡尔深夜来到莫莉家,莫莉仍然非常悲伤。卡尔假心假意地安慰,并且吻了莫莉。山姆看后非常愤怒,就扑了过去,结果却穿过了他们的身体,把放在桌子上的照片框给弄掉了。两人很受惊吓,莫莉要卡尔离开。愤怒的山姆再次来到地铁上找那个曾将他扔出地铁的鬼魂,请他教自己移动物体的本领。最终,山姆如愿以偿。

歹徒来找奥德美,想杀死她。山姆及时赶来相救,奥德美得以逃命。山姆最后想出了一个帮助奥德美摆脱纠缠的办法。他让奥德美身穿正装来到银行,谎称卡尔打电话让她来办新账号的签名,并且要求银行结束账号,并把四百万元巨款提走。他们正在办事时,莫莉也来到了银行。山姆怕莫莉认出奥德美使这项计划破产,于是就带着奥德美匆匆离开。但莫莉还是认出了奥德美,并且向银行职员打听她的相关情况。奥德美拿到四百万巨款非常兴奋,山姆成功说服她把这钱捐给了教会。

卡尔发现他的银行账号突然结束,万分焦虑。山姆在卡尔的办公室里显灵,让他知道这事是自己干的,并且说他是杀人凶手。惊恐的卡尔来找莫莉。莫莉无意中对他说出了奥德美去银行结束账号的事。卡尔于是就对山姆说,要他十一点前把钱送来,否则他会杀了莫莉。卡尔匆匆离开莫莉后,又与歹徒一同前往奥德美处行凶。山姆再次及时赶到,奥德美得以逃过劫难。山姆想尽一切办法来对付歹徒。歹徒被他吓得四处逃跑,结果被一辆疾驰的汽车给撞死了。

山姆与奥德美一起去莫莉处,告诉她目前的处境非常危险,说卡尔要来杀她。莫莉不相信他们,结果山姆用种种灵异的行动说服了她。莫莉打电话报警。为了让山姆与莫莉相逢,奥德美让山姆进入自己的体内。后来,卡尔来到莫莉的家里,山姆只好从奥德美的身体里出来。莫莉与奥德美一起逃跑,但是奥德美还是被卡尔抓到了。卡尔用枪逼着她交出支票,并且把前来救助的莫莉打倒在地。后来卡尔又用枪对着莫莉,要山姆交出支票。山姆打败了卡尔,将莫莉救了出来。最终卡尔被落下来的破玻璃给刺死了。

**永别前,山姆与莫莉深情相吻**

危机过后,当山姆急切地询问莫莉情况时,莫莉惊喜地发现自己能够听到山姆的声音,并且还能看到他的样子。最终,山姆与莫莉依依惜别,平静地走向了流光溢彩的天堂。

## 二、作品主题

这部电影的故事发生在现代大都市里,涉及金融、毒品、枪杀及行骗等光怪陆离的生活,但是重点讲述的却是山姆被枪杀以后,他的灵魂如何执着地留在人间,保护自己的爱人,使爱人脱离危险,最后升入天堂的故事。因此,这部作品的主题仍然是爱情。

不过,与一般作品的爱情有所不同的是,它的内涵非常独特:爱不仅体现为言语,而且更需要付诸行动;爱不仅表现在生前,而且还表现在死去。

山姆与莫莉两人对于爱情的理解显然是有分歧的。虽然在生活中,山姆努力工作,并且深爱着莫莉,视其为生命中最美好的部分,但是他却很少直接地表达出来。他认为"常说爱你,并不代表爱"。而莫莉则不同,她希望山姆能够给她一些甜言蜜语,"人总是要听些甜言蜜语的"。正因为如此,情至深处时,莫莉会说"我爱你",而山姆则会说"我心亦然"。正因为如此,爱到浓时,莫莉会说,"我要嫁给你",而山姆则说:"这是真的吗?"莫莉对于爱情的这种理解为我们绝大部分人所认同。她对山姆的表现有时会不太满意,虽然这并不会削弱她对山姆的爱。

山姆与莫莉深情相拥

但是山姆却用行动实现了他所承诺的"真爱至死不渝",最终也深深地打动了莫莉。

生前山姆努力地工作挣钱,精心地装饰自己的小家,支持莫莉的人生理想。但是因为他不擅长表达,所以他与莫莉的爱情在喧闹繁华的大都市里看起来似乎有些平淡无奇。

他对莫莉的爱情是在他死后才显得光彩动人的。

首先,他对莫莉万般眷恋。当山姆被枪杀以后,天上出现了一束光亮。从影片最后结局来看,那是天堂在召唤他,但是他拒绝进入那光中,拒绝从此离开人世。因为他回头看到了莫莉,她此时正伏在自己鲜血直流的尸体上,无助地哀嚎。他决定紧紧地追随她,跟着她去医院、墓地和家中,每时每刻陪伴在她的身边。

其次,他对莫莉有着强烈的保护欲。当他发现有歹徒进入家中以后,他一路想去阻拦对方,尽管他明明知道所有的努力毫无效果。后来看到莫莉返回家时,他更是万般紧张。知晓歹徒还会去自己家里,他更是焦虑。他因为找不到办法而沮丧,痛苦地在街上茫然穿行。后来终于功夫不负有心人,他遇到了可以听见自己声音的灵媒奥德美。他万般狂喜,想尽一切办法去说服奥德美帮助自己。

再次,他愿意为莫莉挑战极限,极富牺牲精神。作为一位刚刚死去的鬼魂,他对于自己的能力并不了解。在拯救爱人的艰难过程中,面对不可预知的困难,他也是充满恐惧的。比如当他想追随莫莉,却发现并不能用拉把手的方法离开时,面对厚厚的门要穿越,他恐惧极了。比如,当他追赶歹徒时,无意中在地铁上遇到一位性格暴躁的鬼魂,他也很害怕。但是对莫莉的爱,使他变得无比坚强。所以他会勇敢地穿过门,会穿过一切阻碍物紧紧地跟踪歹徒。当他无意间扑倒桌子上的相框时,他突然意识到自己是可以有办法去跟恶人卡尔作斗争的。为了能够强大自己,更有能力去保护莫莉,他特地去地铁上找那个可怕的鬼魂学习本领,尽管对方对他百般地殴打和恐吓,但是他决不退缩。后来,对方被他的执着感动,教会了他移动物体,他终于得以战胜恶人。他说如果能够抚摸莫莉,他愿意为之放弃一切。奥德美被他感动,让他进入自己的身体,与莫莉相见。此时,他已经知道鬼魂进入人体后,会受到很大的伤害,会变得软弱无力,但是他想也没有想就进入奥德美的身体。

山姆对莫莉缠绵深沉的爱,可以从一个很细微的地方看出,那就是虽然他已经死去,但是却记得生前与莫莉相爱的每一个瞬间、每一个细节。

不仅山姆如此,莫莉亦是如此。在山姆生前,莫莉就非常爱他,经常主动地表示自己的爱,渴望与他早点结婚。在山姆被歹徒枪杀的过程中,莫莉始终没有离开。面对鲜血直流的山姆,莫莉一面流泪高声呼救,一面紧紧地抱着他,把他送往医院。山姆死后,莫莉很难从先前的生活中走出来,整日以泪洗面,一直觉得山姆从未离开过自己。所以卡尔即便使尽伎俩,都不能替代山姆在她心中的地位。正

面对卡尔的追杀,莫莉与奥德美惊恐地抱在一起

是因为她深爱着山姆,所以当奥德美出现在她的生活中,给她带来山姆的信息时,她虽然也曾有过犹豫,但是最终还是选择了相信,尽管摆在她面前的奥德美档案劣迹斑斑,足有一英寸厚。而且当时,她身边的人,无论是老于世故的警察还是别有用心的卡尔,都在劝她不要相信奥德美,并对她说人死不能复生,世上根本没有灵魂这件事。

所以,山姆与莫莉所演绎的爱情,用剧中的一句经典台词来总结,那就是:"真爱至死不渝!"

## 三、人物形象

这部影片是现代化大城市生活百态的形象缩影。里面充斥着形形色色的人,尽管他们的阶层、肤色和性格各有不同,但是均给人以深刻的印象。

首先是山姆,这是一位生活在大城市里的男子。为了生活,他努力地打拼,因而拥有了一份体面的工作,和一个自己深爱的同时也深爱着自己的爱人。在一般人看来,能够拥有这些,应当感到知足快乐才对。但是他却忧心忡忡,常常独自发呆和胡思乱想,因为他担心美好的一切会突然消失。"每次遇到什么好事,我都害怕会失去"。正因为他过于多愁善感,所以生活中的许多负面信息都会被他关注并且对他造成困扰。看到电视上报道空难,他便紧张得想取消行程。尽管他小心翼翼地避开灾难,但是灾难还是不期而至。当他与爱人一起散步谈心时,突然就被歹徒枪杀了。

尽管他身处的城市暗藏着诸多的丑陋,尽管他所从事的金融业中客户三六九等,每人都力图分得一杯羹,但是他却恪尽职守,诚实地工作,不与客户有工作以外的更多接触。一旦发现有异常问题,他会严查到底,即便因此付出加倍的辛苦。因此他是一位纯朴尽职的人。他相信朋友,对于刚入行的卡尔深信不疑,可以将自己的账号密码告诉对方。在生活中,他也处处想着卡尔,连与爱人约会都不忘邀请他一起去。甚至卡尔离开莫莉向歹徒家中走去时,他还在为卡尔的生命安全担心。他对人友好。当发现奥德美具有超常能力后,他特别高兴,并没有因为她是黑人、居住在贫民窟而有任何顾虑。当奥德美拒绝帮他时,他也并没有发怒,如一般鬼魂那样使用暴力或是恐吓手段,而是用唱歌的方式纠缠她。当奥德美穿着正装去银行时,他对她进行了真心的赞美。当奥德美听从他的建议将巨款捐给教会后,他真心为她骄傲。他两次去救奥德美,使她逃脱了歹徒的杀害。他极为善良。虽然他对卡尔与歹徒的行为极为愤怒,但是他从没有想到要去杀死他们。他们意外死亡后,他仍然感觉难过。当然,他更是一位深情的人。他对于爱情有着自己独特的理解。当莫莉告诉她自己的作品正在被人们关注时,他告诉莫莉,"别人如何想都不重要,我的感受最重要"。就这样,他努力地经营着爱。他不但给莫莉一个温暖的家,让她安心地工作,而且还处处以莫莉为中心。即便自己对看戏毫无兴趣,他也欣然陪同。他不仅活着的时候深爱着莫莉,死后亦是如此。直到莫莉真正地脱离了危险以后,他才肯安心地离开人世。

他的善良、温柔和深情,使他最后进入了金光闪烁的天堂。这个归宿显然是实至名归。

其次是莫莉。她年轻貌美,极富艺术才华,有着体面的工作,所创造的作品正逐渐受到了同行的关注和社会的好评。她生性浪漫,喜欢与山姆享受无拘无束的两人世界。她举止率真,毫无掩盖地流露着对山姆的爱。即便卡尔在面前,她也从不避讳地跟山姆接吻和拥抱。她轻松快乐,对于山姆流露出的莫名担心,总是置之一笑。她以为幸福可以天长地久,不料不幸很快便不期而至。山姆被卡尔派去的歹徒杀了。

她对于山姆的爱刻骨铭心。当山姆突然离她而去时,她的生活一下子如釜底抽薪般失去了意义,从此陷入悲痛的深渊。她对山姆是那么的难忘和不舍。在整理他的遗物时,她对于他的每一件东西都舍不得抛弃,选了又选以后,还是决定将一只小盒子给留了下来。当初他们在搭建爱屋时捡到的一枚硬币,一直被她珍藏在玻璃瓶中。山姆去世以后,她独自一人时总是将它拿在手里滚来滚去,泪眼婆娑。就在那清脆的响声中,她熬过了一个又一个漫漫长夜。她不允许别人说出山姆已经死去的事实,所以当卡尔说"死的不是你"时,一向文弱的她竟然动手打了卡尔耳光。面对卡尔的亲热举措,她总是有礼貌地保持距离。

与山姆一样,她为人善良。当卡尔以山姆昔日好友的身份出现在她的生活中,在她最艰难的日子里陪伴左右,她一直心怀感激。当卡尔在约好的时间没有来电话时,她对他表示了极大的担心。当她去报警时,警察告诉她奥德美是个骗子,暗示她去起诉奥德美时,她并没有如此行为。

然后是奥德美。这是一位居住在城外贫民区的黑人妇女。为了谋生,她有时会不计后果,因此有着非常不堪的过去。尽管受尽社会的歧视,但是她并没有失去生活的热情。她扮成灵媒去骗人钱财,也只是想让自己的生活条件变好点,况且她此举并不是完全骗人。因为她的奶奶与妈妈本身就有这方面的超能力,而她后来的确也是有这种能力的。当她意外得到

卡尔与奥德美在银行

一笔四百万的巨款后,她想到的就是买房,买一排的房子,并让自己的妹妹去减肥。她待人善良。山姆向她求助,她心软地答应了,后来还勉为其难地穿上自己最好的衣服跟山姆一起到银行去。虽然莫莉两次拒绝她,但是她并不计较,依然决定去帮助她。总之,她是一位热心、开朗、善良又有点贪财的女人。

最后是卡尔。这是一位刚刚进入金融业的年轻人。面对金钱的诱引,不能坚守自己的内心。在没有独立账号的情况下,他就出卖友情,替毒枭们服务。他不但替犯罪分子洗钱,而且还借用职务之便,获取相关的内部信息来为自己牟利。不仅如此,他还非常贪婪。为了获取更多的钱,他甚至将自己的钱也投入进去。为了达到目的,他不择手段。在发现山姆更改密码后,他派歹徒假扮成贼持枪去抢山姆的钱包。山姆不幸被杀后,他非但毫不内疚,反而再次安排歹徒进入山姆的家里,完全不顾及莫莉的人身安全。他还非常残忍。得知奥德美知晓他的阴谋时,他立刻安排歹徒去杀死她。歹徒死后,他还亲自持枪前去杀人。他还非常伪善,经常欺骗别人。因为年轻资历浅,还没有独立的账号权,所以他不得不跟随资深的员工学习,这时他看中了单纯善良的山姆。为了赢得山姆的信任,他常常对之假装热情,比如帮山姆拆房子、弄装修等。当山姆发现账号异常进行调查时,他非常害怕,但还是假装热心要去帮助山姆整理等。不仅对山姆,他对莫莉也是如此。为了从莫莉家中拿到密码,他假装关心邀请莫莉去散步,以制造机会让歹徒进入家里翻找。为了把莫莉追到手,他一面别有企图说山姆的好话以放松莫莉的警惕,说山姆一定希望他们把握现在,一面假装向莫莉表达爱意。实际上,当他得知四百万被山姆拿走时,他立刻以杀死莫莉为威胁,要山姆把钱给拿出来,最后还用枪顶着他一直口口声声说爱着莫莉。所谓"多行不义,必自毙",贪婪、伪善、工于心计、心狠手辣的卡尔最终死在自己的手中。

卡尔与毒枭通电话

## 四、艺术特色

首先,它的风格庄谐并举。这部影片主要是描绘山姆如何在生前深爱着莫莉,死后又历尽千难万险保护爱人,最终与莫莉永远分离,进而归于天堂的故事。所以总体而言,这是一部悲剧,主体风格倾向于浪漫、深情、悲凉。其浪漫如山姆对幸福生活充满莫名担心,这使得莫莉半夜里睡不着,起来工作,结果山姆也起来了。两人一边一起做陶罐,一边手把手、心靠心地亲密交流。其深情如山姆死后,莫莉一个人在家里突然泪水涌出;如山姆死后借助奥德美的身体,与莫

山姆与莫莉在家中一起制作陶器

莉相拥相抱,实现了自己死后的最大心愿等。其悲凉如山姆在枪杀现场,一路狂追赶歹徒,结果回头一看,却发现自己倒在血泊中,这才发现自己其实已经死了。这时,他是那么痛苦。再如山姆知道自己的死以及莫莉所面临的危险均来自卡尔时,他一下子难以置信,先是一屁股坐在地上,然后跟跟跄跄地跟在卡尔后面,无助地挥舞着拳头,悲愤道,"该死的你,我本来还活着"。

山姆为自己的死悲伤难过

在这样一个整体庄严、肃穆的风格之下,影片还不时地穿插着喜剧的细节,使之变得幽默、诙谐。比如,影片一开头描述山姆与卡尔上班时,他们站在拥挤的电梯里,被众人挤压。这时他们两人故意捣鬼,非常默契地一问一答。山姆说卡尔有传染病,吓得周围人离得远远的。这使两人一下子有了很宽松的空间。此时卡尔是阳光、幽默的,与后来的内心凶残形成强烈对比,这让观众对于都市中同事之间的虚伪友谊不寒而栗。比如,山姆发现自己实际上是被好友谋杀的因而万般悲伤时,作品却突然情节一转,写山姆来到了奥德美家里。此时奥德美正在与两个妹妹设计骗人。而她的骗人把戏是那么的拙劣和滑稽,让难过的山姆看后忍俊不禁,因而心情有所好转。而奥德美亮相以后,她的举手投足皆让人啼笑皆非。与那些斯文的白领阶层如山姆、莫莉或卡尔不一样,她谎话连篇,举止粗俗,是一位在生存线上苦苦挣扎的穷人。因为外婆与母亲有通灵的超能力,便以此为由头,装模作样地骗人。结果,真的拥有了她一心向往的超能力以后,她反而惊慌失措。这一对比情节,让人大笑不已。不仅如此,影片还写到山姆让她去银行结束账号时,当她知道拿到的钱竟然是四

百万时,那种难以置信进而欢喜若狂的神态,以及最后无奈捐给街头募捐修女时的不甘心,它们均十分生动传神、惟妙惟肖。悲喜结合,风格多元,这不但增强了影片的观赏性,而且还使作品的悲剧性以一种更加舒缓的方式深入人心,增强了它的观赏效果。

其次,想象力奇特,极富浪漫精神。一个人怎样才能表达对爱人的深情,这是所有爱情题材的电影都极为关注的。该影片不走寻常路,让山姆与莫莉的爱情,不是在他们朝夕相伴时表现出来,而是在一个别离的情景下展开。既写出了一个真实世界,那里生活着山姆最心爱的人莫莉,又写出了一个想象的鬼神世界,它非常丰富,几乎与人间无异。如鬼有新旧之分。新鬼会有对环境的不适应,而旧鬼对于现实的世界则有牵挂。鬼会在妻子死时前往医院看望她;会对于红尘万般地留恋,愿意用所有的一切换取吸一口烟的世俗享受等。并且鬼的情感也丰富复杂:有温情,如山姆在墓地出现时,邻墓的女主人会出来跟他打招呼;有伤痛,比如地铁站的鬼因为被人推下去过早地结束了生命,所以一直对此愤愤不平,难以放下。在鬼神世界里,亦是"善有善报,恶有恶报"。好人死后上了天堂,那里有光的迎接;恶人死后下地狱,身着黑衣的影子会把他们强行带走。影片中这两个世界不但一直并存着,而且还时常交汇。其中媒介有灵媒,比如奥德美的外婆、妈妈及以她本人,都天生具有与鬼魂沟通的超能力;有怪异的动物,如莫莉家里的那只猫,它可以感受到山姆的灵魂,对之怀有恐惧等。当然,影片的浪漫之处在于,它认为真情亦是打通这两个世界的重要途径。山姆死后一直守护着爱人,与恶人进行决不言弃的斗争;莫莉一直眷恋着山姆,在他死后还去警察局报警,并且相信奥德美的言语。他俩对于爱人的深切怀念,最终感动了天地,得以短暂地重逢。莫莉最终不但可以听到山姆的声音,而且还看到了山姆的样子。山姆一如生前那样眼里充满柔情!

永别前,山姆深情凝视莫莉

# 《钢琴课》文学导读

## 一、主要剧情

  这部影片主要讲述的是一位苏格兰女子艾达远嫁新西兰之后的一段独特的人生经历。

  艾达六岁时突然不能说话了,但这并没有给她的生活带来太多的苦恼,因为她酷爱弹钢琴。后来她听从父亲的安排,带着六岁的私生女和很多行李远嫁到新西兰,与一位素未谋面的男子史亚力结婚。当然,她把深爱的钢琴也一并带上了。

  因为天气不好,所以当她与女儿到达约定好的海滩时,史亚力并没能及时赶到。史亚力赶来以后,他认为回家的路途非常艰难,所以不顾艾达的反对,将钢琴搁置在海滩上。艾达对此非常难过,却无能为力。

**被搁置在海边的钢琴**

艾达与史亚力结婚以后,并不能一下子接受丈夫。史亚力婚后第二天就离家出去购买荒地。临走时,他要艾达好好地适应新的环境,重新开始新生活。史亚力离开家以后,艾达却带着女儿一起上山找柏。柏当初曾跟随史亚力一起到海边来接她们。艾达想请柏把她带到海边,去找那架搁置的钢琴。

柏起先不同意,但最终还是答应了。艾达与女儿因此得以来到海边。艾达见到了久违的钢琴,非常开心。她尽情地弹琴,一直到天黑才回去。到家以后,她在桌子上刻下钢琴键盘的模型来教女儿唱歌。此举让史亚力非常费解。

一天,柏来找史亚力,说自己想学钢琴,打算用八十亩地跟他交换放在海边的那架钢琴。史亚力先是很吃惊,后来又很开心。为了促成这笔交易,他主动提出让艾达教柏弹钢琴。听到自己的钢琴被不识字的柏买去了,并且自己还要被安排去教柏弹钢琴,艾达非常愤怒,进行了抗议,但是史亚力不为所动,他要艾达为家庭做出一些个人的牺牲。

艾达百般无奈,只好带着女儿来到了柏家教他弹。到了柏家,她站在门口却不进去。她让女儿去教柏弹琴,因为她不想在音不准的钢琴上教课。结果女儿兴奋地告诉她钢琴已经被调好了。艾达有些吃惊,只好亲自教柏弹琴。

然而柏对于钢琴学习一事并没有真正的兴趣。当艾达弹琴时,他突然走上前亲吻了她的脖子。艾达十分惊慌,她拿起衣服要离开。这时柏向艾达提出做一笔交易。他说如果艾达在弹琴的时候允许他做些事情,她就可以把钢琴给赎回去,每次来可以换取一个键。艾达冷静思考后,提出每次来换一个黑键。两人最终达成了交易。从此以后,艾达天天来柏家弹琴。

史亚力在劳动时看到艾达路过他的身边去柏家教钢琴,便问柏的钢琴学得怎么样。艾达对此报以微笑。后来,史亚力与柏在一起,聊起了学琴一事。史亚力关心地问柏学得怎么样。柏回答说还行,并且说有机会表演给他听。但是当史亚力问柏学习的内容时,柏却答非所问。这让史亚力很纳闷。

艾达在柏家里弹琴时,柏提出的要求越来越多。比如把裙子抬高点,或是脱掉上衣,或是陪他在床上躺一会儿等等。艾达对此起初有些犹豫,但逐渐地不再抗拒。有一次柏提出用五个琴键来换她躺在自己的身边。艾达思考了一下,最后也答应了。

**艾达弹琴时,柏上前抚摸她**

在一次音乐会上，艾达与史亚力同行。史亚力看到柏也来了，于是就让他坐在艾达旁边。看到柏向自己这边走过来，艾达巧妙地拒绝了。柏坐在远处，看到史亚力握着艾达的手，他非常生气，中途起身离开。后来当艾达再次来到柏家中弹琴时，柏的情绪非常低落。他对艾达的弹琴不再关心，转而离开。艾达弹琴停下来以后，发现柏不在自己的身后，便在屋里四处寻找，结果惊讶地发现柏全身赤裸着。柏提出要让她也赤裸着陪自己躺在床上，问她需要什么条件。艾达想了一下，提出用十个琴键作交换。两人因此赤裸裸地躺在床上。

这一切意外被艾达的女儿发现了，孩子告诉了史亚力。

当艾达再来上课时，柏已经决定把钢琴送给她了。艾达非常意外，柏的解释是这些日子相处让自己觉得像一个嫖客，而实际上自己的最初心愿则是想让艾达关心自己，但发现艾达并没有如他所期望的那样。

艾达带着钢琴回家时中途遇到了史亚力。史亚力以为艾达想反悔，为了不失去土地，他急忙去找柏，说保证会让艾达教会柏弹钢琴。结果柏说把钢琴送给他们家了。

钢琴搬回来以后，艾达却突然不想弹琴了。她常常在家中发呆，在院里徘徊。弹琴时，她会突然停下来，然后向身后看去，结果却发现什么也没有。这时她会一脸惆怅。于是，她不顾一切地狂奔到了柏家里。柏看到她来，说自己得了相思病，很痛苦。如果她没有带着感情来，就请她离开。艾达听后并没有离开，她泪流满面，并用力地打柏，然后痛苦地蹲在地上。两人因此激情相拥。这一切，都被随后跟来的史亚力看在眼里。

艾达回家后，与女儿嬉戏，非常开心。史亚力将一切看在眼里，暗藏愤怒。第二天，当艾达又去柏家中时，他在途中将她阻拦，并想强行与她亲热。艾达对此进行了坚决抵拒。史亚力于是便借口保护艾达不受土著人干扰，将她与女儿反锁在家里。艾达对此表示了沉默，她只是在深夜里起来忘情地弹琴。

艾达后来听说柏病了，要离开这里，她非常难过，默默地坐在家里弹琴。晚上，艾达到史亚力的房间抚摸他的身体。史亚力看到艾达举止安静，而且还对自己表示出极度的亲密，决定给她自由。自己照例出去劳动。

史亚力离家以后，艾达拿下一个琴键，在上面刻上情语，让女儿送给柏作为纪念。女儿没有把它送给柏，而是交给了史亚力。史亚力看后怒火中烧，回家用斧头砍掉了艾达的一个手指。他让女儿把艾达的手指送给柏，警告柏如果两人再见面，他会切掉艾达所有的手指。柏得知情况后，非常悲愤，要去找史亚力报仇，被众人给拦了下来。

艾达手指被砍后,昏倒在地

艾达病倒后,史亚力在照顾她。史亚力透过艾达的眼神,发现她并没有屈服于自己的暴力。他深夜持枪去找柏,说自己真正听懂了艾达的想法,艾达想离开这里。他要柏把艾达带走。

柏带艾达母女和那架钢琴一起离开。尽管大家都劝他带着琴会非常危险,但是他却非常坚持。他觉得艾达需要它。船行在海上,艾达告诉柏钢琴已经坏了,坚决要他抛掉它。当大家把钢琴抛到海里时,艾达故意让自己的脚放在下滑的绳子中,随钢琴一起沉入海里。在海中,艾达突然又有了求生的欲望,于是奋力踢掉鞋子,浮出海面。在众人的相助下,艾达重获新生。

艾达重获新生后,戴着柏送的金手指继续弹琴

最终,艾达与柏在另一个城市里开始了新的幸福生活。柏送给她一个金属手指和一架钢琴。她以教琴为生,并且开始努力地学习说话。

## 二、作品主题

作品以十九世纪中期尚未开化的新西兰为背景,讲述了一位受过良好家教的苏格兰哑女艾达的传奇人生,其主题仍然是爱情。只是与一般影片有所不同,这里所描述的爱情,有着特定的内涵,那就是不用言语便可传递出心绪的强烈的感情共鸣。

艾达在没有来到新西兰之前,已经经历过一场爱情,并因此受伤。关于此前的那段悲凉爱情,影片是通过她与女儿的对话来简略述及的。艾达曾与一位教师相爱,但是没有结婚就分开。这段感情给她留下了一位私生女。当女儿询问不会说话的她与自己的父亲是如何交流的,她说相爱的人不需要言语便能够明白对方的心迹。对于这种奇妙的沟通方式,男教师非但没有乐在其中,而是还产生了恐惧心理,这使艾达从此再也无法与他沟通,两人于是没能走进婚姻的殿堂。

尽管如此,艾达并没有对爱情绝望。她之所以会远嫁新西兰,跟素未谋面的史亚力一起生活,是因为史亚力信中的一句话打动了她。史亚力对于她不能说话的事并不介意,"神爱哑的东西,我为什么不能",她以为自己可以与史亚力进行畅通无阻的沟通。

初到新西兰的艾达与女儿在海边等待素未谋面的丈夫史亚力

事实上,艾达根本无法与史亚力沟通。他们之间存在着巨大的分歧,这尤其体现在对钢琴的处理上。钢琴对于不能言语的艾达而言意义非凡。因为她不能言语,所以很难与一般人进行情感交流。这使得她习惯于将自己的丰富情感倾诉在琴键上。正因为如此,她对钢琴有着很深的依赖。她平时每天都在弹琴,临行前也要弹钢琴,远嫁时带着钢琴,到了新西兰刚在海边安顿下来,便去抚摸钢琴。钢琴已经与她融为一体,成为她生命中极其重要的一部分。所以,来到一个完全陌生的环境里,她对于钢琴的依恋更加强烈。关于这点,可以从她最初离开海边时站在岸上远远地凝视被海水冲击的钢琴看出来,也可以从她在暴雨来临时对着窗外发呆思念钢琴看出来。

但是,史亚力对此却一点儿也不理解。他是一位务实的人。减少开支、增加财富是他最关心的事。他希望艾达也应当做到,应当学会为家庭做出牺牲。所以,当他在海边见到钢琴时,便以人手不够、路途遥远为由,不顾艾达的反对,将钢琴弃置在海边。对他而言,艾达陪嫁的厨具和衣服更有价值。当艾达问他回去以后会不会再来拿钢琴时,他却含糊其辞,显然他不想出钱雇人来抬这架钢琴。后来当柏提出要用八十亩地来换钢琴时,他简直是喜出望外。为了达成交易,他还强迫艾达去教柏弹琴。所以,当他看到从海边回来以后的艾达在桌上刻上琴键,以此来教女儿唱歌时,他觉得艾达不但生理上有毛病,精神上也有毛病。

艾达与史亚力在雨中拍结婚照

从史亚力对艾达钢琴的处理上来看,他从来没有关心过不会说话、初来异地的艾达的内心世界。她是那样的孤独与无助!所以,即便他给艾达留下足够的时间和空间,让艾达去适应新的生活;即便他知道了艾达与柏有过亲密接触后选择了原谅;即便他丧失理智,用斧头砍下了艾达的手指,艾达也没有如他所期望的那样,只要假以时日便可以与他一起开始新生活。

但是外表粗犷的柏却走进了艾达的心灵。

当柏第一次看到艾达,史亚力问他对艾达的初次印象时,他说艾达看上去很累。可见,柏对娇小的艾达充满怜爱。艾达作为一位弱女子带着一个女儿,长途跋涉来到新西兰,一路上还要与一群粗俗的男人同行,自然非常憔悴。可惜史亚力看不到这些。这种怜爱使柏后来又有了与艾达同行的机会。当艾达带着女儿向他求助,要他带自己去海滩弹琴时,柏最初拒绝了。因为他与艾达并不熟悉,艾达是一位有夫之妇。但是当他看到艾达与女儿在他门前无助的表情时,他又不忍心,最终还是答应了。艾达来到海边见到钢琴以后,完全像是换了一个人,极其开心快乐。见此情景,柏对于艾达的怜爱又增加了一层。他静静地站在一旁,不忍打断艾达,直到天黑,他才带着她们回去。回来以后,他不但以八十亩地的昂贵代价将那架搁置在海边的钢琴从史亚力那里换回来,而且还专门请人给它调音。他默默地行动着,为的是让艾达能够坐在自己的钢琴前,做她真正的自己、快乐的自己。

艾达和她女儿以及柏一起离开海,身后是她们用贝壳拼成的美丽的海马图

虽然他为艾达做了很多,但是他却不会表达,或者说不会正确地表达。面对爱情,柏其实与艾达一样,成了一位不会言语的人。

爱一个人,其实真的很简单,就是能想她所想、爱她所爱。所谓精神上的契合,其实就是无言胜有言。

艾达与柏就这样在无言中不断地靠近对方,从心灵到身体,从身体到心灵。一个人在弹琴,一个人在听琴。在琴声里,他们逐渐地熟悉对方,亲近对方,最终难以分开。

当艾达最终拥有了梦寐已久的钢琴时,她的内心不是喜悦而是失落。这时她才发现,自己最在意的竟然不是钢琴,而是一直守在钢琴旁边听她弹琴的柏。

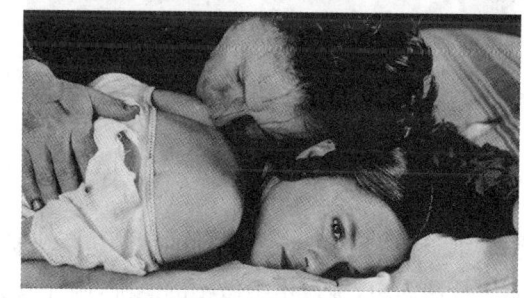

柏在深情地亲吻艾达的后背

当艾达随着钢琴一起消失以后,柏突然失去了先前的活力,生了相思病,终日在屋子里闷闷不乐。最终,艾达义无反顾地奔向了柏,而柏在艾达要离开时便产生了无尽的相思之苦,期待着能够早点再次相逢。当艾达被囚禁失去自由时,她宁愿把自己最喜爱的钢琴给破坏掉,在琴键上刻下情语,将之作为信物送给柏。当柏得知艾达因为爱自己而受到史亚力非人的摧残时,他悲愤地将头撞向大树。他发誓要杀了史亚力,替艾达报仇。

艾达对爱的无言执着,最终不但使史亚力屈服,选择放手;同时也让她自己最终从海底里挣脱了被绳子缚着的鞋子,重获新生。最终,艾达与柏一起到了新的城市,开始了幸福的人生:一个会言语、有音乐并且洒满阳光的新世界。

因此,整部影片用细腻的镜头语言向我们生动地展示了一个无言却深情的爱情故事。

## 三、人物形象

影片成功地塑造了诸多人物形象,其中最闪光的人物就是艾达。这是一位外表娇小安静、内心强大、情感丰富的女子。她曾经遭受过一次失败的爱情,并且育一私生女,但是情感的受挫并没有使她对生活绝望。为了追求美好的生活,她不远千里,长途跋涉来到新西兰,经过一番曲折,最终找到了自己的真爱。

艾达用手语与柏交流

艾达性格中最突出的一点,就是意志坚韧。她对于自己所挚爱的,无论是物还是人,都会全力以赴地争取,绝不放弃。比如对于钢琴。当她发现史亚力不同意将它搬回去,她当场就进行了强烈的抗议。后来,她又向史亚力的同伴柏请求援助。虽然最初遭到柏的拒绝,但她仍不放弃,坐在柏的门口苦苦等待。听说史亚力将钢琴卖给了柏以后,她非常愤怒,把家里的东西给撕掉、揉碎,并写下纸条给史亚力,说那是她的钢琴。后来被迫来到柏家以后,她以不能在音不准的钢琴上授课为由,婉言拒绝做柏的老师,她让女儿去教他。为了能够拿到自己的钢琴,她在并不了解柏的情况下,冒着可能被柏骚扰的危险,答应了柏所提出来的交易。为了换得钢琴,她可以一直隐忍。所以,当柏因为她不愿意让自己亲近而拒绝让她去抚摸心爱的钢琴时,她含着泪走了。但是第二天,她振作精神仍然前往柏家。

不仅对钢琴如此,她对待柏亦是如此。与史亚力相比,柏无论是外表还是学识,都有些逊色。他不识字,是个粗人。起初艾达对他并没有过多的留意。找他带自己去海边弹钢琴,实属无奈之举。但是,随着接触的增多,艾达对他产生了爱意。艾达真正知道自己对柏深沉的爱,是在柏将钢琴送给她以后。一旦明了自己对柏的感情,艾达便对之不离不弃。她会狂奔到柏居住的地方,当柏以为她对自己并无感情因而灰心地想将她赶走时,她狠狠地打了柏一个耳光,然后留了下来,主动拥抱和亲吻柏。到了第二天,她又向柏家狂奔而去,尽管在路上受到史亚力的暴力阻拦。后来史亚力还她自由,但是却提出了要她与自己继续一起生活下去的条件,她仍然会送信物给柏。即便史亚力将她的手指砍掉,也没有冷却她对柏的爱。关于她这种坚韧个性最传神的一个画面,就是在雨中,当史亚力发疯似地举起斧头,强迫她说不爱柏时,她丝毫不为所动。她握着流血的手指,神情平静却异常坚定地走向远方,柏所在的方向,直至晕倒。正是这种坚韧的个性,最终让她选择了重生,与柏一起开始新的生活,包括学习说话。

除了坚韧以外,艾达还是一位非常浪漫的人。首先,她对于爱情的理解非常浪漫,认为言语在爱情中并不重要,因为相爱的人心灵都是相通的。其次,尽管她在生活中沉默不语,但是却时时有浪漫举措。比如,她在海边曾用贝壳两次搭出美丽的图形:一次是初到海边。在等待史亚力时,她不但给女儿讲动听的故事来帮助孩子克服初到陌生环境的恐惧,而且还在睡的帐篷周围铺上贝壳;一次是在柏的带领下再次来到海边,见到久违的钢琴以后,她与女儿在地上用贝壳搭起一个巨型的海马图形等。

其次,影片着力塑造了柏这一人物形象。与史亚力一样,他也是一位到新西兰寻找财富的苏格兰人。在这片新天地里,他表现出了极强的适应力。不但入乡随俗,在脸上涂上油彩,而且与当地土著人居住在一起,深得他们的信任,与他们进行各种交易,成为一位富有的殖民者。

与当地人打成一片并拥有威望的柏

他在粗犷的外表下藏着一颗温柔的心。对于艾达,他一直充满着怜爱。关于这点,我们在上文分析影片主题时亦有所论述。比如带她到海边,为她把琴从海边搬回来,并且请人调好音,让她到自己家里弹琴等。所以,当他发现自己爱上了艾达以后,为了引起艾达的注意,他提了一个特殊的交易。在这个交易的过程中,他对艾达的爱意越来越浓。以至于别人问起他的妻子来,他心里一边想着艾达,一边甜美地回答说,自己已经有妻子了,而且以后会让大家知道的。

像所有在恋爱中的人一样,他多愁善感。他不但会对着钢琴独自发呆,而且还因为看到艾达的手被史亚力握着而心生嫉妒,同时还误以为艾达没有回应自己的爱而忧伤。他不但赌气地将钢琴送给了艾达,而且还吃不下饭睡不着觉,整天闷闷不乐,生起相思病来。后来,即便知晓艾达对自己一往情深,他也没有变得快乐起来,因为他忍受不了艾达的片刻离去。艾达不来找他时,他甚至想不顾一切地离开自己创业多年已有深厚根基的地方。得知艾达因为爱他而受到伤害时,他非常痛苦,要立刻去找史亚力报仇。当史亚力用枪顶着他的脖子,他也毫不惧怕地对史亚力说艾达是无辜的,错在自己。当他带着艾达离开时,尽管明知有危险,还是要把艾达深爱的钢琴给带走,并许诺会修好它。后来,两人一起生活时,他又重新买了一架钢琴给艾达,并且还送了一只金手指给艾达,让她照样可以弹琴。可见,柏虽然是一个不识字的粗人,但是在爱情上,他却是一位痴情且有担当的君子。

严谨、务实的史亚力

再次,是史亚力。他粗通文墨,以作家自居,与柏一样,也是一位刚到新西兰扎根的移民。他是一位非常务实的男子。增加财富、让家人过上富足的生活,是他最大的理想。所以他一有时间,就会亲自出去开荒拓地,并且把自己积攒下来的钱用来买土地。这种务实的风格,使他对钢琴之类增加生活情趣以及慰藉心灵的东西不感兴趣。所以当柏提出用八十亩地跟他换取闲置在海边的钢琴时,他简直是喜出望外。当艾达突然带着钢琴回家时,他惊慌得要命,连忙去找柏问个清楚。除了务实以外,他对家庭亦非常重视。他希望通过自己的努力,建立一个幸福的家。通过写信的方式,他与艾达确立了婚姻关系。关于他对家庭的珍视,我们可以从两个细节上看出来。首先,在见艾达之前,他拿出了一面小镜子,对着镜子一丝不苟地梳着头,镜子上面镶有艾达的画像;其次,当他发现艾达的女儿与当时土著孩子一起玩耍,学他们的样子,跟树接吻,他非常严厉地对她进行了阻止和批评,后来还让她给所有吻过的树做清洗。这些都表明,他是一位极传统、严肃的人。用他的话来说,他本来可以与艾达快快乐乐地生活。结婚以后,他发现艾达对自己有排斥时,表现出了极大的耐心。不但在艾达刚到时,自己有意外出来给艾达腾出时间来适应。而且发现艾达与柏相爱以后,经过一番痛苦的抉择,他仍然选择了信任和坚持。后来他看到艾达仍然背着他给柏送信物时,他才失去理智,将艾达砍伤。即便此时,他仍然渴望能够与艾达一起生活。直到发现自己根本无法进入艾达的内心时,他才让柏将艾达带走。如果不能留住,索性就放手。从处理与艾达的关系来看,史亚力仍然不失为一位绅士。他婚姻的不幸,错不在他也不在艾达,而是因为两人在精神上实在没有任何的交汇点。

最后是艾达的女儿。这是一位活泼可爱、天性敏感的孩子。她喜欢听故事,爱小动物,喜欢跟当地的孩子一起玩耍,更热爱唱歌与舞蹈。面对完全陌生的生活,她表现出了一个孩子应有的排斥和恐惧。刚下船到海滩时,她对艾达说,她不会叫史亚力"爸爸"。在新的家庭里,她反复要妈妈给她讲述父母相爱的故

艾达机灵、可爱的女儿

事。当别人带着好奇问起艾达不能说话的原因,她给予了一个极富想象力的回答。她说自己的父母很相爱,两人一起在山上森林里唱歌,结果遭到了雷击,父亲当场死亡,母亲因为受到惊吓,从此不能说话了。由此看出,她对于父母的爱有多么强烈!当别人对艾达不能说话的事过于好奇时,她立刻引用了母亲的话给予了反击,说有些人的话其实听不听都没意义,以此来维护母亲。来到新西兰以后,她对于母亲的依恋更加强烈,所以时时想跟母亲随行。当艾达去柏家弹琴时,她因为被关在门外而愤怒。但是遇到一只可怜的小狗后,立刻忘记了所有的烦恼。和所有的孩子一样,她对于大人的行为极富模仿性。看到艾达与柏相拥亲吻后,她也效仿着跟树接吻。当艾达与柏相爱以后,史亚力对此表示了愤怒,将她与母亲一起囚禁起来。此后她便成了一个懂事的孩子,劝妈妈听从史亚力的安排。正因为如此,当艾达重获自由以后让她将信物送给柏时,她转而送给了史亚力。她不想失去母亲,也不想被囚禁。面对暴力,幼小的她非常恐惧。看到史亚力举起斧头发了疯似地问艾达爱不爱柏时,她使尽全力地代之回答道:"不。"拿着母亲的手指跑到柏家,她几乎不能言语。看到柏发誓要去报仇时,她因为担心母亲的安危,又惊恐地摇头说"不"。最终艾达与柏一起幸福生活以后,她很快又忘却了此前可怕的一切,开心地生活。所以,她是一个令人印象深刻、惹人怜爱的孩子。

## 四、艺术特色

这部电影的艺术特色主要表现在三个方面,一是细腻的心理描写,二是以钢琴为道具,来串联整个情节,三是极富特色的原始风光。

首先,细腻的心理描写。这部影片叙事风格既含蓄委婉,又大胆开放,对处于这场爱情纠结中的当事人的内心进行了深度的挖掘,因而触及一向深受避讳的性。爱上一

个人,其实就是愿意与对方赤诚相待,不论是心灵还是肉体。所以,在这场爱情中,当事人的肉体欲望得到了充分的展示。首先是柏。爱上艾达以后,面对有夫之妇且不会言语的艾达,他不知如何表达。把钢琴搬回家以后,他赤身裸体地站在钢琴旁,用脱下来的衣服轻擦着它,仿佛面前的那架钢琴就是艾达本人。两人独处一室时,他对艾达会涌起亲近的冲动,如亲吻她的脖子,抚摸她的臂膀,或是触碰艾达丝袜下光滑的皮肤,甚至想与她一起赤身裸体地拥抱。有一天,当艾达发现他不在身后而去找他时,他赤身裸体地站着,并渴望艾达也能这样。柏提出这种想法时,态度是自然的,神情是圣洁的。其次是艾达。与柏一样,当她爱上柏以后,内心的爱意也被激发出来,进而在生理上产生了一系列的变化。她被囚禁以后,深夜跑到史亚力的房间,一言不发地抚摸他,但是却不让史亚力碰自己。她会在梦中无意识地亲吻躺在自己身边的女儿,梦醒以后恍然若失。除了柏与艾达的欲望以外,影片描述了史亚力的欲望。两人结婚以后,史亚力一直想亲近艾达,但是艾达却执意要与女儿睡在一张床上。史亚力无奈之下便想在睡前亲吻她,但是仍遭到拒绝。后来他无意看到柏与艾达亲热的场面,欲望再也无法克制。第二天,他在路上发疯似地拦住艾达,想强行与她亲热。后来他照顾病中的艾达时,不经意间看到了她裸露的大腿,又产生了与其亲热的冲动。由于作品中描述的欲望一直是在爱的引领下发生的,因此显得自然而纯洁。一旦认为对方并没有相对的爱的回应时,这种欲望便戛然而止。比如柏,当他数次亲近艾达想得到她的爱时,却发现艾达仍然举止沉静。而且艾达在晚会上还当着他的面把自己手放在史亚力的手中。这些使他万分沮丧。于是他便决定结束原先的交易,把钢琴直接送给了她,并为此前自己的举措犹如嫖客而羞愧。比如史亚力,当他想强行与病中的艾达亲热时,无意间看到艾达坚定的眼神,他突然间领会到了艾达的内心想法,于是产生了尊重,立刻起身离开。

**艾达随柏离开时,让人将她已破损的钢琴推下大海**

其次,整部影片的故事始终与钢琴联系在一起。艾达远嫁他乡时携带钢琴;来到新西兰后被迫扔掉钢琴;后来在柏的帮助下又见到了钢琴。此时钢琴是艾达在异乡的新伴侣。柏为了艾达从史亚力那里换到了钢琴,艾达因而去柏家中教钢琴,此时钢琴成为两人联系的媒介。两人因它从了解到相爱。后来柏带着艾达离开时,艾达让柏将带着的钢琴给扔掉。来到新的城市以后,柏又给艾达买了新钢琴。后来,艾达又戴着柏送给她的金属手指以教钢琴为生。于是钢琴又成为他们幸福婚姻生活的见证。

影片中钢琴既是艾达情感的寄托,又是她爱情历程的见证。她不能言语,所以与人交流非常困难。这样一来,她很多的内心波动只能在音乐里抒发。深爱一个人,自然会尊重她的生活方式。真的爱艾达,必然会珍惜与之相伴的钢琴。爱惜钢琴其实就是珍惜艾达。柏是懂艾达的人。他会带她找钢琴,为她搬钢琴,找人修钢琴,并且在琴键上悄然刻上代表爱的箭形图案。可惜,史亚力不懂,他所在乎的仅是土地和财富的多寡。当柏把钢琴送给艾达以后,他先是害怕因此失去当初谈好的八十亩地,事后更是连工人的那点搬运费都舍不得给。这就是艾达拒绝他的根本原因,而他从来就不能理解。

正因为钢琴在艾达人生中所具有的重要且独特的意义,所以艾达对钢琴的态度亦是表明她对生活的态度。当她将钢琴从家乡带来,并且在新的生活里仍然对之念念不忘,这表明她仍然停留在过去的生活里。那是一种别人无法触及她内心的生活,是一种孤独的生活。后来,当她与柏相爱以后,她才发现柏在她心中的地位要比钢琴更重要,所以她面对钢琴生平第一次失去了弹奏的冲动。后来更是将琴破坏掉,拆下琴键,在上面刻上情语送给柏。不仅如此,她在海上还要柏将那架钢琴给扔掉。这些举措表明,她想与过去的生活道别。当然这又经历一个非常不易的过程。她先是让自己随钢琴沉入海底,想与之一起葬身海底,后来又主动踢掉了缠着绳索的鞋子浮出了水面,活了下来。她在海中由生到死的抉择,表明她对于先前已有的生活是多么地难以割舍,以及最终伟大的爱情使她对新生活有了憧憬的力量。

另外,影片还描述了尚在开拓过程中新西兰的风土人情。这显然是一片没有被文明征服的大地。大片的土地荒芜着,而当地人并不知道珍惜,更不会耕种。当地土著人身上绘有纹身,穿着简陋的衣服,做着最原始的交易。交易时,他们有时也会有一些小精明。比如帮史亚力搬运艾达的行李和钢琴时,他们会讨价还价,会借机抬价等。他们做得最多的交易就是卖土地。在此过程中,他们会坚守一些古老的原则。比如河和祖先安葬的地方绝不出售,以表示对祖先的敬重。但是与外来的殖民者相比,他们显然不是对手,因为他们根本不知道如何利用这些土地。这些土著人对于新来的殖民者非但不排斥,有些还能够与之打成一片。比如他们非常喜欢与柏交往,也很关心柏的个人生活,希望他有一位理想的妻子。在柏忧伤时,他们守在柏的门口,不让人去打扰他。他们对于殖民者的生活充满着好奇。他们会结伴来参加殖民者晚会。看到舞台上表演杀人场面,他们会信以为真,惊慌失措,结果把一场精心策划的晚会给弄砸了。他们对于艾达的钢琴也十分地好奇。发现它竟然可以发出声音,他们便趁艾达家里没人时偷偷过来乱敲一通。而那些殖民者来到这里以后,他们对于当地人的态度非常温和,对于土著人不理解的事物会耐心地教授。他们努力地用辛勤劳作和精明智慧在这片热土上积攒财富,建立家园。

艾达最终带着女儿随柏离开了这块伤心地

# 《一夜迷情》文学导读

## 一、主要剧情

看电影

乔安娜是一位自由作家,麦克是一位商业地产的职员,两人是大学同学,相识多年以后结婚。三年来,他们的婚姻生活一直温馨而平静。

有一天,乔安娜与麦克一起去参加麦克公司的工作聚会。一路上两人非常快乐。到了目的地以后,两人便分头活动。乔安娜与麦克的好友安迪聊了一会儿发现麦克不在身边,就去找他,结果发现麦克正在阳台上和一位女士亲密地聊天。过了好一会儿,麦克与那位女士才回到人群中。乔安娜上前与他们打招呼。经麦克介绍,乔安娜才知晓那位女士是麦克公司新来的女设计师萝拉,此人深得上司赏识。看到麦克与萝拉走得很近,乔安娜便向安迪打听萝拉的情况。她这时才发现萝拉三个月前就来公司上班了,并且一直与麦克共事,两人三个月前还一起到洛杉矶出过差。由于麦克此前从未对自己提起过萝拉,而且聚会时一直与萝拉亲密交谈,完全把自己晾在了一边,所以乔安娜非常生气。与来时的兴高采烈迥然不同,乔安娜回家途中一言不发。

到了家中,乔安娜与麦克发生了争执。乔安娜问麦克,萝拉是不是很漂亮,他是不是喜欢萝拉。麦克认为乔安娜过于敏感,自己与萝拉并没有什么亲密关系,还说如果乔安娜不相信他,完全可以调查他。

麦克的回答让乔安娜更加生气。她对麦克说自己非常难过,因为她感觉萝拉在诱惑麦克。争吵过后,乔安娜独自睡在沙发上。半夜里,麦克来到乔安娜面前,说自己错了,然而却不知道错在哪里。他说自己非常爱乔安娜。乔安娜最后原谅了麦克。两人和好如初,一起到厨房弄吃的。第二天,乔安娜醒来时,麦克正在收拾行李准备出差。乔安娜在麦克的衣服里放了一张纸条,说可能是自己想多了,她了解麦克并爱他。

乔安娜与麦克在厨房依依惜别

麦克离开以后,乔安娜起来散步。她在一个咖啡店门口突然遇到了艾力克斯。艾力克斯是一位极具才华的作家,在巴黎生活。乔安娜在巴黎写作时认识了他。两人曾经相爱过,但是后来乔安娜提出了分手,他们已有两年没有见过面了。艾力克斯这次是出差路过,第二天就要离开。因为有一个会议要参加,所以艾力克斯很快就离开了。不过临别前他约乔安娜晚上见面。乔安娜回家不久,艾力克斯就打来电话,告诉她两人晚上约会的地点。见面以后,乔安娜得知艾力克斯的新书已经出版,而且还有翻译版,她对此表示了诚挚的祝贺。艾力克斯接着邀请乔安娜晚上与自己共进晚餐。听说还有一位出版商会参加,乔安娜以为他是要谈业务,所以就拒绝了。但是艾力克斯说出版商是自己的朋友,乔安娜这才答应与他一同前往。

在饭店里,艾力克斯的朋友楚门以为乔安娜是艾力克斯在纽约的女友。乔安娜对此进行了澄清,说两人只是普通朋友。但是吃饭时,乔安娜遇到了一位朋友,却因为紧张而忘记把身边的客人介绍给那位朋友。楚门因此对乔安娜所讲述的两人关系产生了怀疑。他趁艾力克斯不在旁边时,问乔安娜是否知道艾力克斯已经有了女朋友,以及她的丈夫麦克是否知道他俩曾经有过交往。乔安娜解释说她与艾力克斯的关系实际上并不是他想的那样。两人只是有些暧昧,平时并没

乔安娜与艾力克斯一起愉快地出席宴会

有联系。乔安娜说自己并没有将两人以前交往的事告诉丈夫麦克,因为怕麦克从此会耿耿于怀。

晚餐结束后,乔安娜先回到安迪家帮忙遛狗。艾力克斯陪她一同前往。在安迪家里,艾力克斯问乔安娜当初为什么要跟自己分手。乔安娜起初并不想回答,后来才说自己喜欢真诚的生活。艾力克斯由此确信,乔安娜一直深爱着自己。也知道由于自己当时忙于写一本新书,所以没有心思顾及乔安娜的感受,这使乔安娜很受伤害。乔安娜在巴黎孤单地待了两个月以后,才最终决定与他分手的。乔安娜说自己一直非常爱艾力

克斯,现在亦是如此。她说完这番话以后,就将艾力克斯一个人留在家里,好让他安静下,自己独自出去遛狗。后来艾力克斯出来时没有把家里的钥匙给带下来。由于当时熟悉的邻居不在家,所以两人只好带着狗去参加楚门的聚会。

聚会中,乔安娜与艾力克斯一起离开人群,到屋顶上喝酒聊天。两人一起回忆起过去的甜蜜时光并相拥而舞。下电梯时,两人情不自禁地接吻了。因为没有带钥匙,乔安娜只好跟着艾力克斯一起回到他的宾馆。在宾馆里,乔安娜告诉艾力克斯,其实自己早晨很难过,因为她觉得麦克与萝拉走得很近,但是她相信麦克不会背叛她。当艾力克斯要亲近她时,她拒绝了,因为她不想做出背叛麦克的事。两人就这样安静地躺在床

深夜,乔安娜与艾力克斯在屋顶一边回忆过去,一边相拥而舞

上,一直到天明。最终,她与艾力克斯在街头吻别。送走艾力克斯以后,乔安娜非常难过,回家以后,独自坐在窗台上抽烟、流泪。

此时麦克与萝拉以及安迪正一起到费城出差。在与客户共进晚餐时,萝拉对麦克眉目传情。饭局结束以后,萝拉借口很累谢绝了客户喝酒的邀请,早早就返回宾馆。结果到了宾馆门口,她却提议大家一起出去喝酒。安迪因为很累就拒绝了,但麦克却做出了回应。两人一起去外面的酒吧喝酒聊天,最后仍觉不尽兴,接着又回到宾馆的酒吧继续喝。在萝拉的建议下,两人还一起到宾馆的游泳池里游泳。从游泳池上来以后,麦克直接跟着萝拉一起进入她的房间,并发生了关系。麦克第二天醒来,非常内疚,就回到了自己的房间。打开

从游泳池上来后,麦克把自己的衣服披在萝拉身上

衣服以后,他看到了乔安娜写的留言条,决定提前回家。

麦克到了家里,他看到乔安娜正在独自抽烟流泪。心情沮丧的乔安娜看到麦克突然提前回来非常惊讶。面对乔安娜的疑问,麦克随便编了一个理由给搪塞过去了。他对乔安娜说,对于吵架的事自己感到非常抱歉。他邀请乔安娜一起出去吃饭。最终,这

两位心情复杂的人紧紧地拥抱在一起。

## 二、作品主题

　　作品以繁华的纽约为背景,对活跃其中的年轻人的感情生活进行了关注,描述了维护婚姻忠诚的艰难,因此其主题自然是关注婚姻。

　　乔安娜与麦克在大学时相识。虽然期间有过分手,但是两人最终还是走进了婚姻的殿堂。他们上大学时就结婚了。三年来,他们一直精心地维护着婚姻的稳固,彼此忠诚。但是身处于大都市中,他们会受到诸种因素的干扰,因而看似坚固的婚姻实际上脆弱不堪,随时都会轰然倒下。

　　乔安娜陪麦克一起出席他的工作宴会,结果看到了自己最不想看到的一幕:麦克与一位女同事萝拉走得极近,而萝拉明显在诱惑麦克。两人为此发生争执。刚刚和好以后,麦克又因为工作需要必须要和萝拉一起出差。正当乔安娜为此烦恼时,她的昔日情人艾力克斯又突然出现在眼前。仅仅两个晚上,就使他们苦心经营了三年的温馨甜蜜的婚姻受到了史无前例的大考验。因此,作品重点展示了干扰乔安娜与麦克婚姻的两大因素,一是他人的诱惑,一是昔日难忘的情史。

　　麦克长相英俊,风度翩翩,在公司业务上亦表现优秀,所以萝拉到了公司以后便对他格外关注。两人正在合作一些项目,相处融洽。如乔安娜所言,麦克与萝拉每周相处的时间要比跟自己相处的多得多。萝拉非常性感,对英俊男士更是格外青睐。比如工作聚会时,大家认为一位男同事想泡一位女士的企图不会得逞时,她提出了异议。她认为那位男士长相英俊完全是有可能。正因为如此,她对英俊的麦克一向非常留意。麦克与萝拉的关系越来越亲密,而他自己却浑然不知。在工作聚会上,他一直与萝拉热聊,完全将乔安娜忽略在一边。即便后来乔安娜指出了,他也不承认。

麦克与萝拉深夜在街头散步谈心

　　事实上,处于寡居状态中的萝拉一直在主动地诱惑着麦克。两人一同出差费城时,她与麦克一路热聊,完全把安迪给忽略了。后来她又在餐桌上对麦克含情脉脉,餐后又巧妙地支开他人,制造与麦克独处的机会。两人独处时,她更是大胆地问及麦克在一次同事聚会上,是否有意碰了自己的大腿。她还说自己的腿当时没有移开,完全是故意的。这番暧昧的言语使一向谨慎的麦克完全放松了警惕。尽管麦克说自己从来没有做过出轨的事,而且如果背叛了乔安娜自己会有犯罪感,但是萝拉仍然毫无顾忌地主动吻了他,并且对麦克说这样的感觉很好。她甚至还邀请麦克与自己去游泳,两人脱得只剩下内衣。发生关系以后,麦克企图做出解释,但是她却不让他开口。正是在萝拉的诱惑之下,麦克一步步地背离自己的道德底线,做了越轨的事。尽管第二天醒来,麦克再次与萝拉保持彬彬有礼的距离,而且还回到了自己的家。但是他离开时却轻柔地抚摸着萝拉赤裸的双脚,此举很难使人相信他们以后不会再继续偷情。

除了他人的诱惑以外,还有昔日的情史困扰。每个人都是一个小宇宙,虽然一纸婚书将两人从此联系在一起,但是这并不意味着两位当事人会将此前自己的经历向对方完全坦诚以告,特别是最隐秘的情史。乔安娜便是这样的人。她与麦克相识多年,虽然期间有过分手,但是最终两人还是走到了一起。两人都非常珍惜婚姻,即便有争吵,也会很快和好,而且都非常自律,努力做到不劈腿。但是,这并不表明结婚的对象就是自己最爱的人。乔安娜与麦克交往时曾有过一段时间的分手。在这期间,她认识了艾力克斯。艾力克斯不但在创作上极有才华,而且还是一位真正欣赏和了解她的人。所以,她非常爱艾力克斯。但是艾力克斯将事业看得比爱情更重要,而且他并不希望自己早早就安定下来,所以乔安娜经过几个月的等待无

乔安娜心情复杂地与麦克躺在床上

果之后,非常艰难地做出了分手的抉择。虽然决定是自己做的,但是乔安娜却不能忘怀于知己爱人艾力克斯。关于这点,可以从很多地方看出来,比如她把艾力克斯的照片小心翼翼地放在书架的一本书里,她会在夜深人静时想到他,她也会在快乐时想到他,她时常会有写信给他、与他聊天的冲动,她一直喜欢他身上的香味。

当她与麦克发生争吵以后,麦克又如期与萝拉一起出差了。当她突然心生孤独无助之感、情绪又十分低落时,艾力克斯突然出现了。这使她内心一下子出现了强烈的波动。她不仅盛装赴约,而且还依然喜欢他身上的香味,喜欢跟他聊天,喜欢跟随他一起外出参加各种聚会。所以当艾力克斯问她,是否担心正在与萝拉同行的麦克时,她幽默

乔安娜与艾力克斯静静地躺在床上,直到天亮

地说此时她最担心的是自己,因为凌晨两点自己还与艾力克斯共处一室。最后虽然她的理智战胜了情感,与艾力克斯一夜平静相处。但是第二天,送别艾力克斯时,她依然非常难过。这种悲伤的情绪还一直持续着,以至于她一个人在家里还情不自禁地流下了泪。

可见,影片着力描写了在大城市里,面对诸多干扰,人们想要维护自身婚姻的忠诚这是何等的艰难!

虽然麦克越轨以后非常内疚地抛开一切回家了,虽然乔安娜也冷静地拒绝与艾力克斯亲近,这让观众看到了一丝希望。但是麦克对自己早归原因的拙劣解释,以及他后来拥抱乔安娜时无意中看到的那双精美的高跟鞋,又让观众充满着担心,婚姻一旦失去了信任和忠诚以后,"我爱你"究竟还能够维系多长时间?

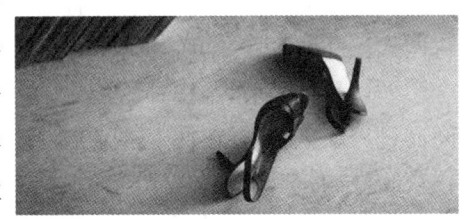

一双意味深长的高跟鞋

所以,这是一部能够让观众对婚姻生活产生深度审视的佳作。

## 三、人物形象

影片以纽约为背景,涉及公司职员与文艺界人士,叙述的对象主要是一些中产阶级精英人士,主要人物包括乔安娜、麦克、艾力克斯、萝拉以及艾力克斯的朋友楚门等。

首先是乔安娜。她是一位自由作家,聪明、美丽且幽默。虽然在写作上极有才华,但是因为第一本书出版后没有遇到好评,所以她很受打击,从此以后便放弃了写书,靠写一些时尚潮流的专栏来谋生,比如介绍珍珠宝物之类的。其实,她不仅对写作表现出极大的拘谨,对人生亦是如此。比如,当她再次遇到艾力克斯时,她便不再像以前那样跟他无拘无束地聊起自己的近况。当她与艾力克斯共进晚餐时,见到了一位朋友,她也只是简单地与朋友打个招呼,并没有把艾力克斯和他的朋友介绍给友人。当艾力克斯的朋友楚门问起她与艾力克斯的关系时,她一再强调两人只是普通朋友，平时并没有联系，只有遇到了才会在一起聊天，而且这种情况也很少。她认为人活在世上还是应当小心一点儿好。所以她对于自己曾经与艾力克斯的那段短暂而凄美的感情，一直珍藏于心，从不与麦克分享，无论两人相处得多么快乐，或是两人喝酒喝得多么尽兴。

她就这样小心谨慎地生活着，渴望一种极具稳定性的生活。用她的话来说，这个世界什么都可以变，但是她希望自己的爱人和婚姻不变。这就是为什么她虽然一直深爱着艾力克斯，却最后选择了麦克。她认为麦克与她在大学就认识，长期相处过，彼此应当非常了解。即便她与麦克发生了争执，但是她仍然坚信自己了解麦克，相信麦克的忠诚。然而这个世界并非像她所希望的那样一成不变，相反它时刻都在改变着。

送走艾力克斯后乔安娜怅然若失

一切似乎都不在她的掌控之中。比如她说自己了解麦克。事实上，她很不了解。麦克并没有把自己的全部生活跟她分享，他与萝拉共事三个月，但是从来没有跟她提及，相反却把她的很多事告诉了萝拉。虽然她一直认为麦克是一位忠诚的人，但是面对萝拉的诱惑，麦克显然不能够抵抗住。尽管她事先与麦克就萝拉的事发生过争执，麦克也道了歉，但是一离开她便不由自主地偷情了。

比如她说自己爱麦克。事实上，她一直深爱着的并不是总是陪伴在自己身边的麦克，而是艾力克斯。她始终不能忘怀艾力克斯。开心的时候会想到艾力克斯，夜深人静时会想到艾力克斯，渴望跟他谈心、交流。因为艾力克斯是真正欣赏她才华，对她非常怜爱的人。当艾力克斯突然出现在她的生活中，她内心很快便掀起了层层巨浪。她又有了恋爱中女人常有的兴奋与快乐。因此，乔安娜想要的忠诚、贴心的婚姻生活只是一种理想状况。生活犹如深邃的大海，安静的表象之下暗流涌动。所以，她选择了麦克，选择了这样的婚姻，但是要维持这种状况，显然并不是一件轻松的事。

尽管面对静而不止的生活，她会有痛苦。但是她终究是一位极具定律的人，有着很强的道德操守。一旦做出了决定，便会坚持下去。结婚以后，虽然她会思念艾力克斯，但是从未与他主动联系过。面对艾力克斯的亲近，她也理智地予以拒绝。"我不能，我不能背叛他以后还若无其事。"离别时，她会说"我会尽量以后不要想起你"。在婚姻中，她绝不做背叛者，这点让人肃然起敬。

对乔安娜突然的情绪波动一脸迷茫的麦克

其次是麦克。他是一家商业房产公司的职员,工作出色,为人单纯。他对于家庭生活非常满意。乔安娜是自己的大学同学,大学没有毕业两人就结婚了。结婚以后,乔安娜一直陪伴着他,这让他非常开心。他深爱着乔安娜。当乔安娜放弃写作时,他不但自己会鼓励她,而且还让自己的朋友去鼓励她。当乔安娜说他对萝拉有好感时,他进行了辩解,要乔安娜检查自己。他非常珍惜与乔安娜的感情,所以看到乔安娜不开心时,他会主动道歉。虽然婚姻生活偶尔也发生不快,但是他并不是一位想法太多的人,他坚信自己的婚姻生活会越来越好。但是对于异性,他显然缺乏应对的能力。当萝拉主动亲近他的时候,他丝毫没有警觉。不仅如此,他对于性感的萝拉还渐生好感,以至于后来走得越来越近。与萝拉独处时,他一再强调自己已经结婚,希望萝拉能够注意到偷情的后果,但是当萝拉丝毫没有顾忌时,他也随之做出了出轨的事。事后,他对于自己没有能够把持住深感愧疚。见到乔安娜写给自己的留言条以后,他便不顾一切地赶回家,为自己的背叛行为委婉地道歉。可见,麦克只是大都市中一位极普通的男子。在没有遇到诱惑时,他尽心尽责,过着平静开心的家庭生活,并乐在其中。但是,一旦有了诱惑,他便会深陷其中,难以自拔。他的人生极有可能将会在内疚与放纵中纠结着、撕裂着,没完没了,痛苦不堪。

再次是艾力克斯。这是一位极富才华的作家,执着于写作,可以为此不顾一切。虽然明知道乔安娜深爱着自己,但是他仍然一心扑在写作事业上。只有当乔安娜离开他之后,他才明白她在自己生命中的地位。但是他并不想就此安定下来。所以对于情感,他的态度有时极为随便。在乔安娜没有出现之前,他已有女友。为了乔安娜,他很快就与别人分手了。乔安娜离开以后,他又结交了新的女友,并且不到几个月就与对方确立了关系。当然他最爱的是聪明、美丽且幽默的乔安娜,因为两人都喜爱写作,且才华很高,所以彼此心灵相通,互相欣赏。乔安娜提出分手后,他一直非常思念乔安娜。他虽然记着乔安娜的地址与电

才华横溢、极富浪漫气息的作家艾力克斯

话,但是并没有通过这种现代化的方式与她联系,因为他觉得那样不足以表达自己的真心诚意。所以一旦遇上合适的机会,他便到她生活的地方亲自去找她。见到乔安娜以后,他发现乔安娜已经有了新的生活,与曾经分手的大学同学麦克结婚了。这使他心生嫉妒。他对于乔安娜的主动离开一直耿耿于怀。但是他又是一位德行高尚的男子。找到乔安娜以后,知道乔安娜仍然深爱着自己,他非常欣慰。对于乔安娜,他一直怜香惜玉,不强迫她做不愿意的事。当乔安娜仍然坚持两人维持现状时,他便选择了放手。在宾馆,他只是静静地躺在乔安娜的身边等待天亮;在街头,他只是深情地吻着乔安娜,而不愿意在临别时说再见;在机场,他打开电脑,含泪地看着乔安娜的照片。对他而言,虽然不能一直与乔安娜形影不离地走下去,但是只要爱过人生便会有温暖。所以他与乔安娜一样,是一位外表斯文、灵魂高尚的人。

接着是萝拉。这是一位非常性感的职业女性。作为一名设计师,她深得老板的重用,被委以重任,跟麦克一起合作项目。她受过情感的伤害,丈夫曾背着她与好友偷情,为此她难过了好久。但是她最终还是选择了原谅,因为她发现自己仍然深爱着丈夫。丈夫去世以后,她过着孤独的寡居生活。这时单纯真诚的麦克进入了她的视线。虽然她曾经受过伤害,但是她显然不是一个会换位思考的人。她明知道麦克已婚,并且还遇到过乔安娜,但是她仍然不断地诱惑着麦克。她是一位受欲望支配并且不愿意为此负责的女人。这就犹如她在酒吧里决定要不要继续喝酒时,仅仅根据旁边穿绿色上衣男子的行为来决定一样,这亦如同她孩时依据妈妈每天穿着的色彩来决定自己的行为一样。所以,当她与麦克在一起的时候,她会主动地诱惑麦克。当麦克不小心碰到她的腿时,她故意不拿开;当麦克与顾客吃饭时,她故意眉目传情;饭后还主动发出邀

**性感撩人的职业女性萝拉**

请,让麦克与自己一起去酒吧,并约他一起去游泳。欲望给她带来的快感,使她忘记一切的道德约束。她在酒吧亲吻麦克时,对麦克说此举虽然有违道德,但是那份感觉依然美好。因此,她是一位听凭欲望支配的人。虽然她此前从未做过偷情之事,但是在整个偷情过程中,她却一直心态坦然。至于麦克内心激起的巨大波动,她似乎并不想去关心,用她的话来说,"永远不会想透的"。当两人发生关系以后,面对麦克的不辞而别,她显得有些吃惊,但是也仅仅是吃惊而已。作为一位缺乏道德自律的女性,她对于自己给别人家庭所造成的巨大伤害既没有丝毫愧疚感,也不会承担任何责任。

最后一位是楚门。他是艾力克斯的朋友，一位成功的出版商。虽然他看起来率性自由，如仅仅因为在是否要小孩这件事上与第一任妻子有差异，就干脆离婚了，如初次与乔安娜见面便问她与艾力克斯有没有睡在一起等。但是骨子里他却是一位严肃的人，有着很强的家庭观念。他认为人一旦结婚便要严格地遵守结婚誓词。为此，他对再次相遇并处于暧昧状态的乔安娜和艾力克斯巧妙地进行了劝诫。如在餐厅，他发现两人的关系并非如乔安娜所言的那样普通时，便趁艾力克斯出去抽烟的空挡告知乔安娜，艾力克斯已经有女友了。如在聚会上，当艾力克斯与他独处时，他忠告艾力克斯，虽然乔安娜的确是艾力克斯女友中最优秀的一位，但是乔安娜已经有了家庭；他劝艾力克斯不要介入别人的家庭，否则将会遭遇不幸。他说道："你永远不要想从她老公那边夺走一切，一旦你想尝试，现在的一切都会化为乌有。相信我，到时候会很丢脸。"乔安娜与艾力克斯本身就相爱，后来只是因为生活观念有分歧而分手，两年以后重聚时感觉依旧美好而此时乔安娜正在因为麦克与萝拉的事而处于情绪的低潮。如果不是楚门在一旁好言相劝，两人极有可能会发生婚外情。所以楚门在影片中象征着一种普遍的道德约束力。

乔安娜跟随艾力克斯参加楚门举办的派对

## 四、艺术特色

这是一部电影，但是在情节安排上却极富戏剧特色。人物不多，主要有乔安娜、麦克、艾力克斯、萝拉这四位；场景有限，主要发生在纽约与费城；时间较短，主要是两个晚上,却将大都市中一对年轻夫妇的过去、当下及未来紧凑地描述了出来。因此,它最大的艺术特色便是情节完整、结构紧凑。

乔安娜向艾力克斯说出分手原因后,两人心情复杂地坐在出租车上

之所以能够达到这样的效果,与影片成功地采用多种叙事手法有关。比如,在影片开头,用倒叙的手法将乔安娜与麦克参加聚会前后截然不同的心情给描述了出来。两人坐在出租车里一言不发,各自看着窗外。此时窗外是细雨绵绵,这传神地呈现了车中人失落、黯淡的心境。然而两人陷入回忆。这样,当初奔赴聚会时的欢乐以及参加聚会时所遇到的事便一一引了出来。去时欢乐,归时悲伤!这场聚会让乔安娜与麦克的情绪大起大落,从而为下面他们进入家中发生争吵埋下伏笔。接着是顺叙,描述两人回到家中就此发生激烈的争吵,以及到了半夜又重归于好,然后相拥而眠。到了清晨时,两人又平静地各自做着自己的事,一个出差,一个在家撰稿。接下来,又采用了分叙的手法,对两人的活动进行分开叙述,一边描述了留守在家的乔安娜与艾力克斯的相遇相处,一边描述麦克与萝拉到费城出差后的一起偷情。其中以乔安娜的活动为主线,以麦克的活动为副线。在描述乔安娜活动时,影片又运用了插叙手法,将乔安娜结婚前与艾力克斯之间的关系揭示了出来。在楚门的好奇与关心之下,乔安娜道出了与艾力克斯的相识过程。关于她与艾力克斯分手的原因,是她到安迪家去牵狗时,在艾力克斯的追问下揭示出来的。经过这些精心的安排,观众既可以了解到乔安娜结婚之前的情史,也可以了解到她的个性及生活理念,从而理解她对于身边事情的应对方式。比如为什么会对麦克与萝拉的相处异常敏感,因为她一直认为麦克是忠诚的,她不希望自己的婚姻有背叛;比如为什么会跟随艾力克斯一起出去会见朋友吃饭并参加聚会,因为以前她就是这样跟艾力克斯认识的,并且很喜欢这样的生活。比如为什么最终她还是拒绝了艾力克斯的追求,独自悲伤地回到家中,因为她喜欢稳定的生活,而不愿安定的艾力克斯是不可能给予她的。

除此以后,影片也擅长心理刻画。作品以一对年轻夫妇为描述主体,描述了他们两个晚上的经历,因此情节并不复杂。它注重的不是情节的曲折,而是剧中人因为身边的变动而产生的丰富的心路历程。因而影片对于人物的内心世界进行了深度挖掘,从而展示出他们各自不同的个性及生活态度。比如乔安娜参加麦克工作聚会时,行色匆匆,坐上出租车才化起妆来,下车后才在身上喷起香水;但是当艾力克斯打来电话约她见面时,她却在家把最好的衣服拿出来,对着镜子精心地梳妆打扮。她前后两种截然不同的行为让观众很快明白麦克与艾力克斯在她心中地位之孰轻孰重。比如,她见到艾力克斯后,说他身上很香,到了他的房间以后,她拿着艾力克斯的香水瓶就闻了起来,脸上露出甜美的笑容,可见她对艾力克斯是多么地难以忘怀。比如,她在聚会上看到麦克与萝拉在阳台上聊天,起初的表情是轻松的,但是看到萝拉用手轻拍麦克时,脸上的表情则渐渐地沉重起来,以至于聚会一结束便生起气来,回到家中便与麦克发生激烈的争执,可见她对于婚姻的高度敏感及坚决捍卫。比如麦克,整个聚会都在与萝拉密聊,自己却浑然不知,直到聚会结束后乔安娜流露出无法抑制的愤怒表情时,他才有所意识。因为心怀不安,所以在等出租车时,他对于乔安娜的反应故意装着视而不见,并问道"我做错什么了吗"。到了家中,面对乔安娜的责问,他要乔安娜调查自己的一切以示清白。后来发现乔安娜真的是生气了,他才半夜出来道歉。这些细节都说明他其实对于萝拉并非真的清心寡欲。正因为如此,后来他才会心领神会地与萝拉一起出去喝酒。比如艾力克斯,他一直记得乔安娜的地址与电话,有合适的机会便会来找她,并且说电邮不足以表达他的心意,他一直将乔安娜的照片放在电脑里,随时都会拿出来观看,这些都说明他一直深爱着乔安娜,这种爱是基于深厚的精神交流。所以他见到乔安娜以后,非常关心她的写作事业,并对好友楚门夸奖乔安娜的

**麦克与萝拉在酒吧聊天**

才华,并且为她不能继续写作而耿耿于怀。当然,他对乔安娜的爱是有条件的,即以不影响他的写作事业为前提。并且他对于情感的态度亦不是严肃而忠贞的,他身边似乎从不缺乏异性陪伴。在会见乔安娜时,他已经有了固定的女友,尽管才相处几个月。他最后的流泪是对过往美好爱情的哀悼。但它又何尝不是对自己无法给深爱的人带来忠诚、安全的一种深刻的自我忧伤呢?

# 《廊桥遗梦》文学导读

## 一、主要剧情

看电影

　　法西嘉去世以后,她的儿子米高、儿媳贝蒂和女儿嘉莲及时赶了回来。与律师交谈以后,他们才发现母亲已在狄露丝夫人的见证下立下一份特殊的遗嘱,要求将自己火化,并且把骨灰撒在洛士蒙桥上。他们对此非常惊讶,认为这可能是法西嘉临终前一时糊涂导致的,因为他们的父亲在多年以前就给自己和母亲买好了墓地。

　　他们打开了母亲的保险箱以后,在里面发现了一个文件袋,里面装有几张母亲的照片、一封信和一把钥匙。兄妹两人于是避开他人,一起看完母亲的信,并按照母亲的指示用钥匙打开了一个柜子。结果他们意外发现了母亲生前一个巨大的秘密。

　　那已经是多年以前的事了。当时法西嘉的丈夫里察正带着孩子们到州市镇参加女儿的小牛比赛。法西嘉没有与他们一起前行,独自留在了家中。结果这短短四天让法西嘉经历了终生难忘的爱情。

　　一位名叫罗拔的华盛顿摄影师要为《国家地理杂志》拍一组以桥为主题的照片。他所选的洛士蒙桥就在法西嘉的家附近。因为是外地人,所以罗拔寻找时迷了路。此时正好路过法西嘉家,罗拔就停下来问路。由于乡村没有路牌,所以罗拔对于法西

米高和嘉莲在阅读
母亲法西嘉留下来的信

嘉所做的指示根本就弄不明白。见此情况，法西嘉主动提出给他带路。

　　一路上，两人随意地聊起天来。知道法西嘉为意大利人，罗拔便询问起她的家乡来。法西嘉介绍家乡时说它并不出名。罗拔听后却说自己曾经路过她的家乡，并因为那里景色迷人而停留了几天。法西嘉对此非常惊讶。到了目的地以后，因为光线不足，罗拔只能做了一些前期准备工作。工作结束以后，罗拔在桥下采了些野花送给她以示感谢。回来的路上，法西嘉发现罗拔喜欢听的电台频道竟然与自己平时听的一样。罗拔用车将她送回家以后，她邀请罗拔下车到她家中一起喝冰茶。

　　喝茶时，法西嘉向罗拔讲起了自己为何会到美国。原来她是一位意大利人，在家乡邂逅了里察。当时里察正在军中服役，随军驻扎在意大利。后来她随里察来到了美国，最终在里察的家乡结婚生子，与丈夫一起经营着祖辈传下来的农场。虽然丈夫人很好，小镇上的人也非常互助，但是这一切与自己少女时代的梦想还是有很大差距。法西嘉谈及这一切时，情绪显得非常低落，惆怅之情难以言表。罗拔见状便用自己在路上写下来的话安慰她，认为往日的梦虽然不可行，但毕竟是美好的。

　　两人相谈甚欢，法西嘉便邀请罗拔留在她家一起共进晚餐。罗拔在她家院子里简单冲洗之后，便与她一起在厨房里劳动，两人合作得非常愉快。饭后，罗拔向法西嘉讲述了自己工作中的种种奇闻逸事，逗得法西嘉捧腹大笑。罗拔坦言自己非常沉迷于摄影工作。说起工作，法西嘉有些难过。她说自己其实非常喜欢做教师，但是因为孩子们放不开手，而且里察也不喜欢她出去工作，所以最终她只能做一位家庭主妇。法西嘉问罗拔最喜欢的地方是哪里。罗拔说是非洲，因为那里没有强加的道德，一切都很自然。罗拔看到乡村的夜色迷人，便邀请法西嘉一起出去散步。散步时，罗拔还情不自禁地吟起叶芝的诗。罗拔说叶芝的诗非常美，它们对拥有爱尔兰血统的自己来说极富吸引力。法西嘉对叶芝也不陌生。法西嘉并不想走远，她建议罗拔一起回家再喝点什么。

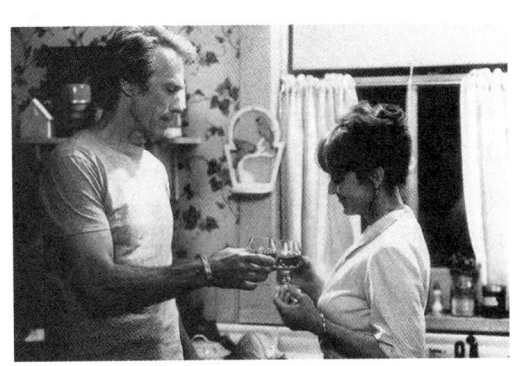

法西嘉与罗拔在家中喝酒聊天

　　两人饮酒时，法西嘉问罗拔为什么要离婚。罗拔说当初之所以选择婚姻，是因为自己喜欢旅游，怕在路上迷失掉，所以希望有个家，这样会有根的感觉。后来他才明白，自己实际上就是一个世界公民，到处走反而比待在一个地方还快乐，而且他从来没有迷失过，也从没有寂寞过。他不需要任何人，但是他又爱所有的人。他虽然没有家，但是朋友遍布天下，当然其中不乏一些女性朋友。

他从来没有害怕过,即便是离婚。虽然没有家庭,但他对于自己的人生抉择并不后悔。他认为不是人人都需要有家的。法西嘉发现罗拔是一位听凭自己喜好而生活的人,完全不顾及其他人的感受。她对此觉得不可思议,并难以认同。罗拔对此进行了辩护,他说美国传统的家庭伦理观念催眠了全国的人。法西嘉对此观点并不赞同。两人各执己见,互不相让。结果罗拔突然问她是否想离开她的丈夫。她听后非常愤怒。罗拔见状立刻道歉,说他以为两人只是在平等地进行对话。法西嘉说事实并非如此。她认为罗拔从一开始就把自己当成一位蠢人。争执之后,两人颇感尴尬。罗拔以要提前为第二天早晨的拍摄工作准备为由,离开了法西嘉的家。罗拔走后,法西嘉坐在院子里读叶芝的诗集。后来她又写了留言条,并驾车将它贴在洛士蒙桥头。她约罗拔第二天工作结束后到她家共进晚餐。她还在留言条上附上叶芝的诗。

罗拔拍照时看到了那张纸条,但是因为光线在变,所以要赶着拍照片,因此没能及时看到法西嘉留言上的内容。后来罗拔打电话给法西嘉,说他还要接着工作,所以只能在晚上九点以后赴约。他邀请法西嘉跟他一起到洛士蒙拍照,工作结束后一起回去。法西嘉接到电话,非常开心,答应自己驾车前去。挂掉电话以后,她开车到镇上购物,还为自己买了一件新裙子。回到家中,她又接到了罗拔的电话。原来他看到了她此前所说的那位与狄先生有染的雷小姐,发现小镇上的人对雷小姐非常不友善。他担心自己邀请法西嘉一起工作的行为可能不妥,所以想征求一下法西嘉的意见。法西嘉仍然坚持赴约。法西嘉到了洛士蒙桥以后,看到罗拔在工作,于是便在桥上四处走走,结果罗拔突然出现在面前,替她拍了好多照片。事后两人一同回到法西嘉家中。法西嘉洗完澡以后,穿上新买的裙子出来,结果罗拔站在那里一言不发,这让法西嘉非常紧张。原来罗拔觉得她美艳动人。正当两人为对方着迷时,法西嘉的朋友打来电话,跟她说镇上来了一位摄影师,实际上

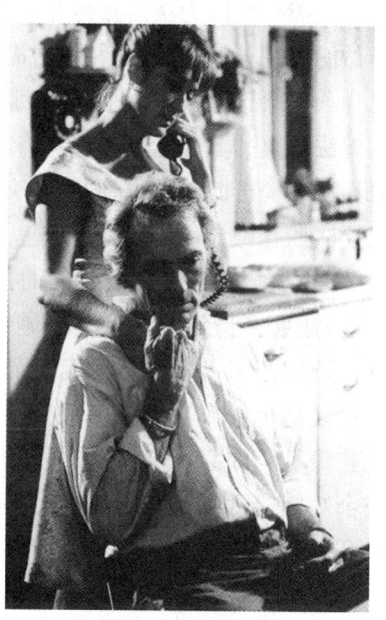

法西嘉一边接朋友的电话,
一边温柔地抚摸罗拔

说的就是罗拔。听到朋友对罗拔进行了完全不切实际的评价,法西嘉找了个借口很快把电话给挂了。此后两人听着音乐,相拥而舞,度过了一个非常难忘的晚上。

第三天,他们一起离开了小镇,远离熟悉的人群,来到了附近的温特塞。两人独处时,罗拔将自己的摄影作品拿给法西嘉看。法西嘉非常欣赏他的才华,觉得那些照片都

是艺术作品,建议拿去出版。罗拔告诉她没人愿意花钱出版这些的照片,而且自己也不具备成为大家认同的那种艺术家的特质。法西嘉听后很难过,她将自己脖子上佩戴的项链送给了罗拔,那是她儿时的礼物,上面刻有她的名字。晚上,他们到一家舞厅去听音乐。法西嘉向罗拔打听关于他的一切,比如他年轻时的样子、他的父母等。罗拔并不想回答,因为他觉得两人能够相处的时间极短,他不想把时间浪费在倾诉自己上。意识到即将离别,两人倍感悲伤。晚上在宾馆里,法西嘉看着沉睡的罗拔,彻夜难眠。她非常担心第二天的到来,更害怕罗拔会离她而去。

第四天清晨,两人共进早餐,法西嘉情绪非常激动。她看到罗拔仍然平静,便开始责问他自己是否与他在旅途中曾经遇到的众多女性一样,问他自己今后应当如何与他保持关系,才符合他的处事惯例。罗拔问她为何这样问,他说自己对她是忠诚的。法西嘉说自己只是想知道这几天所发生的一切,对一位四海为家并奉行神秘主义的他而言是否真的有意义。她说想到从明天起,自己还要在此孤独地度过余生,内心感到非常痛苦。罗拔开始以为法西嘉是在谴责自己。知道了她真实的想法以后,他说自己不会为所做的一切道歉,而且他并不想需要她,因为自己根本就无法得到她。他只是明白了自己为什么会选择摄影这个职业,那是为了能够遇到法西嘉,这么多年来其实自己一直在朝着法西嘉的方向走来。想到将来没有了法西嘉的同行,他非常难过。正当两人为未来而万般痛苦时,法西嘉的朋友突然造访。罗拔只好独自上楼回避。朋友离开以后,罗拔要法西嘉跟自己一起离开这里。

到了晚上,法西嘉把自己的行李收拾好,打算跟罗拔一起远走高飞。两人共进晚餐时,法西嘉情绪非常低落。她突然不想离开了,因为觉得离家出走对任何人都不好。她担心家人会受不了流言蜚语。她认为丈夫里察一定会接受不了这个现实。她说里察是个好人,一生没有伤害过任何人,不应该得到这种待遇,如果里察离开了在此扎根百年的家,他将不知道如何去开始新生活。而自己的女儿快要成年了,需要一个好榜样,她的离开将会给女儿的一生造成严重的不良影响。法西嘉同时也担心自己离开以后,会因为心里会忘不了这个家而怪罪罗拔,从而把这美好的四天也一并毁掉。罗拔劝她说两人已经不能分开,他们已经获得了别人一生可能都没法获得的爱情,所以不要有这些想法,别人一定会继续生活下去的。罗拔请求她不要放弃他们的爱。法西嘉认为女人决定选择婚姻和孩子时,便把个人的需求放在了一边,不再追求。最终法西嘉打算将他们的爱珍藏在心里,留下来继续生活。罗拔看到法西嘉此时情绪波动非常大,特别痛苦,就决定留在镇上等待几天,好让她能够从容地做出决定。临走时,罗拔说这么肯定的事(为爱等候)他一生只会做一次。

第四天晚上,法西嘉悲伤地对罗拔说,
自己选择将爱珍藏于心,留下来陪家人

第五天,里察带着孩子们回家了,法西嘉又恢复了往常的生活。但是她时常会想起那难忘的四天。第八天,外面下着大雨,法西嘉与丈夫一同出去购物。她买好菜上车以后,看到罗拔从车上下来,站在雨中凝望着她。见她没有下车,罗拔最终驾车离开。后来罗拔又将车开在他们家车的前面,并在路口等红灯时,将她送的项链挂在车前,当红灯跳成绿灯后,罗拔久久不愿离去,一直想等她下车一起同行。法西嘉虽然手一直悄悄地

看到雨中苦苦等待的罗拔,法西嘉的手
紧紧地握着车门的把手,但最终没有打开

拉着车的把手,但是终究没有下车。看到罗拔的车最后消失在雨中,法西嘉非常伤心。里察看到她流泪,很是奇怪,但是法西嘉此时并不想说话。回到家中,法西嘉一个人躲在角落里悄悄流泪。

与罗拔分开以后,法西嘉主动去看望受众人孤立的雷小姐,并且不顾小镇人的议论,与雷小姐成了好友。后来法西嘉还促成了雷小姐与狄先生的婚姻。多年以后,法西嘉才把自己与罗拔相爱的秘密告诉了雷小姐。她一直深爱着罗拔。所以,她临终前立下这一特别遗嘱时,她还请了当年的雷小姐也就是后来的狄夫人作了证人。

法西嘉陪伴里察走完了他平静而幸福的一生。里察去世以后,法西嘉开始设法联系罗拔。但是罗拔此时已经离开《国家地理杂志》,没有人知道他的去处。为了纪念与罗拔的爱,法西嘉每年会在生日那天去洛士蒙桥。一天,法西嘉收到了罗拔律师的来信和一个

包裹。此时罗拔已经去世,包裹里的东西有一封写给法西嘉但却一直没有寄出去的信。

年迈的法西嘉收到罗拔的遗物,流着泪读他的信

罗拔在信中倾诉了对法西嘉的爱和思念,并且希望法西嘉能够通过《国家地理杂志》联系他。另外包裹里还有自己作品的摄影集,那是专门献给法西嘉的,为的是纪念那难忘的四天。除此以外,里面还有他戴的手镯、法西嘉送给自己的项链以及相机等。他请法西嘉把自己的骨灰埋在蒙士洛桥下。法西嘉收到信,非常难过,每时每刻都在思念他。正如罗拔所言的,他们已经不再是分开的两个人。

随着年龄的增加,法西嘉对于自己所遇到的那场爱情已经不再害怕。去世前,她决定把它写出来让孩子们有所了解,希望孩子们能够理解她的临终要求,因为她把生命献给了家人,她希望把剩下的留给罗拔。法西嘉说自己深爱着孩子们,她希望他们今生能做令自己开心的事,因为人生如此美好!

在了解法西嘉与罗拔的爱情故事过程中,米高和嘉莲曾经数次中断阅读法西嘉的信与日记。但是当他们了解到法西嘉所经历的一切以后,他们才明白了母亲的艰辛和伟大,最终成全了母亲。受母亲的影响,米高与妻子贝蒂重归于好,而嘉莲也不再生她丈夫的气。

## 二、作品主题

从前面的剧情介绍可知,故事主要在两代人之间展开。一是法西嘉。她是米高和嘉莲的母亲,临终前曾立下遗嘱,要求将自己火化并将骨灰撒在桥上,而不是与丈夫合葬。孩子们起初不明原因,因而持反对意见。后来,他们才知道原来她曾为了家庭而放弃了爱情,所以才立下遗嘱,要求死后与最爱的人罗拔葬在一起。二是米高和嘉莲。虽然他们是法西嘉的子女,但是他们对母亲的一生却并不十分了解。在母亲去世以后,两人重返家乡,此时他们虽然也各自拥有自己的家庭,却危机重重。米高对妻子非常冷漠,对妻子的言行常常不予理睬;嘉莲多年以来一直与丈夫同床异梦,她正在犹豫是否应当与丈夫离婚。兄妹两人即便再次相逢,对于彼此不幸的人生境况也不了解。然而通过阅读母亲留下来的书信与日记,他们最终不但认识了自己的母亲,理解了母亲临终的决定,而且还深受母亲的影响,正视自己的婚姻危机,最后选择了回归家庭。所以这部作品最关注的自然是婚姻问题。

作品向人们展示了现代人所面临的常见的社会问题——婚姻危机,这里面涉及两代人的婚姻危机,其中以父母辈的为主线,子女辈的为副线。

首先是母亲法西嘉的婚姻危机。故事发生时,她正值中年。表面上,她的家庭既平静而温馨。家中有祖上留下来的产业,生活可以算是衣食无忧;她的丈夫里察不但勤劳善良而且忠诚于婚姻;她的一双儿女正健康地成长着;她所处的小镇,虽然地处偏远,但大家却能够彼此守望相助;平时也不缺朋友,在丈夫外出时,好友还会端着自制的美食前来造访,聊聊八卦话题。

**法西嘉与家人一起**

她却并不因此觉得满足,相反,她总是郁郁寡欢。原因在于,这样的生活与她本身的理想相去甚远。她当初是怀着少女的美梦来到美国的。但是到了美国之后,她却只能随着丈夫在他家世代相传的农场上过单调的生活。此前她做过教师,虽然自己也非常喜欢这个职业,但是有了孩子以后,她只好放弃,成为一位家庭主妇。本来孩子是她欢乐的源泉。但是随着时间的推移,孩子们渐渐长大了,他们有着自己的世界,因而很少与她交流。总之,在这个家里,她虽然每天都在家中操劳着,却毫无乐趣可言,因为无人关心她的内心、她的昔日梦想。正因为如此,影片开始,在表面的平静生活中,她总是敏感地觉察到生活的不和谐。比如儿子和丈夫粗暴的关门声,比如女儿喜爱的流行音乐的吵闹声。长久的压抑与克制,让她几乎处于崩溃的边缘。就在这时,她获得了一生中最宝贵的四天独处时间;就在这时,她遇到了罗拔。

罗拔突然为法西嘉拍照片,法西嘉又惊又喜

罗拔是一位知名摄影师,有着很高的艺术修养。与她长期困守于一地恰恰相反,他是一位世界公民,行踪不定,浪迹天涯。生性浪漫的罗拔很快便深深地吸引了她。他会采花给她以示谢意;会在月光下吟叶芝的诗给她以示抒怀;会给她讲述许多云游世界的奇闻逸事;甚至还提及到过她那并不出名的家乡,说那是一个美丽的地方。所以,当罗拔朝她走来时,她获得了始料未及的爱情。

她的爱情令世人羡慕不已。罗拔不但是一位优秀的摄影家,对艺术有着自己独特的见解,在一家世界知名的专业杂志上开设专栏,而且还是一位与她精神相通的人。罗拔不但理解她的梦想,而且还极其赏识她,由衷地赞美她。甚至愿意为她做出根本性的改变,从此不再做一位世界公民,与她一生相伴。为了她,一向高傲自尊的罗拔还特地留在这个偏远的小镇上,苦苦地等候她的回复。

突然降临的爱情,使法西嘉的人生焕然一新。用她的话说,"我的举止犹如另一个女子,我比以前更像我自己"。本来就对自己的婚姻颇为失望,现在又遇到了浪漫的爱情,这样一来,她的婚姻自然立刻滑向毁灭的边缘。她与罗拔很快便相拥而舞,相枕而眠。在爱情的神奇魔力下,在罗拔的激情鼓励下,法西嘉像所有为爱疯狂的女人一样,匆匆地收拾好行李,准备在朦胧的夜色下,在丈夫与孩子们回家以前,与罗拔私奔,从此享受自少女时代就向往已久的幸福生活。

但是,就在这时,法西嘉却犹豫了起来。她发现,自己在平凡的婚姻和可贵的爱情之间竟然难以抉择。

同样的房间,同样的烛光,身边坐着同样的爱人,但是法西嘉的心情却与此前大异。她不再有前几天的兴奋、激动与快乐,而是变得犹豫、徘徊与沉重。她长期居于小镇,非常了解小镇人的特点。这个名叫爱阿华的小镇地势偏远,与外界接触很少。小镇上的人一般都是世代居住在这里,比如里察,他的农场是家族的,有百年历史了。小镇的闭塞使人们对于外来的事物极其好奇。凡是有人经过,全镇的人都会对之热切关注,并且津津乐道地给予评点。比如罗拔来到小镇以后,消息很快便传播开来。法西嘉的朋友美芝立刻打电话给她,捕风捉影地议论起罗拔,说他是一位嬉皮士。里察回家以后,也在餐厅里听到人们议论罗拔,所以在路上一看到罗拔的车,便知晓了他的来历。长期的闭塞使得小镇上的人极其保守,美国传统的家庭伦理观念在这里仍然拥有很强的影响力。婚外恋被小镇上的人视为禁忌,认为它是一件有伤风化的事。谁要是有所触及,便会受到舆论的一致谴责,并被大家集体孤立。狄先生与雷小姐有了婚外情以后,全镇很快老少皆知。当雷小姐出现在餐厅时,不但客人们对她态度冷漠,就连服务员也对之行为粗暴,结果雷小姐只能一个人待在车子里哭泣。

因为长期在这样一个环境里生活,法西嘉在做出自己人生最重要的抉择时,自然会异常慎重。

这时,她考虑到了自己的行为对于家人可能造成的影响。她非常清晰地知道,如果自己与罗拔远走高飞的话,她的家人从此便生活在各式各样的流言蜚语中。

这时,她才知晓,与家人的安定幸福相比,自己的那点爱情真是算不了什么。她决定为了家人,将与罗拔的爱情珍藏于心。尽管罗拔告诉她,这样的爱情是许多人一生都不会遇到的,而且很多人也以为这样的爱情是不可能存在的;尽管罗拔为此留在镇上耐心地等她,在雨中凝望着她,在车上久久不愿离去;尽管此后她每年都会在生日那天去洛士蒙桥上怀念自己的爱情;尽管她会请求孩子们在她死后将自己火化,并将骨灰撒在洛士蒙桥,与深爱的罗拔永不分开。但是活着的时候,她却将自己的一生奉献给了家庭,给了丈夫与孩子们!

罗拔在雨中凝视法西嘉

面对平凡的婚姻和可贵的爱情,法西嘉经过一番痛苦的挣扎,最终选择了婚姻,以保护家人不受伤害。她不但陪里察走完了他的一生,而且还看着孩子们长大成人、成家立业。由此可见,她首先想到的决非自己而是家人,她并没有因为追求自己的幸福而给家人造成伤害。法西嘉最终与小镇上的人一样,捍卫着美国传统的家庭伦理道德。

其次,是米高与嘉莲的婚姻危机。他们的婚姻也不尽人意。比如米高,与贝蒂结婚多年,虽然自己从来没有做过背叛的事,但是这并不是发自他内心的,事实上他无数次想要背叛妻子。对于妻子,他常常是视而不见,听而不闻。他一个人独自到酒吧饮酒,连个电话也不打给妻子。而嘉莲呢?丈夫史提夫是一位道德懦弱和生性说谎者。二十多年的婚姻一直过得不如意。从她随身带着律师的名片看出,她内心一直有着离婚的念头。虽然米高与嘉莲是兄妹,但是面对各自的婚姻危机,他们却从不交谈。因而在人世间,他们只能孤独地生活着。在深夜里,在自己出生的家乡,一个到酒馆买醉消愁,一人在长椅上独坐纠结。直到得知母亲当年也曾遭遇到过这样的人生困扰,他们才有所释怀。而母亲处理婚姻危机的方式,更是让他们既动容又受益。

是啊,在漫长的婚姻生活中,谁的婚姻没有遇到过波折呢?既然危机是婚姻的常态,那么应当学习的是如何处理好它。这方面自然是"仁者见仁,智者见智"。法西嘉最终所作出的处理让子女明白:一旦进入婚姻,家庭生活便成为人生最重要的部分;在婚姻危机中,首先应当顾及的不是自己而是血脉相连的家人。生活在同一屋檐下的家人,彼此非但不应当互相伤害,还应当心存关爱。就像法西嘉所言,虽然里察并不是她最爱的人,但是里察却是一位善良本分的人,不应当让他受到伤害。她始终没有离弃里察!她最终把自己的梦想与爱情均放弃在一边,陪他度过了平凡的一生,给了他心灵莫大的温暖。虽然她的孩子们甚少关心她,但是她仍然要坚守在那里,为他们今后的人生树立正面的榜样,让他们明白家庭的美好和生活的幸福是多么的重要!

最终在法西嘉的影响下,米高回到家中与妻子紧紧相拥,说自己最大的心愿就是让她开心快乐,这对他而言胜于世上所有的一切。嘉莲在跟丈夫通电话时,态度也有了巨大的转变。她不再生他的气。她意识到在不尽人意的婚姻中,自己也是应该负有一定责任的。她想在家乡多待段时间,努力地改变并调整好自己。无论是法西嘉还是她的孩子们,虽然生活有波折坎坷,但是最终都归于宁静与温馨。正如法西嘉在信中跟子女们所言的那样,生活多么美好!

法西嘉是老一辈中那些曾经历过婚姻风雨的代表,她有着可贵的牺牲精神,这令人由衷地敬重。作品通过对她及其子女婚姻状况细腻全面的描写,昭示了这样一种生活理念:婚姻尽管琐碎平凡,但是仍然有着美好和感动;顾及和关爱家人是已婚之人应当全力守护的道德底线。

可见,作品着力颂扬的是一种传统的家庭伦理道德观念。

与此同时,影片中还存在着另外一种现代的家庭伦理道德观念。那就是追求个人至上,轻视家庭生活,对于传统道德持否定抨击的态度。罗拔就是其中的代表者。他是一位听凭自己喜好生活的人,不太会顾及他人的感受。他最喜欢的地方是非洲,因为那里没有强加的道德束缚。起初与法西嘉交流时,一旦话及美国传统的家庭伦理道德,他持猛烈抨击的态度,认为它在催眠全国的人。后来当他与法西嘉相爱以后,他要法西嘉为了他们的爱跟他远走他乡,因为他觉得他们的爱是多少人终生都无法获得的。当法西嘉跟他谈及这样的行为会伤害到自己的家人时,他非常认真地说别人都可以活下来,她的孩子们都已经长大,而且他们本来就很少跟法西嘉交流。在这场爱情中,他注重的是自己的感受,注重的是他与法西嘉两人的生活与未来。

这两种价值观显然是互相对立的,因而冲突难免。法西嘉与罗拔刚遇到的第一天就曾就此作过非常激烈的争论。法西嘉并不同意罗拔的这种观点,她认为"别人决定有一个家并不等于被催眠。没有见过瞪羚逃窜不等于浑浑噩噩"。最终法西嘉也用行动印证了自己的这种生活态度。她选择继续留在小镇上,与家人一同生活。事后,她也没有后悔过。不仅法西嘉坚守着这种道德观念,她的子女们最终对此也持完全认同的态度。

## 三、人物形象

　　这是一部经典影片,其中情节并不复杂,人物也不多。就类型而言,作品中的人物可分为两类,一类是父母辈的,比如法西嘉、罗拔、里察与雷小姐等;一类是子女辈的,主要有米高、嘉莲与贝蒂等。下面重点分析法西嘉与罗拔。

　　首先是法西嘉。她原来是一位意大利人,出生在一个名不见经传的美丽小镇,曾做过教师,因为与美国大兵里察相爱,所以便随里察来到他的家乡爱阿华定居。从外表来看,她是一位内敛沉默、不擅表达的人。当罗拔向她问路时,她说了半天,也不能令对方明白。罗拔问她结婚多长时间了,她想了好长时间,也没有说清楚。罗拔问她的丈夫如何,她

与罗拔开心聊天的法西嘉

回答说他是一位洁净的人。其实,她本人并不是这个样子,这是长期封闭的小镇生活以及一成不变的家庭生活所导致的。她的真实性格是在罗拔出现以后才逐渐呈现出来的。

　　其实,她是一位幽默活泼的人。罗拔从桥下采了些野花送给她表示感谢,她突然跟他开玩笑,说那花有毒,吓得罗拔立刻丢下了花。她见状在一旁捧腹大笑。当罗拔受其邀请来她家时,她要罗拔给她讲些奇闻逸事。结果她听后笑得肆无忌惮,甚至把双腿抬得老高。最能体现她这种活泼个性的是,当她获悉罗拔要来家中共进晚餐时,她突然兴奋地挥臂,然后快速地拿出罐子里的零钱,戴着很酷的墨镜,伴着欢快的音乐,一路驾车飞驰到镇上购物。

　　除了幽默活泼以后,她还特别地敏感自尊。当她询问罗拔到过的地方哪儿最刺激时,罗拔一方面因为真的讲得有点儿累,一方面觉得两人才初次见面怕说多了会引起她

的反感,所以沉默了一会儿。她见此连忙说"除非你太累,不想说",误以为罗拔不愿意讲给她。后来罗拔开始讲述前说了一句"你问男人是否厌倦谈自己,那你还不算落伍"。她便认定罗拔将自己视为一位愚蠢的女人。与罗拔相处三天后,面对即将分别的结局,她非常难过,彻夜难眠,渴望知晓罗拔内心是否真的需要她,是否真的想要拥有她。结果罗拔并没有跟她谈自己以后的打算。她因此非常愤怒,把罗拔正在吃的食物全部倒进了水池。

当然,她更是一位深情的人。与罗拔相处的这四天,令她终生难忘。后来她会跟雷小姐谈起罗拔。在里察死后,她再度寻找罗拔的消息。收到罗拔的遗物后,她泣涕涟涟。临终前她再三思考,决定把这段爱情写下来,力图获得孩子们的理解,使自己的骨灰能够与罗拔一道同眠于洛士蒙桥,从此永不分开。

此外,她做事有自己的原则,是一位有主见的人。当罗拔说起美国传统的家庭伦理道德认为它在催眠全国人时,她对此进行了反驳。后来,在考虑是否与罗拔一起离开时,她亦进行了非常认真地思考,做出了将爱珍藏于心、与家人继续一起生活的决定。对于这样的决定,她此后一直不曾后悔过。另外,她极富牺牲精神。为了家人的幸福,她愿意放弃自己的爱情,虽然此后终生都在思念着远方的罗拔,但是却一直没有离开过小镇,过着简朴平淡的生活。

在法西嘉门前停下来问路的罗拔

其次是罗拔。华盛顿人,离过婚,是一位摄影师,曾受聘于《国家地理杂志》,拥有很高的艺术天赋。他热爱工作,不喜欢受约束,自己的朋友遍天下。他听凭喜好而生活,居无定所,漂泊不定,出差时会因为一位小镇的美丽而驻足多日。对于美,他更是有着独特的感悟力。他能够嗅到沃土的香味,喜欢采路边的野花,更会关注美洲天空,发现它由朝到暮的色彩时刻都在变幻着,他给法西嘉拍的照片堪称经典。他天生文雅,喜欢读叶芝的诗,听舒缓的歌。他善解人意。看到人到中年的法西嘉为梦想而惆怅时,安慰她说有梦想都是好的。看到法西嘉因为与自己独处而显得忐忑不安时,他轻柔地对她说"我们并没有做错什么,一切都可以对孩子说"。目睹雷小姐的遭遇后,他会打来电话征求法西嘉的意见,让她决定自己是否应当赴约。两人相拥而舞时,他说如果法西嘉想停下来,现在就可以。即便深爱着法西嘉,他也不强人所难,让她自己决定跟他一起走还是继续留下来。

即便分开后非常思念法西嘉,他也会努力克制住自己不会打扰她平静的生活。他忠于爱情。他并不认为自己爱上法西嘉是一件罪恶的事,他决不会迫于道德的压力而道歉。经历了爱情以后,他才明白自己之所以从事拍照这个职业,只是为了能够不断地向法西嘉走近,最终与她相爱。他虽然渴望自由,却更愿意为爱情而改变自己。他渴望一生能够与法西嘉同行。为了爱情,一向骄傲的他也会在小镇上滞留,在雨中等待。两人分开以后,他一直戴着法西嘉送给他的项链。在出版困难的情况下,他仍能够排除万难,出版摄影专集来纪念他们的爱情,并在扉页上写下"献给法西嘉",并对她说"无路的林中亦有欢乐"。他死后也留下遗嘱,把自己的所有物品都留给法西嘉,并且请法西嘉把自己的骨灰撒在两人相识相爱的洛士蒙桥上。

四天以后,法西嘉的家人开心地捧奖归来

除了上述两位主要人物以外,还有里察。他是一位极传统的美国乡村男人,恪守着祖辈留下来的农场,一生辛勤耕种,好让家人过上富足安定的生活。虽然他并不了解法西嘉,但是却深爱着她。临终前他还在为自己没有能够实现她的梦想而心存内疚。另外还有米高。作为家中唯一的儿子,他对母亲有着极强的占有欲。最初得知母亲竟然与别的男人发生关系,他非常地愤怒,嚷着要杀了罗拔。但是一旦了解到母亲的人生遭遇以及最终的抉择之后,他对母亲充满着敬重。最终受母亲的感染,他回到妻子身边。再如嘉莲,生于传统的家庭,因而生性保守,对于性有着本能的抗拒。当米高对母亲与罗拔是否有过性关系有疑问时,她认为这是对母亲的亵渎。她对于丈夫的背叛一直不能释怀。她非常地孝顺。父亲去世以后,虽然已经远嫁法国,但是她仍然会每周跟母亲作交流,视自己为母亲的知己。母亲死后,她会非常耐心地阅读着母亲留下来的信件和日记,以加深对母亲的了解。了解到母亲的一生,特别是母亲与罗拔的动人故事,她对于人生也有新的认识,明白了性爱在情爱生活中的重要性,明白了婚姻需要两人的精心维系。最终她意识到自己对丈夫的长期忽略,因而决定从自身改变起,以经营出更美好的婚姻生活。

## 四、艺术特色

这部作品的艺术特色主要表现在三个方面。首先,在叙事方式上,以倒叙为主,中间加有插叙。故事由一个遗嘱开始,写法西嘉临终前,对于自己如何安葬立下了特别的遗嘱,子女们对此表示不能理解。直到孩子们看到她的信和日记以后,才明白其中的特别原因。这样一来,多年前法西嘉独自在家的四天生活以及此后的人生状况也随之浮出水面。在对法西嘉与罗拔相遇、分离的故事进行倒叙时,影片还不时地插叙,将米高和嘉莲

法西嘉的遗嘱让家人非常诧异

对母亲态度的转变过程展示出来,同时也将他俩非常隐秘的私人生活状况呈现出来。比如,读到第一天深夜,法西嘉邀请罗拔到家里饮酒时,儿子米高突然就此打住。他合上日记,对此后两人的关系做出了推测,认为母亲后来一定是被罗拔灌醉了,是罗拔强迫母亲与他发生性关系的,所以母亲在世时才不能说出来。而嘉莲却认为,即便罗拔有如此举动,他也不是一位坏人,并且还将他与自己的丈夫史提夫相提并论,无意中把自己的婚姻不幸给暴露出来了。后来,兄妹又接着读母亲的日记。这时故事已经发展到了第二天。当他们读到法西嘉身着新买的性感裙子从浴室里出来,与罗拔情到深处相拥而舞时,法西嘉说罗拔不会为将会发生的事而道歉(指两人发生性关系)。米高觉得自己听不下去,便要出去走走,离开了家。饮酒以后,他找到遗嘱的见证人狄太太,于是对母亲有了更多的了解。此时嘉莲留了下来,独自进行阅读。嘉莲知晓母亲与罗拔在第三天结伴到另外一个地方同游。这时,嘉莲却读不下去了。她从袋子里拿出了离婚律师的名片,内心有些犹豫。正好此时米高突然回来了。他告诉嘉莲所谓的狄太太实际上就是信中所提及的雷小姐。米高这时才知道,原来的狄夫人是一位性冷淡者,狄先生最终还是顶着舆论的压力与原配妻子离婚,迎娶了雷小姐,自己的母亲在这件事当中竟然充当了帮手的角色。这样一来,兄妹俩对小镇人的生活有了更加深入的了解,

理解了在看似平静的生活之下,人们情感深处的丰富复杂。母亲的故事、小镇人的故事,纷至沓来,一下子让兄妹俩对人生有了更加深入的了解。这时他们也有所释怀,原来自己所处的生活困境并不是唯一的,也不是最糟的。当兄妹俩促膝谈心时,他们才发现原来彼此生活实际上都不如人意。这时他们情不自禁地问,为何母亲这样不开心,还不离他们而去呢?于是故事又接着开始叙述。这样一来,法西嘉与罗拔第四天的相处得以自然地展开,法西嘉最终与罗拔分开,继续留在家人身边。

在顺叙、倒叙与插叙等多元的叙事形式之下,两代人的婚姻困境及最终的突围得以娓娓道来。这使得影片不断地穿梭于过去与当下,既扣人心弦,又充满张力,两代人于是从隔膜走向沟通,由表面走向深入,最终做到了相互理解。

除此以外,作品还擅长心理描写,这尤其表现在对法西嘉的描写上。长期琐碎的家庭生活使人到中年的法西嘉渐渐迷失了自我,成为一位普通的乡村家庭主妇。罗拔的出现让她生命重焕光彩。短短四天内,她的生命经历了一个由沉睡到觉醒的惊人转变。关于她的生命觉醒过程,作品主要是通过她丰富的心理变化和微妙的生理反应来展示的。首先,她对罗拔的态度在不断地发生着改变。起初她是紧张的。当罗拔问路时,她回答时不但神情害羞,而且言语混乱。当罗拔伸手到车厢里拿香烟不小心碰及她大腿时,她感到极不自在。接着,她有了好奇心。听说罗拔仅仅因为自己家乡的美丽就下车停留了下来,她用难以置信的眼光反复地打量着罗拔,喃喃自语道:"这怎么可能呢?"她曾数次躲在暗处观察罗拔,在桥缝里看罗拔用毛巾擦脖子,在窗户后面看他用水擦身子。然后,她开始关注起自己来,特别是对于自己的身体。第一天晚上,罗拔离开以后,她突然抚摸起自己,并且把衣服解开,任凉风吹拂。看到罗拔在外面冲洗时,她下意识地把耳环给戴上了。得知罗拔要来共进晚餐,她突然有了购衣服的冲动,而她最终所挑选的还是一件性感而暴露的裙子。在与罗拔相处的过程中,她的生理始终处于亢奋状况。她不但会去嗅罗拔放在床上的衣服,而且还会躺在泳浴里,想象罗拔沐浴时的样子,用手去接水并且亲吻起来,如同亲吻罗拔。这场爱情之所以让她终生难忘,是因为她的身心均得到了真正的释放,"我的举止犹如另一个女子,我比以前更像我自己。"

法西嘉与罗拔到另一小镇旅游,
两人深情相拥

另外,作品还对美国的乡村生活进行了绘声绘色地描述。这里风景宜人,土地辽阔,庄稼茂盛,野花点缀在田间,别致的房屋、看家的小狗、守望相助的邻里……一切给人以静谧安宁之感。而那座设计简朴、色彩经典的洛士蒙桥,更是美国乡村文化的缩影。这样的乡村,不仅让四处漂泊的罗拔为之驻足,而且也让身处巴黎繁华之都的嘉莲不愿离开,同时更是让许多现代城市人流连忘返。吸引人们目光的,除了它独特的风景,还有它所坚守的伦理道德观念:它与追求个人至上、漠视家庭观念的伦理道德完全相反,它要求人们学会克己与牺牲、珍爱家人,它意味着静谧与安宁。除此以外,作品中还插入了很多优美的音乐作品。这些作品节奏舒缓,歌词简洁,情感深沉,充满着浓浓的怀旧意味。它们与时下热闹、躁动的现代音乐泾渭分明。这些经典音乐作品,与影片所赞扬的美国老一辈人的生活方式、价值理念极其相配,让久居城市中、倦于浮华生活的人深受感动。观众们可以一边欣赏如画的乡村美景,一边倾听如诗的悠扬音乐,一边观看动人的故事,最终对人生有所静思。

影片紧扣住"弘扬传统伦理道德"这一主题,将故事、画面与音乐等艺术元素和谐地统一起来,最终深深地振动了观众的心。它让饱受道德困扰的现代人经历一次荡气回肠的心灵洗礼!

# 《克来默夫妇》文学导读

## 一、主要剧情

看电影

泰德从事广告企划工作,工作非常努力出色。经过十多年的摸爬滚打,他终于在事业上取得了成功。他花了六个月的时间为公司争取到了一个大客户,因此被副总裁任命为下一任创意总监。正当他志得意满地回家,准备和妻子乔安娜分享这件大喜事时,乔安娜却拎着包,要离他而去。

**听说乔安娜要离家出走,泰德上前阻拦**

泰德不明就里,急忙抢下妻子的包,进行阻劝。但乔安娜跟他说,如果现在不让她走,她可能会跳楼自杀的。泰德问她儿子比利怎么办,乔安娜说自己不能照顾好他,所以把儿子留在家里。泰德问她要到哪里去,乔安娜说"不知道",然后就走了。

泰德心里非常着急。他打电话给乔安娜的朋友玛格丽特,向她打听乔安娜的行踪,却得知乔安娜并没有去她家。玛格丽特知晓情况后,非常担心乔安娜,便来泰德家进一步了解情况。泰德将乔安娜的离家归罪于玛格丽特。他认为一定是她在背后说了自己的坏话,乔安娜才离家出走的。玛格丽特对此坚决否定。泰德对玛格丽特态度非常恶劣,要她离开自己的家。玛格丽特临走时告诉泰德,乔安娜六个月以来一直都非常不开心。

第二天，泰德只好独自照顾儿子，从早餐一直忙到上学，然后才匆匆赶去上班。泰德一到办公室，就问秘书乔安娜有没有打电话给他，秘书说没有。他只好取消了中午的一个重要会议。后来他又打电话回家，也没人接。

在公司里，他把此事告诉了他的上司，因为上司是他的好朋友。上司问他乔安娜是不是有第三者了。他一口否认，认为乔安娜不是那样的人。他承认自己在六个月前就发现了妻子不开心，但是因为当时一直在为公司争取最大的客户，所以他就忽略了这个问题。他认为妻子只是一时生气，很快就会回来的。上司建议他把儿子比利先放在亲戚家一段时间，因为他刚升迁，这让很多人眼红。如果泰德因为家庭的原因而把工作给搞砸了，上司担心到时会连累到自己。泰德立刻向上司保证，说自己是一个不会失败的人，他决不会因为个人私事而影响到公司工作。

晚上，他在家里一边陪儿子一边工作，结果儿子把饮料洒在文件上了。这使他非常生气。显然，他一时很难做到既带孩子又忙工作。后来陪儿子购物时，他也非常不熟练。

看到比利吃冰淇淋却不肯用正餐，泰德非常生气

过了一段时间，乔安娜写信回家。泰德与儿子一起开心地阅读，结果却得知乔安娜不会再回来了。他与儿子均非常难过。为了不让儿子伤心，泰德把家里重新整理了一番，凡是有关妻子的东西全部被打包，并收藏了起来。

经过八个月的努力，泰德与儿子终于适应了新生活，两人相处日渐融洽。泰德也开始了新的生活，不但参加儿子的万圣节晚会，而且还与女性朋友约会，并把女友带回家中过夜。这期间，他经常与玛格丽特见面。玛格丽特与丈夫离异以后，正在与法文教授约会，但是结果并不如愿。他们都是婚姻的受害者，所以常常一起谈心，并互相打气。渐渐地，他们成了无话不谈的好朋友。

泰德越来越将自己的关注点从工作转向家庭。为了照顾好年幼的儿子,他在工作上表现不太理想,出现了一些重大失误。上司对此非常不满意。

十五个月以后,乔安娜突然打来电话,约泰德在餐厅里见面。见面交谈后,泰德才了解乔安娜离家以后的生活。原来她去了加州,在那里接受了心理治疗,结果效果显著。现在她不但精神状况很好,而且还回到了纽约,已经找到了一份工作。因为心里放不下比利,所以她时常会在学校对面看比利。她想把比利接到自己身边一起生活。对于乔安娜提出的要求,泰德感到非常愤怒。他摔碎酒杯,然后离开。

听乔安娜说要把比利接回身边,泰德非常愤怒

事后,他去找律师,准备为争取儿子的抚养权打官司。律师说这场官司很难打,因为孩子很小,一般都倾向判给母亲。但是他不愿意放弃。为此,泰德付出了高额的诉讼费。

正当泰德为官司心烦时,上司约他吃饭,最后宣布了遣散他的决定。圣诞节前夕,律师又通知他抚养权的官司很快就要开庭了。因为自己没有工作,所以他想申请延迟开庭。但律师告诉他此时已经来不及了。为了能够打赢官司,他不惜屈就,以少赚近五千元年薪的代价在一天之内签下了一份新工作。乔安娜跟他的律师提出要见比利,虽然他持反对意见,但是没有用。最终他将儿子送到了公园,看到儿子与乔安娜相聚的激动场面,他心情异常的复杂。

泰德与乔安娜最终为了儿子对簿公堂。第一次开庭时,乔安娜解释了自己结婚之后的状况以及当初不把孩子带走的原因。她说自己当时的情况非常糟糕,虽然她曾多次向泰德寻求帮助,但是他却并不关心自己,最后自己变得困惑、不开心和不自信。乔安娜说自己在家里已经完全不能运转了,所以只能离开。自己当时的状况显然不能照顾好儿子。但是她很爱比利。乔安娜说自己现在的状态很好,不但重塑了自信,而且还有稳定的工作,所以有能力照顾好儿子。乔安娜陈述过后,泰德的律师出了狠招,由乔安娜当初抛下儿子离家出走这一行为,将她推断为一位失败的、不可信的人,以此来替泰德辩护。泰德在庭下听后十分地于心不忍。

**律师在法庭上指责乔安娜是一位失败的女人**

  第二次两人出庭时,乔安娜的律师进行了还击。他让玛格丽特出庭作证,但只问及乔安娜离家之前泰德对儿子的态度,而不让她讲述乔安娜走后泰德所作出的积极努力。泰德出庭时,他承认乔安娜此前说的都是实情,说自己当初因为工作忙,所以对于乔安娜的精神状况并不清楚,因而犯下了不可弥补的错误。但是他认为这些已经不是现在应当关注的重点。需要考虑的是谁照顾孩子更合适。他觉得自己与比利共同努力才建立了现在这样的一个家,他们互相深爱着。如果轻易地毁掉它,可能永远都无法弥补。他请求乔安娜不要再度毁掉儿子的生活。但是乔安娜的律师却依据泰德因为要照顾儿子而在工作上出现失误因而被原公司遣散,以及泰德想打赢官司所以情急之下签下了一份低薪水的工作等状况,推断出泰德是一位事业失败、走下坡路的人;从泰德在法庭上急于辩解,推断出泰德是一位脾气不好的人;从比利在公园玩耍意外受伤时泰德自己对此的内疚之辞,推断出泰德是一位不称职的父亲。辩论结束后,乔安娜来找泰德。她对于律师用比利受伤一事来攻击泰德感到十分内疚。她说自己并不知道律师会作这样的处理,否则她是不会向律师提及此事的。

  最终泰德输了官司,孩子判给了乔安娜。泰德接到通知以后,非常难过。他想继续上诉,即便为此付出更高的费用。但是律师告诉他,如果官司继续打,那必须得让他的儿子出庭,否则很难打赢官司。他听后非常难过。为了不伤害孩子,他决定接受法院的裁定。事后,他给儿子耐心地作解释,希望儿子能够接受新的生活。

比利判给乔安娜以后,泰德做他的思想工作

后来泰德与儿子在家做好准备,心情悲伤地等着乔安娜来。结果,乔安娜并没有直接上楼,而是打来电话,约泰德下楼谈谈。原来乔安娜非常爱儿子,为了迎接儿子,她做了许多精心的准备,甚至想把自己居住的地方打扮得跟原来家里一样。但是就在准备的过程中,她突然发现,泰德那里才是儿子真正的家。所以,她最终还是决定把孩子留给泰德。听到乔安娜的这一决定,泰德惊喜交加。看到乔安娜想要上楼跟儿子说话,泰德决定自己先留下来,让她单独见儿子。乔安娜因为此前流泪过多,非常担心自己形象不佳,泰德由衷地说她现在的样子非常好。

## 二、作品主题

从剧情介绍可知,作品描述的是纽约大都市中,泰德与乔安娜这一对夫妻因为生活理念的巨大差异而最终走向离婚,后来两人围绕着儿子的抚养权进行了激烈的争夺,两次对簿公堂,结果父亲泰德败诉,法院将比利判给了母亲乔安娜。最终母亲乔安娜为了让儿子比利能够有更加有利的成长环境,并没有依照法律的裁判,而是让比利继续留在泰德身边。因此,作品关注的是已经破碎的家庭,父母应当如何去保护和关爱孩子的健康成长。

从作品来看,乔安娜与泰德均非常爱儿子。比如乔安娜,虽然此前所从事的工作与泰德一样,但是结婚后为了专心地照顾儿子,她选择了做全职太太。她是在精神出现严重状况时,才决定将儿子留在家里的,因为那时她连自己都不能照顾好。临别时,她对比利是那样的依依不舍。她离家之后,积极地寻找并配合医生进行治疗,以求尽快康

**重回纽约的乔安娜与儿子紧紧抱在一起**

复。在治疗期间,她仍然牵挂着儿子。一旦精神有所好转以后,她就写信给儿子,向他解释自己离开的原因,说并不是不爱他,而是为了能够更好地爱他。康复以后,她很快就回到了纽约。因为非常想念儿子,所以她经常偷偷地站在儿子学校对面的咖啡店里远远地望着儿子。为了能够顺利地将比利接到自己身边,她主动打电话给泰德,约他出来商谈此事。商谈无果后,她才求助于法律手段。在起诉阶段,为了能够见到久别的比利,她还求助于法律程序,获得了见面相处的机会。

同样,泰德也非常爱比利,但是这种爱与乔安娜的爱是有所区别的。首先,它经历了一个由淡漠至深情的过程。泰德起初是一位事业型男人,为了获得升迁的机会,他整日在外打拼。为了和上司处好关系,他甚至还主动地花时间与上司多交流。这样一来,他显然会因为精力不济忽略家庭生活。因而他最初对比利表现出来的是疏远与冷漠。在这方面,我们可以从乔安娜的好友玛格丽特出庭时所作的证词有所了解。乔安娜曾对玛格丽特倾诉了泰德在这方面的拙劣表现,并且对此流露出极其不满的情绪。但是,当乔安娜离开以后,他独自承担起照顾儿子的职责时,他浓烈的父爱逐渐被激发出来。关于这点,我们可以从作品中的三个方面感受到。一是当他的上司劝他为了工作和前途考虑,将儿子暂时放在亲戚家时,他非常坚决地给予了否定。即便工作再忙,他也坚持把儿子照顾好。二是当比利在公园里玩耍时不慎摔伤,他非常紧张心疼,立马抱着受伤的比利一路狂奔到医院。后来在儿子动手术时,虽然医生说手术较小,不必要陪同,但是他却坚持要陪,给儿子安慰,给儿子打气。三是得知官司输了以后,他想不惜代价继续上诉。他的律师告诉他,如果要赢得这场官司,那就得要让儿子作为证人出庭。泰德听后,很快就决定放弃抚养权的争夺,含着泪哽咽地走了。与儿子朝夕相伴以后,泰德流露出的父爱,既厚实又细腻。厚实处,如在事业与儿子之间,他会毫不犹豫地选择

**泰德与比利在公园嬉戏**

儿子。当儿子被同学欺负或是发高烧时,他会毅然放下手中最重要的工作,立刻前往,陪在儿子的身边。即便工资不高,为了不让努力建立起来的温暖的家再度毁掉,他会不惜一切代价地打官司。他不仅悉心地照顾儿子的生活起居,而且还关心儿子的心灵成长。他不想让自己的婚姻破裂给儿子的人生造成压力。所以当儿子问乔安娜何时回来时,他解释说乔安娜因为心情不好,想要找个地方安静下,相信她很快就会回来的。当他给儿子读乔安娜的来信时,读到乔安娜说自己不会回来时,他看到儿子难过地打开电视,于是立刻说改天再接着读信。后来,他还把乔安娜所有的物品都收了起来。但是看到儿子因为想母亲而把乔安娜的照片偷偷地藏在抽屉里,他把照片给拿了出来放在儿子的床头。儿子误以为是自己不听话才使妈妈离家出走的,所以非常担心父亲也会离开。这时,泰德幽默地对儿子说,想要甩掉他可并不是件容易的事,并且还说乔安娜离开家,不是儿子的错,错在自己,因为自己没有能够给乔安娜更多的关心和爱护。

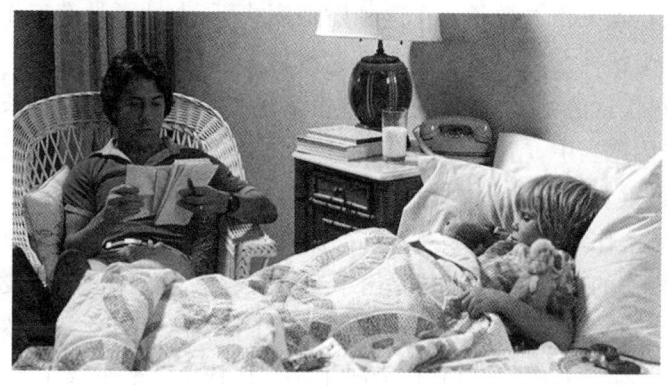

**泰德给比利读乔安娜的来信**

尽管两人都爱着孩子,但是他们已经无法再生活在一起了,这时比利只能跟随一方生活。法院判定的结果是归乔安娜,但是最终的结局却出人意料。

当泰德得知官司输了以后,他还想继续争取,所以毫不犹豫地提出了上诉要求。但是律师告诉他,这次必须让儿子出庭作证人时,他选择了放弃。显然,他不想让儿子幼小的心灵受到伤害。因为他参加过两次开庭,目睹了律师为了帮助客户争取利益而不择手段,世上最温情的事都会被他们移花接木地使用,好得出最残酷的却有利于自己当事人的结论。所以,一旦出庭,儿子必然会受到伤害,而且这种伤害将是巨大的。为了保护儿子,他最终放弃了抚养权。不仅如此,他还耐心地向儿子解释法院这样决定的原因,希望儿子能够支持这种决定,安心跟乔安娜一起开始新的生活。

乔安娜打赢了官司,但是她的心情却并没有因此雀跃,相反依然沉重。因为她一走了之以后,泰德不但收拾了所有残局,而且还尽最大的努力给比利重建了一个温暖的家,让他生活在爱的世界里。她在咖啡厅里所看到的和在法庭上听到的,都让她相信泰德是一个有爱心和耐心的好父亲。当泰德在法庭上放下男子的尊严,请求她不要再度毁掉为儿子刚刚建立起来的温暖的家庭生活时,她不能不心有触动。所以,她考虑再三,决定把孩子留在泰德身边。

与法律的判决相比,乔安娜最终所作的决定显然更加适合比利的成长!

所以,故事叙述了一个曲折的官司以及出乎意料的结局,以此生动地说明,当婚姻不可避免地走向毁灭时,最值得大家关注的应当是如何让孩子有一个更加有利的成长环境。不但要爱孩子,而且还要理性地爱孩子。正如泰德在法庭上所言"最重要的是怎样对我们的儿子最合适,谁对比利最合适。"

除了关注婚姻家庭这一主题以外,作品还涉及男女平等这一社会问题。

故事开始前,泰德与乔安娜显然是依据传统方式生活的,即男人在外面奋力打拼以养家糊口,女人在家中相夫教子。在这种婚姻模式下,女性既没有工作又没有社会活动,因而在经济与精神上都得依赖男人。这使得女人与男人处于一种不对等的关系。这种家庭生活很快就遇到了危机。乔安娜生活得并不开心。她因为长期缺乏社会活动,陷入孤独与困惑当中,精神因此出现了巨大的危机。面对困惑,她急需找人交流。此时在她身边最重要的人就是丈夫泰德。但是当她把心中的困惑与泰德交流时,泰德却专注于自己的工作,对此无暇顾及。泰德认为即便她出去工作,所赚的钱可能连保姆费也付不起。泰德的这种想法,不仅是出于经济的考虑,而且潜意识中还包含着对乔安娜工作能力的否定。这样一来,乔安娜更加困惑了,"女人凭什么不能像男人一样有野心"。七年的婚姻生活,乔安娜只有在头两年感到过快乐。故事发生时,她已经有六个月不开心了。而泰德对于乔安娜的精神危机虽然有所察觉却不放在心上,也不去关注。他一心只想着如何赢得上司的赏识,在工作上获得升迁加薪的机会。

乔安娜不顾泰德劝阻坚持离家

乔安娜在长期的孤立无援以后,最终决定离开家。这其实是一种精神自救行为。当泰德不明事由地企图阻拦她时,她流着泪用近乎哀求的语气求他放自己走。她说如果再继续待下去,自己会自杀的。后来,经过心理咨询师的专业治疗,她才真正地了解病因。此前,她是没有自我的。康复以后与泰德见面时,她说自己一直不明白自己的身份,一直将自己视为别人的太太、女儿与妈妈,而从来不是她自己。正因为如此,她决定走出家庭,融入社会,重新工作。是的,女人不仅属于家庭,而且还应当有自己的事业。她在信中对儿子说,"做你的妈咪是一件事,世界上还有其他许多的事"、"妈咪要做些有趣的事"。就她而言,做创作与设计之类的事情明显可以缓解她的精神压力,并让她快乐等。工作不但使她重获新生,而且也使她对人生充满了自信。事实上,她的工作能力一点儿也不逊色于泰德。公司支付给她年薪三万一,而泰德此前是三万四,后来只有二万九不到。她不但可以养活自己,而且还可以有经济能力把儿子给照顾好。所以,从离家出走到再次返回纽约的这段时间里,她完成了人生的真正蜕变,由一位依赖男人生活的传统女性变成了一位经济独立、精神自主的现代女性。

作品中,不仅乔安娜在追求男女平等,泰德在这方面也有诉求。乔安娜走后,泰德的人生主题出现了变化。此前以事业为主,终日在外打拼,很少顾及家庭,对妻儿相对冷漠;此后,则以家庭为主,工作为辅,成了一位全心全意的顾家男士。他身上流露的细腻、周到、耐心与爱心等优秀气质,是一般的女性都很难具备。即便他心情再坏,也不忘对儿子说鼓励的话;即便他工作再忙,都会设法将儿子的衣食起居照顾好;即便他再委屈,也会对儿子耐心地解释乔安娜离家出走的原因及法院最终作出裁判的理由。儿子生气时,他教导儿子要学会顾及别人的感受,不要让别人长久地难过;儿子表演紧张时,他会在台下大声地提醒要说的台词;儿子受伤时,他会心疼地陪伴在左右;儿子睡着

泰德对比利流露出浓烈的父爱

时,他会抱着儿子,流着泪说自己多么地爱儿子。他会陪儿子上学,教他学骑自行车,并且定期带儿子到公园与别的小朋友一起玩耍。他既慈爱又严厉,连儿子洗澡和洗头的次数都作出了严格的规定等。他甚至会像女性那样跟同事喋喋不休地讲述着儿子的种种优点以及自己在相处中获得的心灵感动等。所以,当律师告诉他,孩子很小,法官一般都倾向孩子判给母亲时,他对此提出了质疑。"哪条法律规定只因性别所致,女人就比男人更会照顾孩子"、"我不知道哪里写过女人天生有母爱,男人对孩子的爱就一定比女人少"。他觉得自己尽全力为比利建立了一个温暖的家,他可以给比利更稳定的生活和更健康的成长环境。所以他对于儿子的抚养权坚决不让。最终,他的行为和真诚打动了乔安娜,决定让比利留下来继续与泰德一起生活。可见,泰德最终也争取到了男女

平等的权利。

乔安娜离家出走以后,从工作中找到了生命的乐趣;泰德回归家庭以后,把儿子看得比事业还重,找到了人生的新意义。这显然与传统的"男主外、女主内"的家庭观念相反。所以,作品所宣扬的男女平等思想,在它那个时代具有很强的先进性。它主张人们应当依据自己的禀性气质和特长去生活,而不是机械地依据性别度过一生,这在当下仍有积极的价值。

## 三、人物形象

这部作品因为情节不复杂,涉及的人物并不多,主要就是泰德一家三口,以及他们的好友玛格丽特,还有两位负责他们官司的律师。其中主要人物有四位:泰德、乔安娜、比利与玛格丽特。这些人虽然生活都遭受过不幸,但是却能够在最痛苦的时候顾及他人、关爱他人,高尚的品德让观众深深地为之动容。

勇于担当决不言败的泰德

首先是泰德。他是一位勇于担当、不轻易言败的男人。结婚以后,他为了养家糊口,终日在外打拼,最终在广告界取得了成功。不但创意深受上司赏识,而且还为公司争取了一位大客户。凭借多年的打拼,他终于在公司谋到副总这一职务。但是就在这时,乔安娜突然离家出走。面对一大堆的家庭琐事,上司劝他将儿子送到亲戚家以便专心工作。这时,他毅然决定独自承担下来。他自信地对上司说,自己不是一位轻易可以打败的人。从此,他一直是事业与家庭两头兼顾着。后来被原公司遣散以后,他为了打赢官司,更是向律师承诺会在一天之内找到工作,结果说到做到。当别人都在忙着过圣诞节时,无论是中介公司还是招聘单位都无暇顾及他求职一事时,他却能想方设法地努力地说服别人,争取到面试的机会,最终实现了找份工作的预定目标。

同时,他还是一位富有耐心与爱心的父亲。他不但关注儿子的生活起居,将他照顾得非常周到,而且还一直关注着儿子的心灵,全心全意地保护他,不让他因为父母离婚而受到任何伤害。尤其是后者,更让人敬佩。比如当儿子询问他妈妈突然离开的原因时,他打了个比方,乔安娜与自己吵架,想找个地方安静下,过一段时间就会回来。当儿子将妈妈离开的原因归于自己时,他真诚地说错的是他,因为他没有能够及时地关心到妈妈。在法庭上,他对乔安娜晓之以理动之以情,解释自己以前对她与儿子极其忽略的原因,但是现在他已经通过自己的努力给儿子营造了一个幸福的家。得知儿子被法院判给乔安娜以后,他并不能接受这个事实,还想不惜代价起诉,直到律师告诉他除非小比利出庭否则很难赢得官司,他才选择了放弃。事后,他还带着儿子散步,将最终的结果告诉儿子,说法官认为妈妈更加适合照顾他,并且安慰情绪低落的儿子,说自己还是可以定期见到他的。为了让儿子能够安心地离开,临别前,他特地给儿子做了美味的早餐。

其次是乔安娜。她是一位慈爱的母亲,关于这点,前面在分析作品主题时已有详细提及,主要表现为对儿子比利无私关怀上,此处不赘。除此以外,她还是一位外表文静、性格内向、内心孤独的女性。结婚以后,她做起了全职太太。因为忙于家庭,所以她几乎没有什么社交活动。当她离家出走以后,泰德所能想到的她朋友只有玛格丽特一位,而且这位朋友同时也是泰德的朋友。正因为如此,当她内心充满困惑时,除了玛格丽特,几乎

走出法庭心情颇为复杂的乔安娜

无人可以倾诉,连泰德都不能依靠。所以她长期生活在孤独里。当泰德问她要去哪里时,她说自己也不知道。这并不是假借口,而是真事实。偌大的世界里似乎并没有可以容身的地方。

同时,她又是一位勇于追求个性解放的现代女性。虽然在一般人眼里,她的生活是美好幸福的。丈夫不但有事业心,而且人品也非常好。他既没有对她施暴过,也没有在经济上对她刻薄过。同时她还有一位健康可爱的儿子。但是,她却并不满足于此。她渴望弄清楚自己是谁,弄清楚人生的意义,弄明白自己的价值。当她发现丈夫泰德和好友玛格丽特都不能解决自己内心的困惑时,便毅然作出了离家出走的决定,"所以我必须离开,发现自己是谁"。这种抉择是需要巨大勇气的,玛格丽特为之敬佩,泰德为之困惑,小比利为之难过。最终她从心理医生那里获得了帮助。她明白了女性不但属于家庭,更属于社会;她明白了自己想做的不仅仅是一位母亲,而且还想成为一位有作为的职业女性。拨开心中的谜团以后,她才真正地成为一位自信的人:一位精神自由、经济

独立的人,不再依靠别人而活着的人。

泰德和玛格丽特在公园谈心

接着是玛格丽特,她是一位极富正义感与关怀心的人。她是泰德与乔安娜一家的朋友。乔安娜内心苦闷时,会找她倾诉。当她听说乔安娜离家出走以后,非常着急,来到她家里询问状况。到了乔安娜家里,她对于泰德只顾自己而丝毫不顾及乔安娜内心感受的自私行为进行了毫不留情的批判。后来,当泰德独自承担着照顾家庭的重担以后,她亲眼看泰德的积极努力,因此感动,不但时常过来帮忙,而且还含泪地答应了泰德的郑重托付。她答应如果泰德未来遭遇不幸,自己会帮忙照顾比利。为了使比利不受伤害,为了使泰德能够一直守护在比利身边,她还出庭作证。她不顾律师阻拦向乔安娜讲出真相,告诉乔安娜她走后所发生的一切。正是因为她的正义感,乔安娜才会在打赢这场官司后有深刻的反省。然而,她的人生并没有因为这些美好的品格而一帆风顺。她不但遭受过离婚的不幸,而且离婚以后,她的感情在很长的时间里毫无着落。她跟心仪已久的法文教授的约会最后也以失败告终。但是她并未因生活失意而忽略身边需要帮助的人。她仍然一如既往地关心着泰德一家。不但在泰德打官司时出庭作证,而且还密切地关注着这场官司的结果。她不但在这场官司中给泰德加油鼓励,而且后来听说判决的结果后,还在第一时间赶来看望安慰沮丧的泰德。最终,她因为放不下丈夫,原谅了他的背叛,两人复婚。

最后是小比利,这是一个年幼的孩子,从小便遭遇极大的不幸。一天,母亲突然抛下他离家出走了,而父亲则是一位工作狂,对于如何照顾自己几乎一无所知。从他起床后发现妈妈不在家里,只好去叫醒仍在酣睡的父亲那天开始,他小小的心灵便深受伤害。他坐在厨房的台子上看着父亲手忙脚乱地做早饭,他看着父亲将锅扔在地上大声地吼叫,这一切都让他对妈妈产生了强烈的思念之情。妈妈一直以来都非常疼爱他,把他照顾

母亲离家后心情悲伤的小比利

得无微不至的。对妈妈的思念表现在很多方面。他喜欢波士顿篮球队,因为妈妈是波士顿人;他把妈妈的照片贴在自己的墙上,并写上"我爱你";妈妈离开以后,他一直默默

地等待着她的消息,最后听到妈妈在信中说"现在我得离开,去做一个我必须做的人"时,他顿时情绪低落。他一直以为是自己不够听话才使妈妈离开的。因此,他变得非常敏感。他担心父亲也不要他,他担心父亲与女朋友结婚。他希望母亲能够看到父亲优秀的一面,希望他们两个能够破镜重圆。后来,受父亲乐观开朗个性的感染,他逐渐走出了心灵的阴影,由最初的敏感、胆怯变得独立坚强。但是就在这时,他又被告知要离开父亲回到母亲身边。他于是又对自己的未来充满担忧。他流着泪叮嘱父亲记得给自己打电话。要离开那天,他既斯文又安静。总之,这是一个经历了家庭破裂的孩子,他既爱母亲又爱父亲,对人生有时会缺乏足够的安全感,敏感、忧愁且过于早熟成了他性格的主要特征。

## 四、艺术特色

　　这部作品在艺术方面的最大特色便是风格多元、庄谐并具。父母离婚为了争夺孩子的抚养权而对簿公堂,这显然是极其沉重的话题,描述起来难免压抑沉重。

　　关于其沉重压抑的一面,影片多有描述。比如,影片开头,乔安娜决定离家之前,面对幼小的比利,她是百般地不舍。她久久地凝望着即将入睡的儿子而不愿离去。后来,当她向泰德表达自己要离家出走这一想法以后,不明缘由的泰德立刻夺下她的行李,进行劝阻。她对于泰德的这种反应显然没有思想准备,所以她只会泪流满面,最终语无伦次地说如果不让她走,总有一天她会自杀的。她连行李也没有带就走了。至于去哪里,自己根本就不知道。这些情节都生动地再现了乔安娜在婚姻生活中即将崩溃的精神状态,令人无限悲悯,万分同情!

　　当泰德终于克服诸种困难,与小比利越来越配合默契、相处和谐时,乔安娜又再次出现。这时影片又突然变得沉重起来。听到乔安娜说要把小比利接回自己的身边,泰德十分愤怒。当着她的面把酒杯给砸碎,然后拂袖而去。接着两人又各自聘请律师来争夺抚养权。律师们为了替当事人打赢这场官司,分别找出他们的人性弱点和生活的不如意进行夸大甚至扭曲,力图以此来击败对方。在法官面前,乔安娜被描述成一位婚姻的失败者,对一切事都不确定,根本不具备照顾孩子的能力;而泰德则被描述成一位事业的失败者,一位脾气不好且生活在走下坡路的人,根本就没有能力独立抚养孩子。目睹法庭上律师们剑拔弩张,两位当事人不是痛苦流泪就是难以言语。他们八年的婚姻生活在律师的描述下简直是不堪回首。冰冷的法律条文和以挣钱为目的的律师对于解决具体的家庭问题其实并没有多大效果。最终尽心尽力的泰德输了官司,只能倒在家中的沙发上独自伤心。乔安娜虽然赢了,但是赢得连自己都觉得极端愧疚。

后来当比利得知自己要重新回到母亲身边时,幼小的他对于未来生活充满恐惧。先前被母亲抛弃已经给他造成了严重的心理阴影。他听后,难过地一边流泪一边要泰德记得打电话给自己。当乔安娜在规定的日子前来接他时,他更像个小大人似的在厨房里与泰德一起做早餐。吃完早餐后,他抱着玩具沮丧地坐在沙发上一言不发。

**乔安娜来接比利前,泰德与儿子最后一次一起做早餐**

这些情节都显得万般沉重,让观众们欷歔不已!

**乔安娜走后泰德送比利上学**

但是与一般的作品不一样,影片主题沉重,但是具体表现时却在刻意地淡化这种沉重,从而较多地流露出幽默风趣的一面。这主要是通过泰德给展示出来的。他一出场时,便展示了男人少有的性格特点。他不但喜爱闲聊,而且心理还十分细腻,能够喋喋不休地将自己购物时舍不得花钱的紧张心态给传神地描述出来,结果逗得好友兼上司哈哈大笑。当乔安娜最初离开出走时,他也并没有引起足够的注意,还以为这是乔安娜为了引起他的注意而故意与闺密玛格丽特导演的一幕剧,所以第二天他竟然还拿此事作为谈资与上司进行闲聊,风趣地大笑说乔安娜的目的达到了,他的确为此手忙脚乱。虽然他对上司夸下海口,说自己可以家庭与事业兼顾。但是接下来人们便发现,其实他是在疲于应付。厨房一幕最为搞笑。他不知道儿子的早餐应当吃什么,更不知道应当如何做早餐,但是他却对儿子自我吹嘘,说自己是一位大厨,可结果呢?他把蛋壳掉在了杯子里,把面包给弄碎了,还强辩说法国吐司本来就是折起来吃的。冲咖啡时他根本就不知道应当放多少。结果面包烤焦了,自己的手也烫伤了。当他一路狂跑地把儿子送到学校时,竟然不知道比利在哪个年级上学。这些言行不一、前后矛盾、漏洞百出的情节,将不娴家务却死要面子的泰德给传神地描绘了出来,让人忍俊不禁!

　　影片数次展示了泰德与比利父子俩的冲突。其中最为动人的是关于吃冰淇淋的一幕。比利不肯好好吃晚餐,却想吃零食。泰德见此自然给予制止。结果比利还是顶着巨大的压力,不顾一切地硬生生地将一口冰淇淋放到了嘴里。这一情节,不但描述了比利的淘气、任性以及对母亲的强烈的思念,而且还将泰德与孩子相处的生硬与霸道给揭示出来了。面对比利的无理取闹,泰德非常生气。他竟然模仿儿子的语气说话,以表示自己的愤怒。结果,比利并没有吃他这一套,还是将淋淇淋拿了出来。泰德感到父亲的权威受到了严重的挑战。为了强化自己的威慑力,泰德使用了许多重复的词汇,以申明和强调自己的态度。令他没有想到的是,比利并不畏惧,反而狠狠地吃下了一口。这一搞笑情节真实地再现了成人与儿童相处时的摩擦与对抗,并展示了泰德为了适应新生活所作的艰辛努力!

　　当泰德磕磕碰碰地将生活重新回归正常轨道以后,他的事业却出现了危机,而他对此却浑然不觉。影片在展现他工作时"身在曹营心在汉"的状况,运用了不少搞笑的情节。当上司们正严肃地聚集在他办公室里等他一起开会以讨论重要项目时,他却姗姗来迟,并且还跌跌撞撞地捧着一个大购物袋。他见到秘书以后,也不关心公事而是要人家提醒自己中午去买个哭泣娃娃。当他最终带着公文包匆忙进入办公室以后,秘书却不分场合地提醒他下午有个家长会要开。这时他神情严肃地将秘书带出办公室。大家都以为他要狠狠地批评言辞不当的秘书了。结果恰恰相反,他仅仅是为了提醒秘书将自己刚买来的鸡放在冰箱里。正是通过对比的手法,影片突出了泰德对人生的重新定位,那就是家庭至上。

　　关于影片中这种多元的风格,有两幕表现得最好。一幕是泰德与上司共进晚餐。泰德一直视上司为好友,上司也一直把泰德当成最好的员工,给他最好的发展机会,两人一直相处融洽。但是随着泰德越来越将关注点放在儿子和家庭上,工作频频出现了错误,上司已经无法再在公司里庇护他了,于是只好遣散他。而这一决定对于身陷抚养权官司的泰德而言是极其残酷的,朋友对此情况自然也是知晓的。影片将这幕放在了餐厅里。像往常一样,泰德与上司一边享用美食一边聊天。泰德仍然喋喋不休地讲比利对于自己爱的温馨回应时,上司也如往常一样认真地倾听。当上司极其艰难地说出自己的决定后,气氛一下子由先前的轻松愉快变得沉重压抑起来。泰德也不再如先前那样一副嘻嘻哈哈的模样,他极其认真地讲出了自己的处境和这份工作对于目前官司的重要性,最后还不顾面子以朋友的身份请求上司收回决定。但是上司对此表示无能为力,出于同情,上司还想借一笔钱让泰德渡过难关。最终泰德愤然离去,一个人在大街上迷茫地走着。情节一下子由轻松就转入了沉重。

另外一个场面是圣诞前夕,当其他人都在为辞旧迎新而庆祝时,泰德却为了打赢抚养权的官司而焦急地寻找工作。他最终争取到一家公司应聘的机会。结果当他赶到那里时,这家公司正在举行舞会。当时大厅里一片歌舞升平,有美妙的音乐、甜蜜的美酒和大群的俊男美女们,但是泰德却无心关注,他径直来到了办公室。后来他被要求坐在外面等候消息。尽管周围热闹非凡,但是他却脸色严肃,心情沉重,坐在一个角落里。直到最后被录取,他才松了一口气,神情愉悦地关注起周围来。当然他内心极大的快乐并不是这种场合所能容纳的。只见他快速地穿梭于人群,兴奋地吻过一位陌生女人以后,径直地奔回了家,与儿子一同分享这份巨大的喜悦。在这一情节里,他人热闹与自身落寞一直并存。

曾经幸福的一家三口

虽然影片风格多元,但是幽默风趣仍然是它的主体风格。将沉重的事件处理得极其幽默风趣,显然可以有助于缓解观众的压力。对现代人而言,生活本来就是危机四伏,其中婚姻危机更是越演越热。影片中那些幽默开心的情节,不但可以让观众暂时从沉重的生活中走出来,而且还会对不尽人意的人生有所释怀,甚至是有所期望。无论怎么说,婚姻既然已经破裂,那就要学会勇敢地面对残局,收拾心情,向着美好的未来生活重新启航。当然,其中最不能忘记的,就是要爱护天真无邪的孩子,带他们远离伤害,走向更加美好的新天地!

除了多元的艺术风格以外,影片的叙事方式也有一定的特点。它非常传统,主要以顺叙为主,描写了乔安娜离家出走后,泰德在工作之余独自应对家庭生活。结果等一切走上正常轨道以后,乔安娜又回来了。她认为自己更能胜任照顾儿子比利,泰德对此表示反对,于是两人就此打起了官司,结果乔安娜胜诉,最终比利被法院判给了乔安娜。就在泰德悲伤之际,乔安娜却改变了主意,决定把比利留在泰德身边。影片紧扣住泰德和乔安娜展开叙述。其中泰德是主线,乔安娜是副线,它主要描述的是泰德如何从一个忘我的工作狂演变成了一位顾家的慈父。至于乔安娜为何离家出走,出家以后的人生经历以及为何又再次回到纽约,这主要是通过乔安娜在餐厅里与泰德见面时的交谈,以及在法庭上的表述简略交代的。另外,还穿插了两人的好友玛格丽特的人生,内容包括她与丈夫的分手,离异后各自的情感生活以及最后的复婚等。这种叙事方式既简洁又清晰,很好地再现了都市人生活的动荡,职场生活对于女性的重要性,以及现代都市人在应对婚姻危机和处理家庭生活时,如何不断地由混乱稚气走向成熟理性等。

# 《辛德勒名单》文学导读

## 一、主要剧情

故事讲述了一位名叫辛德勒的德国商人在纳粹迫害犹太人期间的人生历程,包括最初的发迹、事业的辉煌、最终的破产以及后来的被迫逃亡等。

二战爆发以后,德国纳粹开始对全世界犹太人进行日益惨重的迫害。正值战乱之际,有人却看准了其中的大好商机,这人是德国人辛德勒。他出生于经商之家,父亲是一位小企业主,生意最兴盛时厂里有五十位工人。辛德勒继承了父亲的衣钵,也做了一位商人。虽然此前他曾做过很多生意,但是均没有成功。最后,他离开了家乡,来到了波兰,在犹太人聚集的克拉科夫寻找发迹的机会。

刚来到克拉科夫的辛德勒不惜重金结交纳粹军官

虽然此时他并不富裕,但是他却不惜重金结交纳粹军官中的高层人物。他经常出入于纳粹军官们流连忘返的高级娱乐会所,用金钱、美酒等来结交他们,最终与他们称兄道弟。经过一段时间的精心谋划,他终于成为当地纳粹军官们乐于结交的大商人,在上流社会一时声名鹊起。

就在这时,他来到犹太人委员会,找到了一位名叫依扎克·史登的人。依扎克·史登曾经在普瓦街上一个挺成功的搪瓷厂里做过会计。战争爆发后,搪瓷厂倒闭了。辛德勒找史登并告诉他自己想把那家厂收购下来,然后改造成军需加工厂,专门生产军用物资,这样可以在战争期间大捞一笔。史登对他说要想取得军方的订货合同很难。辛德勒对他说取得军队的合约只是小事,目前最难的事是他没有收购工厂的钱。他想让人脉极广且对当地犹太人非常熟悉的史登帮他去动员犹太人大金主出资,然后以自己的名义收购工厂。作为报答,辛德勒承诺会给那些投资人一些工厂里生产的产品,以便他们拿到黑市上去卖,同时让史登负责管理工厂全部的资金。辛德勒说自己不善于管理,只能负责公关工作。他会让所有人知道这家工厂的存在,并且把工厂的名声在短时间里做大。史登审时度势后,决定与辛德勒合作。

工厂顺利开工以后,辛德勒向史登敬酒以示感谢,但史登并没有接过他的酒

由于纳粹政权禁止犹太人拥有私人资产,他们所有的财物都要被监管起来,而且还禁止他们使用现金,所以犹太人只能以物易物。在史登的积极活动下,不少犹太人与辛德勒见面谈判,并最后愿意暗中出资。辛德勒因此获得了数量可观的资金。

辛德勒用犹太人的钱买下那家倒闭的工厂,然后对它进行了改造,并恢复了生产。听完史登介绍纳粹政府对工人工资的规定,辛德勒决定招聘犹太人,因为那样做价格比较便宜。于是,史登又到犹太人那里进行宣传。工厂很快便招收到了许多犹太工人。经过一番培训后,工厂很快就恢复生产。这时辛德勒运用他的外交手段,从纳粹军官那里得到了大量的订单。看到工厂欣欣向荣,辛德勒非常开心。他向史登表达了自己的感激之情,但是史登对此报以沉默。

就在辛德勒忘乎所以地沉溺于成功、金钱、美酒与女人时,他的妻子从家乡前来探亲。虽然辛德勒对自己堕落的生活方式感到尴尬,但是他仍然非常开心地迎接妻子的到来,并且向她展示了自己取得的成功。对照往昔,辛德勒感慨地说此前的生意失败并不是因为自己,而是因为缺少了一样东西。他的妻子以为是"运气",但是他说"不,那是'战争'"。发现辛德勒不能完全忠贞于自己,他的妻子最终决定返回家乡。恢复自由身的辛德勒于是又过起了花天酒地的生活。

后来纳粹政府派阿蒙葛斯到克拉科夫来对犹太人区进行残酷的管理。他按照上级指示先是对犹太区进行清空,然后将所有活着的犹太人关到强制劳动营中。那天辛德勒正好骑马站在高处看到了眼前悲惨的一幕,他非常震惊。他的工厂因此变得空无一人。为了寻找新的发展机会,辛德勒四处活动,终于联系上了负责管制该城犹太人的阿蒙葛斯上尉。辛德勒给他开出足够好的条件,获得了对方的支持,最终将自己的工厂设在强制劳动营中,然后重新开工。阿蒙葛斯上尉告诉辛德勒,将工厂设在强制劳动营中,有很多好处。辛德勒可以随时开工,可以让犹太人一天二十四小时不停地工作,因此他会获得更多的利润。史登继续担任辛德勒工厂的会计。阿蒙葛斯极其精明,作为合作条件,他要求完全地控制辛德勒的财务状况,以便谋取更多的钱财。为此,阿蒙葛斯单独召见史登,对其进行威胁,要史登完全为自己服务。

受纳粹政府驱赶的犹太人涌向克拉科夫

辛德勒仍然通过秘密方式与史登保持联系,继续让他负责自己原来的工厂账户,以便妥善安排好自己的各种开支,包括贿赂纳粹高层等。结果,辛德勒的工厂再次欣欣向荣,为他创造了巨额的财富。因为辛德勒与纳粹高层的亲密关系,他工厂里的犹太人获得了在其他地方所没有的安全感。越来越多的犹太人涌进他的工厂。在此期间,由于史登的努力,也由于辛德勒本人的良心发现,大量的犹太人被招了进来。这时,关于他的议论因而增多,辛德勒感到自己的安全受到了威胁。后来,为了庆贺自己的生日,辛德勒宴请了众多的纳粹高层,并举办了非常高级的宴会。就在大家觥筹交错之际,厂里的工人派了两位代表给他送生日蛋糕。辛德勒非常感动,当着纳粹军官的面,亲吻了犹太少女以示感谢。结果不久以后,辛德勒就受到纳粹政府的调查,被关了起来。与他交往甚密的纳粹军官纷纷相助,包括胡利安与阿蒙葛斯,最终他得以逃过劫难。此后,纳粹高官胡利安当着阿蒙葛斯的面警告辛德勒,犹太人是没有未来的,不能与他们来往过密,这已经成为国家的政策。

随着世界形势的变化,纳粹政府开始走下坡路。这时他们对犹太人的迫害也到了令人发指的程度。阿蒙葛斯接到上级的撤退命令,将所在地区被杀的犹太人尸体挖出来烧掉,将所有活着的犹太人运往奥斯维辛集中关押。阿蒙葛斯邀请辛德勒到焚烧现场观看,辛德勒内心受到了极大的震动。阿蒙葛斯告诉辛德勒,这里将是一片荒城,已经没有什么钱可赚了。辛德勒将史登拜托给阿蒙葛斯,托他在那里关照史登。辛德勒觉得自己目的已经达到,所赚的钱一辈子都用不完,于是就打好包裹准备回乡。出发之前,他带着酒来到了史登的办公室,向史登表示感谢,并为史登饯行。

**挤满犹太人的火车站**

出发前,辛德勒却心绪不宁。他最终把所有的钱拿出来,决定跟阿蒙葛斯做一个交易。他对阿蒙葛斯说自己想把工厂重新开设到捷克,做军火生意。他说为了降低成本,他想尽量多地买下自己工厂里原来的犹太工人。辛德勒让阿蒙葛斯开个价格,问一个犹太人的命值多少钱。阿蒙葛斯对于辛德勒的陈述并不相信,但是为了最后再赚一大把,他同意做这个交易。辛德勒与史登一起将犹太工人的名单打出来,最后他还说服阿蒙葛斯,把他的犹太女佣海伦带走。经过一番艰难的谈判,阿蒙葛斯同意以一万四千八的价格把海伦卖给辛德勒。

与阿蒙葛斯达成协议后,辛德勒与史登一起开列购买犹太人的名单,这些犹太人最终都获救

辛德勒带着他的犹太工人去了捷克。由于中间出现了失误,结果只有男性犹太工人被准时送到,犹太女人和小孩中途被滞留在了奥斯维辛。那是犹太人的集中营,很多犹太人惨死在那里。辛德勒得知情况后,立刻赶过去,花巨资贿赂当地的纳粹军官。那位纳粹军官怕麻烦,想用其他300位犹太人跟他交换滞留的犹太人。辛德勒坚决不同意。最后辛德勒软硬兼施地将原来厂里的犹太工人带出了奥斯维辛。

辛德勒工厂的犹太女工在谈论纳粹政府对犹太人的种种迫害,她们对此既恐惧又难以置信

辛德勒的工厂重新建成以后,他疏通了各种关系,使纳粹士兵不能随意地对他的犹太工人就地正法,也不能任意地到他的工厂来视察犹太工人的工作。一切安排妥当以后,他回到家乡,把妻子接到自己身边。一天史登向他汇报,说他送到德军前线的军火几乎没有合格的,纳粹高层对此非常愤怒。辛德勒听后不以为然,他说自己是故意这样的。他还说从此以后,他的工厂只生产不合格的军火。事实上,工厂在成立以后的七个月里,根本就没有生产过合格的军火。为了平息纳粹高层的愤怒,为了不让工厂停工歇业以免犹太工人被遣送到奥斯维辛集中营去,辛德勒一共花了数百万的巨资打点那些纳粹要员。同时辛德勒还从别处购买军火去交差。另外辛勒德为了维持犹太工人们的生计,又花了不少钱。最终,辛德勒破产。

**辛德勒向犹太工人宣布纳粹政府倒台的消息,并倡议向遭难的犹太人默哀**

1944年5月8日纳粹政府向全世界宣布战败。辛德勒把这一消息及时告诉了犹太工人。他宣布解散工人,让他们去寻找尚且活着的亲人。他还劝说看守这些工人的纳粹士兵们放下屠刀,不要再做杀人凶手。最后他还倡议所有的犹太工人一起为他们死去的同胞默哀三分钟。此后,他开始了自己的逃亡生涯。他的善举使一千一百多位犹太人得以保存生命。临走时,这些工人不但自发地为他送行,而且还有一位工人把自己的金牙拔出来制成一枚金戒指送给他,以此表达对他的感激之情。另外,工人们还把他在战争期间的善举详细地写成文件,并签上名,让他随身带着。辛德勒看到前来送行的工人,非常感动。他流着泪说,如果以前自己不是那样奢侈的话,还可以救下更多的人。

辛德勒的墓碑，每年都会有得救的犹太人前来悼念

辛德勒辞世以后，每年都有被他解救下来的犹太人到他安葬的墓碑前悼念追思。辛德勒永远活在正义之士的心中！

## 二、作品主题

本影片通过对一位有良知的德国商人辛德勒在二战期间的人生历程描述，展示了波兰克拉科夫城中犹太人被杀戮的血泪史，从而将二战期间纳粹所犯的血淋淋的罪恶史揭示了出来。

克拉科夫是波兰的一座历史名城，犹太人在此已经居住了六个世纪。他们通过世代辛勤的工作，最终在商业、科学与艺术等方面获得了骄人的成绩。德军占领波兰以后，全国的犹太人被要求进行登记，并且搬往固定的城市。于是每天有成千上万的犹太人涌向这座历史名城。

被驱赶到犹太人居住区的犹太人

在克拉科夫,纳粹政府划分出专门的地方给犹太人居住,并借此机会掠夺犹太人的财产。当这些犹太人被迫离开家园时,他们大量的财产特别是固定的财产是没法带走的。这时纳粹政府便将之占为己有。纳粹政府掠夺犹太人的财富到了丧心病狂的地步,连他们嘴里的金牙也不放过。影片中克拉科夫城里的"犹太委员会"每天都接待很多来这里寻求帮助或是抱怨的犹太人,但是"犹太委员会"对此却无能为力。纳粹政府要求犹太人的财物必须登记,并接受管制,他们不得有自己的私人产业,不能进行现金交易。犹太人受雇于企业以后,不能与波兰工人同工同酬,而且他们也领不到自己的薪水,企业必须把他们的工资直接交给政府。犹太人的房子会随时被纳粹军官占领,如辛德勒居住的那所宽阔明亮、装饰豪华的房子,原来就是犹太人的财产。犹太人突然就被剥夺了受教育的权利。纳粹政府对犹太人制定的各种政策朝令夕改。所幸的是,犹太人至少还能够与家人一起共患难。

**阿蒙葛斯在枪杀一位在工厂里工作的犹太牧师**

令他们万万没有想到的是,后来他们连自由也被剥夺了。纳粹政府派军队对犹太区进行大清洗,将他们从中赶出来,凡是逃跑的和躲避的都被当场杀死。下水道、墙缝里,纳粹军官要通通检查,一处也不放过。然后所有活下来的犹太人按男女分开,全部关到强制劳动营里,小孩子跟随母亲。在劳动营里,他们的生命朝不保夕,随时都会被纳粹官兵就地正法。比如强制劳动营刚搭建时,一位犹太女建筑师发现如果地基不重灌的话,整个劳动营都会有倒塌的危险。虽然阿蒙葛斯承认她说的有道理,但是却一枪把她给杀死了。比如阿蒙葛斯站在家里的阳台上,清晨会随意地端起枪来,漫不经心对着劳动营里的犹太人乱射杀一番。比如纳粹士兵看到在雪里铲雪的一位独臂老人,便认为这种人不配活在世上,一枪就结束了老人的生命。他们最终被强迫为企业主随时随地工作,甚至一天工作二十四小时也不能休息。虽然他们中有很多技术能手,而且工作非常努力,但是纳粹政府却不承认他们在国家经济体系中的作用。比德国人笨要被杀,比德国人聪明更要被杀。

到了后来,当纳粹政府逐渐垮台时,大量的犹太人被他们杀死。在克拉科夫,遭受杀害的犹太人尸体遍地都是。为了销毁罪证,纳粹政府还下令军队将这些尸体收集起来集中焚烧。那些有幸存活下来的犹太人将会被送到奥斯维辛集中营。而在那里,每天都有大量的犹太人被杀死。德军还在集中营中设毒气室,骗犹太囚犯说是给他们消毒,让他们大口吸气,结果放出的却是毒气。辛德勒带着那些女工们离开时,看到很多犹太人被赶到地下室去,而那高耸的烟囱浓烟滚滚,它在向人们暗示,这些人最终都被活活地烧死了。

**纳粹官兵将一位独臂犹太老人拉出去枪杀,认为他不配活着**

影片借助二战期间居于克拉科夫中的犹太人不幸遭遇,揭示了纳粹政府的诸多暴行。纳粹政府实行种族歧视,将犹太人驱赶到规定的地域,可供他们活动的范围越来越小,最后被赶到劳动强制营中。这个曾经在人类历史上书写过伟大篇章的民族,在纳粹分子眼里却与鼠辈、害虫为类,没有尊严,没有自由,甚至连活着的权利也最终被剥夺。

影片刻画了犹太民族面对前所未有的苦难所采取的态度,那就是顺从与忍耐。他们听从纳粹政府的安排,出行带着臂章,被非犹太人歧视,连小孩都可以朝他们扔石子,做出抹脖子想杀死他们的动作;他们被纳粹政府掠夺财产并且被驱赶,住进了犹太区。但是他们仍然说这肯定不是最糟糕的状况,因为至少他们在犹太区还有自由,彼此间不会仇视。他们被关到劳动营,没日没夜地工作,听说送往集中营的同胞被杀死,他们还是天真地说,这一定是谣言,他们觉得自己是劳动力,对德国人非常重要。他们一直以为只要配

看到阿蒙葛斯枪杀同胞,勇敢的孩子亚当出来相救

合纳粹政府,顺从他们,就会逃离苦难。哪里知道,纳粹政府一心想要对他们赶尽杀绝。

当时纳粹政府的暴行已经到了惨绝人寰的地步!

影片中那些纳粹分子为了消灭犹太人,手段无所不用其极。凡是具有正常人性的人都为之震惊!在清空犹太人居住地时,他们将所有企图逃跑的犹太人当场射死。他们连病人也不放过,进入医院以后,用枪对准床上的病人肆意地射杀。当犹太医生看到同胞受伤,企图将之扶进医院进行救助。虽然犹太医生反复强调只需要一点点的时间就可以,但是纳粹士兵们想也不想地就把那受伤的人给射死了,并且还把犹太医生强行赶回到队伍。为了防止犹太人逃跑,纳粹军官埋伏在所有能够逃命的地方,连下水道也不放过,甚至让医生用听筒听墙壁以判断是否藏有犹太人。后来,还在深夜里再次挨家挨户地查找,纳粹军官密集的子弹几乎要把墙壁全部射穿。他们将犹太男子排成队,然后将之一一枪决。当成千上万的犹太人尸体从地下挖出来火化时,他们竟然对着这些无辜的生命狂笑不止!

阿蒙葛斯约辛德勒到家中谈判,答应让辛德勒在犹太强制劳动营建工厂

影片不仅描述了纳粹分子的残暴,而且还刻画了他们的贪婪。他们与商人们勾结起来,把关押着的犹太人囚犯送到商人的工厂里,强迫犹太人不分昼夜地做工,自己却暗中与商人们瓜分利益。表面上,他们铁面无私,实际上却极其肮脏。比如阿蒙葛斯一上任,便开始打听辛德勒的为人,得知他出手大方后便邀其到家中做客,借此进行谈判。他以帮助辛德勒再建工厂为名,来谋取更多的私人利益。为了获取利益,他最终连自己的内心极其深爱的海伦也卖掉。辛德勒找他想将海伦救出去,就此还开出了价格,他听后一口就拒绝了。辛德勒于是又拿出一副牌来,说想跟他用打赌的方法来决定海伦的去留。他开始还说自己绝不会拿海伦做赌注,说自己是有多么地爱海伦,自己的内心是多么的痛苦。但是,我们最终发现,他不肯做交易,只是觉得辛德勒开出的价格还不够高。当辛德勒得知女工们和孩子们因为安排上的错误而被运到奥斯维辛时,便出去营救。那位看似严肃刻板的纳粹军官不露声色地将贿赂的钻石从桌上拿起来,放入自己的口袋里,然后就立马下令放人了。名不见经传的辛德勒正是利用了纳粹高层们的这种贪婪才成为克拉科夫上流社会的宠儿。

然而影片在刻画纳粹分子丧失人性的同时,也讴歌了人性的善良。即便在最黑暗的岁月里,这些善良也处处闪动着耀眼的光,让人心存温暖,有了继续活下去的勇气!

影片描写了很多犹太人面对纳粹分子的兽行互相帮助、互相鼓励的感人镜头。当纳粹带着机枪、牵着狼狗,对犹太区进行清空与屠杀时,大人们保护着孩子,强者保护着弱者。当地下只有一个位置可以藏身时,母亲毫不犹豫地把孩子推了进去,然后自己勇敢地面对死亡。当纳粹士兵把枪瞄准孩子时,老人奋力上前把端起的枪推开,最终自己倒在血泊中。当纳粹分子手持枪弹冲进医院想要对那些重病在床无法行动的病人进行射杀时,医生们拿出早已藏好的毒药,微笑着给病人喂下去,让同胞们死得有尊严。即便是孩子,也会在同胞受到迫害时,用最稚嫩的臂膀承担起拯救同胞的重担,比如亚当。当纳粹派医生对犹太人进行体检,要把其中无法劳动的人带去屠杀时,犹太女人们把自己的手指刺破,然后用挤出来的血涂在自己和同伴的脸上、嘴唇上,并且给那些体弱者打气。虽然犹太人被关在狭小黑暗的车厢里,生死未卜,但是他们仍会讨论各种各样的美食,以制造出欢笑的话题,调节气氛,藉此顽强地活下去。

影片不但展示了犹太人面对死亡时的互相帮助,而且还描述了作为迫害方的德国人,刻画了他们人性的觉醒。当纳粹清空犹太区时,辛德勒的灵魂为之震惊,而他的女同伴则哀求他立刻离开。当阿蒙葛斯在家中用枪对着犹太人乱射时,躺在他床上的女人用枕头盖在脸上,不忍心观看。当犹太牧师在辛德勒的工厂里做礼拜、唱赞美诗时,纳粹士兵们会非常安静地听着。当纳粹政府向全世界宣布战败,却又同时下达命令,要其官兵将看守的犹太人全部杀死时,士兵们却在辛德勒的动员下默默地放下枪离开了。

在战争期间,德国人与犹太人依然可以成为好朋友,比如辛德勒与史登。起初,辛德勒只是出于利益目的考虑而招聘史登做自己的会计,因为他不擅长理财,而史登却精于此道,并且史登在犹太人中广有人脉。作为合作条件,辛德勒把财政大权全部交给史登以吸引他加盟自己的事业。在后来的相处过程中,史登卓越的管理才华让辛德勒非常欣赏。工厂顺利开工后,辛德勒拿酒到史登办公室以示感谢。后来辛德勒不但将史登从火车上救了下来,而且在最后犹太人被押往奥斯维辛时,辛德勒还把史登拜托给阿蒙葛斯。而史登呢,最初他只是迫于生计来到辛德勒的工厂,所以他对辛德勒并没有特别的情感,只是敬而远之。但是后来,他发现受自己的感染,辛德勒也在不断地将犹太人招进工厂,越来越多的犹太同胞因此得到保护,他于是开始对辛德勒产生了信任。后来,他不顾阿蒙葛斯的威胁,暗中继续为辛德勒工作,打理好辛德勒的账户。得知辛德勒打算回家时,他接过辛德勒的酒,流着泪喝了下去。对于离别,他充满不舍。最后当辛德勒为了自己的同胞以及世界的和平而破产,并最终走向流亡之旅时,他依依不舍地紧握辛德勒的手。

辛德勒想返回家乡,他向将被押往奥斯维辛的史登敬酒饯行

影片通过描写辛德勒人性中的善传递出反对种族歧视、反对战争、热爱和平的美好信念。

辛德勒起初雇佣犹太工人,只是因为他们工资廉价。但是后来当他亲眼看到纳粹血洗犹太居住区,面对空无一人的工厂,他突然有了良心发现。于是他把自己的工厂设在强制劳动营中,专门招收犹太人。很多没有工作能力的犹太人也被招入其中,虽然他明白这是史登出于怜悯同胞而做出的巧妙安排,但是他仍然愿意睁一只眼闭一只眼,不予以揭穿。正是在他的默许下,各式各样的犹太人才躲到他的工厂里。他的工厂成了犹太人的难民营。辛德勒不但自己觉醒了,而且还不忘去感化和动员同胞。比如对于凶残的阿蒙葛斯,他也会不露声色地要对方学会宽恕,告诉他最大的权力是同情弱者,而不是欺凌他们。比如他打算将犹太人带出克拉科夫以帮助他们逃生时,不忘说服其他的企业家与他一起行善,以救更多的犹太人。最终,他不但为拯救犹太人而破产,而且他还内疚于自己没能救得更多的人。

因此,这既是一部细腻描写二战期间德国商人辛德勒的良心觉醒史,又是一部描写二战期间犹太人惨遭迫害的血泪史。

这部影片既揭示了战争的罪恶,又歌颂了人性的善良!它呼吁人们远离战争,热爱和平!

## 三、人物形象

这是一部场面宏大、人物众多、极富历史感的影片。影片除了着力刻画德国商人辛德勒以外,还重点刻画了受压迫的犹太囚犯,以及实施暴行的纳粹军官。

德国商人辛德勒

首先,谈辛德勒。他是一位有梦想的人。出生于经商世家,希望超越自己的父亲,希望自己的名字被别人永远记住。为此,他不断地奋斗。虽然二战爆发前,他的生意做得并不成功,但是他没有气馁,而是继续寻找机会。二战爆发后,他来到了犹太人聚集的克拉科夫城。这时,作为商人,他有着精明的一面。他善于审时度势,在混乱的形势下,他瞄准了战争,决定大发战争财。为此,他不惜花重金结交纳粹高层军官,很快便在当时的社会圈里极负盛名,成为著名的上流人士。接着,他找到一位优秀能干的会计史登,让他暗中找犹太大财主,让他们出资由他来收购一家倒闭的工厂,并且专门招聘工资极低的犹太人做工人。他一边从纳粹军官手里毫不费力地拿到了大把订单,一边使用低价的劳动力。很快他便腰缠万贯。

关于他的精明,有一处描述得很传神。当史登带着犹太大财主来到车上跟他谈判时,犹太人说他们既然投资了,就应当拥有工厂的股份。他平静地说,那是不是意味着大家要到法院公证呢?言下之意,是说当时纳粹政府明令禁止犹太人持有资产及经商,在这种形势下犹太人根本就没有与自己谈判的条件。结果这些犹太人只好被迫做出大大的让步。他的精明使他在最初的谈判中就占了上风。

在发迹的过程中,他更是将擅长交际的个性发挥到了极致。其实他最初带来的钱财并不多。为了维持开销,他甚至还不惜降低身价到当时的黑市里(教堂)跟犹太人做生意。但是在与那些位高权重的纳粹军官交往时,他却不惜重金出手阔绰。这样一来,在纳粹军官眼中,他便成了一位慷慨大方、知恩图报之人。纳粹军官因而纷纷乐意与他交往。关于他的这种长处,影片从刚来克拉科夫的阿蒙葛斯那里给予了侧面的描述。连阿蒙葛斯这位喜怒不定、疑心很重的人都主动向他示好,可见他的外交才华多么出色。这使他不但在很短的时间里将自己的工厂宣传出去,而且在动荡的政局下多次能够逢凶化吉。比如他被纳粹政府关押后,比如他的女工们被带到奥斯维辛以后,比如他工厂生产的产品全都不合格而惹得纳粹高层非常愤怒以后,他都能灵活自如地协调好等等。

影片中有一情节很反映他的这种个性。史登因为没有带工作证出行而被押到了火车上。他知晓情况焦急万分地赶到时,火车已经发动。在与火车站的管理人员和纳粹军官交涉无果以后,他非常平静地从胸口掏出一个笔记本,把这两个人的名字记了下来,并且说他们将会被发配走。眼前一向欺软怕硬的两个人立刻紧张起来,不知道他究竟有什么来头,吓得愣是把火车强行停下。史登因此得救。

辛德勒到火车站营救史登

除了有梦想、精明与擅长外交以外,辛德勒还非常善良。他相信,战争使人性中的恶被激发了出来,但人性本应当是善的。关于这点,影片多有描写。比如他骑马偶然看到了纳粹官兵清空犹太人居住区,纳粹分子屠杀犹太人的残酷罪行让他万般悲痛;比如发现阿蒙葛斯的女仆犹太人海伦被虐待时,他会悄悄地走到她身边递给她食物,希望她能够长胖点。听到海伦的倾诉,他无限同情,鼓励她不要放弃,一定要活下去。最终,他以天价从阿蒙葛斯那里买下海伦,将她带出了魔掌。对于阿蒙葛斯,他也看到可恨之人的可怜之处,抓住一切机会感化他。炎炎的夏天,犹太人却被关进了封闭的火车厢里,连呼吸都异常困难。这时,他不露声色地用水龙头对着车内的犹太人冲。在纳粹军官大笑之时,给犹太人带来了片刻的冰凉。他还不忘从家里拿来自来水管,以便让最后车厢里的犹太人也冲到凉水。他还用啤酒去贿赂那些纳粹士兵,让他们沿途给这些犹太人冲凉。他相信人性本善,相信战争的雾霾终将会过去,一切都会变得美好。他不再生产合格的枪支让纳粹去行凶杀人,他劝纳粹士兵放下屠刀,他为自己没有救出更多的犹太人而内疚痛哭等等。

当然,作为一位善于经营的商人,辛德勒也不是十全十美的。他风流成性,虽然家有妻室,却在外面花天酒地,与很多女子有染。他极其精明,有时会为了谋取最大的利益而不顾及他人。比如寻找资金时,他决定与受难的犹太人进行谈判,这时他心狠手辣,最终将这些人的资金全部占为己有。比如他只雇用犹太人,最初的出发点仅仅想从他们身上榨取更多的利润,因为他们工资极低。当一位犹太女孩向他求助,请他将自己的父母接到他的工厂里工作以免被纳粹政府杀死时,他最初考虑的也是自己的人身安全,所以毫不留情地把那女孩从自己的办公室里赶了出去等。

影片所刻画的辛德勒极其真实,人性有恶也有善,只是最终善战胜了恶,许多犹太人因他的不断向善而幸免于难。

其次是依札克·史登。他是犹太人的典型代表。面对纳粹政府的迫害,他总是忍耐顺从,从不反抗。作为一位职业人士,他有着非常优秀的专业素质,很快就成了辛德勒的得力帮手。在辛德勒创业时期,他为辛德勒成功地募捐到了钱。他对那些犹太大金主们说辛德勒是个大人物,能够得到他的接见不容易,只能占用辛德勒很短的时间,以此从心理上打败那些犹太大金主。当辛德勒与那些犹太大金主进行谈判时,他只是沉默地坐在一旁听着,从不插话,以此来提升辛德勒的威信,增加谈判的效果。他帮辛德勒到犹太人中招工时,他对犹太人说出了到辛德勒工厂工作的诸多好处。比如他们可以得到庇护,因为老板是德国人;同时他们还

**出行佩戴黄臂章的犹太人史登**

可以与波兰人自由贸易，得到他们需要的物品。结果工厂里一下子招到了很多工人。后来他还帮辛德勒处理财务。在辛德勒事业的鼎盛期，他是辛德勒的左膀右臂。他做事极为周到，连辛德勒出行时带的酒，他都会提前准备好。即便是被阿蒙葛斯严加看管，他也会寻找各种机会继续为辛德勒服务，使辛德勒的财产不断增加。

除了精明以外，他还非常善良。他借用招工之便，保护自己的同胞。那些被纳粹分子视为无用之人，如教授文学与历史的教师、音乐家、独臂老人、牧师甚至那些孩子们，都会被他通过疏通好各种关系，制造出一些假证明，招进工厂里免于被杀戮。虽然最初他与辛德勒关系疏远，但是后来看到辛德勒也在不断行善时，他渐渐地将之视为朋友，开始信任他。最终辛德勒被迫流亡时，他还代表工人向辛德勒送上金戒指，以示感激之情。

接着是阿蒙葛斯。他是纳粹政府派来统治犹太人的，作为战犯最终被处以绞刑。他是一位狂热的种族主义者。在他的意识中，犹太人根本不配生活在这个世界上。在清空和屠杀犹太区的动员大会上，他说虽然犹太人在这座城市里已经居住了六个世纪，在各方面做出了突出的成绩，但是他要让这一切变成一个传说。他狂妄地宣称，纳粹政府将改写历史。正因为如此，他对待犹太人极其凶残。他随意地举枪对着犹太人射杀，看到犹太人被他杀死还放声大笑。一位犹太男孩仅仅因为没有洗干净他的浴缸就被他打死了。不仅如此，他还极其变态。他打死了犹太女建筑工程师，是因为她说得对，而他却不想让人看到德国人会听从犹太人的。

残酷、变态的纳粹军官阿蒙葛斯

他狠命地暴打海伦，只是因为海伦问了他为什么要这么恶毒地对待她。当犹太人被关到强制劳动营中没日没夜地劳动，一位工人因为不能承受非人的虐待而逃跑时，他将这位工人居于一群犹太人当中，当着工人的面，射杀周围的犹太人。在海伦看来，他是一位喜怒无常、行事根本没有准则的人。与他相处，无法知晓他下一步会怎样。他酗酒无度，毫无自制力，所以经常喝得大醉。他极自私。刚到这座城市对犹太人居住地进行巡逻时，他只关心自己住的地方。他极贪婪。第一次与辛德勒见面，就夸辛德勒身上的西装好看，想借机敲一套自己穿。后来更是将辛德勒的会计史登给囚禁起来，以便控制辛德勒工厂的财务状况，捞取更多财富。即便是撤离时，他还把犹太囚犯大量地卖给辛德勒好再大赚一把。

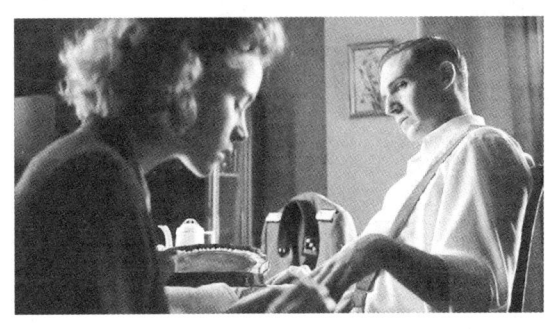

成为阿蒙葛斯女佣的犹太人海伦

另外,海伦·希尔施。她美丽洁净。她被阿蒙葛斯选为女佣,从此开始了人生的噩梦。她会无缘无故地被阿蒙葛斯暴打,或是因为做事不顺他的意,或是因为她对他有着一种强大而无形的吸引力。对于自己的人生,她选择了认命,认为自己随时都会被阿蒙葛斯杀死。她无言地承受着凌辱与毒打,每天都生活在恐惧中,暗无天日。对于未来,她从不抱有希望。直到辛德勒向她伸出友爱之手,她才得以脱离魔掌开始新生活。

最后,是亚当。他虽然是一个孩子,却特别地机智勇敢。当纳粹官兵对犹太区进行清空时,他因为讨人喜爱而得到了一个清理街道的工作。他借机救下了自己的小伙伴和她的妈妈,把他们带到最安全的人群里。后来,当阿蒙葛斯因为一只鸡被盗而肆意地射杀犹太人时,他哭着站出来说,那位被射死的同胞就是偷鸡的人,从而骗过了阿蒙葛斯,使其他同胞幸免于难等。他的英雄壮举在犹太人中间广为流传。后来辛德勒也将他招到了工厂,他因此得以保全性命。

## 四、艺术特色

这部影片以个人的经商史为线索,再现二战期间犹太人悲惨的被压迫的历史。作为一部富有史诗意义的作品,它集宏观与微观于一体,这是它最大的艺术特色。影片既有宏大的场面刻画。当纳粹对犹太人的不断压迫时,犹太人对此无条件地顺从。影片中犹太人带着家人与细软搭着火车从家里赶到纳粹政府规定的城市,火车每天运载着成千上万的犹太人来到克拉科夫。到了那里,他们住进了犹太人居住区。他们的家园被侵占,财产被掠夺。后来他们又从犹太区被赶出来,住到了强制劳动营,再后来九死一生的犹太人又被押往奥斯维辛。影片中,急驰的火车、拥挤的人群、四处丢弃的行李箱、恐惧的眼神以及他们身边站着的各式各样的面无表情的纳粹官兵等,都将这段沉重的历史传神地再现了出来。除此以外,影片还对这一沉重历史中犹太人的心路历程给细腻地描绘了出来。比如起初面对纳粹政府的压迫,有的犹太人不愿意到辛德勒工厂做工,不愿意到那里寻求庇护;比如当纳粹突袭犹太人居住区时,一位丈夫要妻子像他一样从下水道逃生,她怎么也不愿意。这些细节都显示了犹太人内心对于人格尊严的强烈渴求。比如面对纳粹的迫害,有些犹太家庭里的大人很冷静地将藏在家里的金子拿出来,把它们包在面包里,分给孩子们,而孩子们则听话地吞了下去,最终全家共赴死难。比如一位在清空行动中失去了家人的孩子,一个人返回家中,模仿大人们躲在床下,眼里闪着天真的光。这些镜头再现了残酷的生活让孩子们过早地学会了面对死亡和绝望。另外,影片还以极简略的笔法却将犹太教师、牧师、丹卡与母亲等犹太人在这场浩劫中死里逃生的过程给展示了出来。

除此以外,影片还运用象征、暗喻与对比的手法。象征手法如影片多次描写烛光。开头写犹太家庭在家中围着烛光做礼拜,唱赞美诗,那场面是温馨的。接着烛光还在,但是人却消失了。再接着烛光也灭了,蜡烛轻烟散后随之而来的则是火车启动时的滚滚浓烟。影片结束时,辛德勒让他厂里的牧师做礼拜,结果又出现了两支燃烧的蜡烛,这两支蜡烛一直在亮着。可见,影片中用蜡烛来比

影片中多次出现的烛光

喻犹太人生活。它曾因为受纳粹政府的迫害逐渐滑向绝望,但是经过全世界正义之士的团结努力,最终又重新恢复了希望,变得美好起来。

对比手法的运用。如影片中两次出现了金牙齿。一次是纳粹政府将犹太人的财物掠夺后,犹太人被安排对财物进行分类整理。这时,犹太工人面前出现了一个大包裹,里面装满金牙齿。面对这包金牙齿,犹太工人的神情极严肃,因为这些牙齿是从活着或死去的犹太人嘴里拔出来的。它们显示了纳粹政府对犹太人无底线的血腥掠夺。后来,纳粹政府宣布投降以后,辛德勒因为是纳粹党员,所以被迫要逃亡。这时,他工厂里的一位犹太工人主动让同伴从自己嘴里拔出金牙,用这个金子做了一枚戒指,并且在它上面用希伯来文刻下犹太法典上的一句话,把它送给辛德勒以表达对他的感激。同样是犹太人嘴里的金牙,一个是被迫拔出来的,一个则是主动给予的。前后构成对比,赞扬了人性的善,批判了人性的恶。还有如阿蒙葛斯,他因为一只鸡被偷就对犹太人大开杀戒,因为海伦把他吃剩的骨头倒掉使他无法喂狗,就对海伦拳脚相加。可见在阿蒙葛斯眼里,犹太人连一只鸡或一条狗都不如。这两个情节对比写出了纳粹政府对他们犹太人的种族歧视,以及在二战期间的兽行。

另外，影片还运用了细腻的心理刻画。这主要体现在阿蒙葛斯身上。受纳粹政府思想的侵害，他视犹太人为害虫，因而对之充满仇视。被派到克拉科夫管制犹太人以后，他草菅人命，杀人如麻。但是当他回到家中，独自与犹太人海伦处于同一屋檐下，美丽、温柔和忍让的海伦，让他对犹太人产生了另外一种完全不同的美好印象。这两种差异极大的印象在他内心纠结着，使他几乎处于精神分裂状态。在海伦面前，他时而把自己当作男人，对之彬彬有礼。初次见到海伦时，他因为感冒，所以用手帕捂着嘴巴说话，并对此表示歉意，生怕把感冒传给海伦。他不让海伦带臂章，不想她因此而受到自己朋友们的歧视。他会学着辛德勒那样对倒酒的海伦表示感谢。但是，他时而又把自己视为统治者，一心要摧毁海伦。他常常会无缘无故地毒打海伦。他对海伦既着迷又仇恨，明明是想与海伦聊天，想对她表示爱意，但是最终却将之打得遍体鳞伤。当辛德勒因为亲吻犹太人而被捕时，他出面为之求情。这时他说犹太人有一种摄人魂魄的超能力，一旦与他们接近，就会情不自禁地为之吸引。其实，他说的就是自己与海伦相处时内心最真实的感受。他认为错的不是海伦，也不是他，而是这个世界。他随时都可以杀了海伦，但是他却没有。最终他还是接受辛德勒的建议，把海伦卖掉，让海伦随辛德勒逃生。这里面其实也有一点忏悔和爱的成分。

这部影片无论在艺术特色还是在人物刻画及作品主题方面，都达到了反战题材影片前所未有的高度和深度，所以它打动人心，值得珍视！

# 《为你朗读》文学导读

## 一、主要剧情

米夏十五岁那年，在乘车从图书馆回家的途中，突然感觉不舒服，于是艰难地下车，来到一个屋檐下想休息一会儿。这时一位女人正好路过，见状后便上前询问。因为害羞，米夏强忍着没有道出实情。女人离开以后，米夏吐了一地。幸运的是那女人又回来了。她不但帮助米夏擦干了脸，而且还安慰他，把他搀扶着送回了家。

米夏回家以后便卧病在床。他得了猩红热，需要隔离治疗。这一躺就是三个月。身体康复以后，米夏告诉妈妈，当时有位女人帮助了自己。米夏后来买了鲜花到那位女人家中以示感谢。当米夏快要离开的时候，那女人说

汉娜将病中的米夏送回家

自己刚好也要出去，她让米夏在门口等自己。结果米夏在门口无意中看到了那女人光洁的腿。米夏被那女人的性感深深地吸引了，他呆呆地站在原地一动也不动。那女人发现米夏偷看自己，非但没有愤怒喊叫，反而同样专注地看着米夏。两人对视了好久，米夏这才突然意识到自己的失态，惊慌失措地逃跑了。

回到家中以后，米夏常常会想起那位女人，有时甚至会在梦中突然惊醒。米夏于是悄悄地跟踪她，这才发现原来她是一位汽车售票员。

当米夏再次悄悄地来到那女人家时,那女人正从楼下提煤回屋。看到米夏不知所措,那女人让米夏到楼下去帮她把剩下的两桶煤给提上来。年少的米夏并不知如何去做这些粗活,结果把脸上和身上弄得乌黑。看到米夏滑稽的样子,那女人突然笑了起来,她要米夏把身上洗干净再回家。她给米夏放水,拿毛巾,并偷偷地看米

认真在汽车上售票的汉娜

夏的裸体。米夏洗好以后,突然发现站在自己身后的那位女人此时也一丝不挂。那女人主动地亲吻米夏,两人由此发生了关系。那天米夏很迟才回家,家人对米夏迟归的解释产生了怀疑,他母亲却表示相信他。

汉娜专注而投入地听米夏给她朗读

米夏不顾医生和妈妈的劝阻,第二天就复学了。从此以后,米夏一放学就会向着那个女人家飞奔而去。他们无拘无束地享受着性爱的欢乐。到了第三次,米夏问起了那位女人的名字。对于米夏的这种行为,她深感吃惊,但还是告诉米夏自己叫汉娜。汉娜对米夏在学校里所学的知识抱有浓厚的兴趣。得知米夏学习语言与戏剧,汉娜更是十分开心。她让米夏为自己朗读。汉娜真心地夸赞米夏的朗读能力,这使米夏第一次感受到被认可的幸福,从此对人生信心大增。

有一天晚上,米夏突然想给汉娜一个惊喜。他故意站在第二节车厢远远地注视汉娜。令米夏没有想到的是,汉娜看见他以后,非但没有高兴,反而异常愤怒。她把第二节车厢的门锁上以后,愤然离开。汉娜激烈的反应让米夏非常费解,同时也十分难过。深夜,米夏坐在汉娜家门口等她。汉娜下班回家发现了米夏,她的气愤并没有消除,仍然对他不予理睬。米夏于是便询问她原因。汉娜认为米夏是故意装着不认识她的,她不明白米夏想要对自己做什么。汉娜声称自己非常疲倦,她要米夏立刻离开。米夏第一次看到汉娜如此不快,便就自己的行为真诚地道歉。但汉娜却说米夏对于她而言还没有重

要到让她伤心的程度。米夏于是难过地走出了她的房间,在汉娜的门口默默地流泪。后来他又回来告诉汉娜,自己当时只是想让她从另一节车厢过来吻自己。他还告诉汉娜,与她四周的相处让他感到非常幸福,离开她自己根本没法活下去。汉娜听后非常感动,于是收回了自己先前说的伤人话。两人又和好如初。不过,从此以后他们的相处方式有了变化:每次见面后,米夏先是给汉娜朗读,然后两人再做爱。米夏朗读时,汉娜听得非常专注和投入,以至于常常陷入其中不能自拔。对于米夏朗读的作品,汉娜是有所要求的,一定要是情感高尚的经典作品。为了让汉娜充分享受爱情的幸福,米夏还把自己珍藏多年的邮票给卖了,安排了一次为期两天的单车旅行。两人路过教堂时,汉娜听到别人唱赞美诗,感动得流下了眼泪。一路上,米夏为她写了好多的情诗,想将来读给她听。

**米夏与汉娜一起骑单车旅行**

这期间,米夏的班上来了一位漂亮的女同学苏菲。苏菲对米夏非常友好,不但主动与他打招呼,而且课间还会与他一起玩耍。虽然米夏对苏菲也怀有好感,但是他并没有因此改变对汉娜的爱。米夏仍然每天放学后就立刻去汉娜家,给她朗读,一起享受两人世界。但是汉娜似乎发现了米夏的微妙变化。当米夏晚来时,她会以沉默的方式表示不悦。后来,在米夏生日的那天,苏菲精心策划了一个舞会,并约了好多同学,打算给他一个惊喜。米夏对此感到非常为难,他最终还是拒绝了苏菲的一片心意,去了汉娜家。虽然米夏人在汉娜身边,但是心思却停留在这件事上。看到米夏心不在焉地朗读,汉娜非常愤怒,她要他停下来。米夏于是生气地责备她,抱怨她从来没有真正地关心过自己,甚至连他的生日也从来没有问过。汉娜并没有因此让步,两人激烈地争吵。平息以后,汉娜为米夏精心地沐浴,两人含泪和好,疯狂做爱。最后汉娜让米夏回到他朋友那里。

米夏在学校与女同学苏菲一起玩水

第二天,米夏在学校里与苏菲他们一起玩耍。他突然感到心神不宁,于是疯狂地奔向汉娜家。到了那里以后,米夏发现,已是人去楼空。看到收拾整齐的屋子,米夏的心全碎了。他一个人蜷曲着躺在汉娜家的床上,伤心地哭泣着。就这样,米夏在外面待了好多天才拖着疲倦的身体回家。但是他并不能忘记汉娜。一个人独处时,米夏常常会发呆,有时还会把自己浸在冰凉的河水里,以保持片刻的清醒。

后来,米夏考上了法学院。进入大学后,他学习非常用功。他报名参加了罗尔教授开设的特别研讨班,并且在教授的带领下与同学们一起去法院旁听。令他万万没有想到的是,在法庭上他遇到了汉娜。当时汉娜正在被起诉,警方认为她犯有谋杀罪。

在法庭上接受审判的汉娜

原来汉娜全名是汉娜·施密茨,曾在西门子工厂,工作非常出色。后来得知纳粹招工,为了获得更好的工作机会,她便去应聘,结果加入了党卫军,在一所集中营做了看守。二战结束后汉娜四处逃亡。在她看守的集中营里,有一位幸存者将自己的悲惨遭遇写成了书。随着此书的公开出版,汉娜与其他几位在集中营工作的同事受到了全社会的高度关注。最终她们被起诉。

在集中营里,汉娜和其他几位同事曾参与过挑选犹太人囚犯的活动。这些被挑选出来的囚犯最终都惨遭杀戮。出庭证人是那本书的作者伊拉娜·玛瑟。她指出,汉娜有一个特别的嗜好,她专门挑选年轻的体弱多病的女孩,要她们晚上为自己朗读,而这些女孩最后也没有能够逃过死亡的厄运。另外,伊拉娜·玛瑟的母亲也出庭证实,汉娜及其另外几位看守同事还与一场可怕的火灾相关。当时正值冬天,汉娜她们正押着众多的犹太犯人进行迁离,很多人死在雪地里。途中,汉娜她们将犯人关在一所教堂里,结果晚上教堂遭到了空袭,四周很快成为一片火海。为了逃生,囚犯们便向大门冲去,但是看守们并没有将大门的锁打开,结果除她以外的其他三百人均被活活烧死。事后,党卫军就此伪造了一份报告,称看守们是事后才知道此事的。于是法官当庭责问这些当年的看守们这是不是事实。

与其他几位看守的沉默与否定不同,汉娜承认了自己曾参与挑选囚犯的行动,也承认那场火灾的确发生过。她说在当时的情况下,自己只能这样做。因为新的囚犯不断地送过来,而地方是有限的,所以只能挑选一些送出去。她还说之所以不打开门,并不是因为害怕失职而受到惩罚,而是为了对犯人们负责。因为此时外面已是火海一片,头上又有飞机轰炸,如果放她们出来,只有死路一条。她说她与同事们最初的动机是想保护这些囚犯的,只是没有想到会出现完全不同的结果。

听到米夏的旅行计划,汉娜满心欢悦

法官依据汉娜的回答,认为她是有意为之的。后来,庭长还告知汉娜,其他几位看守一起控诉汉娜,说她是当时的主管,那份隐藏真相的报告就是由她负责起草的。为了求证,庭长要求汉娜当庭写字,对比笔迹。

米夏一直关注着案情的发展。听到这里,他仔细地回忆起两人交往的点点滴滴,突然明白汉娜其实并不会写字,于是便心存希望。但汉娜却拒绝提供笔迹,选择接受其他看守们对她莫须有的栽赃。

看到泪流满面的汉娜,了解真相的米夏非常伤心。此后很长的一段时间里,他非常纠结,总是逃课。后来他决定单独找罗尔教授,告诉教授说有一条证据可以减轻汉娜的罪行,但是他不知道是否应当说出来,因为被告对于此事深感自卑。罗尔教授并没有具体问米夏什么事,但是他告诉米夏"行动比想法更重要"。米夏于是决定去狱中看望汉娜。但是等到汉娜出来时,米夏已经离开了。米夏无法面对汉娜。他对于汉娜的遭遇及自己的行为均深感痛苦。这时,他与一位对他一直心存好感的女同学格楚德做爱,想以此来减轻人生的痛苦。

最终,法官裁定汉娜谋杀300名囚犯的罪名成立,汉娜被判终身监禁。另外的几位看守们则被判得很轻,仅囚禁四年零三个月。米夏得知审判结果以后,当庭流下了伤心的泪水。

后来米夏与同学格楚德结婚,并生了一个女儿。在女儿六岁那年,他与格楚德离婚,女儿被他送到自己的母亲那里照顾。米夏回家,这让他的母亲非常惊讶,因为自从与汉娜分手后,他的心情一直非常忧郁。离开家乡后便不肯回来,连他父亲的葬礼都没有参加。米夏母亲对米夏非常担心,因为他仍然和少年时一样非常地不开心。

**深夜,米夏为汉娜满怀激情地朗读**

恢复单身以后,米夏独自整理书籍,这时发现了当年给汉娜读过的那些书本,再次激情澎湃。从此,他又继续为狱中的汉娜朗读。他把自己的朗读录成磁带,然后寄给汉娜。汉娜收到米夏寄来的录音机和磁带后,惊喜交加。从此,朗读成了米夏与汉娜交流的重要方式。受米夏的感染,汉娜对生活又燃起了希望。在狱中,她以惊人的毅力学会了读书和写字。后来她还尝试着写信给米夏。米夏收到信以后,将它们收藏起来,并没有回信给她。

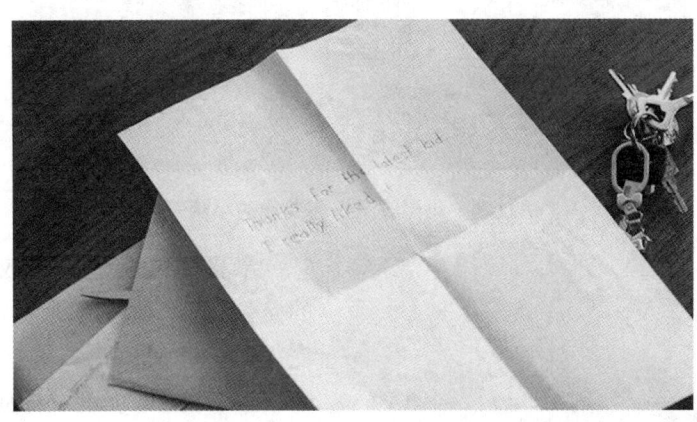

**汉娜在狱中写给米夏的感谢信**

　　有一天,狱中警察给米夏打来电话,说汉娜即将刑满释放。他们希望米夏能够帮助汉娜,让她适应新的生活。米夏当时对此没有做出正面回答,但是后来他还是到狱中看望了年迈的汉娜,并且说好下周来将她悄悄地接出来,同时还告诉了自己对汉娜新生活的具体安排。两人交谈时,米夏问她是否会想起过以前的生活。汉娜问是不是指两人在一起的生活。米夏说不是的,是指她曾经为纳粹工作过的那段生活。她说在审判前,她从不会想起过,她还说人死不能复生。米夏与汉娜道别时,汉娜意味深长地对他说了声"保重"。后来,当米夏拿着鲜花来狱中接汉娜时,却被告知汉娜已经在狱中自杀身亡。汉娜临终前留了一张纸条给米夏,她向米夏问好,并请他将自己一生存下来的钱交给二战的受害者伊拉娜·玛瑟。

　　后来米夏出差到美国,他特地去拜访了伊拉娜·玛瑟,把汉娜的钱带给了她,并且代汉娜对她表示歉意。但是伊拉娜·玛瑟并不打算原谅汉娜,她没有收汉娜的钱,只是收下了汉娜装钱的那个小罐子。米夏在征得伊拉娜·玛瑟同意以后,把汉娜留下的这笔钱捐给了负责扫盲的犹太人组织。临走时,米夏告诉伊拉娜·玛瑟,其实当年的汉娜并不认识字,她是在狱中才学会识字的。汉娜有一个特别的爱好,就是听人朗读,自己当年就曾给她朗读过。米夏第一次在陌生人面前承认,自己曾经与汉娜有过爱情,尽管它仅仅维持了一个夏天。

伊拉娜·玛瑟收下汉娜装钱的小罐子

米夏离婚后带着年幼的女儿重返故乡

米夏始终不能忘记汉娜。与汉娜的交往,不但改变了米夏的性格,使他变得孤僻、忧郁,而且还改变了他的人生轨迹,从此再也没有任何女人走进他的内心。虽然米夏对于自己的这段人生经历一直避而不谈,但是他后来却发现,自己的不坦诚实际上给已经长大成人的女儿带来了巨大的心灵伤害,因为女儿一直认为是自己造成了父母的离异以及父亲沉默忧郁的个性。最终,他带着女儿来到汉娜的墓前,向女儿讲述了自己与汉娜的相遇以及此后始终与汉娜密切相连的人生。

## 二、作品主题

这部作品的时间跨度很长,展示了米夏从少年到中年的成长过程。在这一过程中,除了述及米夏与汉娜的交往,还包括他与父母的相处以及与女儿的沟通等。而在描述米夏与汉娜的交往时,又主要以二战前后为背景。这样一来,影片便富含了战争、爱情、道德、法律、人性、历史甚至性等多种文化元素，所以主题是开放的、多元的。

当然，其中最引人关注的仍然是爱情与战争。

首先谈影片对爱情的描述。当15岁的米夏偶然遇上36岁的汉娜以后，两人双双坠入情网，虽然两人的亲密相处仅仅维持了短短的一个夏天，但从此彼此终生眷念。

比如米夏，在那个甜蜜的夏天，他每天放学以后都会向汉娜家飞车而去，为的是能够有更多的时间与相爱的人耳鬓厮磨、缠绵浪漫。为了让汉娜充分感受到爱情的甜蜜，他不但将自己收藏多年的邮票卖掉以筹钱安排单车旅行，而且还为她充满激情地朗读各种经典名著，撰写动人的情诗。当汉娜突然消失以后，他失魂落魄了很多天才回到家中，从此便落落寡欢，终生紧锁眉头。

后来在法庭上，他再次遇到了汉娜，因此了解到她的真实身份和过往生活。尽管如此，他却不能像其他同学那样对她心生愤慨。相反，他密切地关注着案情的发展，不但去了她曾经工作过的集中营，而且发现了有利于汉娜的证据以

旅行途中米夏与汉娜深情对视

后，他还向教授请教，问自己是否应当说出来。听到法官宣布审判的结果以后，他的双眼浸满泪水。

自从与汉娜相遇以后，再也没有一位女人能够进入他的内心。他结婚又离婚，独身以后虽然不乏女友，却从不曾对女友坦露过胸怀。虽然人世有沧桑，但是米夏对于汉娜的爱却始终不变，直到地老天荒。少年的他在那个夏天整日欢心喜悦地为汉娜朗读，中年的他仍能满怀激情地为汉娜朗读，常常因此彻夜不眠。

汉娜入狱以后，思念与牵挂她成了他的日常生活。

收到汉娜的来信，他仍然会心情澎湃。他会用一个专门的抽屉存放她的信。听说年迈的汉娜就要出狱，他不但去狱中看望她，而且还为她精心安排好一切，并且满心喜悦地为她打扮新居。两人见面时，他脸上流露出来的笑容依然与少年时一样的纯真甜蜜。得知汉娜自杀的消息后，他难过得哽咽不已，还特地去了她度过漫长岁月的狱房，以此对她作沉痛悼念。

汉娜死后，他还一直惦记着她的遗愿，最终与伊拉娜·玛瑟见面。他不但饱含热泪地希望对方能够原谅汉娜，说她在狱中一直用行动为自己赎罪。而且他还不忘替汉娜辩护，说她本身是位文盲，根本不可能去起草那份文件，她最终受到的惩罚其实是不公

平的,是过于严厉的。在这位陌生人面前,米夏第一次承认自己一直深爱着汉娜。

他还将自己与汉娜交往的点点滴滴告诉给女儿。

在米夏心中,汉娜的地位无人可以替代!

不仅米夏如此深情,汉娜亦是同样执着于爱情。

虽然最初遇到米夏时,他还是一位孩子,但是汉娜对他却有着特别的好感。比如将米夏护送回家时,她特地专注地看了他一眼。当米夏到她家表示感谢时,她看出了米夏对自己的好感时,非但不反感,反而主动提出要与他一起外出。当米夏再次出现在她面前尴尬不已时,她不动声色地让他下楼为自己提煤。当米夏洗澡时,她也将自己脱得一丝不挂,主动与之交欢。后来更是每天下班后便满心欢快地与米夏约会。米夏博学多才,在朗读方面尤其具有天赋,这更让她为之倾心。米夏为她安排旅行,并在一路上写情诗给她,这些浪漫举措,让她心情愉快。她开朗的笑声在美丽的郊野和碧绿的河里时时飘扬。

她还因为不能确定米夏对自己的爱而生气流泪。看到米夏只是站在那里,远远地看着自己,发现米夏开始热衷于和同学相处而姗姗来迟,觉察到米夏不再专心地为她朗读等,她都会生气。当她迫于生存而决定离开米夏时,她是那样的不舍。她不但认真地为他进行了最后一次沐浴,而且在分别时还默默地流泪。当法官宣判结果的时候,她对于自己的未来苦难似乎并不关注,她想到的还是米夏。她知晓米夏此时就在观众席上,她非常难过地朝观众席上望着。

她一直亲昵地称米夏为孩子,老迈后仍然如此。

身陷囹圄以后,米夏成了她坚强活下去的理由。她以惊人的毅力学习写字,学习阅读。她做这些只是为了能够越过那高远的墙壁,将自己的爱带到米夏身边。虽然米夏没有回信,但是她仍然对两个人的幸福未来充满期待。多年以后当米夏再次出现在她的面前,她仍然会情不自禁地向米夏伸出手去。明白米夏对自己的过去无法释怀,而且也没有与自己一起生活的打算后,她眼中的激情才蓦然消逝。即便有了死的决心,她仍然不忘对米夏道一声"保重",在遗嘱里还不忘向他问好。

米夏到狱中看望即将获释的年迈的汉娜

爱情,使她苦难的逃亡生涯拥有了短暂的甜蜜、宁静与安全;爱情,使她漫长的狱中生活充满希望、憧憬与幸福。她因爱而生,最终又因爱而死。

米夏与汉娜一起演绎了一段不问年龄、不分身份的跨越时空的凄美爱情。

除了感人至深的爱情以外,影片还关注到了战争。影片通过一场官司的审判,向人们展示了二战期间纳粹对犹太人的迫害。而这触目惊心的事实,仅仅只是其冰山一角。正如米夏班上的同学所言,汉娜与她的看守同事们的所作所为只是碰巧因为一本书的出版而被公布于众。其实在战后的德国,还有很多人曾经参与过迫害犹太人。他们因为无人发现而悄悄地隐藏着,既不愿意承认自己当年所犯的罪行,也不愿意谢罪自杀。当这位同学在教室里悲愤地表达着心中的不满时,另一位同学因为无法接受这些残酷的事实而中途离开。但是与一般的影片对战争不遗余力地声讨不同,影片通过对战犯汉娜一生的详尽展示,让我们对战争有了更加理性的反思。

大学时,米夏与同学们参加教授的研讨班

跟随着米夏,我们对汉娜成为纳粹集中营看守的前因后果有了全面的了解。她之所以加入党卫军,只是为了获得更好的发展机会,因为她的工作能力非常出色,在西门子如此,在逃亡时做一位汽车售票员亦是如此。而在做看守期间,她的所作所为并不是有意去行凶杀人。集中营的地方有限,但周围的犯人却在源源不断地向这里遭送。为了容纳新来者,她以及同事们在纳粹所制定的政策下,能做的事就是将一些犯人挑选出来送走,尽管她们都知道那些被挑选出来的都会被杀死。在此期间,汉娜专门挑选出那些体弱多病的年轻女孩,给她们吃的食物和睡的地方,让她们最后的人生尽量获得些温暖。汉娜与她的同事们是没有打开大门,但那绝不是因为怕失职而受到处罚,相反她们是出于对犯人的生命负责,只是结果令她们完全没有预料到。对于这些控诉,她反问庭长,如果换成了他,当时他会怎样做?难道去应聘一份更好的工作有错吗?除了挑选出一些犯人来,难道还能有其他更好的办法吗?

尽管汉娜作了辩护,而且这些辩词也有其合理性,但是她最终还是被判了刑,而且说真话的她还被判得最重。事实上,如果我们像米夏那样有耐心地去听完汉娜的陈述,并且亲临汉娜曾经生活过的场景,我们就会发现,其实汉娜又何尝不是受害者?只是人们对于战犯往往持有本能的敌视,并且对于伸张正义怀着极强烈的愿望,如同法庭内外那些奋力挥臂的反战者,以及米夏身边的那些感觉兴奋的同学们一样,所以常常会对汉娜的苦难采取视而不见、听而不闻的态度。加上汉娜同事们为了自保又对之同室操戈,汉娜于是最终被定了不该有的重罪。尽管她手里掌握着使自己获得轻判的有力证据(她不会写字,那份报告并非她起草),但是她却选择了沉默。当我们看到她在狭小的牢房里坚强地自我救赎时,当我们看到她最终对这个世界完全绝望时,当我们看到她立下遗嘱将自己一生的积蓄捐给伊拉娜·玛瑟时,当我们看到她对在她人生尽头仍然没有彻底原谅她的米夏仍然彬彬有礼时,我们的心怎么不对之报以无限的同情与悲悯呢?

**汉娜在法庭上进行自我辩护**

一提到"战犯",人们一般会将之与"丑陋"、"邪恶"、"污浊"等贬义词联系起来,然而汉娜却与之相反。汉娜是美丽的,她令米夏一生都无法忘怀。汉娜是善良的,她不但在集中营里尽力善待那些即将赴死的年轻女孩;而且在逃亡时,遇到生病痛苦的路人米夏也会给予关怀。汉娜是纯洁的,不喜欢听那些描绘色情的作品,在教堂里听到赞美诗会热泪盈眶。

影片显然颠覆了人们对于战犯的惯常印象!

一旦对汉娜赋予悲悯,我们便会对战争加以冷静的思考。正如米夏曾经对老师和同学所宣称的那样,"这(汉娜的这场官司)让我们学会了理解"。其实,万恶的战争所伤害的不仅仅是那些被迫害者,而且还包括那些实施迫害的人。我们对战争的反思,不应该仅仅停留在"重重惩罚战犯"这一狭小的层面,而应当做到更多。

影片中,汉娜所看守的纳粹集中营每月六十人要被挑出去杀死,一场火灾三百名犹太人的生命瞬间就消失。这么具体的数字,这么鲜活的生命,这么血淋淋的事实,在纳粹所统治的世界里却不值一提!这难道不令我们毛骨悚然吗?在汉娜工作的地方,有八千人为纳粹工作,只有十九人被判有罪,其中六人被判谋杀罪,而受重罚的只有汉娜一人。虽然战争已结束,惩罚也告一段落,但是人们正视那场战争时,需要做的还有很多。其实,恶的人性与恶的制度之间有着必然的联系。正如影片中的那位教授所言,依照法律来给战犯定罪,所依据的只是当时的法律。因此法律永远是狭隘的。要想铲除战争的恶,还人类一片光明,不仅仅需要法律,而且更需要道德,后者有时更富有力量。

因此,在观赏这部影片时,观众们不仅会为其中坎坷曲折却生死不渝的爱情深深打动,还会因此对战争有更加理性的反思,从而警钟长鸣。最终得以迅速成长起来的不仅仅是米夏,也包括那些真正欣赏并深入领略这部影片丰富内涵的观众。

## 三、人物形象

这部作品着力刻画的人物主要是汉娜、米夏、伊拉娜·玛瑟与朱莉娅。

首先是汉娜。她工作踏实努力。作为一名职业女性,她对待工作态度绝对是认真负责的。战前她曾在西门子工厂工作,因为出色表现而被升迁。战后她隐藏了真实身份,做起了一位售票员,不久又被升迁,调到办公室里工作。她由衷地热爱知识和文学。虽然她不识字,但是无论是在做集中营看守时还是在流亡期间做售票员时,都对知识充满着向往,喜欢那些用文字写成的经典

**年轻貌美的汉娜**

文学作品,喜欢听人为她阅读。做看守期间,她让那些犹太少女为她朗读;逃亡期间,她让米夏为她朗读;到了狱中以后,她则努力地尝试着学习写字,最终能独立进行阅读。最后当米夏来到她狱中生活过的地方,发现那狭小而整洁的房间里,摆满了她喜爱的文学名著。

她善良且坚强。她在做看守时善待那些即将被杀戮的犹太少女,给她们提供食物和睡的地方。她在做公交车售票员时,对于雨中停留在她屋檐下的米夏也非常关

怀,不但上前询问,而且还给他擦掉身上的呕吐物,并把他安全护送回家。逃亡期间,她独自生活,除了繁重的工作以外,她还要独自解决所有的生活问题。她像男人一样地干粗活,用桶装煤。逃亡时,她总是独自提着笨重的大包小包。在审判期间,虽然她每天都要应对来自各方面的舆论压力,但是她仍然从容面对,衣着整洁地出席,并且沉着冷静地为自己辩护。面对漫长的囚徒生涯,她也一直坚持着,直到最终获得释放。

她迷人性感,作风开放。虽然已经是人到中年,但是身着工作制服的她仍然风情万种,让情窦初开的米夏为之疯狂。整个夏天,米夏都渴望与她亲密相处。一想到她会离去,米夏就痛不欲生。而她本人一旦遇到爱情以后,亦如少女般多愁善感,情绪大起大落。入狱后突然收到米夏的磁带,她万分惊喜;写信后却没有收到米夏的回复,她顿时意志消沉;发现米夏对自己的爱已经不再如少年时纯粹,她便彻底地灰心失望。在性爱方面,她更是奔放热情。两人最初相遇时,米夏还只是一位孩子。虽然米夏对她极其迷恋,但是年少的他却拘谨害羞。如果不是她主动地敞开怀抱,米夏是绝不敢越雷池一步的。是她引领着米夏享受性爱的欢乐。

她既自卑又自尊。她是文盲,不能读写,连一份菜单也看不懂。对此她心怀羞耻。她一直小心翼翼地掩饰着这方面的不足,就连整个夏天都与她在一起的米夏当时也没能觉察到。当法官要她当场验证笔迹以求证同事是否对她栽赃时,她明知一旦承认了这个莫须有的罪名后将会受到严惩,她仍然决定不惜代价去保守这个秘密。年轻的米夏熟悉法律,后来也知晓了她的这个秘密,但是他并没有向社会公开她是文盲的这个事实,也是出于对她极自尊个性的充分了解,以及对她人格的尊重。她最终的死,亦与这种个性相关。她决不能接受米夏的施舍与同情,她需要的是完全的、纯粹的平等之爱。

其次是米夏。他是一位热爱知识、刻苦用功的学生。他会乘车到很远的图书馆看书。他热爱语言课和文学课。他不但上课认真,而且课后还进行大量的阅读。后来他还考上了名牌大学,主修法学,参加高校研讨班,与老师一起到法庭上去实习。毕业以后他更是成了一位成熟稳健的律师,在工作方面相当出色。

**深情浪漫的少年米夏**

他是一位生性浪漫、善良痴情的男人。与汉娜偶遇后,他便对之难以忘怀,不断地寻找机会接近她,甚至在暗中跟踪她,最终赢得汉娜的爱。在那个夏天,他为了这份爱情付出了全部的激情。他不但每天与汉娜如胶似漆,而且还卖掉自己多年收集的邮票筹钱出去旅游,一路上还不忘写情诗给心爱的人。这些情诗多年以后仍然被他珍藏着。年少的他愿意为爱付出一切!当汉娜突然消失后,他不明缘由,灰心绝望,几乎失去了生活的信心。在法庭中再次听到汉娜的声音,了解到汉娜的过去以及知晓了汉娜最终的人生结局,他仍然会心潮澎湃,纠结难过,伤心流泪。汉娜入狱以后,他也不能忘却她,仍然如年少般地为她朗读。到了汉娜年迈时,他也不忍心抛弃她,想给她安排好人生。为了让汉娜的在天之灵得以安息,他还完成了安娜的最后心愿,将她留下来的钱带到了远在美国的伊拉娜·玛瑟。

他是一位外表害羞、内心忧伤、不擅交流的人。少年时的爱情创伤对他的一生产生了深刻的影响。从此以后,他的内心世界不再对任何人敞开,包括家人。从此以后,他变得郁郁寡欢。自从他走出家乡以后,直到他离婚之前,在这段漫长的时光里,他一直没有回去过,因为那里的一切都会让他触景伤情。他是在人生最悲伤的时刻遇到了妻子,虽然他妻子极其出色优秀,但是他从未对她讲起自己的过去。内心隔膜的两人最终只能分道扬镳。虽然此后他与异性亦有交往,但是他的这种个性却从未改变。直到有一天,他发现自己的这种个性严重影响到女儿的人生时,他才努力地作出改变。

**伊拉娜·玛琴在法庭上回忆悲惨的集中营生活**

接着是伊拉娜·玛瑟。她是一位犹太人,曾经有过幸福的童年。二战爆发以后,她的家庭破碎。她跟随母亲在集中营过着悲惨的生活,曾经受到过巨大的伤害,最终幸运地死里逃生,后来到美国开始了新生活。虽然当时她的年纪还小,但是她却不能够忘却这段历史。战后,她没有如一般人那样选择沉默,而是站了出来,出版著作讲述自己那段可怕的人生经历,以揭露纳粹犯下的滔天罪行。这不但使得那段罪恶的历史被人们牢牢地记住,而且还使那些隐藏起来的战犯们得到了惩罚。对于那段历史她不能忘却;对于那些战犯,她决不宽恕。当米夏去看望她时,她并没有接受汉娜赠送的钱,也就是说她最后并没有原谅汉娜。

最后是朱莉娅,她是米夏的女儿。由于米夏不能忘却汉娜,所以婚姻生活并不幸福。朱莉娅因此很小就承受着因家庭碎裂而造成的心灵伤害。朱莉娅一直由奶奶带大,父母对她而言实际上就是陌生人。长大后,她宁愿独自生活,也不愿意与父母亲近。即便有所交往,那也只是礼节性的。与一般离异家庭中的孩子一样,她对人生缺乏自信,一直以为自己是造成父母离异的主要原因。直到米夏对她敞开心扉,向她毫无保留地讲述了他独特的人生经历,特别是情感方面的苦难时,她才对这个世界重新树立起信心。

## 四、艺术特色

这是一部经典影片,它在艺术上有着很多的成功之处,非常值得关注。首先,就叙事方式而言,本影片主要运用了顺叙与插叙两种叙事方式。它以顺叙的方式描述了中年米夏离异后的独身生活,这主要集中在一天时间。早晨,虽然女友仍然在床上,可他已经早早起床到书房里看书了。虽然他会细心地给女友做早餐,但是却不愿意和她一起共进早餐。其实,他的女友对他一点儿也不了解,甚至连他有个女儿也不知道。在女友眼里,他是一位难以接近的人。女友离开以后,他在书房里看书,然后驾车去法院。原来他是一位律师。在法庭上,他见到了他的前妻,此时她在事业上发展比他成功,已经做到了庭长。从法院出来以后,他奔赴餐厅与出国一年多的女儿共进晚餐。虽然是久别重逢,但是他发现女儿与他之间其实非常陌生。他于是向女儿承认,自己是一个很难相处的人,对女儿及任何人都不够坦诚。女儿听后非常震惊,因为一直以来她以为错在自己。几天以后,米夏带着女儿去了一所教堂。他将女儿带到一座名叫汉娜·施密茨的墓碑前。面对女儿的好奇,米夏讲述了自己在十五岁那年与汉娜相遇,以及从此与之密切相连的人生经历。

它以插叙的方式描述了米夏与汉娜相遇、相恋、分手及此后再度相遇,直至汉娜去世的那些如烟往事。对于一段漫长的人生故事,影片将之分三段进行插入。第一段是女友离开以后,米夏看到床上的被子和窗外的火车,于是想起少年时的一段感情往事。这包括自己乘车去图书馆的途中突然生病,在雨中行走终而与汉娜相遇,进而相恋,以及在那夏天相处时的点点滴滴,其中包括与安娜骑单车结伴旅行等。当时深情的米夏正坐在河边写情诗给汉娜,说以后会念给她听。在回忆起这段浪漫往事时,米夏走到书房里,打开了那本写满情诗的日记,饱含深情地看了起来。第二段是法庭结束以后,他一个人坐在空荡荡的法庭里,回忆起自己生日那天与汉娜的激烈争执、汉娜的突然消失,以及自己失魂落魄的情景。第三段是与女儿见面以后,他将女儿送回了家,然后一个人在车上,结果又陷入回忆里。回忆的内容包括:自己再次与汉娜相遇,并见证了汉娜被判罪的全过程;他与班上一位优秀的女同学结婚,但很快又离婚;离婚以后他将女儿送给母亲照顾,自己继续为狱中的汉娜朗读;汉娜在即将出狱前悄然自杀;自己为了实现汉娜的遗愿而去了美国拜访了伊拉娜·玛瑟。

这样的叙事方式不但将米夏从少年到中年的漫长人生中那些极富传奇色彩的经历展示了出来,而且还使这部时间跨度越长、故事容量特丰富的影片给人以结构紧凑、叙事井然的美好印象。

其次,这部影片的视角也非常独特。它欲描写纳粹政府的暴行,却并不把笔墨过多地放在二战期间受尽凌辱和摧残的犹太人身上,反而将焦点对准了一位女战犯。在影片中出现的犹太人受害者只有两位——伊拉娜·玛瑟和她的母亲。伊拉娜·玛瑟的母亲只是在审判时作为证人出现过一次。伊拉娜·玛瑟也仅出现过两次,一次作为证人出现在法庭上,一次是作为事业成功的女人出现在家中。关于这两人的镜头并不多。相反,影片详细地描述了人们眼里的战犯——汉娜,描写她在二战前后悲惨的人生境况:在战争期间面对杀戮行为的无能为力,战后所过的居

米夏生日那天心不在焉地朗读,汉娜心情悲伤地听着

无定所的逃亡生活,被判终身监禁的救赎行为以及即将出狱时的绝望自杀。这样一来,影片便给观众留下了一个巨大的思考的空间,战犯汉娜的人生原来也如此不幸,那些受迫害的犹太人的生活更是可怕!这样一来,显然有助于增强影片的反战力度。

最后,这部影片还用了对比和隐喻的手法。其对比手法如对汉娜的描写。在人们眼中她是一位罪犯,这种身份给人的直观印象是双手沾满鲜血的,是充满罪恶的。但是影片却将她所犯的罪行放在了特定的历史场景中展开,指出她当时作为一名普通看守的无能为力,以及在良心和职责范围内的积极作为,从而将她人性中正面的一面揭示了出来。这样一来身份的罪恶与行为的可宽恕便构成了鲜明的对比。最终影片将观众批判的眼光从她身上引导出去,投向更远处——那不易被人察觉的罪恶的纳粹政府以及

罪恶的人性。这样一来,影片对战争的批判便会显得更具有穿透性。隐喻的手法主要体现在少年米夏与汉娜定情以后,他很快就复学,这时他在文学课上学到了一种文学创作理论,"西方文学的核心在于保密的观念,可以说人物性格整个建立在人们之间未能公开的某些信息之上,其原因可能是多样的,或卑劣或高尚,以至于人们决定守口如瓶。"这既是他学习内容的客观描述,同时也是整部影片中人物之间存在冲突,以及他们做出种种为身边人难以理解的行为的根本原因。比如汉娜的突然消失(因为曾在集中营中工作过,怕被人发现),比如汉娜愿意接受同事的栽赃(不愿意被人知晓她是文盲),比如米夏没有按照教授所愿望的那样为汉娜不公正的惩罚有所作为(为了替她保守是文盲的秘密)等,这些都与当事人的秘密相关。这种隐喻手法显然有助于推动剧情向深处发展,使之更加合情合理,且结构紧凑。

## 《黑天鹅》文学导读

### 一、主要剧情

看电影

尼娜是一位芭蕾舞演员。有一天，她竟然做一个在她看来"疯狂至极"的美梦，她主演了《天鹅湖》中的白天鹅。早上起来，知晓是梦，她有些失落，但是随之又快乐地做起了练习。她告诉妈妈剧团负责人托马斯答应这个季节给她一个大角色。妈妈认为这是她应得的，因为她是剧团最努力刻苦的人。

尼娜到了剧团以后，听到大家在议论纷纷。原来，剧团正面临着非常严重的财政危机，可能会破产。大家认为剧团的负责人托马斯一定会就此做出新的举措。尼娜的同事维罗妮卡则认为当务之急，应当是弃用旧人贝丝，选拔出新秀来。尼娜听后非常难过。她认为贝丝非常优秀，不应当被抛弃。她的想法受到同事们的讥笑。这时一位身着黑衣的女人突然闯了进来，大家的话题因此中断，她是新来的队员莉莉。

在尼娜与大家一起排练时，托马斯突然出现了。他说出了这一季的演出计划，《天鹅湖》仍然是开幕戏，不过托马斯对它进行了改版，更具有吸引力。同时，作为剧团的新亮点，托马斯将会选出一位演员兼演白天鹅与黑天鹅这两种角色，因此他需要挑选出新的天鹅女王。他选择了

**突然在剧团出现的莉莉**

一些演员进行主角的面试,尼娜也在其中,她对此非常开心。在等待面试的时候,尼娜发现贝丝正在化妆室里大发脾气。贝丝把镜子砸碎,将东西扔了一地,然后愤怒地离开。贝丝走后,尼娜看到周围无人,便推门进去,从里面偷走了一支口红。

　　面试时,尼娜表现得极其努力。当她表演白天鹅时,托马斯给予高度赞誉,说如果只选择白天鹅这一角色的话,她真是不二人选。然而当她表演黑天鹅时,托马斯并不满意,他说她需要增强激情。正在这时,莉莉再次突然闯了进来。尼娜受到了惊吓,表演被迫中断。尼娜问托马斯要不要继续表演完,托马斯说不必了。托马斯这时已经把关注的目光转移到莉莉身上了。尼娜非常难过,只好收拾东西回家。当尼娜离开过道时,她突然看到一位身着

托马斯在指导尼娜表演

黑衣、同自己极其相似的女人与自己擦肩而过。

　　回家后,妈妈很开心地迎了上来,原来她已经知道尼娜面试的事情了。面对母亲的询问,尼娜起初还勉强地应付,但是后来实在忍不住,流下了伤心的眼泪。她跟妈妈说,她之所以落选,是因为表演被莉莉打断了,她想找托马斯作解释。但是妈妈劝她放弃这种打算,说除了天鹅王以外,她还可表演其他很多的角色。

　　第二天,尼娜精心地把自己打扮了一番,去找托马斯,单独交流。她对托马斯说,她晚上在家里又练习一遍《天鹅湖》的终篇,结果她完成了。但是托马斯说,他关心的不是她的技巧而是她的激情,她的表演缺乏激情。托马斯还告诉她,自己已经选中了维罗妮卡。尼娜很难过,只好离开。就在这时,托马斯拦住了她。托马斯问她,难道她不想说服自己吗?尼娜正待回答之际,托马斯强吻了她。尼娜很紧张,在挣扎中将托马斯的舌头咬伤。此举让托马斯吃惊不已。尼娜最终尴尬地离开了。在等待结果公示时,尼娜盯着对面的维罗妮卡看。后来听说名单公布了,她才强打起精神,上前对维罗妮卡表示祝贺。但是令她没有想到的是,看过名单后的维罗妮卡非常愤怒地向她走来,说她在耍自己。这才得知托马斯最终选中的是自己,尼娜真是喜泣交加。她立刻躲到卫生间里,把这个好消息第一时间告诉了妈妈。可是当她从卫生间里出来时,却发现镜子上被人用红笔写了一句脏话。她努力把那句脏话给擦掉了。回到家中,尼娜发现妈妈不在家,原来妈妈出去买了精美的蛋糕以作庆贺。尼娜本来不想吃那蛋糕,但是为了让妈妈开

心,她最终还是勉强地吃了一小口。

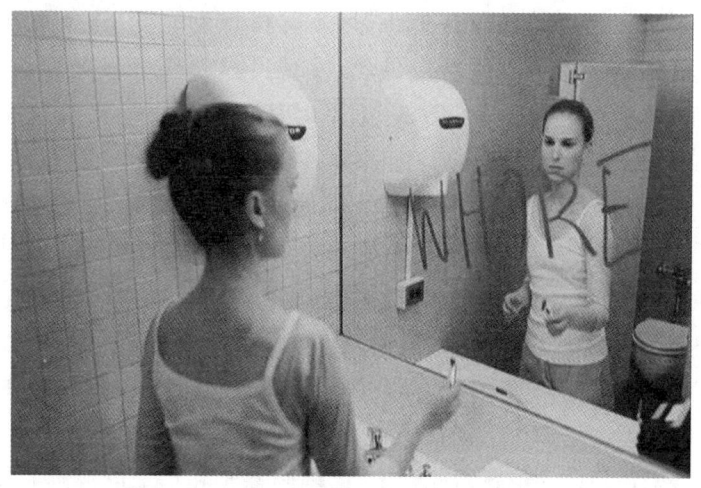

成为新天鹅女王后,尼娜发现有人在卫生间玻璃上写了脏话

此后,尼娜每天都在刻苦地排练。托马斯一直陪在左右对她进行辅导。托马斯一直对她表演的黑天鹅不满意。托马斯发现尼娜在观看莉莉的表演,于是便夸赞起莉莉来,说她尽管技术不准确,但是却轻盈放松。后来,尼娜得到了剧团的特别关照,与贝丝共用一间化妆室,托马斯还送来鲜花以示祝贺。另外,托马斯还专门举办了宴会,公开宣布了贝丝将退出舞台、尼娜成为新天鹅女王的消息。贝丝听到这一消息以后,非常难过,当即离开了。宴会中,莉莉向尼娜表示祝贺。宴会结束后,托马斯主动要与尼娜同行。在托马斯去送客人时,贝丝突然出现在尼娜身后,她责问尼娜是否是与托马斯上床才获得这一角色的。尼娜非常严肃地回答道,并不是所有的人都需要这样的。托马斯带尼娜回到他家中,想进一步拉近与尼娜的关系,结果却发现尼娜在两性关系方面极其保守,于是早早地将尼娜打发走了。回到家中,妈妈非常兴奋地询问起宴会的事,并对托马斯大加议论。相比之下,尼娜显得有点失落。她在床上躺下以后,禁不住照着托马斯的盼咐,自慰起来。后来她仿佛突然看到了母亲,于是非常害怕地停了下来,钻到被子里。

一天,尼娜正在练习,突然听同事说贝丝出了车祸住进了医院。她非常地不安,去找托马斯,问

宴会结束后,尼娜在等托马斯,
贝丝突然出现在身后

是不是因为自己贝丝才这样的。托马斯安慰她说,这是贝丝自己一手造成的,与她无关。托马斯要她在最后阶段好好地练习,不要再想别人的事,争取在舞台上获得最大的成功。后来她带着鲜花去看望贝丝,发现贝丝的伤势很严重,心里非常地难过,吓得跑出了医院。回到剧团以后,她把平时从贝丝那里偷来的东西一一放在化妆台上,心里真是百感交集。

为了让尼娜能快点突破自己,托马斯让其他演员先行离开,然后对她进行单独辅导。他扮成王子,主动地诱惑尼娜。结果尼娜完全被他迷惑了。可是正当尼娜深陷其中,与之热吻时,托马斯却突然停下来,把她扔在原地,自己抽身而去。临走时,托马斯对尼娜说,作为黑天鹅,她需要学习的是去诱惑王子。很晚了,尼娜还一个人呆坐在排练室的地上,心里非常难过。莉莉正好路过,见她失魂落魄的样子,便过来关心地询问,并且真心地听她倾诉。尼娜讲出了自己心中的痛苦。莉莉发现尼娜非常在乎托马斯,她认为尼娜在暗恋托马斯。尼娜对此否定,但莉莉并不相信。尼娜以为莉莉在拿自己寻开心,心情沉重的她生气地离开了。

后来再排练时,托马斯情绪极其暴躁,对尼娜的表演显得很不耐烦。他要尼娜一遍又一遍地重复练习。不堪重负的尼娜于是就问他究竟是为什么。原来莉莉把两人的谈话告诉了托马斯,托马斯因此大发雷霆,尼娜非常难过也非常生气。她去找莉莉,对她将两人的谈话告诉托马斯的行为表示谴责。尼娜回家以后,深感内疚的莉莉来到她家道歉,并且约她一起吃饭以示歉意。尼娜不顾妈妈的反对,与莉莉一同出去。两人吃完饭以后又一起去了酒吧。莉莉在尼娜的酒里放了药。尼娜事先已经拒绝过,不过听莉莉说药效只有几个小时,便喝了下去。事后,她俩和两位男青年一起喝酒聊天跳舞。后

尼娜跟随莉莉去酒吧,与陌生男子喝酒聊天

来两人分开,尼娜与一位男人在酒吧的角落里接吻。突然,尼娜有所清醒,她推开了那位男人,独自走出了舞厅。接着,她依稀记得莉莉送她回家。面对母亲的责问,她不但答非所问,而且还夸大其辞。与母亲大吵以后,她拉着莉莉一起回到房中,两人还做爱了。

第二天醒来,尼娜发现自己起得很迟。她非常着急,但是妈妈却第一次对她的事无动于衷。当尼娜赶到剧团时,莉莉正在表演黑天鹅。莉莉的表演非常精彩,获得了托马斯与其他演员的一致夸赞。莉莉向尼娜解释说,托马斯只是让她做个示范,希望尼娜不要多心。尼娜与莉莉进一步交谈以后,才知道莉莉其实并没有与自己一起回家。得知自己成了尼娜的性幻想对象,莉莉非常惊奇。面对莉莉的追问,尼娜很生气,她拒绝与莉莉继续交谈下去。回到家中,尼娜有些心神不宁。她把家中的玩偶全部收拾好,抱出去扔掉了。

尼娜的努力终于获得了托马斯的认可。但是当她作为白天鹅表演,要站在高高的舞台上纵身跳下殉情时,她却极其胆怯。裁缝给尼娜量身定制表演服装,这时尼娜却发现镜中有一个人在看着自己。她非常诧异。后来她发现莉莉也来量身制衣。原来托马斯安排莉莉做她的替补。尼娜对此非常激动,她求托马斯不要这样。托马斯说这只是一个惯例,让她不必多虑,并劝她回家好好休息,准备第二天的正式表演。

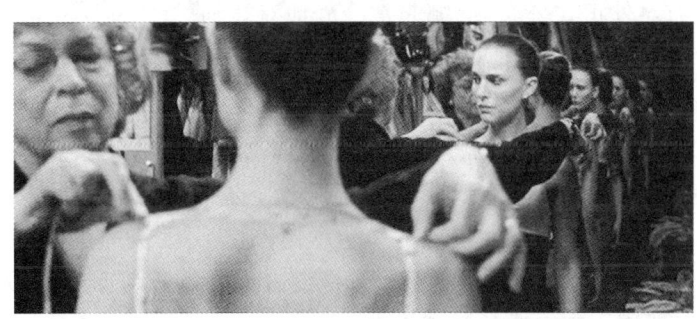

**裁缝给自己量身时,尼娜发现镜中有人在看自己**

尼娜并没有回家,而是在排练房里更加刻苦地练习。结果,负责伴奏的钢琴师受不了这样繁重的劳作,不顾她的哀求先行离开了。后来,排练房的灯又突然熄灭了。黑暗中,尼娜突然发现一个影子在她面前一闪而过,于是她追了过去,结果却发现托马斯与莉莉在暗中偷情,而托马斯看她时不知怎的又变成了一只黑天鹅。她非常害怕,连忙离开了排练房。

但是她没有直接回家,而是去医院看望贝丝。她把以前从贝丝那里偷来的所有化妆品都带着,准备还给贝丝。结果她把贝丝惊醒了。她对贝丝道歉,说自己现在特别明白贝丝当初的心境,因为自己也在被别人替代。她问贝丝自己该怎么办。她说贝丝非常完美,但是贝丝说自己一点儿也不完美。她仿佛看到贝丝用指甲锉刺脸。她深感恐惧,逃也似地离开医院回家。

到了家里,她到厨房里洗手,结果似乎听到了奇怪的叫声,后来她又看到一位脸上流血的女人在叫自己。她惊慌逃离时,经过母亲画室,又看到画上的脸孔都在向自己露出狰狞的表情。这时妈妈真的出现了,她吓得回到了自己的房间。尼娜不让妈妈进入自己的房间,为此她还把妈妈的手给压伤了。到了房间,她发现自己变成了一只黑天鹅,当场吓得昏了过去。

一觉醒来,她发现一切仍旧:温馨的音乐从床头的音乐盒里传出来;妈妈在床头担心地看着自己。看到手上戴着手套,她非常奇怪。妈妈说她一夜都在抓自己。后来她又发现闹钟不见了,而且门还被锁了起来,门把手也给藏了起来。她要起来去剧团,但是妈妈却死活不让她出去,说这个角色会毁了她。尼娜并没有听从妈妈的劝告,她不想一辈子像妈妈那样跑龙套。当她赶到剧团时,托马斯却告诉她,他已经让莉莉替代她了。得知这一消息还没有对外正式公布,尼娜非常冷静地对托马斯说,在经历了贝丝事件后,他应当不再想制造出新的话题来,所以还是让她来表演为好。托马斯被尼娜此时所表现出来的霸气震住了,于是点头同意。

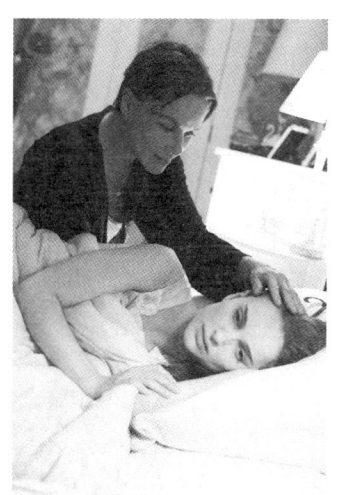

尼娜躺在床上,母亲前来探望

尼娜最终登场了!

在最初表演白天鹅时,尼娜出现了一个意外,她从男演员的头顶上掉了下来。下场后,托马斯对此非常愤怒。她想解释,但是没有人愿意听。回到化妆间,她看到莉莉坐在那里,要她把自己表演的黑天鹅角色让出来。尼娜断然拒绝了。两人因此发生争执,结果她把莉莉刺死后,藏到了卫生间里。然后,她扮成黑天鹅出场。她的表演获得了成功,观众们为之起身鼓掌。她回到后场时,当众亲吻了托马斯。后来回到化妆间里为白天鹅这一角色化妆时,她看到卫生间在往外流血,于是就用毛巾遮住。就在这时,莉莉敲门进来了,向她表示祝贺,并且说两人可能有些误会。莉莉走后,尼娜才看清楚地上没有血痕,卫生间里也没有尸体。她发现被刺伤的不是莉莉而是自己。她流着泪从胸口拔出了玻璃,继续化妆,然后上场表演。当跳到白天鹅最终绝望地一死了之时,她深情地看着观众,发现母亲正泪流满面地看着自己。最后,她毫不犹豫地跳了下去。

尼娜扮成黑天鹅在台上表演

尼娜躺在垫子上,看到所有的演员都在鼓掌向自己走来。而托马斯更是兴奋地夸赞她,叫她"小公主",并邀请她一起去谢幕。这时莉莉突然发现尼娜的胸前已经被血染红。面对惊讶的托马斯,尼娜非常平静地说:

"我完美了!"

## 二、作品主题

影片描述了一位年轻的芭蕾舞演员尼娜经过多年的刻苦练习,终于赢得了表演经典名剧《天鹅湖》的天鹅女王的机会。但是她却面临着巨大的挑战,需要同时扮演好白天鹅与黑天鹅两个角色。为了突破自己,她不但在技术上刻苦练习,而且还努力地把激情融入自己的角色,她最终取得了成功。

从影片来看,尼娜所面临的压力是多重的。首先,它来源于家庭,特别是她的母亲。她的母亲曾是一位芭蕾舞演员,因为

尼娜在等待剧团公布新天鹅女王的名单

怀孕被迫放弃了自己的演艺事业,但是她并不甘心,所以便把人生的全部希望寄托在尼娜身上。她对尼娜爱护有加,同时更是寄予厚望。孝顺的尼娜当然不希望自己令母亲失望,所以她的事业是否发展顺利,已经不是她一个人的事了。当她被选为新的天鹅女王时,她立刻躲到卫生间把这个好消息告诉了妈妈。

其次,它来源于社会。她所从事的芭蕾舞是一门古典的艺术,这在当今商业发达的大都市里正在不断地被边缘化。关于这点,可以从影片中三方面的描写看出来:一是剧团同事们的议论。从这些聊天可知,都市里的人对芭蕾舞正在逐渐失去兴趣。二是尼娜在莉莉的带领下去了酒吧。在酒吧里,她与一位青年男孩聊天,结果对方连芭蕾舞中的经典名剧《天鹅湖》都不知道,更是从来没有看过芭蕾表演。三是从托马斯在宴会上的举措可知。托马斯是一位才子,但是为了募捐到足够的钱以支付剧团的开支,他不得不放下清高,与那些财主们周旋,说尽好话,迎来送往。剧团时刻面临着巨大的生存压力。关于剧团破产的传言一直甚嚣尘上,它牵动着每一位演员的心。

托马斯宣布剧团新一季的表演计划

不仅如此,剧团也是社会的一个缩影,各种法则,合理或是不合理的都会渗透其中,并决定着每一位演员的命运。为了能够生存下去,剧团不断地进行改革,其中新女主角的选拔更是成为吸引人眼球的重头戏。贝丝虽然优秀,但是为了剧团更好地发展,托马斯不得不宣布其告退,即便知道她会因此做出过激行为。所谓"江山代有才人出",谁会成为新的天鹅女王?这完全由托马斯说了算。在这个巨大的机遇面前,剧团里的优秀分子都在跃跃欲试。比如维罗妮卡对此觊觎已久,为此不惜当众对原天鹅女王贝丝进行人身攻击,说贝丝已是"老人"了。后来她没能入选,对尼娜恨之入骨。卫生间里镜子上的脏话,极有可能是她写的。虽然尼娜竞选成功,但是由前辈贝丝的人生经历,她也知道这亦是朝不保夕的事。在表演方面技术不佳、但感情丰富的莉莉已经赢得了托马斯的青睐,她已经成为自己的替补,显然自己随时都有可能被莉莉顶替掉。另外,贝丝被迫退出时,曾责问尼娜是否与托马斯上床才赢得这个角色;托马斯在宴会结束后将尼娜单独带回家欲与之亲热;尼娜的妈妈说托马斯是一位出名的花花公子,并且对尼娜与之单独相处表示出担心;莉莉说托马斯会称很多人为"我的小公主",后来尼娜表演结束后,他果然如此,等等。这些均说明,在这个圈子里,依靠性贿赂来获得机遇与成功,已经是很常见。

再次,它源于职业的压力。芭蕾舞对演员的要求非常高,这包括身材、技术以及对艺术的理解。为了保持良好的身材,芭蕾舞演员对饮食有非常严格的要求。尼娜的早餐是半只橙子和一只鸡蛋。她被选为新天鹅女王以后,欣喜至极的母亲买来一块蛋糕以示庆祝,她只是勉强吃了一小口。为了使自己技艺达到臻于至善的地步,她每天都要刻苦练习。她的脚趾头经常血肉模糊地并在一起不能分开,腿被拉伤更是常有的事。即便身材与技术做到了完美,那还不行,还要对艺术有很好的理解,并且能够出神入化地融入角色。

尼娜的早餐

最后,它还源于自身禀性的压力。尼娜原来是妈妈的乖女儿,性格文静,生性有些怯弱,所以就角色而言,她表演白天鹅是能够胜任的。但是托马斯为了吸引观众,却硬是要将美丽柔弱的白天鹅与淫荡邪恶的黑天鹅让一个人来演绎。这样一来,尼娜要想成为天鹅女王,就得去表演黑天鹅。正如托马斯所言的,多年以来,她在黑天鹅的表演上一直不太理想。要在短期内,演好黑天鹅,这势必会面临着巨大的挑战。尼娜要为此改变自己原有的性格。

当诸种压力不断地向尼娜压迫过来时,尼娜的内心产生了巨大的震荡。当贝丝因为被剧团抛弃而故意跑到马路上被车撞伤后,尼娜看到一位如此美丽的优秀演员顷刻间便血肉模糊地躺在床上,十分害怕,跑出了医院。她的妈妈因为年轻时怀孕而被迫退出舞台,一直对此耿耿于怀,不但经常跟尼娜提及此事,而且还经常藏在画室里发泄这种忧伤情绪。她画出来的人物画常常面目恐怖,观之不寒而栗,这给尼娜造成了巨大的心理阴影。随着压力的不断增大,尼娜更是产生了诸多的幻觉。比如感觉莉莉留宿在自己的房间里与自己做爱;看到托马斯与莉莉在黑暗中偷情;目睹贝丝用指甲锉对着自己的脸猛戳;听到厨房里有一位流血的女人在叫自己。再如经过妈妈画室时,发现画像对着自己笑;背上长出了黑鹅毛、脚变成了黑鹅脚;以为自己刺死了莉莉并且将她藏到卫生间里;听到鹅的叫声和拍翅膀声等。

**尼娜母亲的绘画作品**

  为了赢得这个角色,为了演好这个角色,以实现自己成为天鹅王的梦想,尼娜几乎疯掉了,但她决不放弃。她初次应试时,因为莉莉的出现而被迫中断了表演,此时托马斯也认为她不适合演黑天鹅。回到家中,她对母亲说,她要找托马斯进行解释。母亲劝她放弃,但是她并没有。为了见托马斯,一向素朴害羞的尼娜,还精心地打扮了一番,披着秀发,涂上口红。虽然有些胆怯,但她还是对托马斯说出了自己的想法,认为自己可以表演好。被选上以后,她更是十分珍惜,刻苦练习。为了能够实现角色的突破,她非常信任托马斯,认真听取他的指导。当他对其他男演员说她表演的黑天鹅完全没有吸引力时,她难过地坐在地上思索。当他开玩笑说给她布置家庭作业,让她回家自慰时,她也真的如实照做了。即便第二天就要登台表演了,晚上她还是一如既往地在排练房刻苦练习。直到伴奏的钢琴师走了,房间的灯灭了,她还是不愿意离开。最后,即便她母亲打电话给剧团,不让她登台表演;即便托马斯已经做出了让莉莉替代她的初步决定,她还是排除万难,走上了舞台,做出了出色的表现。最后,她赢得了观众、同事、母亲以及托马斯的一致赞誉。

  当然,在这一过程中,尼娜付出了沉重的代价,身心受到了巨大的伤害。在很短的时间里,她由原来美丽、怯懦和娇弱的乖乖女变成一位充满嫉妒、极富欲望且有巨大野心的女孩。在将激情融入黑天鹅这一角色的过程中,她的精神渐渐处于癫狂状态,听觉、视觉混乱,经常产生各式各样的幻觉。她站在舞台上激情四射地表演黑天鹅时,胸口正被一块玻璃狠狠地刺伤,鲜血直流!

  最终,她是否会活下来,是一个谜。

  但是,她不负众望,成了名副其实的天鹅女王,却是铁定的事实。

尼娜扮演的白天鹅在悬崖前准备自杀殉情

她一直以来都在追求着完美,显然她最终成功了。那响彻耳边的如雷掌声、母亲热泪盈眶的笑脸、托马斯兴奋地称她为"我的小公主"等等,都是明证。

可见,这部影片通过尼娜的人生奋斗经历,展示了当今年轻人在追求梦想的过程中,面对诸种压力时为了寻求突破所作出的巨大努力,以及为此所付出的沉重代价。它既向人们展示了实现梦想和争取成功所经历的诸多艰辛,又向人们展示了梦想成真以后,获得的极大的心灵满足。

## 三、人物形象

影片主要以尼娜的活动为中心,着重描写了她的同事及家人。因此主要人物包括尼娜、托马斯、尼娜的母亲、贝丝、莉莉以及维罗妮卡等。

首先是尼娜。她自幼在母亲的带领下进入芭蕾舞这个领域。这既有母亲的熏陶,也有自己的喜爱。虽然她28岁了,但是仍然与母亲一起居住,过着深居简出的生活。每天的生活是两点一线,

尼娜在家里自言自语地述及自己的美梦

即家里和剧团,所交往的人群不是妈妈就是剧团的同事。最初,在母亲的眼里,她是一位乖乖女,事事顺从;在剧团负责人托马斯的心里,她是一位美丽、怯懦且柔弱的演员;在剧团老师的眼里,她是一位训练刻苦、技术完美的演员。

但是随着新天鹅女王竞选的角逐,她的性格发生了巨变,由单一走向多元。首先,她开始由柔软变得坚强。面对前所未有的大好机遇,她非常珍惜。为了能够得到这个机会,她不顾母亲的反对,去托马斯办公室找他,向他解释自己面试时出现差错的原因,并且说自己在家里已经成功地完成了整个段落的表演。当她不堪压力,在各方面表现出失控状况时,当她的母亲决定不让她表演、怕这个角色毁了她时,她仍然挣扎着走出了家门,如期出现在舞台上。起初听说贝丝出现车祸时,她非常地紧张,以为是自己的过错,后来两次进医院看望,都吓得逃走了。但是后来当托马斯告诉她已经让莉莉替代她时,她坐在化妆台前,却有意提起了贝丝。这时,她非但没有胆怯,而且还将之作为争取表演机会的砝码,迫使托马斯立刻做出让步。

其次,她在人际关系方面由迟钝变为敏感,进而滋生出嫉妒心。原来,她丝毫不关注剧团与同事的情况。当同事们议论剧团的生存状况以及贝丝所面临的被抛弃的结局时,她还表示出惊讶。但是当她全力以赴角逐新天鹅王时,她开始关注身边的同事。她一直在关注着维罗妮卡,视她为自己最大的竞争者。当托马斯告诉她对方被选中以后,她坐在维罗妮卡对面,目不转睛地看着维罗妮卡,她的行为让维罗妮卡奇怪极了。后来美丽而性感的莉莉出现了,她对之更是留意,特别是托马斯对莉莉夸奖过以后,她开始密切地关注这两个人。当贝丝出于嫉妒不经意地道出自己与托马斯有性关系以后,而托马斯又将莉莉选为自己的替补,她便开始怀疑起两人的关系,甚至出现了两人在黑暗中做爱的幻觉。后来,她登台表演白天鹅时,又再次留意到莉莉,又出现了莉莉与男演员暧昧的幻觉。这些,其实都是出于对莉莉的嫉妒。

同时,在两性关系上,她也由保守变得开放。当她与男演员排练时,她非常地认真严肃,完全与自己所表演的淫邪的黑天鹅没有任何关系。当托马斯问男演员是否愿意与她上床时,男演员都笑着否定了。这时的尼娜显然是保守的。当托马斯将她带到家中,问她一些极其私密的问题时,她会感到极不自在,把头埋得很低。但是后来,她逐渐地开放起来。比如她开始自慰,在床上,在浴缸里。比如与莉莉一起到酒吧里,她不但跟着莉莉学嗑药,而且还与一位年轻的男子热舞,在黑暗中与陌生的男子接吻。后来,到了家中,她更是对母亲夸大其辞地说自己与两位男子同时上床。到了床上,她更是将莉莉作为性幻想对象。尼娜内心的欲望由克制转为释放,这尤其体现在与托马斯的关系上。她内心一直暗恋着托马斯。当托马斯为了让她能够融入角色而扮成王子对之进行诱惑时,她对于接吻表现得极其沉迷。后来,当她与莉莉一起谈论托马斯时,对于这样的一位花花公子,她一直持维护的态度。她一直希望赢得托马斯的认可,不仅在表演方面,而且还包括在情感上。所以,当莉莉得到托马斯赞誉以后,她一直关注着两人关系,甚至产生了在黑暗中看到他们做爱的幻觉,也是出于这种嫉妒之心。后来,当她在舞台上表演黑天鹅大获成功以后,面对观众持久热烈的掌声,她立刻兴奋地回到后台,当着众多同事的面,深情地热吻托马斯,几乎令对方窒息。此时的她与当年的贝丝几乎毫无差别。

**尼娜与托马斯在托马斯家中深夜交谈**

最初,她对于自己的梦想自言自语,声音小得连母亲都听不到;最初,托马斯一直对她叫嚷,说她的怯弱阻碍了她的表演。但是后来呢?她高声对母亲说她的乖女儿死了,宣称"我是天鹅女王,而你只能一辈子跑龙套";她非常镇定地坐在化妆室里要求托马斯改变决定,让她上台表演。

因此,尼娜在影片中由一个善良、顺从、柔软的乖乖女逐渐演变成了充满欲望、野心与霸气的天鹅女王。但是表演结束以后,当她安静地躺在垫子上,我们发现她又恢复成了最初的模样。那是一种经过了苦难生活历练以后的模样,已经与先前有着本质的不同。因此影片展示了尼娜性格由单一向复杂变化、最终又回归单一的历程,并对她能够最终保持住人性中美好的一面给予了高度的赞美。

其次,是托马斯。他既是芭蕾舞剧团的负责人,又是编剧,极富才华。在日益激烈的市场竞争中,他总是能够找到生存的机会,同时还让剧团的芭蕾舞表演水平精益求精。他擅长交际,为了募捐到足够的钱,以资助剧团的生存,他与大财主们周旋。在这方面,他显然得心应手。他做事果断。为了适应市场的需要,他可以毫不犹豫地把旧主角贝丝给换掉,即便她与自己关系亲密。虽然尼娜几年来在黑天鹅表演方面一直不尽人意,这使他最初作出弃用尼娜的决定,但是当尼娜打扮一新地来找他,这时他从中看到了尼娜身上隐藏的黑天鹅影子,于是果断地在最后一刻改掉事先定好的名单。而到了后来,当他发现尼娜一直难以突破时,他又将莉莉作为尼娜的替补,以防尼娜一旦发挥不佳,便可及时换上,以降低风险。他非常地敬业。为了使本季的首场表演获得成功,在尼娜排练时,他总是陪伴左右,尽心尽力地辅导她。他多情花心。剧团里美女如云,而且大家都想抛头露面,这使他有了很多可乘之机。关于他的风流韵事,圈内人一直津津乐道。对于他爱拈花惹草的本性,可以从贝丝与他的关系看出来,也可以从莉莉和尼娜母亲对他的评价看出来。用莉莉的话来说,他可以叫很多人为"我的小公主",对贝丝如此,对尼娜后来也是如此。

**剧团负责人兼编剧托马斯**

**表面活泼内心忧伤消沉的尼娜母亲**

再次,是尼娜的母亲。曾经的芭蕾舞演员,因为怀孕而被迫退出舞台。为了弥补人生的遗憾,便将自己当初的梦想强加在尼娜身上。为了实现这个心愿,她对尼娜管教非常严格。尼娜虽然已经28岁了,但是却没有半点儿人身自由。尼娜的房间,她可以随时进来;尼娜的身体,她可以随时检查;尼娜在剧团的活动,她能随时都通过在剧团中的老朋友苏茜及时了解。尼娜的首饰,她都了然于心；尼娜的交友，她要一一过问。在尼娜的世界里，她俨然成了主宰。影片中，她的电话总是时刻跟随着尼娜，这让尼娜感到喘不过气来。尽管她在尼娜面前总是表现得轻松活泼，实际上并非如此。独处时，她的情绪常常是低落的、压抑的和悲哀的。她以绘画来发泄心中这些不良情绪，结果所画出来的作品总是悲伤、怪异而恐怖。面临挑战，她总是表现得极怯弱。尼娜最初落选后，坚持要找托马斯去争取，她却劝尼娜放弃，说那是没有用的。她建议尼娜选择其他的角色。后来，当尼娜为了表演黑天鹅这一角色而面临崩溃时，她发现尼娜已经不再是先前那个由她随意支配和控制的女孩，深感恐惧，于是全力阻碍尼娜去表演。为此，她还把门给反锁起来。当尼娜登台演出时，她还及时地坐到了观众席上，观看尼娜的表演。尼娜自始至终都没有能够走出她的视野。

接着是贝丝。她是剧团的原天鹅女王，不但美丽，而且技艺精湛，一度深得托马斯的宠爱，观众们亦为之陶醉。为了使自己的地位得以持久巩固，她还不惜与托马斯发生性关系。然而，现实是残酷的。为了让面临危机的剧团生存下去，托马斯决定起用新人，以此来博人眼球。她显然不能够接受这个现实。当托马斯公布新一季的表演计划时，她非常愤怒，在化妆间里发疯似地砸东西。后来，当托马斯当众宣布新天鹅女王名单时，她立刻离场而去。事后她还不放过尼娜，对之进行侮辱。再后来，她更是故意闯到马路上，被车撞得血肉模糊，企图以此来报复托马斯，让他内疚不安。可见，她在春风得意时，给人以美好的印象；一旦人生遇到挫折时，便疯狂至极，极富毁灭性。正如她在医院里对尼娜所言的那样，"我一点儿也不完美"。

影片还简略地描述了另外两位女演员，一位是莉莉，一位是维罗妮卡。莉莉是一位技艺不精却充满激情的人，她活泼率性。第一次来剧团，她便当众口说脏话，连个自我介绍也没有；主角面试时，她却姗姗来迟；当托马斯宣布贝丝退出舞台而尼娜成为新天鹅女王这一重大决定时，全场一片寂静，她却笑出了声；在卫生间里遇到尼娜，她与尼娜还不熟悉，却当着尼娜的面将自己的内裤脱下了，而且还要让尼娜留下来陪陪自己聊一会儿；听说尼娜将自己视为性幻想对象，她大笑着追问自己做爱技术如何。她特别注重感情。看到尼娜独自在排练房伤心难过时，她会主动地过来关心；发现尼娜并不高兴自己与托马斯谈及她的状况，她会主动上门道歉，并约尼娜出来吃饭。她是一位不折不扣的小太妹，会抽烟，会嗑药，自由出入于酒吧舞厅，从不害怕与陌生的男性交往，对一夜情持无所谓的态度。在这些场所，她既知道如何保护自己，比如随时带着紧身衣，又知道如何地尽情满足自

**美丽、真诚且前卫的莉莉**

己,比如跟陌生的男子一起过夜。当她发现尼娜暗恋托马斯时,她放声大笑,因为她早已看透了托马斯这类人,说他就是一位花花公子,对谁都一样地随便。她为人真诚。当托马斯要她表演黑天鹅时,她发现尼娜对此非常在意,便跟她说是托马斯叫自己示范的,以让尼娜宽心。后来自己被选为尼娜的替补以后,她看到尼娜很生气,也表示了歉意。当尼娜在台上表演得非常精彩时,她立刻找到尼娜表示赞美,企图化解尼娜对自己的误解;表演结束后非常热情地走向躺在垫子上的尼娜,对她表示祝贺。

维罗妮卡,也是一位漂亮的演员。她一直希望自己能够替代贝丝。为了达到目的,她还使用非常不公平的手段,例如公众场合上说贝丝的坏话等。当尼娜误以为她被选为新天鹅女王而向她表示祝贺时,她脸上尽是难以言表的得意之情。后来,当她发现并不是自己时,便追着尼娜说出了非常难听的脏话。因而她是一位外表与心灵极不相称的俗女子。

## 四、艺术特色

尼娜扮演的纯洁善良的白天鹅

这是一部集心理、魔幻与惊悚于一体的影片,因而风格多元,极其吸引人。

在心理方面,影片生动地描写了尼娜在面临机遇和诸多压力时的复杂心态变化。比如她对于贝丝的复杂情感。在尼娜眼里,贝丝是美丽的、完美的。尼娜一直渴望成为贝丝那样的人。于是贝丝成了尼娜推崇的对象。在剧团里,贝丝作为女一号,拥有特殊的待遇,那就是有自己独立的化妆间,而尼娜只能与同事们共用一间。尼娜因而对贝丝的化妆间充满好奇,经常会趁别人不注意时,偷偷地溜进去,拿走一些不起眼的小东西,比如口红、粉盒或指甲锉等,或是对着镜子打量自己。最初她走进那间化妆间时,流露出的是渴望的眼神。后来当她入选为新的天鹅女王,获得了与贝丝共处一室的机会,这时她流露出的是喜悦和满足的眼神。再后来,当贝丝被车撞伤后,她又一个人躲到贝丝曾用过的化妆室哭泣,并把以前从贝丝那里偷来的东西一一放回到化妆台上。此时,她流露出来的是忧伤而沉重的眼神。尼娜在那间小小化妆间里的一言一行,既展现了她对于成功的向往,又展现了她对于成功所附着的沉重感的逐渐深入的认识。影片中,尼娜对贝丝的感情不断地变化着,从羡慕到推崇,再到同情。

另外,影片还描写了尼娜对于母亲的态度的变化。母亲对尼娜管教很严,尼娜对于这位令人窒息的、病态的母亲虽然表面上非常顺从,内心却有抵触情绪,只是它最初被隐藏了起来。初次面试失败以后,她两次看到母亲的来电都拒接了。母亲买来蛋糕以后,她并不想吃,最终迫于压力,也只是勉强地尝了一口。当母亲要她不要走自己的老路,对托马斯要严加提防时,她小声而尴尬地提醒母亲自己都28岁了。当她躺在床上第一次自慰时,仿佛看到母亲坐在自己床头,吓得钻到被子里。然而随着她不断地融入黑天鹅这个角色,随着她与托马斯和莉莉接触的增多,她的这种反抗越来越强烈。她会情不自禁地幻想将家中的一根木棒拿到房间里,企图用它来抵住门,不让母亲进来。莉莉来她家看她时,母亲明明已经拒绝开门,并且让莉莉离开,但是她却要打开门看个究竟,随后更是不顾母亲的反对,跟莉莉一起出去吃饭。吃饭以后,莉莉又约她去酒吧。见她想回家,莉莉便开玩笑说是回去找妈妈了,她听后便不顾一切地随莉莉而去。后来,当她喝下了掺了药的酒回到家中时,面对母亲的严厉责问,她丝毫不畏惧,而且还对自己的所作所为夸大其辞,以此来激怒母亲以示回击。后来,她更是不让母亲进自己的房间,要妈妈尊重她的隐私权。当母亲强行要进来时,她奋力抵挡,结果把母亲的手给压伤了。当妈妈用锁门的方式不让她演出时,她不顾母亲的伤痛找出了门把手,然后第一次说出了伤害母亲自尊的话。

除了上述这些心理活动以外,影片还描写了她对于莉莉的关注、防备、羡慕、亲近与嫉妒等丰富心理。第一次在地铁上看到莉莉的身影,她盯着对方看了好久。莉莉突然出现在化妆间里,她大吃一惊。第一次看到莉莉轻松投入的表演,她内心极其羡慕。当莉莉在卫生间里对其坦诚相待、热情友善时,她对之油然地心生亲近之情。后来,莉莉听她倾诉、约她一起共进晚餐并且陪她嗑药、喝酒,一向寡交的她竟然想与之亲近。但是后来发现莉莉深得托马斯的赞誉,并且成了她的替补时,她对之则充满防备、嫉妒和恨意,以至于把她视为敌人,在幻觉中攻击和刺死她等。

尼娜扮演的淫荡邪恶的黑天鹅

除了丰富的心理刻画以外,影片还充满魔幻意味。这主要体现在三方面。一是始终有位女人在尼娜的身边出现,这位女人与尼娜的相貌极其相似。在她面试结束以后,准备离开剧团时,这位身着黑衣的女人与她擦肩而过。后来,当她躺在浴缸里郁郁寡欢,将自己埋在水中时,那位女人伏在浴缸上看着自己。再后来,当裁缝给她量身制衣时,那位女人正在镜子里抓自己的后背。二是幻觉的描写。尼娜因为压力过大,所以精神出现了错乱,眼前的世界出现了诸多的变形。关于这点,前面在分析作品主题时已作分析。三是尼娜时常将人与天鹅混淆起来。她看到托马斯在黑暗中突然变成了黑天鹅,看到自己变成了黑天鹅。

**尼娜扮成黑天鹅在台上表演**

另外,影片还充满着惊悚的气氛。这除了运用诡异的音乐声来表现以外,疼痛流血、恐怖的场面时有发生。尼娜总有疼痛感,不是被母亲剪指甲弄痛,就是被自己弄痛。她的手总是在流血,有时会莫明其妙地流血。如她浸在浴缸里,手突然就流出了血;比如出席宴会时,她把自己手指上的皮给撕下了一大块,血很快便流了下来。她身后总是会突然出现人,让她大吃一惊。比如宴会结束后,她一个人在空寂的大厅里等托马斯,正盯着一座天鹅雕塑看得出神,这时贝丝突然从后面出现。再比如她去医院看望贝丝,发现贝丝血肉模糊时非常害怕地向后退,这时一位医护人员突然出现在她身后。另外当她打开厨房灯时,她突然发现了有一个人流着血叫自己,她吓得赶紧逃跑,这时母亲突然出现在她的后面等。

除了多元的风格以外,影片还用了象征与暗喻的手法。象征手法如她后背上的伤口,它在影片中多次出现。宴会结束后,她成了新的天鹅女王,回家后妈妈发现她后背有伤;托马斯总是对自己表演的黑天鹅不满意,她非常地苦闷,回家她发现后背有伤;裁缝给她量身时,她看到镜中的人在抓自己的后背,后背上便有了伤口等。这些伤其实象征着尼娜所面临的压力。一旦尼娜人生出现压力时,她便会无法自控地抓后背,这时后背就会破裂流血。到了最后,当尼娜最终出现在舞台上,我们发现,这时她的伤口完全消失了。这表明,她已经长大,可以承受起生活中的任何压力。暗喻手法如她衣服的色彩。起初出现时,她身着粉红色的衣服,围着白色的围巾。这暗喻她的个性此时纯洁如雪、天真无瑕,就像《天鹅湖》中的白天鹅一样,是一位纤纤处子,对于复杂错综的社会和人事知之甚少。当被选为新的天鹅女王,排练黑天鹅时,她的衣服变成了灰色。这暗喻她的个性正在被社会的大染缸浸染着。贝丝的落选与受伤、托马斯对她的性启蒙,这些使她天性中灰暗的一面不断地呈现出来。当她与莉莉一起嗑药、喝酒,与陌生男子亲密相处以后,她再出现在排练房中时,衣服已经变成了黑色。这暗喻着此时她已经与身边清浊混淆的世界融为一体,变成了强悍得可以主宰自我的人,如同黑天鹅一样。

# 《贫民窟的百万富翁》文学导读

## 一、主要剧情

看电影

贾马尔是一位茶水工,他参加了《谁想成为百万富翁》这个节目。一路下来,他将每道题目都答对了。当他赢得了一千万卢比的奖金时,主持人建议他拿着这笔钱离开,但他仍然坚持留下来,要挑战二千万。因为时间关系,节目要留在第二天晚上才能继续进行。就在这时,节目主持人叫来的警察把贾马尔带走。主持人怀疑贾马尔作弊。

**探长在警察局审讯贾马尔**

探长让警员斯里捏万斯对贾马尔进行审讯。这位胖警员用了各种手段对贾马尔折磨了一夜以后,除了知道他的名字以外,其他什么也没有问出来。探长对此非常生气,决定亲自审讯。这时斯里捏万斯告诉探长,也许贾马尔真的就知道答案,探长对此给予了否定。因为历来参加这档节目的人无论是教授、博士、律师还是百科专家,拿到的奖金从未超过一万六千卢比,所以探长也认为贾马尔一定在节目中作了弊。

但是,被电击昏后刚刚清醒的贾马尔说自己真的知道答案,并且还把原因一一说了出来。节目的第一个问题是,谁是《囚禁》的主角。贾马尔非常迅速回答了出来,因为阿米达是全印度最著名的影星,也是他儿时最崇拜的明星。他的童年记忆有一段就与之相关。儿时他非常崇拜阿米达,把阿米达的明信片一直放在身上。有一次,当他正在露天的厕所里方便时,阿米达突然出现在他所居住的贫民窟里。当他激动万分地想出来见明星时,却发现厕所的门被哥哥萨利姆抵得死死的。为了能够见到心中的明星,他不顾跳入粪坑,然后从中爬出来,最终获得了阿米达的签名。不过,这张来之不易的签名最终被萨利姆偷偷卖掉了。

**满身粪便的贾马尔拿着阿米达的签名在兴奋地欢呼**

第二个问题是印度国徽上有三只狮子的图像,图像下面写的是什么。这个在探长看来连他女儿都知道的问题,贾马尔却求助了观众,结果答案也对了。贾马尔对探长的嘲笑反唇相讥。他问探长焦佰蒂街哈店巴里布里多少钱一盘。探长不知道,警员斯里捏万斯也说错了,而他却准确地说出了价格。他又问上个星期四,在圣克鲁斯车站谁偷了康斯特·万马斯的自行车。探长问他是谁。他说乔合所有的人都知道,包括五岁的小孩。

第三个是一个关于宗教的问题。主持人问先神罗摩右手握着的是什么。他回答说是弓和箭。他说他每天早晨醒来都希望自己不知道这个答案。因为他的母亲就死于一场宗教冲突。当他与哥哥正在妈妈身边玩耍时，一群宗教狂热分子跑到他们居住的街区进行烧杀抢掠，结果他的母亲为了保护自己的两个孩子，被暴徒给打死了。他说正是因为阿罗与阿拉的战争，让他失去了母亲。年幼的他在逃跑时，非常清晰地看到一位孩子扮成先神罗摩的样子，站在混乱的人群中。

贾马尔、萨利姆与拉蒂卡成了孤儿以后，在垃圾堆相依为命

　　第四个问题是说出《让我看看你》的词作者。他回答是苏达斯。这时他又回忆起童年岁月。这是他最喜欢唱的一首歌。母亲去世以后，他与哥哥以及同样在那场宗教冲突中失去家人的小女孩拉蒂卡成了流浪儿，后来他们被一个叫马曼的人带走。马曼说会带他们过上好日子。结果这个人却是黑社会的，他欺骗流浪儿做乞丐为他挣钱。萨利姆深得马曼赏识，成为他的帮手，一同控制着这群可怜孩子。后来，马曼打算把那些会唱歌的孩子弄成残疾，以获得更多的钱财，但贾马尔并不知道实情，他想让马曼喜欢自己的歌，以为这样就可以过上好日子。他对拉蒂卡说，如果他有钱了，就会让她和萨利姆过上好日子。萨利姆领他过去。他给马曼唱的就是这首歌。最终萨利姆机智地把他从马曼那里救了出来。但是拉蒂卡却没有能够逃出魔掌。从此他与拉蒂卡失去了联系。

　　第五个问题，一百美元纸币上的头像是什么。作为一位茶水工，主持人认为他一定不会回答这个问题。令人意想不到的是他又回答正确了。原来这是他的儿时小伙伴阿文告诉他的。阿文被马曼弄瞎后，被其送到街上卖唱乞讨。贾马尔与哥哥逃出马曼的魔掌后，四处流浪，后来到了著名的名胜古迹泰姬陵。虽然在那里他与哥哥靠偷窃、做导游、给游客拍照片等途径过日子,生活还算可以。但是他却常常会想起拉蒂卡,觉得对不起她。在他的坚持下,萨利姆最终跟他一起回到故乡。两人一起在一家餐厅里打工,并四处打听拉蒂卡的消息。正在他绝望之时,他遇到了阿文。阿文仍然记得他。他非常舍不得阿文,就给了阿文一百美元。阿文虽然是盲人,却说出了上面的头像。阿文还把拉蒂卡所在的地方告诉了他。他与萨

贾马尔在泰姬陵给游客拍照谋生

利姆一起去找拉蒂卡,结果马曼尾随而来。眼看三人危在旦夕,萨利姆拔出了手枪,把马曼当场击毙,三人最终逃了出来。

　　第六个问题是谁发明了左轮手枪。他又回答正确了。他永远忘不了这款手枪。原来,萨利姆救下拉蒂卡以后,把他们带到宾馆。安顿好他们以后,萨利姆去找了马曼的死对头,另一个黑帮头目贾维德,用投靠他的方式寻求保护。后来萨利姆回到酒店以后,用枪指着他要他立刻离开。拉蒂卡也劝他离开。后来等贾马尔再回到酒店时,萨利姆已经带着拉蒂卡离开了。从此他与这两人失去了联系。

萨利姆杀死马曼后投靠了黑帮头目贾维德以寻求保护,他用枪逼着贾马尔离开

　　正当贾马尔在向探长一一解释时,探长突然问他,为什么他要参加这个节目。
　　原来,他是为了拉蒂卡而参加的。
　　与萨利姆和拉蒂卡分开以后,他做起了茶水工。有一天,他给电话接线员送茶时,

对方因为想到隔壁的《谁想成为百万富翁》现场观看，就请他代班。这时，他对着电脑，突发奇想，把萨利姆的名字给输进去，结果电脑里跳出了好多个号码。他随意拨了几个，居然有一个就是他的哥哥。他因此与萨利姆重逢。两人又生活在了一起。后来，他跟踪萨利姆，发现拉蒂卡此时已经跟黑帮头目贾维德住在一起。他去找拉蒂卡，发现她的生活非常悲惨，老是被贾维德虐待。他想带拉蒂卡走，但是拉蒂卡没有答应。后来，他每天五点钟都到车站等她，想与她远走高飞。结果有一天，拉蒂卡刚出现，就被萨利姆带着几个手下强行拖进了汽车里，疾驰而去。从此，他与拉蒂卡失去了联系。他记得拉蒂卡最喜欢观看《谁想成为百万富翁》这栏节目。为了能够找到拉蒂卡，他便参加了这档节目。

**贾马尔在《谁想成为百万富翁》节目现场**

第七个问题是哪位板球手跑出了历史上最精彩的百分跑。这时他已经拿到500万卢比，主持人问他要不要继续。他想到拉蒂卡的笑脸，决定继续。这时，节目进入广告时间。他与主持人一起到卫生间里休息。主持人对他说一些鼓励的话，并在镜子上写了一个"B"。到了节目现场，他求助电脑去掉两个错误答案。结果答案只剩下"B"与"D"。这时，他盯着主持人看了很长时间，然后决定选"D"，结果答案又正确了。

这时他已经拿到了1000万卢比的奖金，但是他还是决定继续参加比赛。这样一来，节目的奖金达到2000万。就在这时，节目的时间到了，最终的结果要等到第二天晚上才能揭晓。

探长耐心地听完贾马尔的全部陈述，最终相信他是清白的。他评价贾马尔"你太过于真实了"。于是贾马尔又回到了比赛现场，继续参赛。

此时,拉蒂卡正在跟萨利姆和贾维德在一起,他们都在观看这一档节目。萨利姆被贾马尔的执着打动,他趁贾维德不在时,将车钥匙和手机交给拉蒂卡,要她立刻离开。

最后一个是关乎大仲马《三个火枪手》的问题。主持人问除了埃索斯和颇索斯以外,还有一名火枪手的名字是什么。贾马尔不知道答案。他决定求助场外人员,于是拨通了萨利姆的电话。此时拉蒂卡正开车去节目现场想找贾马尔,结果却被热情的观众堵在了路上。她在路边观看节目时,才突然想起来,萨利姆的手机在自己的车上。于是她立刻回车上拿。电话虽然接通了,但她也不知道答案。

贾马尔最终与拉蒂卡在火车站相聚

这时,贾马尔听到了拉蒂卡的声音,非常地开心。贾维德发现拉蒂卡不在自己身边,便愤怒地去找萨利姆。萨利姆最终与贾维德同归于尽。

贾马尔凭感觉选了"A",答案又正确了!最终他赢得了2000万卢比的奖金,成为真正的富翁。

但是他依然每天会守在火车站等拉蒂卡。拉蒂卡后来也来到了车站。最后有情人终成眷属。

命中注定,贾马尔这位18岁的贫民窟穷小子成为百万富翁。

## 二、作品主题

作品描写了一位来自贫民窟的年轻人贾马尔参加《谁想成为百万富翁》节目后一夜成名,最终不但赢得2000万卢比的巨额奖金,而且还与自己心爱的女人拉蒂卡团聚,由此展现了印度社会的生活百态,特别是底层百姓悲凉的生存状况,并由衷地歌颂了人性的善良,以及爱情的可贵。

影片展示了印度社会巨大的贫富差距。贾马尔出生的地方,与宽阔的飞机场仅一墙之隔。但是那里到处是密密麻麻的低矮房屋,堆满垃圾的河流,里面住着成群结队的贫穷百姓。穷孩子们得以娱乐的地方,除了窄窄的小河以外,就是去飞机场的平地上打打棒球。即便如此,带着棍棒的警察还不时地将他们四处驱逐。贾马尔成为孤儿以后,没有任何人关心他。最终他、萨利姆、拉蒂卡这三位幼小的孩子只能相依为命,在巨大的垃圾场里靠捡垃圾为生。同时,影片还揭示印度社会存在着诸种的宗教信仰,它们之间会产生激烈的冲突。贾马尔居住的地方,人们信奉的是伊斯兰教,结果被信仰不同的宗教狂热分子带着棍棒冲进来攻击。不论孩子还是大人,都遭到这些人的暴力。这些暴徒们不仅打人,而且还纵火。凡是他们经过的地方,无辜的百姓非死即伤。

警察非但不是穷人的保护者反而是施害者。童年时,当贾马尔与小伙伴们一起玩耍时,警察们会穷凶极恶地追打他们;当他们遇到生命危险进而向警察求助时,警察不但无动于衷地继续打牌,而且还叫他们滚开。到了后来,当贾马尔被主持人无端怀疑送到警察局以后,警察们在没有任何证据的情况下,对他施加种种酷刑,包括毒打、把头按在水里浸泡甚至电击,结果地上血迹斑斑,身上伤痕累累。贾马尔说一直在找拉蒂卡,并且深爱着她。探长便问拉蒂卡是否漂亮,然后很快他又自言自语地说肯定一般,他的助手也说最多也只能算是穷人中漂亮的。在他们看来,穷人是不会相爱的,穷人也是不可能漂亮的。

除了受到警察的欺负以外,这些贫穷的孩子还会受到黑势力的迫害。当贾马尔他们在垃圾场里艰难度日时,马曼带着一群同伙假装仁慈地出现在他们的面前,给他们送来汽水,给他们饭吃,最终把他们骗走。这些恶人说要让孩子们从此过上好日子,结果却是让这些孩子四处乞讨,这些恶人连抱在怀里的婴儿也不放过。为了谋取更多的钱财,这些恶人还把那些可怜的孩子给弄残疾了。可怜的阿文,因为歌唱得好,结果眼睛被弄瞎,一辈子只能在街头以卖唱为生。而那些漂亮的女孩,则会被他们强迫做皮肉生意。为了防止马曼的人前来报复,为了活下去,萨利姆只能去投靠马曼的对手贾维德。到了贾维德手下,萨利姆只有一种出路,那就是为贾维德卖命,照着贾维德的吩咐,干着各种违法犯罪的勾当。

不仅这些恶人会伤害穷人,就连那些从穷人堆里走出来的所谓"成功人士"亦是如此。《谁想成为百万富翁》的主持人,原本也是一位贫民,靠着自我奋斗,成了著名节目主持人。但是对于与他有着相同经历的贾马尔,他却充满恶意与仇视。他先是问贾马尔的职业,贾马尔有些难为情地说自己是茶水工,专门负责给电话接线员倒茶。这时他故意提高嗓门,大声地说了出来,结果惹得台下观众笑声一片。此后,这位主持人在节目中又多次提及贾马尔低微的职业。当贾马尔拿到 500 万卢比奖金的时候,他特地对贾马尔说这下他可比那些接线员有钱多了。当贾马尔向 1000 万奖金冲击时,他故意告诉了贾马尔一个错误答案,后来更是凭主观臆断就将之送到警察局。

贾马尔在审讯时对探长愤怒道,难道就因为他是一位茶水工,一位穷得叮当响的人,所以答对题目就要受到怀疑吗?探长如实地说,在大多数情况下就是这样的。

这就是贾马尔所生活的社会,它充满残酷、罪恶与不平等。

影片中贾马尔在家里会突然被人赶杀,在垃圾场时会被坏人欺骗,因为唱歌好而面临着被弄瞎的危险,后来在火车上又因为一只饼就被乘客从高高的车顶上给重重地拉下来,九死一生;在名胜古迹,他被人施以拳脚,眼睛被打得出血,等等。这些情节都形象地再现了他成长的艰辛和屈辱。长大后,无学历、无出生的贾马尔只能做一个茶水工,收入微薄。

做茶水工的贾马尔

面对这样沉重的苦难,相信每个置身其中的人都会有所挣扎。

但有的人会沉沦,比如萨利姆;而有的人依然保持着可贵的人性,比如贾马尔,他始终能做到出淤泥而不染。他善良而友爱,对爱情始终充满信心。

当他自己失去母亲而成为无家可归的人以后,他还想到要照顾与他一样可怜的小女孩拉蒂卡,给她让出地方以避风挡雨。当他听说马曼喜欢唱歌好的孩子,他便希望马曼能够喜欢他的歌声,以为这样他就可以让拉蒂卡和萨利姆过上幸福的生活,不用再沿街乞讨。幼小的他说到这些幸福的畅想时,手舞足蹈。后来,当萨利姆带着他逃离马曼魔掌时,他也不忘叫上拉蒂卡,要把拉蒂卡也一起带走。看到萨利姆松开拉蒂卡的手以后,愤怒得要与之拼命。当他已经远离家乡,并且生活越来越好时,他仍然没有忘记拉蒂卡。他一直认为自己对不起拉蒂卡,他会不顾一切地回来寻找她。后来更是不顾危险,要把拉蒂卡从马曼和贾维德那里拯救出来。甚至看到瞎眼的阿文,他塞给对方一百美元。

为了找到深爱的拉蒂卡,他登上了《谁想成为百万富翁》的节目。无论多少奖金,他都无动于衷,他只是想继续上节目,即便因此他会将此前所赢的巨额奖金输得精光。他只想多一点机会出现在电视屏幕上,好让失去联系的拉蒂卡有机会看到自己。在他的眼里,巨额的奖金与心爱的拉蒂卡比起来,前者毫无意义。

最终命运眷顾了他。

虽然《谁想成为百万富翁》这档节目的题目非常难,但是识字不多的他却答对了每一个问题。

坎坷的人生经历是他做出正确选择的基石。在受尽人间的欺凌以后,他已经不会再随意地相信别人了。当假装友善的主持人使尽伎俩想把他从百万富翁的宝座上拉下来时,他没有上当。是啊,历经世间风雨之后的贾马尔看到主持人顾左右而言它的眼神时,就已经看清了对方的虚情假意。

贾马尔遭遇到的苦难,就是问题的最佳答案。

无疑,影片揭示出这样一个真理:苦难就是财富。经过苦难却能够保持着可贵而美好的人性的人,就是名副其实的百万富翁。这样的百万富翁值得全社会敬重。

贾马尔最终成为百万富翁

贾马尔最终成为百万富翁,靠的不是欺骗、幸运或天才,而是命运。

命中注定,对爱执着的他能找到拉蒂卡,与之共伴一生;命中注定,善良的人最终会拥有幸福生活。

## 三、人物形象

影片以贾马尔参加《谁想成为百万富翁》,最终赢得巨额奖金,并与拉蒂卡团聚,刻画了印度社会各个阶层中形形色色的人,主要人物除贾马尔以外,还有萨利姆、拉蒂卡、马曼、贾维德、主持人与探长等。

首先是贾马尔。这是一位受尽苦难的年轻人,他出生于贫民窟,从小因为宗教冲突而失去母亲。成为孤儿以后,他只能与哥哥萨利姆相依为命,在垃圾场、在火车上、在泰姬陵、在小餐店艰难谋生,其间经历了种种辛酸。后来,他又与萨利姆失去了联系,最终只能在一个大厦里靠送茶水为生。虽然他一无所有,但是他却始终保持着金子般的心灵。

他喜欢正义,重视亲情。不但崇拜银幕上那些极富正义感的明星,而且还非常爱看《三个火枪手》。与萨利姆相依为命时,看到拉蒂卡也是孤孤单单的,他就说服哥哥让她加入到他们中间,这样就是真正的三个火枪手了。他深爱家人。即便妈妈死去多年,他也不能忘记当时母亲被杀的悲惨场景,每天

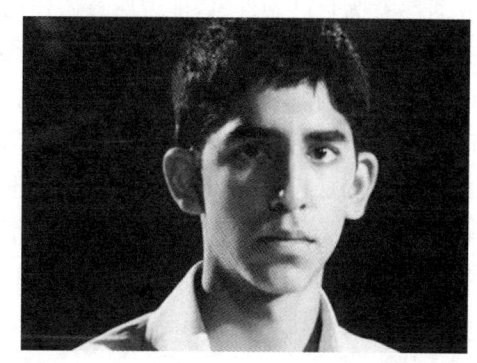

单纯、善良且浪漫的贾马尔

清晨都会想起来。对于萨利姆,他的感情非常复杂。萨利姆多次伤害他,夺取他最心爱的东西,但是他仍然不能忘记对方。当他有机会对着电脑时,他便情不自禁地寻找萨利姆的电话。在节目现场,当他遇到难答的题目需要向场外求助时,他能想的还是萨利姆。他说,那个是他唯一记得的号码。

他勤奋好学,独立自尊。虽然识字不多,但是到了泰姬陵以后,为了生存下去,他向社会这个大课堂学习。他不但学会了如何做一名导游,而且还学会了拍照片,他拍的照片非常精美。后来做了一位茶水工,他借送茶水的机会,非常用心地听老师讲课,结果他学到的知识比人家正式来听课的学生还要多。他在别人面前从不示弱。明明是一位茶水工,但是上电视节目时,他却把自己说成是电话接线员。被主持人穷追不舍时,他也只是说自己是电话接线员的副手。主持人在提问《三个火枪手》前,问他有没有读过书,他强调自己是认字的。当探长笑话他不认识甘地时,他反问了探长两个问题。面对沉默的探长,他亦反唇相讥,说乔合大街上每个人都知道。

他非常善良,乐于助人。即便贫穷,也希望通过自己的努力帮助身边的人。被马曼控制的时候,他希望通过唱歌来赚钱,好让萨利姆与拉蒂卡能过上好日子。他无法原谅萨利姆故意将拉蒂卡丢下,多年以后还在大街小巷四处寻找她。回到孟买以后,当他遇到了儿时的伙伴阿文时,他给了阿文一百美元。他对人诚实,从不撒谎。当马曼给他们汽水、米饭时,他便认为马曼是位圣人。在酒店里,拉蒂卡沐浴时告诉他不要偷看,他就一直紧闭着双眼,而且还把头转向外面。探长问他问题时,他一一回答,连萨利姆与自己一起将马曼杀死的事件也会说出来,而这可能会使他受到起诉。他告诉探长,长久以来,只要别人问他问题,他就会回答。

他相信爱情,且从不放弃。他暗中跟踪萨利姆,悄悄地寻找着拉蒂卡。当他最终在贾维德那里与之相遇时,看到她所过的非人生活,他要她跟自己离开那里。拉蒂卡问他

是否愿意为自己做件事,他说愿意做任何事。拉蒂卡要他忘记自己,他想也不想地说那是不可能的。拉蒂卡问他两人以后靠什么生活,他说靠爱情。此后,他每天都准时去火车站等她。当萨利姆带着拉蒂卡再次消失时,他便参加了拉蒂卡最喜爱的《谁想成为百万富翁》这个节目,希望以此能与拉蒂卡联系上。在他的心里,拉蒂卡是世界上最漂亮的女人。当探长对此怀疑,而警员斯里捏万斯以此来调侃他时,他不顾危险,要与之拼命。当他一无所有时,他对拉蒂卡一往情深;当他成为百万富翁以后,依然能如此。当拉蒂卡美丽的时候,他对之深情厚谊;当拉蒂卡脸上留有深深的刀疤时,他仍然痴情不改。无论是萨利姆、贾维德,还是主持人、探长或是警员等,都不能阻止他去寻找拉蒂卡,寻找爱情。

拥有顽强生存能力的萨利姆

其次是萨利姆。他非常的精明能干,且极富心机,有着顽强的生存能力。儿时家里贫困,他却能够寻找发财的机会。比如在废旧的垃圾场自制一个简易的厕所,对来上厕所的人收费;比如看到弟弟手里有一张阿米达的明信片,便将它偷来卖给别人。失去家园以后,他会带着弟弟和拉蒂卡来到垃圾场里,在那里活了下来。被马曼骗走以后,他不但赢得了恶棍的信任,还深受赏识,成为孩子们的小头目。逃到火车上,他索性就带着弟弟在上面谋生,卖东西、乞讨,或是偷窃。到了泰姬陵,他很快又发现了活下去的办法,比如偷游客的鞋子,做导游、拍照片等。他甚至还组织了一群小孩子去偷游客的汽车轮胎等。当他与贾马尔一起去找拉蒂卡时,他虽然年纪不大,却暗中提前做好打算,在身上藏了枪。虽然马曼已经把手举了起来,但是他却非常熟悉这种人的个性。为了防止被报复,他还是果断地将马曼杀死了。事后,为了防止被报复,他转而投靠马曼的对手,另一个黑帮老大贾维德,以此求生存、谋发展。可以说,如果没有他,单纯而年幼的贾马尔是很难在苦难中活下去的。

同时,他还非常的冷酷,为了达到目的不惜损害别人。贾马尔占着厕所使他失去一个客人,他便用椅子抵着厕所的门,不让贾马尔出来见明星以示惩罚。为了能够多挣点钱,他把贾马尔最心爱的明星签名给卖掉。后来,当他做了马曼的小帮手后,经常对小伙伴们非打即骂。为了让拉蒂卡去讨到更多的钱,他还逼她带着婴儿去讨乞。为了逼拉蒂卡乖乖就范,他还威胁要当面把婴儿摔到地上。后来逃跑时,为了使自己顺利逃出去,并且不增加负担,也为了报复一直不听他话的拉蒂卡,他明明已经伸出手拉住拉蒂卡了,但是还是松了手,把拉蒂卡丢了下来。当贾马尔要去找拉蒂卡时,他一百个不愿意,还劝贾马尔放弃这个念头。为了投靠和讨好贾维德,他还把拉蒂卡献给对方,为此不惜用枪顶着贾马尔的头,逼贾马尔离开。为了防止贾马尔回来找,他立刻带着拉蒂卡玩消失。后来他与贾马尔再次相遇时,更是骗贾马尔说,拉蒂卡已经远走高飞了。为了让贾马尔死心,他还把拉蒂卡的脸划破,后来更把她给藏起来。

他人生的梦想就是能够发财,成为黑帮老大。为此,他可以不择手段。儿时被马曼看中以后,他被安排负责看管小孩子,他飞扬跋扈;长大后,为了取得贾维德的信任,只要是贾维德安排的事,无论对错,他都会不折不扣地执行。为此,他双手沾满了鲜血。电影中有很多描写他数钱的镜头。幼小的他总是在用心地数钱,从硬币到钱币,从卢比到美元。数钱的地点有时在火车上,有时在泰姬陵等。临死时,他还不忘在浴缸里放满钞票。

贾马尔与萨利姆在奋力奔跑

在这个世界上,唯一能够让人感到他人性尚未完全泯灭的就是他对弟弟贾马尔的血浓于水的亲情。家园被毁以后,他带着弟弟四处流浪,坚强地活下去;当贾马尔要回故乡寻找拉蒂卡时,他也陪着贾马尔回到了故乡,最终帮贾马尔找到了拉蒂卡,并且把拉蒂卡从马曼那里救出来。多年以后,当他在贾维德那里站稳脚跟以后,在电话里听到了贾马尔的声音,非常开心。他不但立刻与贾马尔见面,而且还把自己的房卡交给贾马尔,说以后再也不分开。看到弟弟对拉蒂卡情深义重,他虽然最初出于利益的考虑将他们拆散,但是最终还是选择了成全。他把车钥匙让给拉蒂卡,帮她逃出了贾维德的魔掌。最后,他要拉蒂卡宽恕自己,并好好地活下去。为了弟弟和拉蒂卡的幸福,他最终付出了生命。

可见,这是一个内心强悍、充满罪恶却又极重亲情的黑帮小混混。当他双手沾满鲜血时,他的灵魂也有挣扎。每当他要行凶作恶时,他会跪在主的面前,乞求宽恕。最后当他被子弹击中时,我们看到他的脸上没有任何恐惧,有的只是解脱。因而,这是一个既让人憎恨又让人同情的角色。

接着是拉蒂卡。她与贾马尔一样，因为宗教冲突而失去家人，成为一名孤儿。先是随贾马尔他们一起相依为命，后来又落入马曼的控制中。因为长得很漂亮，所以马曼就格外地看重她，为了让她将来在色情场所里为自己谋取更大的利益，马曼不惜花费重金去培养她。她因此能歌善舞。后来被贾马尔找到以后，她以为可以过上好生活了，结果却

美丽善良的拉蒂卡

很快被萨利姆送给了贾维德。在贾维德那里，她受尽虐待。后来在萨利姆的帮助下，她最终与贾马尔团聚。

与贾马尔、萨利姆一样，她非常的坚强，能够在最恶劣的环境下活下来。用萨利姆的话来说，她是一位命大的人。长期处于恶劣的生存环境，她学会了沉着冷静。当贾马尔说唱歌可以赚钱时，她问道，那能否让他们不再继续乞讨。在幼小的她看来，能够不再过乞讨的生活，才是最关键的事。后来，当萨利姆把马曼打死以后，贾马尔吓得完全呆了。但是她却不一样，仍然非常清醒。她不但会听从萨利姆的安排及时逃跑，而且在跑之前，还走到马曼的身边，把他钱包里的钱给带走。当贾马尔对她说萨利姆会帮他们，她对此并不抱希望，因为她早已看穿了萨利姆的本质。她虽然渴望自由与爱情，但是她却不会为此不择手段、不计后果。

她一直非常善良。儿时，萨利姆将一个婴儿送给她，让她抱着去乞讨时，尽管她非常不愿意要，但是看到萨利姆要摔死那婴儿，她还是带上了。当酒气冲天的萨利姆在酒店里用枪指着贾马尔逼其离开时，为了保护贾马尔，她走到萨利姆面前，让他把枪放下，自己主动表示会跟随萨利姆。当贾马尔只身到贾维德的家中要来救她出去时，为了保护贾马尔，她连推带劝地要他离开。当萨利姆趁贾维德不在，把车钥匙给她，放她走时，她也并没有走，因为她知道那样的话贾维德是不会放过萨利姆的，萨利姆会为此付出沉重的代价。最后她是在萨利姆的坚持下才出逃的。即便面对爱情，她亦会持有理性。贾马尔要带她走，她问贾马尔，走了以后两人靠什么活下去。当然爱情最终还是在她的生命中占据了上风。她会冒着巨大的危险去火车站找贾马尔，想与之远走高飞。因此，她是一位美丽、多才多艺的女人。她坚强、善良、冷静但又不失浪漫。

接着是主持人。从影片来看，他亦是从贫民窟奋斗出来的。长期享受镜头、灯光、荣誉以后，他对于与自己出身相同的贾马尔充满着鄙视。除了不断地拿贾马尔是一位

低微的茶水工这个话题寻开心以外,当贾马尔获得奖金时,他还故意地夸大这笔财富对于贾马尔的意义。当贾马尔不断闯关,所获得的奖金达到1000万的时候,他对贾马尔的态度也发生了变化。由原先的嘲笑变成了羡慕、嫉妒,他不想看到贾马尔像自己一样的成功。他别有用心地故意告诉他一个错误的答案。看到贾马尔又准备冲击2000万奖金,此时他竟然产生了仇恨的心理,找个借口将他关进警察局,想就此把贾马尔给毁掉。可见,他是一位不折不扣的伪君子。

伪善的主持人

除了这些人以外,影片还刻画了粗俗、笨拙的警员斯里捏万斯,等级观念严重但却极富判断力的探长,表面仁慈、心地恶毒的马曼,性情暴躁、穷凶极恶的贾维德以及贾马尔美丽慈爱的母亲等形象。

## 四、艺术特色

影片的艺术特色有三:一是多元的叙事手法。首先是顺叙,它讲述了贾马尔参加《谁想成百万富翁》这档节目以后,一路畅通。他不仅拿到1000万卢比的大奖,而且还要接着向2000万冲击。结果他受到主持人的怀疑,被送到警察局受严酷的审讯。探长和警员经过一天一夜的审讯,最终被认定他是清白的,从而将他放出来以后继续参加节目,最终他夺取了2000万的大奖成为百万富翁。其次是倒叙。针对探长的疑问,贾马尔一一作出了解释,回答自己为什么能够准确地回答出每一道题目。在倒叙中,贾马尔苦难的成长经历浮出了水面,其中包括母亲的死亡、被骗做乞丐、逃离孟买、重回孟买、做茶水工等。而且影片还揭示了他参加节目的动机,那是为了找到心爱的

沦为乞丐的贾马尔与拉蒂卡在一起玩耍

拉蒂卡。这样一来，影片全面地再现了贾马尔与拉蒂卡从相识、相处、失散、团聚、再失散、再团聚的曲折过程。最终贾马尔不但成功地创造了这档节目的奇迹，而且还实现了自己最大的心愿，与拉蒂卡团聚。最后，影片中还加入了插叙。比如在警察局，当警察在拷打、审讯贾马尔的时候，贾马尔的脑海里既出现了主持人向观众介绍他的场面，同时还出现拉蒂卡身着黄色衣服在火车站对自己微笑的场面。比如，当主持人递给他500万奖金，问了他一个关于棒球方面的题目，然后问他要不要继续。这时，他的脑海里一边出现自己站在拉蒂卡身边、电视正在播放棒球比赛的场面，一边出现拉蒂卡的笑脸，最终作出了参赛的决定，将支票还给了主持人。插叙强化了贾马尔的参赛动机。多元的叙事手法，不但使剧情更加紧凑，而且还增加了故事悬念，使之极富吸引力。

二是悲喜交融的艺术风格。通过剧情，我们知道，这是一部关于穷小子贾马尔的血泪成长史，里面交织着贫困、饥饿、欺骗、侮辱、暴力、死亡等元素，因而极富悲剧性。影片中多次出现逃亡的镜头，比如母亲被杀、家园被烧时，贾马尔与哥哥在慌乱的人群中奔跑，面对马曼的追赶，他与哥哥及拉蒂卡深夜在丛林中奋力地奔跑。多次出现暴力的镜头，比如孩子们在飞机场被警察用木棒追着打，贾马尔在泰姬陵被警察打得眼睛出血，贾马尔在警察局里被打得昏死过去。贾马尔在贫困线上苦苦挣扎，在死亡路上艰难求生。这些情节显然令人无限沉重。

然而影片在表现这一悲剧主题时，却巧妙地加入了喜剧的风格。比如影片开头，当孩子们在冒着生命危险在机场空地上打棒球，以此获得一丝童年的快乐时，却因为警察的驱赶而四处逃散。这本身是悲凉的场面，但影片却放出了欢乐自信的歌曲，描写这些贫民窟的孩子们与警察们斗智斗勇，他们大笑着四处奔窜，而警察们却连连被戏弄。比如幼小的贾马尔被萨利姆关在厕所里没法出来，最终不得不跳入粪坑，当他满身臭气地走向人群，走向他心中的明星时，这本身是件十分尴尬的事。但是影片却写贾马尔因祸得福，得以支开拥挤的人群，拿到了明星的签名。比如马曼想将擅唱的贾马尔弄瞎，于是派萨利姆将他带过来。此时阿文已经遭遇不幸，双眼鲜血直流地躺在木板上。观众正在为之将心提嗓门时，不知真相的贾马尔却在与拉蒂卡畅想未来，并手舞足蹈地唱着歌。当他最终来到马曼面前，马曼要他唱歌时，他刚开始却突然停了下来。只见他天真地向马曼伸出手，说自己是专业人士，听歌要给钱。这一情节让人不仅心头一松，不禁为之一笑。后来，影片描写他与哥哥在火车上艰难谋生时，也是以欢快音乐描写他们在火车上的种种营生，并将两人在火车上的嬉戏场面给形象地展现了出来。比如，当瞎眼的阿文站在街头卖唱时，想到他童年健康的模样，大家自然会与贾马尔一样难过，但是阿文却没有忧伤。他说自己与贾马尔只是命不同而已。他对于贾马尔说，出于感激，他会在贾马尔的葬礼上给他唱歌。这多少让观众心情的沉重有些缓轻，再如当主持人递给贾马尔五百万的时候，明明是他很紧张，但是他却幽默地对主持人说，"你是不是很紧张"，这让一向以调侃别人为乐的主持人也被调侃了一把。台下的观众顿时一片笑语。

　　这种以喜剧的形式来表达悲剧的内容，就是通常所谓的"带泪的微笑"。它既表现了底层百姓顽强的生存本领，又让人由衷地对底层百姓的苦难生活产生悲悯，进而对贾马尔的坚强和执着产生无限的敬佩。

　　三是极富地域特色。作为一部享誉世界的名片，这部影片融入了印度独特的风俗人情和人文风光。比如印度的传统服装，它们色彩鲜艳，古典精致，美不胜收。比如印度最负盛名的名胜景点——泰姬陵。它坐落在一片风景秀丽处，金碧辉煌的古式建筑，周围的游人络绎不绝，让人对印度辉煌的历史无限遐想。比如印度的大都市孟买。影片通过贾马尔的成长历程，展现了它的今昔对比，一是贫穷困顿，一是生机勃勃，一座座拔地而起的大楼无不展示着它巨大的时代腾飞。再如印度的音乐，它时而热情洋溢，时而忧伤悲凉，时而奔腾激越，时而低缓缠绵，时而独唱轻吟，时而载歌载舞。它不仅与剧情的发展配合得天衣无缝，而且还将影片中人物的个性展示得淋漓尽致。

印度的名胜古迹——泰姬陵

# 《末路狂花》文学导读

## 一、主要剧情

看电影

路易丝是一家餐厅的招待,好友赛尔马是一位家庭主妇,两人是好朋友。赛尔马的丈夫达里尔是一位地毯销售地区经理。路易丝的日间经理鲍比在山上有一间房子,因为快要离婚了,所以他想在交出钥匙前借给朋友住,于是路易丝就约赛尔马周末一起到山上度假。可是当路易丝打电话给赛尔马时,赛尔马却说还没有将此事跟丈夫提起过,所以暂时还不能确定下来。但是后来赛尔马又打来电话,说自己决定一起去。路易丝开车来接赛尔马。这时她才知道,赛尔马根本没有跟丈夫说起过此事。赛尔马带了好多的行李,其中还有一把手枪。赛尔马不会开枪,她把枪交给路易丝保管了。路易丝只好让她把枪放在自己的钱包里。

**路易丝与赛尔马准备周末一起到山上度假,出发前两人开心地合影**

当车子路过德州时,正值黄昏。赛尔马请求路易丝中途停一会儿。路易丝起初不同意,但是后来还是听从了她的建议。两人一起到一家餐厅吃饭。这时,一位名叫哈伦的已婚男子主动上前跟她们聊天。路易丝对此非常警惕,但是赛尔马却一点儿也没有提防,反而与之聊得非常开心。后来哈伦又约赛尔马一起跳舞,赛尔马对此也没有拒绝。路易丝看到时间不早了,便对赛尔马说,她要去一趟卫生间,回来后两人就一起离开。赛尔马听后,也想跟她一起去卫生间,结果却因为饮酒过多而有些不舒服。这时心怀不轨的哈伦便扶着赛尔马到餐厅外面去,说是让她呼吸一下清新的空气。两人到了外面以后,哈伦看到周围并无一人,便起了歹心,要强暴赛尔马。赛尔马拒绝并加以反抗,结果却被哈伦暴打。赛尔马明显不敌对方。正在危急关头,路易丝找到了她。路易丝拔出包里的枪,要哈伦放开赛尔马。哈伦虽然迫于压力放开了赛尔马,但是看到两人要离开时,居然口出狂言,对两人进行人格侮辱。路易丝极其愤怒,举起手中的枪,将哈伦当场击毙。

对于眼前突然发生的一切,两人都非常恐惧,于是迅速驾车逃离了案发现场。在路上,赛尔马想去报警,把情况如实地告诉警察,说哈伦想强奸她。但是路易丝却不同意,她说这里的人都看到哈伦与赛尔马脸贴脸地跳舞,所以不会相信她们的话。路易丝将车停在一间咖啡厅旁,进去坐了一会儿,在思考该怎么办。此时,赛尔马突然语无伦次地说她非常喜欢这个假期,很开心。路易丝见此非常气愤,指责道如果不是因为她想寻开心,就不会发生这一切。赛尔马听后犹如当头棒喝。后来赛尔马假装去卫生间,事实上却是跑出去打电话到家里,结果丈夫不在家。路易丝这时也趁机打电话给男朋友吉米,同样吉米也不在家。两人只好继续上路。

路易丝决定找间旅馆住下来,想想到底该怎么办。结果到了旅馆,赛尔马却把所有的难题都扔给了路易丝,自己躺在床上哭泣。路易丝虽然对于赛尔马的表现非常生气,但是也没有别的办法,她劝赛尔马出去散散心。路易丝终于和吉米联系上了。路易丝告诉吉米自己遇到了重要的事情,非常需要钱。她把自己存在银行里钱的数目告诉了吉米,她想先跟吉米借钱,以后再还给他。吉米答应了路易丝,并对她的状况表示担心。路易丝请吉米将钱电汇给她。直至此时,路易丝心头压着的一块石头才落了地。她随后叫赛尔马,继续上路逃亡。两人在路上约定,不能把这件事告诉任何人,包括达里尔和吉米。路易丝告诉赛尔马自己想到的办法是逃亡到墨西哥,问她是否愿意一起同行。赛尔马并没有明确表态。路上,路易丝再次与吉米联系,确认钱的事情没有问题,会及时汇到。路易丝又让赛尔马打电话给达里尔,假装什么事也没有发生,说自己会准时回家,以防节外生枝。赛尔马打电话回家时,达里尔正在看球赛。他根本听不进赛尔马在说什么,只是非常粗暴地要她晚上立刻回家。赛尔马非常生气地把电话给挂掉了。

赛尔马心里非常难受,走出电话亭时不小心踩到了一位外表英俊的年轻男子。当赛尔马独自在车上伤心流泪时,她发现那位男子正在路边等车。那位男子后来走到她车子旁边,说自己是一位学生,正在去学校的途中,想搭乘她们的顺风车。赛尔马建议他去征求路易丝的意见。结果路易丝礼貌地拒绝了那位男子。

赛尔马与惯犯乔迪相遇

听到赛尔马也同意去墨西哥,路易丝非常开心。在路上,她们再次遇到先前的那位男子,他正在路边休息等车。在赛尔马的请求下,路易丝同意带他一程。赛尔马对这位名叫乔迪的男子很有好感。两人在车上聊得很开心,赛尔马甚至对他说起了自己对丈夫的强烈不满。

路易丝到银行取钱,结果发现吉米竟然乘飞机亲自把钱送来,这让她又惊又喜。吉米用自己的钱开了两间房,一间给路易丝她们,一间给自己。路易丝让乔迪下车离开。路易丝从吉米那里把钱拿到以后,交给了赛尔马,并反复叮嘱她要好好保管,说这是她们的救命钱。路易丝去了吉米的房间以后,乔迪又到旅馆来找到赛尔马,赛尔马让他进了自己的房间。路易丝并没有告诉吉米自己要钱做什么,她也没有接受吉米的求婚。第二天清晨,送走吉米以后,路易丝在餐厅遇到赛尔马。赛尔马此时满面春风,原来整晚她都与乔迪待在一起,她首次享受到性爱的乐趣。路易丝对赛尔马表示真

路易丝与前来送钱的吉米道别

心的祝贺,并问她乔迪在哪里。得知赛尔马将乔迪一个人留在房间里,路易丝立刻警惕起来,她非常担心自己的钱。结果,令她们悲伤欲绝的是,乔迪将那笔巨款给偷走了。

路易丝彻底绝望,这时赛尔马反而变得坚强起来了。赛尔马收拾好行李以后,扶着路易丝走出旅馆,然后上路继续逃亡。为了能有足够的钱买汽油,赛尔马假装到路边商店买东西,然后持枪抢劫。路易丝对于赛尔马的举措非常吃惊,也非常难过。路易丝又让赛尔马打电话回家,想试探一下警方是否在关注她们。结果赛尔马一接到达里尔的电话,就知道她们已经被警察发现。路易丝于是又打电话给达里尔,要求与警方通话。路易丝通过与警官哈尔的谈话,知晓她们逃往墨西哥的计划已经暴露。在路上,赛尔马突然问路易丝是否在德州受过强暴。路易丝默认后警告赛尔马以后不要再提及此事。

后来,一辆警车因为她们超速而追了上来。警察要路易丝下车,准备将她带走。为了解救路易丝,赛尔马悄悄地将枪藏在身后来到警察车前,然后拔出枪要警察举起手来。在赛尔马的指挥下,路易丝拔出了警察的枪,打坏了警方的无线电,并将警察锁进后备厢里。在此后的逃亡途中,路易丝开始有些困扰,她有点后悔自己当时没有报警。赛尔马对此表示理解,她说如果让哈伦得逞的话,凶手不但不会受到惩罚,自己反而会受到伤害。如果那样,她的一生将会陷入痛苦,而现在最起码自己还是开心的。

**赛尔马持枪命令警察钻到警车的后备厢里**

路易丝再次与哈尔通话。哈尔要她们去自首,否则将会控告她们犯有谋杀罪。路易丝对此有所恐惧。正在此时哈尔又说,他知晓在德州所发生的一切。路易丝听到哈尔的话更加犹豫,这时赛尔马过来把电话挂断。赛尔马怀疑路易丝正在将自己作为砝码与警方谈判。她说路易丝还可以依靠吉米,自己其实只有死路一条。路易丝告诉赛尔马,自己并没有与警方谈判,而且她也不会去依靠吉米。她告诉赛尔马警方已经控告她们犯有谋杀罪。两人继续上路逃亡,并对于未来有所期望。她们想到墨西哥以后开始新的人生。

这时,她们再次遇到那位曾多次对她们无礼的货车司机。两人决定停下车来与他谈谈。她们要那位货车司机道歉。对方不但拒绝了,而且还有恃无恐地继续辱骂她们。她们非常愤怒,双双拔出枪来,将货车打爆。最后她们扔下气急败坏的货车司机,非常欢快地驾车离去。

路易丝与赛尔马拔枪射击一路骚扰她们的货车司机的货车

这时警方发现了她们的行踪,并出动了飞机、汽车和武装人员来追捕,最终将她们堵在一个悬崖口。警方要她们举手投降,否则便开枪射击。路易丝想进行对抗,但是赛尔马说她不想被逮着,她要路易丝继续向前开。最终两人手拉手地驾车驰向悬崖,坠崖身亡。

路易丝与赛尔马驾车坠崖身亡

## 二、作品主题

此部影片描述了路易丝与赛尔马这两位女性好友在结伴度假途中突然遇到了一个意外,结果不慎开枪杀人,因而走上了逃亡之路。在逃亡时,她们又遇到了一连串的意外,最终面对警方的追捕,双双赴死。在这个故事中,影片将女性所处的生存环境以及她们对此所做出的反应生动地再现了出来。因此,影片主要关注的是女性问题。

**路易丝用枪顶着哈伦,救下了处于危险的赛尔马**

影片中的两位女性,都曾受到过严重的性侵害。路易丝,影片没有明确地描述她受到的侵害,但是通过赛尔马在一路上的好奇与追问,观众最终发现她曾经在德州被人强暴过。当时因为没有证据,所以凶手一直逍遥法外。她对此虽然极其愤怒却无能为力。这种痛苦的往事给她的人生带来了沉重的阴影,以至于她离开德州后就没有回来过,并且在度假时途经德州都不愿意停留。后来虽然在好友赛尔马的要求下,进入当地的一家酒店,但是她仍然显得非常紧张,对于陌生男子怀有很高的警惕。她之所以会枪杀哈伦,亦与自己此前的这段痛苦人生经历有关。当她看到赛尔马受到哈伦的侵害而痛哭时,她感同身受地告诉哈伦,女人在这个时候哭哭啼啼,表明她并不开心。但是哈伦对于自己的暴力行为非但没有悔意,而且还更加嚣张地侮辱她们。屈辱的往事使她心头愤怒难平,这才会不顾后果地拔出枪来杀死哈伦。到了后来,当她想逃亡墨西哥时,她宁愿冒着被警察抓到的危险,也不愿意抄近道穿过德州这块伤心地。她要赛尔马保证以后不要再跟她谈起这种事。赛尔马在度假途中就因为与哈伦多跳了一会儿舞,哈伦便想与之发生关系。当她表示拒绝时,哈伦竟然出手打她。面对她的激烈反抗,哈伦非但没有停止,而且还继续对她施暴。如果不是路易丝及时出现阻止,她将会受到严重的伤害。

影片不但写了她们所受到的伤害,而且还将她们所处的整体社会环境揭示了出来,它们明显是不利于她们生活其中的。比如在家庭中,赛尔马是一位家庭主妇,整天所做的事就是照顾丈夫达里尔的生活起居。达里尔连早上起床都要她叫,手表还要她戴。她在家中没有任何行动的自由,一切都得听从达里尔的。虽然她一直想旅游,但是从来就没有机会,因为达里尔只是想她一直待在家里,而自己则常常不回家。当路易丝打电话要她告诉达里尔时,她好几次想说,都没有敢说出口,因为她知道达里尔是不会同意的。后来逃亡时,当她打电话回家,假装自己在度假时,达里尔丝毫没有过问她在外面的生活状况及内心感受,反而粗暴地命令她,要她晚上立刻赶回家。她们不仅在家庭中没有地位,而且在社会上也是如此。比如当赛尔马准备去投案自首时,路易丝反复跟她强调,她没有在德州呆过,根本不了解这里的人。经验使路易丝知晓,在这里,如果她们受到了伤害,人家只会说那是她们自找的。再者,当她们逃亡时,行走在空旷的路上,多次遇到一位货车司机。他在不认识她们的情况下,公然地做出猥亵的举止,对她们肆无忌惮地进行骚扰。

**货车被打爆后,司机气急败坏**

作为她们生存环境的典型写照,影片中还描写了多位活跃在她们身边的男人。但是这些男人带给她们的却是痛苦大于欢乐,危险高过安全。比如作为丈夫的达里尔,赛尔马从他那里得不到一丝温暖与安全。当路易丝杀死哈伦以后,赛尔马吓得要命。她凌晨四点打电话回家想要求助,结果他却不在家。到了第二天,达里尔回电话过来,路易丝接到后发现他竟然在大叫大嚷。当她正在犹豫是否去墨西哥时,她再次打电话给达里尔。此时达里尔却光顾自己看球赛,毫不关心她过得是否好。至于是否要孩子,也是由达里尔说了算。达里尔根本不能成为赛尔马生命的依靠。比如路易丝的情人吉米。他一直在酒吧表演,行踪不定,常常不辞而别,这让路易丝根本没法与之保持正常联系。当路易丝向其借钱而不能将原因告诉他时,他竟然把旅馆里的东西砸得一塌糊涂。当赛尔马认为路易丝因为有吉米这个依靠所以向警方自首时,路易丝非常明确地说,吉米并不是她的一个选择。比如赛尔马的一夜情人乔迪。他是一位正在假释的惯犯。他看上赛尔马以后,便一路尾随。赛尔马明知道他是劫匪,却丝毫没有嫌弃他。但是他却不知道珍惜,在她最防不胜防时,将她的救命钱席卷而走,使她后来不得不持枪抢劫,因此被警方控诉。警察抓到他以后,为了使自己摆脱干系,他轻易就将赛尔马的逃亡计划向警方和盘托出了。比如酒店里的哈伦。他对赛尔马主动示好,上来攀谈,然后给她们送酒,并且邀请赛尔马跳舞,其目的仅仅是想与之发生性关系。遭到拒绝以后,他恼羞成怒,对赛尔马进行毒打。当不良企图没有得逞后,他便对赛尔马、路易丝进行口头侮辱。再比如前文所言的那位货车司机,也对她们进行了骚扰和侮辱。即便是警察,对于身处困境的她们也没有提供任何实质性的帮助。比如哈尔,他是负责此案的警官。虽然他了解路易丝和赛尔马在德州的真实遭遇,但是他并没有办法阻止警方给她们定上谋杀的罪名,更不能阻止警方对她俩使用武器。反而路易丝却因为信任他,暴露了自己的行踪,终而被警方围追,无法脱身。

在警方的监视下,达里尔与赛尔马通电话

　　可见,当她们受到陌生男人侵害、面临困境时,身边的男人们帮不了她们。在影片中,当赛尔马向公路执法警察举起枪,对方吓得哀求说自己家有老小时,赛尔马对他说以后要对家里人好点儿,自己就是因为丈夫不好才变成这个样子的。这句话其实就道出了这两位女性终而成为人们眼中的罪犯的根本原因。

　　同样,法律也帮不了她们。路易丝之所以不同意自首,是因为她深知法律只相信证据,她们并没有可以说明哈伦企图强暴赛尔马的物证,而枪击现场也没有任何人证。唯一可以作证的就是酒店里的人,而他们看到的情形却是赛尔马与哈伦脸贴脸地跳舞。

　　可贵的是影片不但描写了女性所受到的侵害以及所处的劣势环境,而且还描写了她们对这种残酷冷漠的社会现实做出的应对。它经历了一个从沉睡到觉醒、从逆来顺受到敢于反抗的过程。比如路易丝,她曾经受到过强暴。在孤立无援的情况下,她只能选择隐忍。最终她离开了德州,在别地开始了新的生活。她打算永远也不要踏进此地,永远也不跟任何人提及此事。但是后来,当这种悲剧即将在她的好友赛尔马身上发生时,她选择了反抗。她先是对哈伦拔出枪来警告,并且说出了受侵害女子的心灵感受。看到对方依然冷血残酷时,她才愤然击毙了作恶多端的哈伦。不仅路易丝,赛尔马亦是如此。哈伦被杀死以后,她最初表现出来的是恐惧,并且对路易丝的行为极不理解。但是随着剧情的发展,她不断地走向成熟,尤其是知晓了路易丝曾在德州受过强暴,她完全理解了路易丝当时的行为。她此时对于路易丝当初的举措心怀感恩,她因为路易丝的保护没有受到伤害,内心依然感到开心。

影片中,最能突现出女性觉醒进而反抗的有两个情节。一个情节是她们对货车司机的反击。当这位货车司机一路上对她们进行骚扰时,她们最初的反应是隐忍,视而不见,听而不闻,但是最终实在忍无可忍。她们停下车来责问那位恶男,是什么让他认为自己有权利对过路的女人如此无礼?如果他的母亲、姐妹或是妻子被别人无礼了,他会怎么做?然后她们要对方向自己道歉。在遭到拒绝以后,两人非常从容地举起手中的枪,毫不犹豫地将他的货车击爆。另一个情节是她们最终的抉择。路易丝与警方通电话,得知警方已经起诉她们犯有谋杀罪。哈尔问她们是想活着还是死。此时路易丝已对警方和法律均不抱幻想,所以勇敢地向前方驾车驶去。面对围捕,路易丝想举枪反抗。当路易丝与警方通电话时,赛尔马已经做出了最坏的打算,她说自己是不会再走回头路的。在屈辱的生和勇敢的死之间,她们毫无畏惧地选择了后者。

**路易丝与赛尔马坠崖时双手紧握**

总而言之,影片关注的是女性问题。通过揭示女性孤立无援的劣势生存处境,描写了她们为了争取生存和自由所付出的沉重代价,热烈地颂扬了女性敢于反抗、追求解放的可贵精神。在影片中,路易丝问赛尔马,"你找到呼唤了吗",赛尔马说,"也许吧。野性的呼唤"。所谓"野性",就是一种不被束缚、不驯从的自由状态。这段对话可以视为这种反抗精神最精辟的概括。

## 三、人物形象

影片中的人物可谓形形色色,有酒店招待,有家庭主妇,有商人,也有警察等,在各式各样的人物中,极富个性的有路易丝、赛尔马、达里尔、哈尔、吉米等。

首先是路易丝。这是一位独立自主、勇敢坚强的现代女性。她有着良好的修养和自制能力,看到酒店年轻的女孩抽烟会友善地进行劝告;不能容忍别人随地扔垃圾,即便是逃亡的路上,也会阻止赛尔马做不文明举止;在酒店里吃饭,不会主动地去点酒,即便赛尔马进行劝说,也只是浅尝辄止。她曾经受过伤害,因而极富社会经验,对于陌生人往往怀有一定的戒心。当哈伦来殷勤示好,当乔迪请求搭车,她均一一拒绝。她为人友善,会给招待员很多的小费;出了事情以后,也不会告诉任何人,即便是吉米,以防将无辜的人牵扯进来;赛尔马为了弄到钱继续逃亡而打劫商店,她还非常地生气。她为人仗义,有好事会与好友一起分享。借到山上的房

路易丝

子以后,便邀请好友赛尔马一起度假。出了事情以后,她也会勇于承担。不慎开枪杀人后,她一路上不但安慰赛尔马,而且还处处思虑在前,做好各种安排,包括向吉米借款、想出逃亡墨西哥的计划、安排赛尔马打电话回家以稳住达里尔争取时间、让赛尔马打电话回家试探警察是否在追捕她们等。最终,当赛尔马不想走回头路时,她毫不犹豫地决定与赛尔马患难与共,两人手拉手驾车飞向死亡。对待爱情和婚姻,她非常慎重。虽然吉米对她很好,但是她并不会出于感恩或是对方催促而选择婚姻。当吉米将戒指给她时,她拒绝了。后来在吉米劝说下,她也只是答应代为保管。知道自己受到警方的起诉以后,她也没有想到要去依靠吉米。

其次是赛尔马。这原本是一位懦弱、单纯、胸无城府的家庭主妇。结婚之前,只交

往过丈夫一个男人。整天待在家里做家务,什么事情都听从丈夫的安排,连生孩子这件事也如此。虽然渴望旅游,但是却不敢跟丈夫提及,最多也只能做到不辞而别。因为懦弱,所以在家里连枪都不会开,出门时要带上大包小包,以防万一;发生杀人案之后只知道打电话回家,然后躺在床上哭泣。因为单纯,所以离开家以后,她便想好好地放松一下,寻个开心,结果却对陌生人完全不设防,差点儿被哈伦强暴。但是她并未从中吸取教训,进而又相信萍水相逢的乔迪,结果被对方骗财骗色。因为胸无城府,所以最初逃

为了救下路易丝,赛尔马举枪对准了警察

亡时,她竟然没心没肺地对极度焦虑的路易丝说自己很喜欢这个假期,感觉很开心;后来更是将救命的钱放在最明显的地方,而且还把自己的行踪毫无保留地向乔迪透露了。但是面对残酷的现实,我们看到她在迅速地成长着,最终成为一位勇敢、果断、清醒、决不妥协的女子。当她内心惊慌,打电话给达里尔,却听到对方粗暴的言语时,她愤怒地将电话给挂了。她同意跟随路易丝逃亡墨西哥,开始新生活。当路易丝因为钱被乔迪偷走而瘫倒在地上时,她突然坚强地将其扶起,继续上路,不会开枪的她还上商店去打劫。当路易丝因为超速而要被警察带走时,她竟然勇敢地拔出枪,将路易丝救了下来。面对司机的骚扰,她毅然拔出枪,对着他的货车进行射击。后来,她更是对自己今后的人生有着清醒的判断,认为达里尔是不能依靠的人,如果回去,自己一定不会有好的下场。她一直在勇敢地向前走,哪怕前方是万丈深渊,是可怕的死亡。

再次是达里尔。他是一位地毯销售的地区代理。他一向自以为是。在家里,他总觉得高人一等,对妻子赛尔马态度十分恶劣,却自为已经够好了。当警察到了他家,要他接电话时态度友好点,他都觉得非常不习惯。他特别地独断专行。从不允许赛尔马离开家,自己却在外面逍遥自在;更不喜欢有思想有个性的独立女人,所以对赛尔马的好友路易丝极其排斥,称她为"损友",阻止赛尔马跟路易丝交往。他还特别的自私小气。当警察来到他家,要求协助调查时,他非但不关心赛尔马的安危,反而问是否要他承担费用。直到最后,当他看到赛尔马因为缺乏家庭的温暖而完全变成另外一种样子,并受到了警方的通缉,他才流下后悔的泪水。

看到路易丝与赛尔马驾车驶向悬崖,警官哈尔上前奋力追赶

接着是哈尔。这是一位非常和善的警察,对女性充满着理解与同情。在德州调查时,他已经知晓了哈伦的为人,因而对路易丝她们的枪杀行为有所理解。他一直想办法帮助她们。看到乔迪被抓以后仍然摆出一副玩世不恭的态度,他便单独与之交谈,愤怒地指责乔迪,说两位女人本来还是有机会表明清白的,他的偷窃行为给她们造成了严重的后果。随着事态的不断发展,他对于警方通缉追捕的决定已经无力阻止。为了保护她们不被警方枪杀,他极力争取去追捕现场的机会。当他看到她们被狙击手们团团包围时,他非常愤怒地要求上司麦斯阻止这种行为。他心痛地对麦斯抗议道"女人有多少次让人家欺负"。在抗议无效后,看到路易丝她们把车开向悬崖,他便不顾危险地追上前要去阻止。

最后是吉米。他是一位演员,在各地的酒吧里巡回表演以谋生。虽然他很爱路易丝,但是却不愿意为她放弃自己的生活方式。他嫉妒心很强。当路易丝向他求助而又不能说出原因时,他便怀疑路易丝已经移情别恋了。他有着明显的暴力倾向。一旦心中有不满之事,他便会随手砸东西。虽然他向路易丝发誓过不会将送钱的秘密告诉任何人,但是当警方找到他时,他还是说了出来。

除了上述这些人以外,还有铁面无情的警官麦斯、浑球无赖的乔迪、花心残暴的哈伦、低俗粗恶的货车司机、正义幽默的德州酒店女招待等。

## 四、艺术特色

本影片的艺术特色之一,就是叙事的双线索。主线讲述了路易丝与赛尔马面对无处不在的侵害,由忍让到抗争的过程。她们在度假途中,偶然在德州停靠,于是就进了一家酒店,结果赛尔马被恶男子哈伦缠上。面对哈伦的暴力和侮辱,路易丝愤而拔出枪来将之杀死,从此走上了逃亡之路。在路上,她们又遇到了种种意外情况。比如吉米送给路易丝的救命钱,可结果钱又被乔迪席卷而去。为了逃亡活命,赛尔马不得已铤而走险,持枪抢劫商店。比如在路上突然遇到执法的警察,超速的路易丝将要被带走。为了救出路易丝,赛尔马只好用枪对着警察,将他锁到车厢里。比如一路上受到货车司机的不断骚扰,她们要求对方道歉,可是对方却置若罔闻,她们于是对车子开枪以示警告,结果那车却爆炸了。这些意外举措,使警方有了起诉和逮捕她们的理由。在走投无路的情况下,她们并没有投降求生,而是双双赴死。

**逃亡途中的路易丝与赛尔马**

　　副线主要讲述她们在逃亡时,警察如何发现她们的行踪,进而发出通缉令,对她们进行追捕。原来哈伦死后,警方派警官哈尔展开了调查。哈尔通过走访当时的酒店女招待,从而将目标锁定在她俩身上。接着哈尔又到路易丝工作的酒店调查,因而得知赛尔马也一同随行。后来哈尔又带着警察入住赛尔马的家里中,对赛尔马的电话进行监听。当他们找到了吉米以后,吉米因为与她们见面时遇到了乔迪,所以指认出了乔迪。警方将乔迪抓获以后,又从他那里得知她们要逃亡墨西哥的计划。最终,当路易丝再次与警方通电话时,因为有些犹豫,结果被警察找到了藏身之处。紧接着,被她们藏在车厢里的警察又被一位骑车爱好者发现。警察最终以多种罪名来通缉她们。

　　影片一主一副的叙事安排,不但将一件杀人案的发生、发展及最终结局这一全过程展现出来,而且还将引发这起案件背后的社会原因给揭示了出来。因而它发人深思,极富深度。

细腻的心理刻画，是本影片的第二个艺术特色。路易丝，一位干练的职业女性；赛尔马，一位拖拉的家庭主妇。这两个人本身性格就有些差异，再加上路上突然摊上了杀人这件天大的事，所以她们相处时难免会磕磕碰碰。

　　影片细腻地讲述了她们同行时的种种心理变化。比如她们起初并不完全信任。哈伦死后，她们对于如何处理产生了分歧。赛尔马想报警，但是路易丝却不同意。看到赛尔马摆出一副与己无关的态度，路易丝非常愤怒，便对赛尔马进行了责怪。听到路易丝谴责自己，赛尔马竟然背着路易丝决定向丈夫求援。到了旅馆以后，赛尔马把责任全部压到路易丝肩头，这使路易丝极为气愤。后来路易丝说出了自己的出逃计划，赛尔马不敢做出决定，她故意装着没有听清她在说什么，以此来拖延时间。路易丝立刻挑明她这是在装蒜，并且还说一直以来，每次两人遇到麻烦，她都会这样。后来吉米突然出现，赛尔马非常奇怪，担心路易丝会把事情告诉吉米。当路易丝与警方通电话时，赛尔马又突然把电话给挂了，她在怀疑路易丝背着她跟警察谈判。

　　但是后来，她们之间渐渐由猜忌与互相指责变成了理解和信任。比如，赛尔马对于路易丝的过去一直很好奇，对于路易丝当时拔枪打死哈伦的行为颇难理解，后来更是怀疑路易丝曾经受过强暴。为了解答心中的疑惑，赛尔马多次对路易丝进行试探。比如发现路易丝对德州极其排斥时，她故意多次主动提及德州。当路易丝最终对之敞开胸怀以后，赛尔马才对路易丝此前枪杀哈伦的行为真正理解，由此对自己的未来进行了真正的思考。所以当路易丝有些后悔自己当初没有报警时，她对路易丝说，这样做是对的，因为报案后她们也没有好的出路，而且自己的一生还会因此被毁掉。

　　此后，赛尔马不但坚定了出逃墨西哥的决心，而且对丈夫和警方均不抱有任何幻想。路易丝最后一次与警察通过电话以后，两人终于达成一致，继续逃亡，决不投案自首。总之，影片描写了两位女性一路上吵吵闹闹，充满分歧，在经历了诸多的考验与深入的交流以后，她们才做到了完全的理解与充分的信任，最终将对方视为今生最好的朋友，同生共死。

**度假前两人拍的合影一直放在车上**

本影片的艺术特色之三,是对比的手法。这主要集中在对路易丝与赛尔马两人在逃亡中相互关系的刻画上。这里有一个明显的变化。一开始,路易丝清醒、干练、勇敢且有主见,是领导者。意外杀人以后,她坚持不报警。逃亡时,她一方面安慰赛尔马,一方面策划逃亡到墨西哥,此外还在试探警方的反应。这时赛尔马只是一位追随者。她不是吓得哭泣,就是想偷偷地寻找丈夫的支援,或者是稀里糊涂地跟从。但是后来,当乔迪将她们的救命钱偷走之后,两人的关系有了一个大逆转。此时路易丝对于未来彻底绝望,坐在地上哭泣,但是赛尔马却镇定地说一切都会没事的。从此以后,赛尔马便成了逃亡的领路人。她不但持枪打劫商店,弄到了钱,确保两人可以继续上路逃亡,而且还把路易丝从警车上救了下来。后来,当路易丝长途跋涉有所犹豫,因而与警察长时间地通话,以后更是坐在车上后悔自己当初没有报警时,赛尔马不但挂断了路易丝的电话,而且还深切地理解了路易丝当初所做的抉择。她说路易丝那

看到公路执法警察,惊恐万分的路易丝和赛尔马强装笑脸

样做是最好的选择。是赛尔马,最终坚定了两人不妥协、不走回头路的决心。

　　除此以外,这种对比手法还表现在对两位女性的描写上。比如路易丝。一开始,她劝诫年轻的女子不要抽烟,不让赛尔马随地乱扔垃圾,得知赛尔马持枪打劫,也非常地反对。但是后来,自己却在一个加油站偷了一顶草帽,对于低俗的司机更是毫不犹豫地举起了枪。比如赛尔马。刚出场时,她蓬着头,穿着花花绿绿的肥睡衣,在厨房里忙碌着,是一位典型的家庭主妇形象。出行时,带着大包小包,穿着一件白衣吊带连衣裙,披着大波浪的长发,是一位典型的淑女形象。但是到了德州酒店以后,她却一反先前的镇定,变得热情、开朗,不但饮酒而且还热舞,是一位活泼调皮的女性形象。出了事以后,她又变成了一位哭哭泣泣的软弱女子。但是到了后来,种种苦难把她历练成了一位干练的女子。她束着马尾辫,身着牛仔装,脸戴墨镜,腰上插着枪,异常的潇洒。

# 《只要在一起》文学导读

## 一、主要剧情

看电影

费里贝尔有一处祖上留下来的大房子,正在等待出售。在此期间,他让贫困的弗兰克租住在他家中。弗兰克在一家餐厅做厨师,平时要么工作,要么睡觉。不工作时,他就会带女孩子回来,所以处在同一屋檐下的两人交流并不多。而且在这段时间里,弗兰克还特别地忙碌,因为他独居乡下的外婆波莱特突然生病住院了。每到休息日,弗兰克都要骑着摩托车赶往很远的医院去看望波莱特。

**卡米耶与费里贝尔在狭小的阁楼上聚餐**

在同一栋楼的一处小阁楼上,还住着保洁员卡米耶。一次偶然的机会,费里贝尔与卡米耶相识。后来卡米耶还邀请费里贝尔到她又冷又小的屋子里共进晚餐。两人聊得非常开心,彼此也坦诚相待。后来,费里贝尔再次遇到卡米耶时,发现她身体不好,便对她有些不放心。到了晚上,见外面风雨交加,费里贝尔便上楼去看望卡米耶,结果发现她正卧病在床,连起床开门的力气都没有。费里贝尔把处于昏迷状态的卡米耶抱回到自己家里照顾。

在费里贝尔的悉心照料下,卡米耶身体逐渐康复。看到费里贝尔不求回报地照顾自己,为自己做食物、喂药且花钱请医生,卡米耶非常感激。自从卡米耶搬到家中以后,费里贝尔像是变了一个人,既开心又健谈。卡米耶发现他拥有非常渊博的历史知识,便问他为何不去做历史老师。这时她才知道,原来费里贝尔心理素质一直不好,每逢考试便会紧张。卡米耶鼓励他去勇敢地克服这种心理障碍。由于受各种压力的逼迫,同一屋檐下的弗兰克对卡米耶却极不友好。他不但想让费里贝尔叫卡米耶搬出这个屋子,而且在卡米耶卧病休养时,他还将音乐的声音开得很大很大。有一次,弗兰克又带着女孩回来寻欢作乐,音乐的声音同样开得很大。卡米耶过来请他将声音开小点,可是他一点儿也听不进去。当他的女伴说卡米耶坏话时,他也不予以制止。卡米耶气得要命,不顾一切地将他的音响给扔出了窗外,然后逃回了自己的房间。弗兰克见状愤怒地追上去,并对躲在屋里的卡米耶进行威胁。卡米耶决定搬回自己的住处。临走前,她买了一台新的音响放在弗兰克的房间里。直到这时,弗兰克才开始冷静下来。

**弗兰克仔细观看卡米耶的绘画**

第二天清晨,弗兰克翻看卡米耶的记事本,发现里面有很多绘画。他约卡米耶谈谈。他把卡米耶原来楼上的钥匙藏了起来,他不想让卡米耶离开。因为如果那样做,费里贝尔又会变回原先的样子,成为一位孤单且不快乐的人。弗兰克认为费里贝尔对自己有恩情,曾经在他最困难的时候帮助过自己,他不想这样对待费里贝尔。弗兰克向卡米耶道歉,并且说要么他走,要么就大家一起留下来。弗兰克让卡米耶来做出决定。卡米耶听完弗兰克的这番话,也对弗兰克坦诚地说自己非常受不了弗兰克对别人说话的口气和态度,并且承认自己也是有缺点的,因为她不习惯过集体生活。后来,他们互相妥协,决定继续留在费里贝尔家里。在这段时间里,费里贝尔遇到了心爱的女子桑德琳。桑德琳想做演员,她建议费里贝尔与自己一起去学戏剧表演课。在戏剧表演课上,老师建议结巴的费里贝尔去找专业的语音矫正医生进行治疗,说他可以进行戏剧表演,并且还列举了不少成功的例子。费里贝尔因此对未来充满期待。他听从了老师的建议,找到了一位好医生。在医生的专业指导下,他每天都在刻苦用心地练习发音和表达。

圣诞节到了,费里贝尔要回家过节,而弗兰克和卡米耶则会留在他家里。费里贝尔对于他们两人能否相处得好非常担心,卡米耶给他送行时向他保证,说两人一定会好好相处。圣诞节晚上,卡米耶参加完公司的圣诞晚会后回家,独自一人待在房间里。弗兰克很迟才下班。他送了她一份圣诞礼物,波莱特织的围巾。卡米耶非常开心,她给弗兰克画画,想以此作为礼物回馈给波莱特。正好这时弗兰克的老板打电话给弗兰克,说餐厅里需要帮手。弗兰克于是就推荐了卡米耶。圣诞节期间,两人一起在餐厅工作,相处得非常愉快。费里贝尔回来时,他们还一起去车站接费里贝尔。看到他们相处融洽,费里贝尔由衷地感到开心。三人一起共进晚餐。费里贝尔对他们眉飞色舞地讲起自己的家庭趣闻,两人听得津津有味。卡米耶建议费里贝尔去参加表演,说他一定会大获成功。费里贝尔对这条建议非常留意。

**弗兰克与卡米耶在餐厅里举杯庆祝圣诞节**

后来弗兰克又带卡米耶到自己的乡下朋友家做客,并让卡米耶观看杀猪场面。晚上,两人挤在一张小床上。虽然同床而卧,但是两人却相安无事。那天晚上,弗兰克向卡米耶讲起了自己的不幸身世。原来他是私生子,出生以后被母亲扔给了外公外婆。十年以后母亲才回来找他。但他并不愿意跟已有家庭的母亲一起生活。多年以来,他与外婆波莱特相依为命。卡米耶非常认真地倾听。弗兰克后来还带卡米耶去医院里看望波莱特。波莱特非常喜欢卡米耶。虽然卡米

深夜,弗兰克与卡米耶在乡下朋友家卧床谈心

耶生日已过,但是费里贝尔还想给她补办生日,弗兰克也积极地响应,他建议大家一起去餐馆聚餐。这时卡米耶说出了自己最想要的生日礼物,那就是把波莱特从医院里接出来,与大家一起吃顿午餐。那天大家跟波莱特在一起,过得非常开心。聚餐的地方就是弗兰克最初学习厨艺的旅行者餐厅。此时餐厅老板即将退休,他希望弗兰克把餐厅接管下来。弗兰克说自己没有那么多钱,老板说没关系,可以用信用卡来支付。大家听后都替弗兰克开心。送走波莱特以后,在回来的路上,卡米耶对弗兰克说,她与费里贝尔已经商量好了,想把波莱特接到大房子里,由自己负责照顾波莱特,只收取少量的工资。弗兰克听后,非常感动。从此以后,波莱特、弗兰克、卡米耶与费里贝尔四人一起住在这所大房子里。

波莱特搬到费里贝尔家里

在此期间，弗兰克与卡米耶的关系越来越融洽。弗兰克会时不时地对卡米耶说些玩笑话，婉言表达对卡米耶的好感。卡米耶也越来越喜欢弗兰克。一天，卡米耶主动来到弗兰克房里，两人亲热相拥。正当弗兰克对未来充满向往时，卡米耶却对他说，虽然两人接吻、上床，但是自己并没有爱上他。弗兰克听后非常失落，因为他想以后能够与卡米耶一直生活在一起。伤心的弗兰克从此拒绝与卡米耶再有任何亲密的接触。卡米耶虽然心里有些失落，但是并没有明显地表现出来。费里贝尔终于登上了舞台，他不但当众向桑德琳求婚，而且还进行了精彩的表演。费里贝尔最终赢得了好友及观众的热烈掌声。后来弗兰克把波莱特送回老家，卡米耶与之随行，并待在乡下照料波莱特。最终波莱特在家中平静离世。参加完波莱特的葬礼，卡米耶又回到了费里贝尔家。这时她才得知费里贝尔的房子已经卖出去了，费里贝尔将要搬到爱人桑德琳家中。

卡米耶去找弗兰克，问他未来的打算。弗兰克说自己将会去英国，老板已经在那里给自己找了一份工作。听说弗兰克第二天就要离开法国，卡米耶非常地不舍，但是她却不愿意向弗兰克明言自己内心的这种感受。弗兰克对卡米耶胆怯的态度非常不满，结账后很快就离开了。第二天，卡米耶赶往火车站，去找弗兰克，她想要挽留他。但是弗兰克说自己去意已决。看到弗兰克进入车站，卡米耶难过极了。她离开车站时，泪水都流了出来。这时，她的电话响了，是弗兰克打来的。原来弗兰克在快要离开的5分钟里，突然发现自己其实对卡米耶充满牵挂，他舍不得丢下她一个人孤单地生活，于是又追了出来。最终，两人激动地拥抱在了一起，边流泪边接吻。

清晨，卡米耶叫醒正在酣睡的弗兰克

后来，弗兰克将旅行餐厅接管了下来，自己成了老板。他将生命中最重要的人，如卡米耶、费里贝尔与桑德琳等，都留在餐厅里，大家还像以前一样一起工作生活。他的餐厅不但气氛亲切，而且也经营得非常顺利。最值得一提的是，弗兰克与卡米耶的感情与日俱增，甜蜜幸福地生活着。

## 二、作品主题

影片中描写了几个各有缺点倍感孤独的人，因为偶然的机缘而相处于同一屋檐下，从而开始了一段由排斥到认可的曲折过程,最终相亲相爱。因此,这是一部关注人与人之间应当如何相处的影片。

弗兰克,因为妈妈儿时抛弃过自己,所以一直不能从心里原谅妈妈,因而与妈妈相处得不亲密。虽然外婆波莱特对自己一直很好,但是她却突然生病住院了。由于波莱特不肯将生病的事告诉女儿,所以弗兰克便成了波莱特唯一的依靠。这样一来,弗兰克不但要非常辛苦地工作,而且还肩负起照顾外婆的责任。因为医院离自己居住的地方很远,而且还要赶到乡下去照顾外婆的一群小动物,所以每到休息日,他更是忙碌。不仅如此,他还要考虑经济问题。医院的医疗费用非常昂贵,但是波莱特又不肯将房子卖掉以缓解经济压力。同时,他还要接受波莱特的抱怨,因为她一直不肯住在医院里,想回家。各种压力纷至沓来使得年轻的弗兰克身心俱疲。他的脾气极坏,常常不能控制好自己的情绪,寻找无谓的发泄。他经常换女朋友,每段恋情只能维持很短的时间,这使他对女性极其反感。

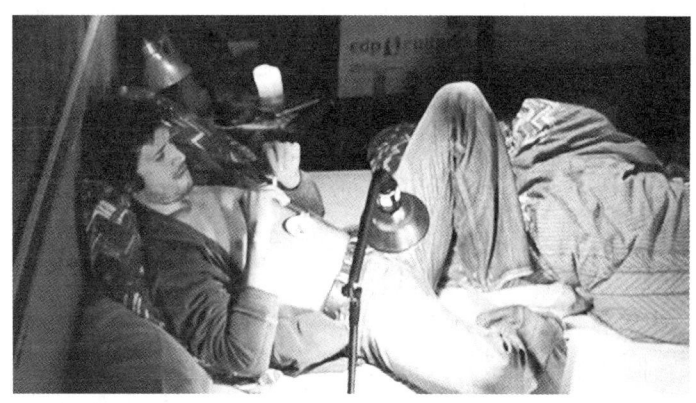

在床上苦闷抽烟的弗兰克

卡米耶,出生于离异的家庭。深爱的父亲早亡,活着的母亲终日吃药,且对生活的态度非常消极,为人又尖酸又刻薄。两人见面,只会增加卡米耶的痛苦。为了逃避母亲和不尽人意的生活,她宁愿去做连母亲都看不起的保洁员,宁愿一个人居住在又冷又小的阁楼上。虽然生活在人潮如涌的城市里,居住的地方亦是人来人往,但是她却只能拥抱孤独。在世上,她的亲人如同虚设,知心的朋友更是没有。

孤独忧伤的卡米耶

费里贝尔,虽然出生不错,但是却一个人留在大城市里,居住在一间很大的屋子里。虽然他让弗兰克住了进来,但是对方却因为忙于谋生而无暇与自己交流。虽然他有着丰富的知识,但是却因为心理素质极差,不能承受过重的压力,所以每逢考试便会出现诸种状况,因而人生极其失意,只能做一个卖明信片的小商贩。再加上严重

带着祖传帽子的费里贝尔

的口吃,所以他只能形单影只地生活着,生日时独自买醉。

波莱特,一位乡下老奶奶,长期的寡居生活使她变得很难与别人相处。在她生命中,最亲密的人只有女儿和外孙弗兰克。因为女儿年轻时曾生下私生子,所以她一直不肯原谅女儿,连自己生了重病也不愿意让女儿知道。这样一来,生病时只有弗兰克陪在自己的身边。而弗兰克又非常地忙碌,只有休息日才能抽出时间来看望她。她不但身体有痛苦,心里也很痛苦。因为她非常热爱自己的家,不想住在医院里,心里更放不下家中的一群小动物,担心它们会被人送走。在陌生的环境里生活,她真是度日如年。

这四个人,就这样在各自的世界里孤独凄凉地生活着。卡米耶突然邀请才见过两次面的费里贝尔共进晚餐。对于邀请的理由,她作了这样的解释,"我只是受不了这栋大厦的孤独,所有的人都擦肩而过,从不说话,也从不问候对方",费里贝尔听后,深有同感,"是的,我甚至都不认识我的邻居"。这段对话不但表达了他们两人的共同感受,其

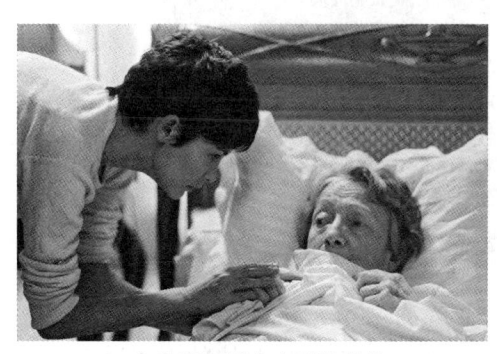

卡米耶照看病中的波莱特

实也是影片中所有人物刚出现时的心灵状态。比如卡米耶,即便与母亲一起吃饭时,也会偷偷地躲到卫生间哭泣。圣诞节宁愿一个人待着,也不愿意与妈妈及其家人一起度过。比如,费里贝尔过生日没有人为他庆祝。只能独自买醉。比如弗兰克,无人分担他沉重的压力,所以他总是心情沉重,板着脸,说话时气冲冲的。而波莱特呢,每次见了弗兰克,也总是抱怨和流泪。

当他们有了近距离的接触以后,因为各自固有的思维方式或是生活习惯,所以还出现了诸多的分歧、争议,甚至是冲突。比如费里贝尔因为不会做饭,不会保存食物,所以大清晨就受到了弗兰克的严厉指责。而弗兰克不顾别人的感受只活在自己的世界里,费里贝尔对此也是很有意见的。当他把热水器的水全部用完以后,轻描淡写地对费里

贝尔说"原谅我"时,一向温和的费里贝尔也忍不住指出,他应当说"请你原谅我",因为他需要别人宽恕他,而不是自己原谅自己。弗兰克虽然走了很远的路来看望波莱特,但是到了医院里,他只会将脸朝着下面的窗户,这惹得波莱特无限唠叨。弗兰克见状非常生气地威胁她说,如果她再这样一味地指责他,那么以后他就不会再来看她,结果又惹得波莱特老泪纵横。比如卡米耶,一直受不了邋遢、无视他人存在的弗兰克,气得将他的音响扔到窗外,然后打好自己的包裹,准备离开。弗兰克发现卡米耶不敢承认对自己的爱,非常伤心,与之冷战,甚至还想一走了之,如此等等。但是,他们最终还是试着去相处,学着去包容。比如原先波莱特只知道自己的苦痛,却不关心弗兰克的难处,所以见面时总是一味地抱怨。但是弗兰克对她发火以后,她便意识到自己的不对,便不再继续唠叨下去。看到卡米耶买了一台新的音响给自己,弗兰克便将卡米耶的钥匙藏起来,然后主动地约卡米耶谈谈,并且说要走的应当是自己而不是她。这时卡米耶也承认自己不会集体相处。看到卡米耶作出让步以后,弗兰克提出帮她重新铺好床以示友好。后来弗兰克更是发挥自己的长处,给大家煮美味的饭菜,不让大家再吃速冻的食物。最终弗兰克还把卡米耶留在自己的身边。

**大家在观看卡米耶给波莱特画的裸体画**

可贵的是他们能够勇敢地正视自己的缺点,努力地改正,向身边的人传递出关爱,最终一起过上了和谐的生活。比如卡米耶,费里贝尔不但在她重病时帮助了她,而且还让她住进了温暖宽敞的房子。这让她生平第一次感受到被人关怀的温暖。她非常感慨地对费里贝尔说:"很久以来,这是第一次有人这么好地照顾我","不期待任何回报,我没有任何可以回报的。"从此以后,不但她瘦弱的身体变得强健起来,而且性格也逐渐由孤僻变得开朗起来。她也学会了去关爱别人。她不但赞扬费里贝尔丰富的历史知识，让他恢复了自信，变得健谈起来；而且还鼓励他去学习表演，克服紧张心理，在公众面前自信地表达自我。同时，她还将身处困境的弗兰克给解救了出来。她主动提出帮助他照顾年迈重病的波莱特。在费里贝尔和卡米耶的帮助下，弗兰克又可以专心工作了。他的情绪因此也变得乐观积极。影片的结局，剧中人都拥有了幸福的生活。费里贝尔找到了自己的爱人桑德琳，弗兰克与卡米耶终于生活在了一起。波莱特不但离开了医院，在几位充满爱心的晚辈照顾下走完了人生的最后一段路程，而且还实现了自己的心愿，即老死在美丽的家中。

费里贝尔关心地询问病中的卡米耶

可见，本影片描述了暴躁的弗兰克、孤僻的卡米耶、口吃的费里贝尔、固执的波莱特这四位曾在各自的世界里生活着、既孤独又无助的人，通过不断地反思与行动，最终走出了小小的自我，共同创造出一个有情的世界，以此来启迪居于城市高楼中的人们，应当如何在人群里和谐相处，又应当如何地相亲相爱。

整部影片，处处洋溢着友善与温暖。有邻里之情。比如伊冯娜不但常常来看望波莱特，而且在她突然发病时还及时地将之送往医院，并且在她生病期间，还主动地去照顾她的小动物。有朋友之情。比如费里贝尔将身处困境的弗兰克收留在家中，看到天冷而卡米耶身体又不好，把自己祖父留下来的大帽子送给卡米耶，为她担心，不求回报地照顾她。弗兰克看到卡米耶要走，觉得这样会对不住费里贝尔，于是放下傲慢的个性，努力地挽留卡米耶。费里贝尔回家过圣诞节时，卡米耶会去送他。在圣诞节的晚上，费里贝尔会打电话给卡米耶，向她表达问候并且关心她的状况。看到弗兰克在工作与照顾波莱特之间艰难应付,费里贝尔会暗中与卡米耶商量,帮他排忧解难。弗兰克会发挥长处,用心地烧菜给身边的人吃。大家会一起去观看费里贝尔的表演,给他加油鼓掌。当然还有浪漫的爱情。弗兰克与卡米耶深夜彼此坦露心声,讲述各自不幸的人生经历,从对方身上寻找到温暖。为了爱,他们还在努力地改变自己。弗兰克不再放荡不羁,卡米耶不再胆怯害怕。为对方牵肠挂肚,离别时充满不舍,终于大胆表白。"我想说让我放你一个人在这边,对我来说,还是太难了"、"我只要一想到你一个人孤零零地在火车站,放声大哭,我就很难过,"寥寥的几句台词,已经足以打动观众的心。

波莱特在晚辈的陪同下重返家园

## 三、人物形象

影片中有三代人,一代是以波莱特、伊冯娜为代表的老年人,一代是以卡米耶妈妈为代表的中年,一代是以弗兰克、卡米耶、费里贝尔为代表的年轻人。老年人守护着原来的家园,父母辈则大多数经历了感情与婚姻的不幸,年轻人则生活在城市的最底层,为未来努力地奋斗着,内心压抑苦闷。在这些人物中,性格鲜明的人物包括卡米耶、弗兰克、费里贝尔与波莱特。

卡米耶,这是一位非常美丽而瘦弱的女子。她天性友善。她会为有些醉意的费里贝尔开门,主动邀请他与自己共进晚餐。她会耐心地倾听结巴的费里贝尔朗读,并且给他画画。当弗兰克将波莱特织的围巾送给她时,她也提出给弗兰克画画作为对波莱特的回赠。后来,她还与弗兰克一起去看望波莱特,提出把波莱特接出来一起吃饭,以微薄的报酬照顾年迈的波莱特。正是在她的悉心照顾下,波莱特在人生最后的时光里,享受到了家的温暖。卡米耶极富梦想。乐观开朗的父亲,是她人生的榜样,她希望自己有一天也能像父亲一样积极地生活着。她拥有极高的绘画天赋。她非常喜欢画画,对此从来就没有放弃过。理发时,她会画画;与费里贝尔聊天时,她会画画;在厨房工作时,她也会在盘子上画画。

正在专心作画的卡米耶

她不但给自己画,而且还给别人画,画费里贝尔、波莱特以及弗兰克等。她给弗兰克画得最多,足足摆满了一间屋子。她的记事本里有着很多的绘画。不但弗兰克、费里贝尔称道她的画,后来弗兰克经营餐馆以后,顾客们也在夸她的画。她的出生极其不幸。十岁时父母离异,后来一直深爱着的父亲又过早地去世了,妈妈整日靠药维持,对她缺乏爱心。这一切造成了她胆小孤僻的个性。她不习惯于集体生活,喜欢独居。"为什么你总是一个人?""因为我喜欢。"工作时,她一个人独租在狭窄的阁楼里。后来搬到费里贝尔家中,她对于性情暴躁的弗兰克极不适应。虽然费里贝尔要她不要放在心中,但是她却很难忍受,结果一气之下想搬回自己的住处。她怕承担责任与后果。"我害怕你,也害怕我自己,我害怕一切。"虽然她很爱弗兰克,却没有勇气承认。即便想挽留他,她也不明说,只是说"总是给别人打工不烦吗",只是说"既然旅行者餐厅的老板愿意用信用卡去支付,那么你为什么不接下那个餐店呢",等等。弗兰克对此非常生气,"卡米耶,为什么你就不能简简单单地跟我说'我不希望你走呢?'"因为这种性格,她差点儿错失了自己的爱人。眼看弗兰克离去,她只会独自流泪。

弗兰克,他与卡米耶一样,也是个苦孩子。他是一位私生子,连自己的父亲是谁都不知道,被狠心的母亲扔下十年以后,才与之重逢。他一直与外婆波莱特相依为命。他非常地孝顺。波莱特生病以后,他放弃休息时间,不辞辛苦地走很远的路冒着严寒骑摩托车去看望她,并且赶到乡下照顾她家中的小动物。还怕老人伤心而不去卖掉老房子,他努力地工作以支付起外婆昂贵的医疗费。找女朋友时,他也要考虑到波莱特的意见。他工作踏实努力。作为厨师,他每天工作的时间很长,但是并不抱怨,而且做的菜还非常好吃。顾客会到厨房里赞扬他。老板也非常信任他,听说他要离开去英国,还帮他在那里找了一份工作。曾经工作过的旅行者餐厅老板也一直期待他能来接自己的班,继续经营这家餐厅。

他具有很强的反思精神和牺牲精神。与卡米耶发生冲突以后,看到卡米耶打包要搬走,他会想到这给费里贝尔可能造成的伤害,所以会放下架子对卡米耶进行真诚的挽留,并且还说应当离开的是自己。对于自己不能控制好情绪,光顾发泄而不考虑别人的行为,他对卡米耶也做出了真诚的道歉。他非常的敏感自尊。自己爱上了卡米耶以后,听到卡米耶说并没有爱上自己,他会难过地深夜在城市的街头独自徘徊。在接下来的一段时间里,他也会努力地对卡米耶装出一副冷淡的面孔。他非常的勇敢。虽然在自尊与爱情面前,他曾经有过徘徊。但是最终他还是战胜了自己,勇敢地选择了爱情,为卡米耶而留了下来。他还有一颗感恩的心。成为餐厅老板以后,对于曾经关心过、帮助过自己的人,他从不曾忘记。不但将费里贝尔招进了自己的餐厅,而且连他的爱人桑德琳也一并邀请了过来。

**给卡米耶做模特的弗兰克**

费里贝尔,他是一个贵族后裔,拥有着一处很大的房产。他心胸开阔,不但让身处困境中的弗兰克暂居到自己家中,而且还能够容忍弗兰克的坏脾气。即便弗兰克把热水器里的水都用光,他也毫不计较;弗兰克睡着的时候,他会轻轻地帮弗兰克脱掉鞋子;他还给弗兰克做早餐。他为人真诚善良。虽然与卡米耶并不熟悉,但是受到她的邀请以后,他会欣然前往,并且还不辞辛苦地提着沉重的餐具篮子爬到顶楼。与卡米耶共进晚餐以后,他对于自己此前谎称是博物馆工作人员一事深感内疚,临走前坚决地说出了真相。听到弗兰克没有见过卡米耶就妄加评论,他非常的生气。他看到卡米耶很冷,会立刻把自己祖传的帽子拿下来戴在她头上。卡米耶生病时,他将她接回家,悉心地照顾,并要求弗兰克尊重卡米耶。圣诞节时,他会打电话给卡米耶,担心她受到弗兰克的欺负。他不但让贫困的弗兰克、瘦弱的卡米耶住到自己的家中,而且还让年迈病重的波莱特也住了进来。他博学多才,知晓很多历史知识。他心理素质极差,一遇到重大的事情,就会焦虑难眠,并且掉头发,因此人生并不顺利。他生性浪漫,看到心爱的人桑德琳出现以后,便穷追不舍。为了能够与桑德琳共同进步,他挑战自己,与她一起上戏剧表演课。在医生的指导下,他不分昼夜地刻苦练习发音,纠正自己的缺点,使自己走向完美与自信。最终,他在大庭广众之下,当着桑德琳父母的面,向桑德琳求婚,从而赢得了幸福的未来。

波莱特,这是一位生活在乡下的老太太,热爱自己的家园。宁愿不治病也不要变卖自己的家园。对于小动物特别地有爱心,她养了很多的宠物,每天与它们幸福地相伴。生了重病以后,她想到的不是自己,而是家中的那些小动物,怕它们被人抛弃。长期的寡居生活,加上早年受过女儿的伤害,所以她变得非常的固执。除了孙子和女儿以外,她很难与别人相处好。总是对别人严格要求,不太会换位思考。即便弗兰克疲倦不堪,也不知道为此克制自己的这些坏毛病,对之大发牢骚。

除了上述人物以外,还有刻薄消极的卡米耶妈妈、关心朋友的老人伊冯娜、热情浪漫的桑德琳、真诚专业的戏剧表演老师、慈祥善良的餐厅老板等等。

## 四、艺术特色

本影片所描写的主要是生活在城市里最底层的年轻人,如厨师、保洁员、小商贩,以及生活在乡村里的老人。这些人虽然平凡普通,却能够感动人心。影片极富启迪意义,这与它对情节的成功处理密切相关。情节的真实细腻,是本影片最大的艺术特色。情节的真实性,主要表现为对现代人所面临的诸种压力的描述。比如老年人,他们面临的主要生活难题是疾病与孤独。波莱特长期寡居,独自居住在乡下,唯一的女儿几乎不怎么往来,只有外孙弗兰克与自己关系亲密。但是弗兰克却在城市里工作,而且平时也没有什么时间回家。结果发病时,如果不是好友伊冯娜来访,她就会死在家中。

弗兰克与费里贝尔在交谈

住进医院以后,除了弗兰克也没有其他人来看望她,所以在医院里成天难过抱怨。比如中年人,他们往往经历了婚姻的坎坷。弗兰克妈妈年轻时一时糊涂造成严重后果，后来虽然组织了家庭，但是一直无法与母亲波莱特及儿子弗兰克相处好。比如卡米耶的妈妈，早早离异。虽然仍然牵挂卡米耶，但是却对女儿的一切均不满意。她不会与女儿交流，难得的见面只会增加卡米耶对她的排斥情绪。比如年轻人，他们面临着巨大的经济压力。弗兰克每天只有一点儿休息时间，但是挣得并不多，好不容易才凑足钱买到一辆摩托车。医院里打电话来说起医疗费，他一点儿办法也没有。听说费里贝尔的房子要卖，他心里对于未来更是一点儿底也没有。另外，原来工作的餐厅老板一直想把店转给他，他也没有钱付。而卡米耶呢，只能去到保洁公司找一份工作。这份工作显然不被人看好，连她的妈妈都以此来挖苦她，以至于她与费里贝尔交流时，都不愿意说出真相，谎称自己在办公室里工作。因为工作不好，所以她只能租一间非常简陋的房子居住。用她的话来说，那其实就是一个棚子，里面既没有冰箱，也没有体面的卫生间。费里贝尔来吃饭时，只能盘腿而坐，头都抬不起来。除此以外，影片中出现的诸多情节也是现实生活中经常有的。比如乡村里家前屋后浓荫围绕、家畜四处奔走的温馨情景；农村里杀猪以及大家一起共享美食的热闹场面。比如医院里人们身上的痛苦和脸上的忧愁。比如城市里房东与房客、房客之间相处时种种难以预测的状况。比如城市中的男女关系，既有儿戏般的朝秦暮楚，也有执着的情定终身等。另外还描写了人们在节日里的不同心境，有的无暇顾及，有的倍感凄凉，也有的无比幸福富足等。

弗兰克与卡米耶心情复杂地干杯

作品的第二个艺术特点是风格浪漫而幽默。其浪漫，主要表现在虽然剧中人都是生活在社会的底层，但是都有一个非常美满的人生结局。比如，弗兰克与卡米耶，一个人因为爱情由暴躁变得温柔，一个人因为爱情由孤僻变得开朗，最终有情人终成眷属。比如费里贝尔，虽然外表结巴，只是一个小商贩，却有着渊博的知识、金子般的高贵心灵，一直心怀梦想。与桑德琳一见钟情后最终走到了一起。比如波莱特，离开了医院，住进了自己的老房子里，躺在最喜欢的扶椅上，看着窗外生机勃勃的景色，然后平静地离开人世。她实现了自己善终的理想。影片中的浪漫还表现在对绘画的描写上，绘画将人物内心丰富的情感给形象地展现出来。虽然波莱特已经年迈，但是她却愿意给卡米耶做模特，甚至让她画自己的裸体。结果画好后，大家聚在一起欣赏时，她又有些难为情。卡米耶看着她安然辞世，心里极其不舍与难过,于是便拿起了手中的笔,给波莱特画了最后一幅肖像画。这幅肖像画后来又出现在波莱特的葬礼上。绘画是波莱特与晚辈沟通的桥梁,它也表达了晚辈们对波莱特的无尽缅怀之情。关于弗兰克与卡米耶的爱情,影片也将之与绘画结合在一起,也让人印象深刻。弗兰克送礼物给卡米耶,卡米耶于是便画了一幅他的半身裸体画送给他。此后,绘画成为

波莱特安详离世后,卡米耶给她画最后一幅画

两人交流的一种特殊方式。当弗兰克说要离开这里时,卡米耶非常爱他,但是又怯于表达。她于是把所有关于弗兰克的画拿出来,摆满了整个屋子,然后一边观看,一边微笑。到了后来,两人终于在一起生活时,弗兰克经营的餐厅里墙上挂满了卡米耶的画。

圣诞节晚上,弗兰克在卡米耶房间欣赏她的绘画

　　除了浪漫以外,影片还充满着幽默的风格。虽然这些人身处窘境,但是他们并没有被生活击垮。相反,他们总是能想着法子逗得周围的人开心,而自己也会由此释怀。比如体检的医生问卡米耶在哪里工作时,卡米耶回答说是在保洁公司。对方对于这样美丽的女子竟然会从事这种职业非常吃惊。为了化解眼前的尴尬,卡米耶语速流畅地对保洁公司作了一番宣传,结果逗得医生大笑。后来当卡米耶走出体检车时,她的同事们正在外面等着,于是便关心地问起体检的事来。那场面更是搞笑。她们问卡米耶,医生有没有让她脱掉内衣体检,还问瘦弱的她有没有称体重。其中一位胖同事笑言,如果让她去称一下的话,保准那杆秤会被搞坏掉,并且扬言要把医生拌上佐料给吃掉。卡米耶

的这位胖同事此后每次出现都极其幽默。工作中,当卡米耶问她近况如何时,她讲出了丈夫把家里的钱全部用光,孩子生病以及小姑子在与自己闹别扭,然后却爽朗地说:"除此之外,一切都很好。"后来,保洁公司开圣诞晚会,大家都说"敬爱情",她却大笑着说"敬我离婚"。在晚会上,保洁公司员工们也是妙语不断,让人捧腹大笑。比如大家问晚上干什么时,一位很瘦的女性说自己想长两公斤肉。保洁公司的员工们在一起过圣诞节时,唱的竟然不是赞美上帝的歌,而是公司的宣传歌。这首歌的歌词非常简洁,却创意十足,"灰尘,我们只是灰尘,在一个满是灰尘的世界里,幸运的是还有保洁,幸运的是还有保洁公司"。它表达了保洁公司员工即使面对贫穷苦难,心中仍然充满阳光的生机勃勃的精神面貌。另外,当波莱特听说弗兰克买了一辆新的摩托车时,她非常担心他会开快车。这时弗兰克回答说自己开得比海龟还慢。当弗兰克对卡米耶说起自己的童年往事时,面对卡米耶的好奇以及往事的辛酸,他突然打趣说:"你是想把我弄哭吗?"后来两人在一起以后,看到卡米耶喜欢小孩,弗兰克就把她背在肩上向房间走去,同时不忘吩咐其他人不要打扰他们。这一切都让人在沉重的生活面前,倍感温暖,从而激发起对生活的无限热爱和美好憧憬。

# 《雨人》文学导读

## 一、主要剧情

查理经营着一家小型的汽车公司。公司里有两位员工，一位是女友苏桑娜，一位是莱尼。虽然公司面临着诸多的困境，比如汽车审核不过关，拿不到车；比如汽车的贷款期限就要到了，而手头又没有资金来还钱；比如车主付了定金以后拿不到车，气得要把定金取走等，但是他都能一一给对付过去了。百忙之余，他仍然会抽空陪苏桑娜。

一天，正当他开车带苏桑娜一起出去度周末时，莱尼打来了电话，说他父亲的律师正在找他。原来他父亲去世了，葬礼在明天举行，律师希望他能够出席。查理这时才告诉苏桑娜，自从母亲去世以后，他与父亲的关系一直不和。他向苏桑娜表示歉意，因为他要回老家参加葬礼。苏桑娜决定陪他一起回去。

葬礼结束以后，查理带着苏桑娜住进了自己的老家。他向苏桑娜介绍，家里有两样东西一直是父亲的宝贝，一样是车库里的老款汽车，一样是家中的玫瑰花园。父亲爱这两样东西超过爱他。查理还向苏桑娜讲述，少年时自己一直想开父亲的车，但是父亲从未允许，即便他拿着全部是 A 的成绩单回来。他还说，有一次自己偷开父亲的车带朋友们去兜风，父亲明知道车是他开的，却撒谎报警，说车被偷了。结果他和朋友们都被警察带到了警察局。其他的朋友都被父母保释了，而他却在里面待了两天。从此以后，他便与父亲绝断了父子关系。离家以后，他再也没有回家过，更没有与父亲有过联系。苏桑娜此前从未听他说过这些，因此非常震惊。查理说自己晚上留宿在老家，只是想了解一下父亲的遗书内容。

晚上，律师向查理宣读了父亲的遗书。查理终于如愿以偿地得到父亲的汽车和玫瑰园，但是令他非常愤怒的是父亲竟然将房产以及近三百万的资金建立了信托基金，交由他人负责管理,而且受益人还不是他。查理要求律师把受益人的名字告诉他,但是律师拒绝了。于是查理开走了父亲的汽车,并且巧妙地打听到了父亲信托基金受托人的信息,并找上门去。受托人是布鲁诺医生,一家精神病院的主治医生。查理找到那里时,布鲁诺医生却拒绝透露受益人的信息。当查理非常失望地返回自己的车里,却发现有一位病人正坐在里面与苏桑娜聊天。这位病人对自己车子和家里的情况了如指掌,这使查理非常惊讶。这时布鲁诺才告诉查理,这位病人叫雷蒙·巴比特,是他的兄长,患有自闭症,一直在医院里接受治疗。雷蒙就是查理要找的遗产收益人。查理于是骗过了医生和苏桑娜,将雷蒙私自带出了医院。

查理带着苏桑娜和雷蒙一起住进了豪华的总统套房。雷蒙不能接受生活规律的变化。更奇怪的是,他竟然在夜里坐到了查理与苏桑娜的房间。查理对此非常生气,将雷蒙赶出了自己的房间。苏桑娜要查理向雷蒙道歉,结果查理对雷蒙的态度更加粗鲁。苏桑娜对查理说谎话和利用别人的自私行为非常生气,她不顾查理的挽留,在夜里离他而去。

第二天,查理打电话给布鲁诺医生,说雷蒙跟自己在一起。布鲁诺要他立刻将雷蒙送回来。查理说只要布鲁诺将一百五十万给他,他就会将雷蒙送回医院,不然两人在法庭上见。布鲁诺医生对他开出的条件严词拒绝了。查理只好独自带着雷蒙向洛杉矶出发。

可是,在回去的路上,雷蒙既不肯乘飞机,又不肯走州际公路,而且下雨天也不肯出去,并且一直坚持着自己的生活习惯,这让查理心急如焚。为了缓解内心的压力,查理一路上还多次去看心理医生。心理医生发现雷蒙与一般的自闭症患者不一样。他不但能够言谈,而且还会与人交流,并且记忆力很好。尽管雷蒙让查理吃尽苦头,但是查理仍然没有将雷蒙送回医院,而是一味地将就他。查理已经做好了安排,聘请了律师,准备回去和布鲁诺医生好好打一场监护权的官司。

在两人的相处过程中,查理发现雷蒙就是自己记忆深处一直陪伴自己、给自己童年带来快乐的那个人。看到雷蒙手握着兄弟俩与父亲的照片,听到雷蒙谈起离开家时的情景,听雷蒙唱自己儿时喜欢听的歌,查理内心突然非常感动。他渐渐地对雷蒙有了割舍不掉的亲情。同时,他也主动地打电话给苏桑娜,说自己不想放弃这段感情。

也是在路上,查理难过地获悉,因为贷款没能及时归还,银行把他的新车全部没收了,他的公司因为缺乏足够的资金而宣布破产。正当查理非常沮丧时,他意外地发现雷蒙拥有超群的记忆力。于是他突发奇想,用扑克牌来试雷蒙,结果每次雷蒙都能够清晰地算出他手中剩下的牌。查理于是决定带雷蒙到赌城拉斯维加斯去赌一把。为此,查理还把雷蒙好好地给打扮了一番。雷蒙可以同时记得八副牌,这使查理在赌场上当天就赢得八万六的巨额财富。这笔钱使查理一下子解救了公司的危机,他对未来再次充满信心。为了庆祝和表达感激之情,查理给雷蒙开了豪华套间,并且对自己在赌场上的过激行为向雷蒙表示道歉。当然赌城很快就发现雷蒙的奇特之处,于是礼貌地约见了查理,要他带着赢得的钱乖乖地离开赌城。在此期间,苏桑娜突然出现,查理与她和好如初。雷蒙在赌场里遇到了一位叫艾丽丝的妓女。他对艾丽丝极有好感,想跟她约会。为了约会,雷蒙还向查理学习了跳舞。结果,艾丽丝却爽约了。苏桑娜一直陪在雷蒙的身边,她将电梯停在半空,与雷蒙在电梯里跳舞,并且还教他接吻。三人最终回到了洛杉矶。

查理将雷蒙安排到自己家中。这时布鲁诺医生打来了电话,他想约查理出来谈谈。见面以后,布鲁诺医生对查理说,即便查理赢得了雷蒙的监护权,作为基金的委托人,他也不会给查理一分钱的。布鲁诺医生说这场官司并不关乎他与查理,也不关乎输赢,而是关乎雷蒙的一生。布鲁诺说自己二十年前就对查理的父亲作出过承诺,要保护雷蒙,他认为医院里可以给雷蒙最好的治疗。布鲁诺医生希望为了雷蒙的一生,查理不要打这场官司。作为回报,他递给查理一张二十五万的巨额支票,而且不带任何附加条件。但是查理并没有接受布鲁诺的建议,他仍然坚持打这场监护权的官司。查理说,他现在很能理解父亲为什么在遗嘱里没有给自己一分钱,因为自己离家以后就从未跟父亲联系过。但是令他不能接受的是,从来没有人告诉过他有一个哥哥。经过了六天的相处,查理对雷蒙已经产生了深厚的感情,他非常开心自己有这样一位哥哥。他想好好照顾雷蒙。

查理带着雷蒙去法院,接受法庭医生的鉴定。结果令他难过的是,雷蒙的病情并没有好转。医生认为雷蒙并不具有独立照顾自己的能力。法院最终还是将雷蒙的监护权判给布鲁诺医生。布鲁诺医生要将雷蒙带回医院,查理前来送行。查理对雷蒙依依不舍地说两周以后自己会去医院看他。

## 二、作品主题

影片描写了一个感动人心的故事。一位年轻的商人查理,去参加父亲的葬礼,从律师那里得知父亲将近三百万的遗产建立了基金,交由一位医生管理,并且受益人竟然是自己未曾谋面的兄长。他于是将兄长绑架,以此作为谈判条件,要医生将父亲遗产的一半分给自己。结果,在与兄长同行的6天里,他终而人性觉醒,对兄长产生了深厚的亲情,于是不惜拒绝医生的巨额支票,想争取兄长的监护权。因而影片宣扬的是众所周知的手足之情。

查理是生活在大城市里的一位商人,整天与钱打交道,自然非常在乎金钱。虽然他与父亲一直不和,但是接到电话,仍然会出席葬礼,并且在家里住了下来。用他的话来说,这么做并不是他对父亲或是家园有什么深厚的感情,而只是想了解父亲遗嘱的内容。听到父亲将自己的老式汽车和玫瑰园赠给了自己,内心自然十分宽慰。但是后来听说父亲竟然把巨额遗产交给了一个他从不知道的人管理,而且受益人也不是自己,他的这种嗜钱如命的本性才真正暴露出来。他愤怒地对律师说,父亲应当下地狱,自己一刻也不想成为他的儿子。

为了获得巨额的遗产,唯利是图的查理运用了欺骗手段。他不但骗取了银行的信任,获悉了遗产管理人与受益人的信息,进而找上门去,而且他还用欺骗手段,让苏桑娜将车开到精神医院里,然后将患有精神病的雷蒙带出了医院。

虽然他已经从医生那里得知自闭症病人只有在医院里才能够得到最好的照顾,虽然他也知道雷蒙是自己的兄长,但是他对于雷蒙的痛苦却不屑一顾。一路上他只关心两件事:一、雷蒙是否能够作为谈判的砝码,用来与布鲁诺医生交换一百五十万的遗产;二、自己公司的经营状况。尽管布鲁诺打电话让他把雷蒙送回医院,但是他仍然一意孤行。而他的所作所为,均是为了金钱。

最初,他对身患自闭症的兄长雷蒙的态度极差,显得极不耐烦。这种态度让局外人苏桑娜都看不下去,愤怒地离开了他。

但是在接下来6天的单独相处中,查理渐渐地对雷蒙产生了真正的兄弟情谊。

他意外发现,雷蒙对于二十年前所发生的事情记忆得非常清晰。雷蒙身上一直带着一张照片,照片上有他、雷蒙与爸爸,爸爸正抱着自己。照片拍摄的那天正好是母亲去世的时候。他了解到爸爸是在母亲去世以后,才把雷蒙送到精神病院的。听到雷蒙反复地自言自语说"绝对不能伤害查理"时,他才知道,雷蒙就是自己儿时记忆深处的那个"雨人"。那位当他感到害怕时就会过来唱歌给他听的雨人。原来雷蒙一直深爱着他!爸爸只是因为怕雷蒙伤害到自己,才将雷蒙送到精神病院的。

这时,他对父亲的恨意全消;这时,他对雷蒙顿生感恩之情。接下来的路程中,他才开始真正地照顾起雷蒙来。他给雷蒙买了可以随身携带的电视机。在赌场上,他听从雷蒙投了三千块钱赌注结果输了,他难过地抱着雷蒙要走,结果雷蒙受到了惊吓。后来他为自己的行为向雷蒙道歉。他将雷蒙带回了自己的家,买他最喜欢的《谁是第一垒》的录像带,还与他一起边吃东西边观看。

**查理在家中与雷蒙一起观看录像**

在与布鲁诺医生谈话时,对于父亲在遗嘱中将自己忽略的行为,他表示了真正的理解。因为父亲一直想与自己联系,但是自己却从来不回一个电话过去。他说自己是混蛋。这时,他才将钱看得很淡。他没有接受布鲁诺的巨额支票,也不为遗产而打官司,只是想让雷蒙跟自己在一起,因为他是自己在世上的唯一亲人。

他与雷蒙一起吃饭,并且讲笑话给雷蒙听,这使雷蒙非常开心。与雷蒙一起去法院时,他给雷蒙开车门,语气和蔼地提醒雷蒙下车要小心点。

在短短的一周时间里,他已经与雷蒙建立起了真正的情感交流。

医生听后,也评价道,"这真是一个奇迹"!

在法医对雷蒙进行鉴定的过程中,他看到医生不断地询问雷蒙,而雷蒙被迫回答时极其痛苦,他产生强烈的同情和担忧,怕雷蒙受不了。他让医生停了下来,宁愿自己输掉这场官司。医生离开以后,两人单独相处时他过来宽慰雷蒙,说布鲁诺医生会带他走,那是因为布鲁诺医生可以好好地照顾他。他对雷蒙说,两人一起旅行时沟通得很好。最终,

**查理输掉监护权以后,难过地与雷蒙紧紧相依**

兄弟两人头靠头亲密地坐在一起。他真心地对雷蒙说,自己很开心有他这样的哥哥。雷蒙坐在那里,虽然与以前一样纹丝不动,但是嘴里却在拼着查理和自己的名字。

最后他送雷蒙上车。他拿着雷蒙的包,里面装满雷蒙喜欢吃的食品。查理告诉哥哥两周后就去看他。看着雷蒙上车离开,他非常地不舍。

雷蒙这位自闭症患者,此前二十多年的时间里一直生活在医院。被查理偷偷带出来以后,起初一直不能适应新生活,因而非常的痛苦。但是后来,在查理的真诚照料下,开始放松下来。他手拿着电视遥控器,坐在录像机前面看喜欢的节目,吃着自己最爱的食品。他不再像开始时那样,只是生活在自己的世界里,而是开始与外面的世界有了交流。跟查理讲过去在家中生活的情境,说看电视比看书更好玩。听到查理说笑话时,也会心领神会。面对布鲁诺医生对他衣着的询问,他也会跟医生幽默一下。与查理道别时,他的眼神里也流露出了不舍。

最终,影片描述了这两位原本极疏远的兄弟,在彼此的身上获得了情感的慰藉,感受到了亲情的温暖。

## 三、人物形象

影片的人物主要有雷蒙、查理、苏桑娜、布鲁诺医生、查理父亲以及查理父亲的律师。

深夜,雷蒙好奇地走向查理与苏桑娜的卧室

首先是雷蒙,这是一位患有自闭症的病人。母亲去世以后,他被父亲送到医院里治疗。查理找到他的时候,他已经在医院里生活了二十多年。他深爱家人。身上一直放着家人的照片;记得父亲教自己开车;在弟弟查理害怕时,会给他唱歌;"不能伤害查理",这句话一直铭记在他的心头,不曾忘记。与一般的自闭症患者不同,他有着超强的记忆力。读过的书能够过目不忘,即便是电话簿也能如此。他的数学能力极强,能够快速地计算出各种乘式的结果。除此以外,他还能够与外界有所交流。他会跟查理谈起早年的家庭生活,记得弟弟在窗边向自己挥手;他会跟查理说电视节目比书本更好玩。他听得懂查理的玩笑话。对于女性,他也很喜欢。初次见到苏桑娜时,他就愿意与她接近。后来在赌场,他也想与女人约会,而且还想约人家一起跳舞。与查理见法庭医生时,他会主动地将头靠在查理的身上,以此表示不舍。临别时,面对查理,他脸上会流露出难过的表情等。

其次是查理。这是一位精明的商人。即便在非常窘迫的情况下,他也能够灵活地应付。听到父亲将遗产交给了一个他从来不知晓的人,在父亲的律师拒绝透露信息的情况下,他能够想尽办法查出受益人,然后找上门去。为了夺到一半的遗产,他最初是不择手段的。他将雷蒙绑架出来,以此来要挟布鲁诺医生,让他拿出一半钱给他。面对破产

年轻英俊的汽车商人查理

的局面,他又想出了带雷蒙到拉斯维加斯去赌钱,以便打个漂亮的翻身仗。为此不惜把自己的全部家当都典掉换成钱。这是一位缺乏母爱,同时又对父亲充满敌意的人。一旦受到了伤害,他便很难释怀。因为父亲不让他开车,所以他对此一直耿耿于怀,为此还断绝了父子关系。直到父亲去世,他都没有与父亲联系过。最初在他的心目中,亲情与金钱相比,几乎没有任何地位。听到父亲去世的消息,他脸上毫无表情。初次见到患有自闭症的哥哥,他脸上没有流露出一丝关怀。直到后来,得知雷蒙就是一直深爱着自己的人,他内心才开始复苏,尝试着关怀身边的人。此后他不但耐心地照顾一路同行的雷蒙,而且还主动打电话给离他而去的女友苏桑娜。为了这份亲情,他还拒绝了布鲁诺医生的二十五万元支票。

美丽、善良、正直的苏桑娜

再次是苏桑娜。这是一位美丽的职业女性。她深爱着查理。陪他一起出席他父亲的葬礼;晚上看到查理不在屋里四处寻找;发现他独自在院子里徘徊,非常担心;知晓查理破产了,还赶过去安慰他。但是这并不意味着她可以迁就他的坏毛病。她行事有自己的原则。当查理带她出去度假,在路上却对她一言不发时,她提出了抗议。到了查理家以后,她看到查理父亲的照片,觉得查理的父亲并不是如他所言的那样没有亲情。对于查理所讲的偷开车一事,她并不觉得查理是对的。当她发现查理撒谎,并且利用兄长和自己时,她非常愤怒,不顾查理的挽留,愤而离开。后来查理打电话给她,她仍然说他对雷蒙

所做的一切都是不对的。她对人非常友善。查理带着她去精神病院时,她告诉查理,没有医生允许,他们不应当四处观看。初次见到雷蒙时,她明知他是一位病人,但是仍然会耐心地平等地与他交流。当雷蒙出现在查理与她的房间,查理愤怒地赶走雷蒙时,她想到的是不要伤害到了雷蒙,因为他什么都不懂。她要查理过去道歉。雷蒙约会时,她热心地陪同,看到雷蒙没有能够实现愿望时,她还陪他跳舞,并且教会他接吻。

接着是布鲁诺医生。他是查理父亲的老朋友,一直负责治疗雷蒙,有着非常强的专业医学知识。他为人正直,信守承诺。当查理父亲将自己的巨额财产交给他管理时,面对查理的来访,他并没说出关于雷蒙过多的信息。雷蒙被查理带走以后,他要查理立刻把雷蒙给送回来,以防雷蒙受到伤害。当查理以雷蒙为要挟,要他拿出一半遗产时,他严词拒绝了,不惜为此打官司。后来他又主动找查理交谈,告诉查理这场官司关乎的并不是他本人,而是雷蒙一生的幸福。面对动机不纯的查理,他说即便是自己输了监护权,作为基金的委托人,他也不会给查理一分钱的。由此来斩断了查理的非分之想。后来为了保护雷蒙,他还是做出了适当的让步,拿出巨额支票给查理,要他放弃打官司,说雷蒙只有住在医院里才能得到很好的照顾。当法庭医生要对雷蒙进行鉴定时,他还是在激烈地争取雷蒙的监护权,以防雷蒙受到伤害。他非常地善解人意。当查理和雷蒙兄弟道别时,他主动让他们单独相处,自己提前回到车厢里等待。

接着是查理的父亲。虽然他在影片中并没有出场,只是查理和雷蒙所作的简单描述,但是我们却可以发现他显然是一位极富艺术气息的、慈爱又严肃的父亲。一生中有两个宝贝,一是老式的限量版汽车,一是得奖的玫瑰花。他认为这些都是艺术品,应当好好地爱护。他死时,那辆车仍然丝毫无损地停在车库里,而花园里则盛开着玫瑰花。其慈爱的一面主要表现为对儿子的态度上。对于身患精神病的雷蒙,他一直非常照顾。直到妻子去世以后,为了防止他伤害到年幼的查理,才不得已将他送到医院。那辆汽车原来是给雷蒙开的。雷蒙离家以后,他就将它锁到车库里,不许任何人动,连查理也不例外。后来,临死前,他还把巨额财产交给老朋友布鲁诺医生打理,以确保雷蒙一生的生活和医疗开支,让雷蒙没有任何负担地活着。对于极其叛逆的查理,他选择了原谅。虽然查理离家出走以后与他断绝父子关系,但是他仍然会寻找查理,多次打电话给查理,希望能够修复父子关系。而且在临死前,

查理父亲的老式汽车

他还留下书信,对查理的行为表示了原谅,认为这可能与查理成长过程中缺失母爱有关,所以仍然把查理最喜欢的车和玫瑰花留给了他。

最后是查理父亲的律师。这是一位极富专业精神的律师,虽然查理听到遗嘱后反应极其强烈,但是面对查理的追问,他仍然恪守职业操守,没有透露任何关于信托基金委托人与受益人的信息。

## 四、艺术特色

本影片所宣扬的是深厚的兄弟情谊,但是在表现这一主题时,影片却极富喜剧风格。这是影片最大的艺术特色。查理最初的精明算计与最终的适得其反是造成这一喜剧效果的主要原因。查理为了得到父亲的遗产,精心设了一个圈套,把患有自闭症的雷蒙从医院带走,想以此来作为条件与布鲁诺医生谈判。结果布鲁诺医生不吃这一套。此时苏桑娜已经离开了他。一意孤行的查理只好带着雷蒙出发。这时公司里又出现了诸多的状况,查理因此心急如焚地想早点回去。结果呢?同行的雷蒙做任何事情都固守着自己的一套规则,而且不愿意改变。这就造成了查理的欲速而不达的尴尬。比如他想乘飞机,结果雷蒙清晰地记得每一个航班的事故情况,所以死活不肯乘。后来他只好改成开车。到了路上,雷蒙又认为州际道路不安全,所以宁愿下车独行,也不愿意坐在车上。实在没有办法,查理只好让他在前面走,自己开车如海龟似地在后面跟着。看到外面下雨,雷蒙也不肯出行。这样一来,原来几个小时的路程,现在变成了六天。查理再有能力,也不能赶到公司里处理乱如麻的事务。结果查理一分钱遗产还没有拿到,自己的公司却早早地破产了。而且一路上,雷蒙什么也不肯将就,床的位置、食物的种类、连内衣都只穿在固定商店里卖的。因为雷蒙关乎着巨额的财富,所以查理死活也不肯放弃。看着这只烫手的山芋,气急败坏的查理只好去求援心理医生。但是医生并不能给他什么好建议,反而还说雷蒙在自闭症患者中已经算是相当乐观的了。

当查理要为雷蒙的监护权据理力争时,雷蒙回答法庭医生的话,却让他倍感难堪。雷蒙说他带自己去赌钱,让他去开车,还鼓动他去约会,等等。查理只好放弃打官司的打算。关于作品的喜剧特色,除了查理与雷蒙相处时令人啼笑皆非的各种情节以外,还表现为雷蒙让人始料未及的天真与幽默。比如当查理与苏桑娜在房中做爱时,雷蒙竟然天真地效仿他们的声音,同时还心无旁骛地坐在他们的床边专注地看电视。比如赌城的妓女随便跟他聊了一下,他便当起真来。不但想与人家约会,而且还把对方随便说说的话当成了诺言。比如他本身是一个对钱毫无概念的人,但是在赌城里却大显身手,赢得周围人的一片喝彩。比如,最后当他身着整齐地来到火车站时,布鲁诺夸赞他的衣服时,他令人意想不到地说出了一个笑话,并且还充满智慧地夸赞眼前是一辆"闪亮的火车"。当查理沉浸在离别的伤感中,承诺会去看他,雷蒙却说一是坏的,二是好的,问他会押什么。这个情节立刻冲淡了离别时悲伤的气氛,让人心中的雾霾尽扫,随后一阵轻松。

  影片的另一个艺术特色是隐喻手法的运用。影片中查理与雷蒙是兄弟。雷蒙是一位自闭症患者。关于他的病情,既有医生的介绍,又有雷蒙的诸多表现。但是反复深入地观看影片时,观众们会发现,其实雷蒙是显性的自闭症患者,而查理则是隐性的自闭症患者,更加需要接受治疗的是查理。查理的内心世界从不向别人流露。与苏桑娜在一起开车,他只是沉浸在自己的世界里,一言不发。与苏桑娜相处一年了,他却从来不曾向她谈起过自己的过去。听到遗嘱以后,他心里很难过,独自在院中徘徊,却不告诉苏桑娜原因,只是说自己得到了想要的东西。查理的内心受到伤害以后,从来就不能自我修复。比如因为父亲没有让他开车,他就离家出走,而且此后便不再联系父亲,即便他的父亲多次打电话联系他。直到父亲死后,他才回家。做任何事情,他从来不会告诉别人自己的动机与目的。比如想劫持雷蒙时,他让苏桑娜开车而不说原因;去银行打听遗嘱受益人的信息,他也只是让苏桑娜在外面等。苏桑娜离开以后,他也不打电话去努力挽救。查理只做自己认为应当做的事,而不考虑到别人的感受。父亲明明告诉他,那辆汽车是一部艺术作品,不是孩子的玩具,但是他仍然坚持要去开它。当苏桑娜问他为什么你不经过允许就开走车子,他想也不想地回答说"那是我应得的"。事实上,失去了母亲,又与父亲长期关系不和,他非常孤独,常常怀有强烈的恐惧感。苏桑娜问他:"你害怕吗?"他回答道:"是的,我很害怕。"对于童年"雨人"的温暖记忆,他一直认为那不过是幻想出来的。他就是这样一个沉浸在自我世界里的人。影片一开始,他开车带着苏桑娜却双唇紧闭,一言不发,完全把苏桑娜排除在自己的思绪之外。苏桑娜感觉他仿佛是一个坐在自己身边的假人。后来,当他对苏桑娜讲起自己的过去时,苏桑娜非常好奇,"你怎么能将此事放在心里而不说出来呢?"结果,被大家公认的自闭症患者雷蒙却将大家所忽略的"自闭症患者"查理给治疗好了。

# 《肖申克的救赎》文学导读

## 一、主要剧情

瑞德是鲨堡监狱里的一位犯人。假释申请被驳回以后,他有些难过。狱友们纷纷过来安慰他。这时,监狱里又来了一批新犯人。瑞德与狱友们打赌,看哪位新犯人会在第一天晚上崩溃。老练的瑞德经过仔细观察,押的是一位瘦弱斯文的犯人。结果,那位犯人第一天却出奇的安静。赌输了的瑞德从此对那位犯人极其留意。这位犯人名叫安迪·杜弗瑞,原来是一家银行的副总裁,犯了谋杀妻子和她情夫的罪行,被判无期徒刑。

**安迪与瑞德在鲨堡监狱**

安迪总是独来独往,非常地安静,没有悲伤也没有激动。一个月以后,安迪才跟人交谈，而他主动交往的对象就是瑞德。安迪想找瑞德买一把小铁锤。瑞德在狱中神通广大，烟、油等什么都可以帮犯人们弄到。瑞德答应了安迪并警告他，不能用它来攻击人，而且要藏好，因为警察随时都会查房。同时，瑞德还跟他开玩笑说，想用一把小锤子挖墙越狱，要六百年才能成功。

随着交流的增多，瑞德对安迪渐生友谊。发现以安格斯为首的三个同性恋囚犯盯上安迪以后，瑞德非常替安迪担心。瑞德提醒安迪要防范这三个人，跟他们对着干，一般人都不会赢的。在安迪入狱后的两年多时间里，安格斯他们对安迪百般骚扰，总是躲在暗处袭击安迪，但是安迪并不屈服。瑞德虽然一心希望安迪能够打赢这些暴徒，但是结果却令他非常难过，安迪经常被打伤住到医务室里。尽管如此，安迪从来不向别人提及这些事。

有一天，典狱长突然决定安排监狱里的犯人出狱劳动。为了得到这个难得的外出机会，瑞德用香烟买通了警察，结果他和狱友们被派出干活。作为他朋友之一的安迪也在其中。这次公差让瑞德及其狱友对安迪留下了极深的印象，并且为安迪感到自豪。原来当他们在警察的看管下冒着烈日劳动时，一旁看管他们的警官海利正在与同事们聊天，说着自己的烦心事。海利有一位长期不联系的兄长，是一位百万富翁，突然去世后留下了一百万的遗产，海利分得其中的三万五。面对兄长留下来的这笔遗产，海利非常头痛。他想用来买一辆车，但是却遇到了报税的麻烦。一旦报税以后，这份遗产所剩

海利想把安迪推下房顶

无几。正在干活的安迪听后，上前主动说出了一个合法避税的办法，并且主动提出免费帮海利填申请表，条件是海利要请他的狱友们每人喝三瓶啤酒。海利最初看到安迪上前跟他说话时，还以为安迪会有其他企图。他把安迪一下子就推到了屋顶的边上，威胁要把他推下去。正当狱友为安迪的安危担心时，海利却放下了安迪。后来海利还按照安迪的要求给大家分发了啤酒。瑞德与其他的狱友们因为安迪享受到了入狱后前所未有的人生自由，从此对安迪刮目相看。

回到狱中以后，安迪来找瑞德，要跟他买石头，说是用来刻棋子。后来他又向瑞德买大幅的明星画像。有一天，安格斯又带着人来袭击安迪，用刀逼着安迪就范。安迪再次反抗，并且告诉安格斯，如果强迫自己的话会给安格斯造成很严重的后果。恼羞成怒的安格斯将安迪打得半死。安迪在医务室里足足待了一个月。安格斯被处独囚一周。

安格斯回到牢房以后,海利带着警察将他打成了重伤,然后将他遣送到医院。恶徒安格斯的余生只能在医院的病床上度过。为了庆贺安迪的新生活,瑞德发动大家一起帮安迪找石头,并且还免费送他一幅大的明星画像。

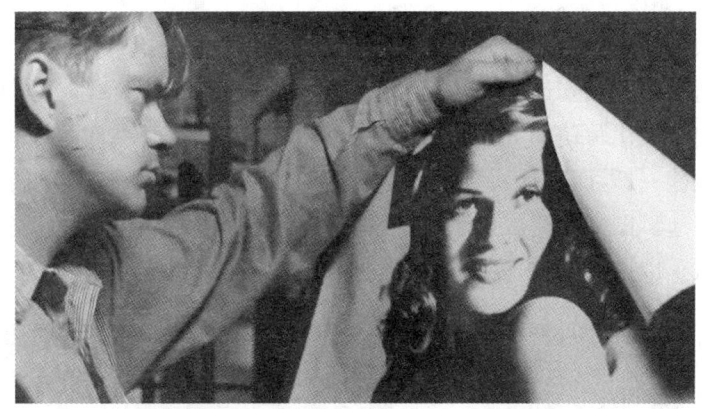

安迪在牢房里看瑞德送给他的明星画像

在海利的带领下,典狱长诺顿亲自来到安迪的牢房进行查房。对于安迪刻石头和挂明星画一事,他表示并不严重违反管理条件,可以为他破例。后来典狱长更是将安迪调离了原来的洗衣房,派他到图书馆工作。年迈的老布成了安迪的同事。到了图书馆以后,安迪才知道,原来诺顿、海利想让他替警察们办事。此后,不但狱中的警察,诺顿本人,甚至周边的警察都开始请安迪帮他们理财、报税。安迪非常繁忙,有时还得请帮手。这时他总是会叫来瑞德,这让瑞德非常开心。老布获得了假释,但是他并不想离开监狱,为此他还想劫持前来道别的狱友赫伍以获得新处罚来继续待在监狱里。经过安迪耐心的劝说,老布非常难过地放下了手中的尖刀。老布走后,大家一起对劫持一事进行讨论。瑞德对老布充满了同情。后来老布因为不能适应新生活而自杀身亡。

老布假释后,面对新生活充满迷茫

安迪非常在意监狱图书馆的情况。他不顾典狱长的劝告,每周写一封信寄给州里,想申请经费修建图书馆。六年以后,他终于收到答复。州里想用两百元钱和一堆旧书来打发他。安迪由此看到了希望。从此以后,他每周写两封信寄到州里。看着州里的回复以及外面寄来的一堆物品,安迪突然心情大好。他不顾危险,从中抽出了一张唱片,将警察们锁在外面,然后打开广播放给狱友们听。典狱长和海利对此非常暴怒,将他独囚了两周。但是这丝毫不影响安迪的好心情。瑞德虽然听不懂音乐,但是他仍然从中感到了自由。瑞德对安迪非常感激。安迪告诉他,在人的内心,有些东西是石墙关不住的,比如说希望。

　　瑞德再次申请假释,结果又被驳回了。安迪为了安慰他,从他的狱中同行那里买了一把小口琴送给他。在安迪的多年坚持下,州议会最终拨了专项经费给鲨堡监狱修建图书馆。安迪继续用写信的方式,与外界慈善机构和读书会、书商等取得联系,最终不但将图书馆翻建一新,而且还购到了许多有用的图书。在此过程中,瑞德发动他的狱友们一起帮助安迪。图书馆建成以后,许多的狱友乐在其中。在这期间,安迪还指导狱友进行自学考试。以这些方式,安迪很好地打发了自己在狱中的时间。

**安迪将监狱图书馆修建一新,犯人们乐在其中**

　　典狱长突然对外宣布实行新政,决定让监狱里的犯人们外出参加社会工作,以收取少量的钱,说这样既可以使纳税人少花钱,又可以服务于社区。此举为典狱长赢得了很高的社会知名度,同时也使他有了各种机会,钻制度的空当,大把地捞油水,肥了自己的腰包。安迪告诉瑞德,典狱长的黑钱如潮水般地涌进来,而他则负责将这些黑钱洗白。瑞德听后对安迪的安全非常担心。安迪告诉他,自己已经想好了万全之策。一旦出了事,典狱长与自己都不会被追查到,所有的罪名都会由一位名叫兰道·史帝文的合伙人承担,而这个人并不存在,他是安迪一手假造出来的隐形人。瑞德对安迪的聪明佩服极了。

　　后来狱中又来了新的狱人。其中有一位年轻的犯人汤米。他非常的活泼健谈,深得瑞德及狱友们的喜爱。安迪与汤米交谈以后,便劝他不要再做贼。已有妻小的汤米经过认真思考以后,决定请安迪指导他,参加自学考试。汤米一点儿基础也没有,安迪耐心地从基础开始教起。在学习过程中,汤米也曾灰心过。这时瑞德便去鼓励他。汤米于是对安迪为何入狱表示了好奇。听完瑞德的讲述以后,汤米想起了以前狱中一位叫厄摩的犯人曾炫耀过他干的一桩杀人案,死者可能就是安迪的妻子和她的情人。瑞德于是将汤米领到安迪面前,重新讲述了此事。安迪听后激动地去找典狱长,想申请重新审理此案,以证明自己的清白,结果被典狱长拒绝了。不仅如此,典狱长还将不肯罢休的安迪独囚了一个月。在此期间,典狱长还暗地里会见汤米。听到汤米说愿意为安迪翻案作证以后,他指使站在墙头的海利将汤米当作越狱犯给击毙。一个月后,典狱长告诉汤米已死的消息,然后要安迪继续为他做事。安迪不想再干了,要典狱长找其他的人。典狱长不同意,威胁他说如果不屈服,他将会让安迪此后的狱中生活生不如死。典狱长后来又将安迪独囚了一个月,这是鲨堡监狱史无前例的重罚。瑞德非常担心安迪。

**典狱长诺顿耀武扬威地视察监狱**

安迪最终同意继续为典狱长洗钱。安迪被放出来以后,瑞德陪着他聊天散心。这时,安迪说其实是自己的个性杀死了妻子,因为自己不擅于表达,所以妻子远离了他,结果遭受了不幸。安迪觉得自己一直欠妻子,现在终于偿清了。安迪告诉瑞德,他现在最想去的地方是芝华塔尼欧,它在墨西哥,在太平洋边上。安迪对瑞德说如果他获得假释,一定要去一个地方,那是自己和妻子相亲相爱的地方。在那里他会留一份礼物给瑞德。安迪反复强调假释后瑞德一定要记得去取。

**被独囚两个月以后,安迪与瑞德谈心**

瑞德觉得安迪在胡言乱语，于是非常担心安迪。瑞德要狱友们一起提防着安迪，不能让他做傻事。这时狱友伍赫突然想起，安迪跟他要了一条六尺长的绳子。听到这个消息以后，瑞德和狱友们更加紧张，怕安迪夜晚一个人在房间里上吊自杀。

结果第二天清晨，令瑞德和所有人百思不得其解的是，安迪神秘失踪了。典狱长诺顿听说此事以后，万分焦急。他亲自来到安迪的房间，对警察们大发雷霆，并对安迪的好友瑞德进行审问。后来他才意外发现，原来安迪花了二十年时间在自己的房里挖了一个通道，逃了出去。于是，他派了大量的警察带着警犬去追捕。结果人们只是在河边发现

典狱长诺顿意外发现安迪挖墙越狱

了安迪的囚衣和一块肥皂。安迪临走时不但带走了典狱长的衣服、鞋子，而且还包括他为典狱长伪造的所有文件。

瑞德后来收到一张没有署名的明信片，他由此明白安迪已经成功离开了美国。后来瑞德才知道，安迪逃出监狱以后，不但用伪造的兰道·史帝文的身份证取走了典狱长高达37万的赃款，而且还将典狱长挣黑钱、杀死汤米等所犯罪行的材料寄到了报社。鲨堡监狱内部的种种不可告人的秘密最终被曝光。最终，警官海利被逮捕，典狱长诺顿在办公室里饮弹自杀。而安迪，从此在人们的视野中神秘地消失了。

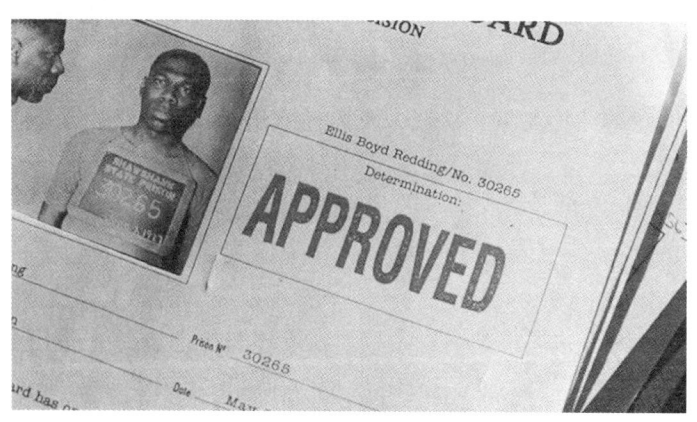

瑞德假释申请材料

正当瑞德对假释再也不抱希望时，他却意外获得了批准。他住的是老布曾住过的房间，上的班也与当年老布做的一样。他的心情也与老布一样，对新生活充满了恐惧。

面对内心的折磨,他也想再次犯罪以求重新住进监狱里。只是想起安迪临走前对自己所说的话,他才一直坚持着。后来瑞德终于来到安迪所说的那个地方,发现安迪真的留了一个盒子给他。盒子里面有一封信和一沓钱。安迪在信上说自己带着棋盘,在芝华塔尼欧等着他。为了能够与安迪团聚,瑞德再次犯罪。他违反了假释条例,离开了自己待的城市,并成功偷渡,最后来到了芝华塔尼欧。

瑞德与安迪在芝华塔尼欧团聚并过上了自由自在的生活。

## 二、作品主题

影片以鲨堡监狱为背景,着重描述了监狱里的管理者及身处其中的三位囚徒,以此来展示了美国现代化的社会制度所面临的困境以及人们最终做出的抉择,从而对日益严重的体制化问题进行反思。

影片中以安迪法庭败诉、翻案失败等重要情节,生动地揭示了在美国社会制度中极其重要的司法制度所存在的缺陷。比如,安迪的妻子及其情人被杀,凶手究竟是谁,能对此作出判断的关键证据是罪犯使用的手枪。安迪说自己的手枪扔到皇家河里了。警察花了三天工夫没能找到,于是便不再继续找。在直接证据缺乏的情况下,法庭匆匆地审理了此案。为了能够将安迪定罪以了结此案,律师便在死者中弹的数量上大下功夫,从而将安迪描绘成一位冷血残暴之人,最终赢得了陪审团和法官的一致支持,将安迪重判。后来安迪无意中从狱友汤米那里得知此案是一位叫厄摩的人干的,这时才仿佛看到了人生的希望。当他如获至宝地去找典狱长,要求重新申请审理此案时,典狱长为了让他为自己继续洗钱却将汤米给杀死了。这样一来,他案件中的唯一证人又消失了。法庭可以在没有直接证据下将人起诉定

安迪刚进鲨堡监狱

罪,而犯人要想平反昭雪却非得要证据,这种司法制度显然将法律与人严重对立,且对人极其不利。

除了司法制度以外,影片还描写了其他诸多社会制度的缺陷。比如税务制度,它有着

各式各样具体的细则,一般人是很难完全弄清楚的。要想弄清楚,人们往往需要聘请专门人士,这笔费用又非常昂贵。这样使得很多人深受其弊,结果政府却赚得盆满钵满的。作品中海利意外获得一笔三万五的遗产,如果不熟悉税务条例,这笔钱对他而言如同鸡肋,弃之可惜,食之无味。再如监狱管理制度。当犯人进入监狱以后,他在狱中的生活很少为外人所知。是死是活,全部掌握在监狱管理者的手里,外面的人根本无法知晓真相。海利将新来的胖囚犯打伤,然后让人拖到医务室,犯人的家属对此毫不知情。安格斯心狠手辣,在狱中无法无天,所有的犯人都对他无可奈何,安迪在狱中被其侵扰两年,但是警察却对此不闻不问。汤米被海利杀死以后,典狱长却诬陷汤米是在越狱逃跑时被击毙的。再如安迪想申请经费给监狱改善图书馆,典狱长却说从来没有接受过这笔款项,而老布也劝他不要为此努力。结果他不断写信以后,州里竟然有了回复,后来在其不断的努力下,州议会又最终拨款。可见,政府拨不拨款,并没有什么明确的制度可以遵循。

在这种情况下,诸多怪现象出现了。比如安迪,在狱外刚正不阿,结果却遭受飞来横祸,被送到狱中。而在狱中,他帮典狱长洗黑钱,却可以过上相对自由的生活。不但有警察保护他的安全,而且还可以在牢房里贴明星画、刻棋子。安迪仅仅靠写写信,结果却凭空造出了一个合伙人。这个合伙人,有出生证明、社会保险号、银行账号,所有的材料应有尽有,但是却不存在。申请假释时,当瑞德非常真诚地说自己已经洗心革面时,工作人员无人相信,材料多次被驳回。当他完全绝望,对此无所谓时,却意外获得了假释。能否获得假释,无据可依。

**鲨堡监狱犯人在狱中劳动**

影片不但揭示了社会制度的缺陷和漏洞,而且还描述了在此环境下人的生存境遇。它往往会造成坏人得利、好人吃亏的不正常现象。比如典狱长诺顿运用监狱管理制度的缺陷,不但在狱中作威作福,而且还将犯人安排到社会上工作,所得利润却被他私人占有。结果这种人却成为社会的知名人士,经常出席各种慈善宴会,与州人亲密互动。

比如海利,他对犯人为所欲为,非打即骂。比如安迪,他精通理财,为人正直,结果却被判了重罪而且永远没有翻身的机会。这时人应当怎么办呢?影片以三位犯人的经历,指出了各种不同的抉择。一是忍让顺从,如老布。他很早就进入监狱,因为读过书,所以在狱中的图书馆劳动。久而久之,他适应了监狱的生活,不管它是对的还是错的。听说要假释,他难过极了,也恐惧极了,竟然想出劫持狱友赫伍这个办法以达到留在监狱里的目的。假释以后,终日生活在恐惧中,最终自杀身亡。二是徘徊犹豫,比如瑞德。一心想要假释,但是最终却不愿意假释。出狱后,也曾向老布一样,对新生活充满不适应,想步老布的后尘。三是反抗,比如安迪。他不屈从狱中的黑势力,与安格斯斗争了两年,最终胜了。他不害怕海利他们,以为他们理财为手段,获得他们的保护,在狱中过着比较自在的生活。刚进监狱的时候,因为自己无罪,所以便思考该如何活下去,在狱中坚持不懈地挖了二十年的地道。汤米出现以后,他更是燃起了通过合法手段来洗清自己冤屈的希望。这一希望落空以后,他终于决定从地道里逃出来,过自由的生活。

  影片以瑞德、安迪以及狱友们的两次讨论为情节,非常明确地提出了"体制化"的问题。一次是一向慈祥的老布获得了假释以后,快要离开监狱时,突然拔出利刀架在狱友赫伍的脖子上,赫伍对此大为困惑,事后大家便聚在一起讨论。瑞德说这是因为老布被"体制化了"。瑞德用非常朴素的语言说"监狱是个怪地方,起初你恨它,然后习惯它,更久以后,你不能没有它。这就叫体制化"。因为这种体制并不在乎活在其中的个体,所以老布也好,瑞德也好,在体制当中,他俩并无区别。出狱后他们住着一样的房间,干着一样的活。

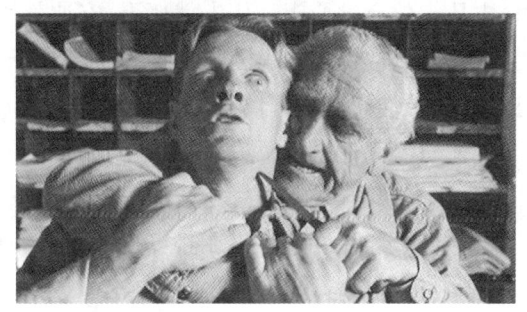

老布在持刀劫持狱友赫伍

至于他们内心的恐惧,体制根本不会顾及。老布临死前曾给狱友们留下一封信,"当局不会在乎我的,一个糟老头算什么。"所以老布最终选择了死,成为不完善制度的牺牲品。一次是安迪被典狱长独囚两个月以后,安迪突然与瑞德聊起了未来。看到安迪竟然对未来充满希望,外表看起来极灵活的瑞德极其沮丧,他对安迪说"我在外面吃不开的,我的一生都耗在了鲨堡,我已体制化了"。出狱以后,瑞德发现自己上厕所都要举手汇报,否则一滴也尿不出来。

  然而影片在揭示"体制化"可怕后果的同时,还就如何对抗"体制化"开出了良方,那就是美好的人性。虽然典狱长诺顿与警官海利在监狱里一手遮天,犯人们度日如年,但是安迪却不断地在其中注入美好与希望。安迪不顾个人的生死,为狱友们争取了许多

狱友们在喝海利送的啤酒

权利。比如为辛苦劳作的他们赢得了冰凉的啤酒,让他们感受到瞬间的自由;将美妙的音乐在狱中的上空播放,连心已漠然的瑞德也第一次感受到令人心碎的美;为他们创建全州最好的图书馆,让他们享受知识的美好,帮助他们自学考试,获得学历,以便日后更好地重归社会。虽然安迪因此而受到过惩罚,但是他却心怀幸福。他说,在人的内心,有些东西是石墙关不住的,比如希望。安迪就一直对未来充满希望。虽然他刚入狱时,瑞德就跟他说用小石锤挖地道要六百年才能成功,婉言劝告他要学会认命。后来当他说出自己要到墨西哥一个美好的地方生活时,瑞德又说"你不该有此痴想(越狱),完全是痴人说梦"。尽管瑞德以过来之人的经验警告他"有希望才有危险,希望能把人弄疯,希望无用。你最好认命"。但是安迪从未认命过,也从未放弃过希望。从入狱那天,安迪就因为自己本身无罪,便思考起越狱来。他之所以在狱中待着,只是因为觉得对不起妻子,毕竟两人曾有过美好的过去,毕竟是自己孤僻的个性使妻子远离自己因而遇害。当他发现靠法律不能让他合法地离开监狱时,他便思考其他途径。最后,安迪动用自己的智慧,不但赢得了自由身,而且还将操纵体制作恶多端的诺顿、残暴无情的海利他们一举击中,使恶人得到惩罚。同时,安迪也不忘记老朋友,最终还将正在打算自我毁灭的瑞德带到了太平洋上一个美好的地方,让他充满希望地活着。

成功越狱并逃离美国的安迪给瑞德寄来的明信片

在瑞德眼里,在狱友们心中,安迪就是美好人性的化身。他永远是那么的安静、无忧无愁,行走在狱中,如同行走在自家的花园。"你别小看自己""一间旅馆,一叶扁舟,这样的要求并不过分""人性是至善的,而美好的事永远不消逝"。虽然安迪只是瑞德在狱中生活的狱友之一,但是他的话总是那么深深地萦绕在瑞德的脑海心头,让他温暖,让他最终也能够对抗"体制化",走向新生活。

安迪为犯人播放音乐

总之,影片描述了"体制化"对人的巨大伤害,以及人处于其中的艰难救赎历程,以此来颂扬美好的人性,鼓励人们充满梦想和希望地活着。"反正人只有二选一,忙着活或是忙着死",我们要做的是忙着活,充满希望地生。

## 三、人物形象

影片以狱中生活为描写对象,对狱中的管理者及犯人给予了形象的描写,涉及的主要人物有安迪、瑞德、老布、汤米、典狱长诺顿、警官海利等。

安迪在法庭上

安迪,曾经是一位精通理财的银行家。他有着非常强的专业素质。没有入狱前,已是银行的副总裁,进入监狱以后,成了警察们的理财专家。他性格内向,不善于表达,妻子对此极不满意,结果有了婚外情。入狱以后,他总是很沉默,不主动与人交流,即便受到安格斯等人的欺负,也不向别人提及。他心地善良,虽然发现妻子的婚外情以后,他曾到酒吧买醉,拿着枪,来到妻子情人房屋前想要报复,但是最终还是放弃了。对于妻子的死,他一直心怀内疚,想通过在狱中服刑的方式来替自己赎罪。在狱中,他帮助那些有求知欲、愿意学习的犯人,帮他们拿到学历与文凭。他对朋友极其关心,看到瑞德假释被拒,买了一把小口琴给他。准备越狱前,还告诉他自己在一个地方留了一件礼物,提醒他一定要去取。他为人聪明而勇敢。他跟瑞德下棋时说,下棋是帝王的游戏,要讲文明,重谋略。为了能够成功地逃出监狱,他花了不到二十年时间在狱中挖隧道。他向瑞德购买小石锤、明星画、各种各样的石子。他研究地质学和压力问题,思考如何花最短的时间挖通地道。他跟狱友要一根六英尺的绳子。他一声不响地做着这样一件轰轰烈烈的大事,竟然无人发觉。他替典狱长洗钱时,竟然凭空造出一个人来。最终他在越狱前,还用了狸猫换太子的办法,将真的账本给拿了出来,然后穿着典狱长的衣服,西装革履地出现在各个银行,将典狱长的钱全部取走,临走时还不忘给典狱长狠狠的一击。他以个人的力量建造了全州最新的图书馆,他以个人的力量打败了强权的典狱长。他知道何时可以提出条件,何时要暂时隐忍。在他的智慧下,海利老老实实听他的话,给狱友们买酒,甚至主动保护他,将安格斯打成重伤,杀鸡吓猴,从此再也无人敢欺负他。面对典狱长的要挟,他故意表示屈从,从而为越狱留出时间做充分准备。他极富坚持精神。典狱长和老布都劝他放弃建图书馆的梦想,但是他一直坚持。他给州里每周一封,一连写了六年的信;后来更是一周两封信,继续下去。拿着一把小石锤就想做越狱的大事业,为此花了二十年时间。为了逃出去,他趁着雷电声将下水道击破,然后在恶臭中爬了五百码。他生性浪漫,热爱自由。他一直清晰地记得与妻子相爱的地方。他热爱音乐,会听得如痴如醉。在独闭时,他会将音乐装在脑海里,仍然自得其乐。狱中放风时,他是最悠然自得的人。对于未来,他有着很浪漫的设计,去墨西哥一个小地方,开一间旅馆,乘一叶扁舟。越狱时,他还带着棋盘,在太平洋边上等着老友瑞德能一起去下棋。离开美国时,他不忘寄张没有署名的明信片给瑞德。

瑞德,鲨堡监狱里服刑时间极长的一位老犯人。他为人机灵,擅于同各式各样的人打交道,所以在监狱里不但可以绝处逢生,而且活得如鱼得水。犯人可以从他那里买到所有想要的东西。这种极强的生存能力,一直与他如影随形。假释以后,为了能够与安迪在自由的地方团聚,他还不惜违反假释条件,成功地越过边界,偷渡到墨西哥。他为人仗义,关心朋友。身边总是聚着一帮死党,跟他们一起笑乐,为他们创造好的生存条件。当典狱长宣布要安排犯人出狱参加劳动时,他立刻拿了

瑞德

两包烟买通警察,让自己的死党们一起出去,享受难得的自由。看到安迪被安格斯盯上以后,他会及时提醒,并且心存牵挂。安迪被安格斯打伤一个月后回到牢房,他免费送了安迪一直想要的明星画。看到安迪奋不顾身地为狱友们谋取啤酒的福利,他便发动狱友们为安迪找石头。听说安迪在帮典狱长洗钱,他为安迪的安全担心。安迪跟他谈起未来时,他以为安迪因为典狱长的逼迫而一时想不开,便让狱友们一起看着安迪,以防不测。他对于未来不抱希望。不但劝安迪不要反抗,而且断言自己出狱以后便会成为无用之人。假释以后,他内心感到悲凉。他信守承诺,虽然假释以后,想到过一死了之,或是犯罪再次入狱,但是他都没有做,因为安迪越狱前要他去一个地方取一件礼物,结果他真的长途跋涉去了。他极富忏悔精神,他对安迪说自己是有罪之人。面对假释官员,他真诚地说自己有罪,而且愿意为之改过自新。

**老布以送书的名义将小铁锤偷偷送给安迪**

接着是老布。这也是一位长期生活在监狱里的人,因为念过书,所以在图书馆负责管理书籍,在犯人中享有很高的地位。他极有爱心,照顾一只受伤的小鸟。看到安迪碗里有虫,便礼貌地要过来喂鸟儿。在离开监狱前,他将小鸟放飞,让它自由。他非常友善。对初来图书馆做事的安迪非常友好,向他介绍图书馆里的所有情况。出狱以后,他对于此前劫持赫伍的行为真心地道歉。他是一位衰老而孤独的老人。获得假释以后,没有亲人来接他。重新回到社会以后,他形影孤单。每天下班以后,他唯一可做的事就是到公园里去喂鸟,想在那里与自己养过的那只小鸟重逢。最终,因为无人关爱,他自杀身亡。

然后是汤米。这是一位年轻的惯犯,不识字,经常作案,又经常被抓。从13岁起,他就以监狱为生。对于这样不幸的人生,他竟然不以为耻反以为荣,在狱友面前津津乐道。直到安迪劝说以后,他才意识到自己的所作所为对家人造成的不幸。于是,他便请安迪做自己的老师，准备重新投入社会。结果，他在学习方面拥有很高的天赋，虽然中途有过退缩，但是最终还是坚持了下来。他最终寄出了考试试卷，取得了丙上的好成绩。

**收到教育部考试成绩单的汤米**

接着是典狱长诺顿。这是一位伪善自大的人。口口声声说自己热爱《圣经》，要犯人去阅读它，在办公室最醒目处挂着他妻子刺绣的《圣经》经文，还向别人炫耀自己对于经文的熟悉，并且出席各种各样的慈善宴会，装出一副善良相。其所作所为，却与经文宣扬的原罪理念和仁爱精神南辕北辙。他城府极深。为了利用安迪给自己办事，他并不明说，而是装着到安迪牢房里检查，故意对他有所宽容，然后又故作友善地将之调到图书馆，后来更是让别的警察先找安迪帮忙，最后他才要安迪为自己服务。他极其贪婪。打着让监狱参与社会建设以节省纳税人钱的旗号，实际上却干着以权谋私的勾当。安迪说他的黑钱如潮水般涌来。为了谋取利益，他连老朋友都不放过。当朋友把钱放在蛋糕里想从他那里寻找发财的机会时，他竟然会仔细地数一下。发现钱并没有他想要的那么多，便毫不犹豫地拒绝了朋友的请托。他为人心狠手辣。在犯人面前，将自己与上帝并列，要求犯人们绝对顺从自己的淫威，"把信仰交给上帝，把贱命交给我"，否则就让他们暗无天日。他在监狱里作威作福，草菅人命，双手

**典狱长诺顿**

沾满了鲜血。为了逼迫安迪一辈子为他做不法之事，他暗中派人杀了汤米，而且还将安迪独囚两个月。同时他还威胁安迪，如果不照旧为他洗钱，将会让安迪今后的人生充满屈辱和坎坷。他从未有过感恩的心。安迪帮他做很多的理财事务，他还把擦皮鞋和拿衣服等这类小事安排给安迪，还把非常难吃的蛋糕假惺惺地送给安迪。

最后是海利。这是一位性格暴戾、目无法纪的警官。当安迪上前想帮他解决税务困惑时，他根本没有让安迪把话说完，就想把安迪从楼顶边上给推下去。对于不屈从他淫威的犯人，他会往死里打，然后随便找个借口给打发掉。比如看到新来的犯人晚上哭，便把人家打得昏死在地上，然后让手下拉到医务室里敷衍了事。为了让安迪帮他理财，就把欺负安迪的安格斯打成残疾，让其一辈子都无法下床，然后将他从监狱转到医院里。这是一位欺软怕硬的人。他对犯人非打即骂，对典狱长却唯命是从。他竟然在典狱长的授意下站在房顶将无辜的汤米开枪打死。到了最后，面对警方的逮捕时，他却哭成了泪人。他为人绝情。谈起他兄长的去世，同事们都为之难过，他却一点儿也不伤心。得到兄长赠送了三万五的遗产，他非但没有感恩，反而满是抱怨。

## 四、艺术特色

这部影片最为成功的艺术特色便是独特的叙事方式。整部影片以瑞德为叙述主体，既将鲨堡监狱作了全景式的描写，同时又将安迪长达二十年的狱中生活及人生结局作了叙述。就前者而言，其内容极其丰富，包括新犯人入狱程序、新犯人在狱中的生活；包括新犯人常见的心理反应及警察们的应对，老犯人对新犯人的欺负，犯人之间的深刻友谊，犯人之间的种种非法交易，犯人与狱警之间的复杂关系等。这将安迪所处的不合人性的生存环境给真实地展示了出来。就后者而言，包括安迪如何摆脱安格斯的侵犯，如何得到典狱长诺顿和警官海利的特别关照，如何为狱友们争取权利，如何精心策划成功越狱，以及最终如何照着梦想生活。最后，还讲述了瑞德本人在与安迪的交往中所受到的巨大启迪，原本绝望的他也因此变得积极起来，朝着充满希望的人生迈进。可见，这样的叙事方式既展现了日渐繁多且漏洞百出的社会体制，以及人处于其中所受到的诸种伤害和不便，又讲述了美好的人性对于不合理制度的突破与超越，因而很好地表达了影片正面积极的主题。

**安迪与瑞德在狱中愉快地聊天**

同时影片还综合运用了对比、双关、讽刺等艺术手法。对比的手法，主要表现为三位犯人对于体制的不同态度。一位是老布。听到安迪说要建图书馆，立刻劝他不要做，因为他经历了五任典狱长，从来就没有哪一位真正关心过此事。因为个性温和，所以他最终成了离不开体制的人，从来不想走出监狱。获得假释居然成了他痛苦的开端，并且最终还因此结束了自己的生命。一位是瑞德。他对体制的态度极为摇摆。受挫以后便想选择认命，选择被动适应和依赖。听到安迪的谈话，看到安迪的行动，他又会产生追随的心理。一位是安迪。从入狱之初，便以个人的行为对抗不合理的体制，运用自己的智慧在体制里强大自己，最终过上了内心向往的自由生活。

**瑞德在阅读安迪离开美国前留给他的信**

双关手法的运用，表现有两次。一次是典狱长初次来到安迪的牢房，想试探和拉拢他,以便今后为自己效力。典狱长并没有明说自己的用意,而是看着安迪手中的《圣经》,与安迪漫不经心地交流起来。他问安迪喜欢哪一句经文。安迪回答道:"所以你们要惊醒,因为不知道主何时来。"他则说自己喜欢另外一句,"我是世界的光。跟从我的,就不在黑暗里走,必须要跟着生命的光。"事实上,他们都是绝对聪明之人。通过这两句经文一语双关地表达了自己对对方的态度。安迪想以此来警告典狱长要保持敬畏之心,不要多做不义之事。典狱长要安迪绝对地服从自己的淫威,表明唯此才能在狱中有好日子过。再如,典狱长视察过牢房之后,临走时将《圣经》递给安迪,说"得救之道,就在其中"。他所言的"道",并非指遵循《圣经》之道,而是指他本人的旨意。安迪逃走之前,换了一本《圣经》放在其中,并且在《圣经》的扉页也写上了这句话。不仅如此,安迪还在那本《圣经》上刻下了一个

安迪越狱前留给典狱长的圣经,上面刻有小铁锤的形状

小石锤的图形,以此对这句做出注释。其言下之意在指出,"得救之道",并非教条的经文、虚无的神灵帮助,而是人本身的自我救赎,它包括智慧、勇气、坚持与梦想等。

运用讽刺手法的地方更多。比如新犯进监狱总会说自己是无罪的,而老犯人对此则懒得解释。鲨堡监狱里犯人们挂在嘴上的名言是"这里没有罪人"。比如典狱长第一次到安迪牢中搜查时,将《圣经》递给他,并充满怜悯地说"得救之道,就在其中",此时典狱长以拯救者自居。最终,当他想在保险箱里拿自己的赃款时,却意外地拿出了一本安

典狱长办公室里悬挂的《圣经》经文

迪留给他的《圣经》,上面也是这句话。此时,安迪已经成了拥有巨款的自由人,而他则成了身败名裂的罪人。在典狱长的办公室里,虽然悬挂着"主的审判迅速降临",但他对此经文的警示性丝毫没有关注,只是将之作为藏赃款的遮羞布。后来,当他看到报纸深知自己的罪行暴露时,他才真正地端详墙上经文,不过为时已晚。

另外,影片还善于塑造人物形象。影片中描写了林林总总的犯人,虽然他们的身份相同,但是个性却各有特点。老布的慈祥,瑞德的八面玲珑,汤米的活泼开朗,赫伍的不谙世故,安迪的聪明睿智,安格斯的低俗残暴等等,这一切构成了狱中的众生相。

# 第一版后记

科学的日新月异给艺术带来了翻天覆地的变化，有的逐渐淡出人们的视野，而有的则扶摇直上，就后者而言，最耀眼的莫过于电影了。在短短一百多年时间里，电影得到了迅猛的发展：从无声到有声，从黑白到彩色，从二维到3D甚至4D。

有了电影的陪伴，人生从此多了无限乐趣。对此，我深有感触。至今还清晰地记得儿时乡村里播放露天电影的欢乐情景。每逢那时，不但村里的广播要反复地高声广而告之，而且通讯员还会满心喜悦地挨家挨户地通知，乡亲们更是兴奋地奔走相告。无论是星光灿烂的盛夏还是北风呼啸的寒冬，大伙儿都会喜笑颜开地前往观看。男女老少，臂膀里夹着凳子，手里拿着瓜果，呼朋引伴朝着广场奔去，那架势如同奔赴一场盛大的宴会。电影播放时，大人们有的旁若无人，看得如痴如醉；有的借着闪烁不定的灯光，与亲朋好友家长里短地闲聊。小朋友呢？有的兴奋地满场追逐嬉戏，有的还时不时地跑到灯光下，故意把自己的影子投到银幕上，以此博得大家的阵阵笑声。真正是"懂的人看门道，不懂的人看热闹"！

电影不仅给我带来欢乐，而且还使我受益良多。充满正气的《哪吒闹海》让我对古代神话深深着迷；幽默风趣的《地道战》激发起了我强烈的爱国热情；《高山下的花环》让我对那些守卫祖国辽阔边疆的军人心生敬意；《妈妈再爱我一次》使我第一次对母爱有了真切形象的感知……电影成为我了解历史、认识社会、感悟人性的一扇重要窗口。当然，受生活条件的限制，年少的我只能偶尔接触到电影，而且所接触的几乎全是国产电影。

上了大学以后，非常幸运地进入了中文系，从此《电影鉴赏》便成了一门选修课程。在老师的专业指导下，我有幸接触到大量的经典影片。为了能够充分领略电影的魅力，我不但怀着高涨的热情去上《电影鉴赏》课，而且还会寻找一切机会去观赏更多更好的电影作品。大学生活的快乐回忆之一，就是每逢周三学校电影院开始卖票时，我总是早早地去排队买票，然后将美妙的周末时光挥洒在美轮美奂的银幕世界里。再后来，录像机、VCD机及DVD机等播放设备开始普及，我有了更多的机会观看电影作品。已经是研究生的我常常与本科生们挤在一起，在公共教室里观看免费电影，有时去迟了只能站着观看。片长三个多小时的《辛德勒名单》，就是那时候站着观看的，而且还一下子看了两遍。如今有了电脑和网络，看电影更是进入了高度自由的状态。

久而久之，我便尝试着去品读那些在电影史上大放光彩的经典名片。这一方面是为了丰富自我的精神世界，朝着尽善尽美的方向努力；一方面是为了提升自我的文学专业素养，让自己不但热爱文学研究，并且还乐在其中。看电影、看经典电影便成了我人生中重要且享受的一件事。

这个暑假，我开心地进行了一次小小的"世界经典电影之旅"，将内心的感动与粗浅的认知记录了下来，于是就有了这部小书。

撰写此书，既是一次美妙的经典细读，又是一次感人的情谊交汇。在此期间，学校领导的切实关怀、出版社的鼎力支持、师友们的热情期待、学生们的积极参与，这一切均让我无比感动！

在此特别感谢扬州大学艺术学院副教授、中国著名书法家徐正标博士为本书题字，浑厚流动的书法作品令小书增光添彩。

还要感谢我的学生顾怡（南京师范大学研究生）、顾丽吉（太仓市城厢镇第四小学教师）、李雨璇（扬州大学研究生）、符玉兰（青海师范大学研究生）、陈蕾（青海师范大学研究生）、孙晓艳（南京师范大学研究生）、蔡嵘（盐城师范学院本科生），她们的辛勤努力大大提升了小书的可读性！

2013年5月<br>
于文景花园

# 第二版后记

至今记得一个与电影相关的生活细节，它深深地触动着我，进而对人生追求有所深思，并作出适当的调整。

那是一次与朋友结伴带孩子去影院看电影。放映的是一部极平常的商业片，叙事普通，内容也没有太多的深文大义。可是结束时，这位友人却露出极痛苦的表情，说压根儿就没有看懂。站在友人的角度体量，花钱、花时间去观看电影，结果落得个一头雾水，心情自然是不爽的。商业片观看起来尚且如此吃力，如果遇到那些题材更独特、叙事更复杂、主题更深刻的文艺片，友人势必会更加的力不从心。

在当下，电影已盛及全球，基本上与现代人的生活融为一体。凡是有大型购物中心的地方，就必然会有美食与美服，更会有影院。如果一个人进入影院后，不能够从电影中获得快乐和满足，这不能不说是一种遗憾！为此，我替这位友人深感难过。

然而友人在观影时所感受到的精神痛苦，于我又何曾陌生过？

为了更好地进行学术研究，我需要研读大量的文史哲方面的原典以及同行专家们的高层次学术成果。可是，在刚起步时，我却沮丧地发现，虽然文章里的汉字个个都认识，可是当这些汉字被组成文章以后，我却很难把握得好。即便到了后来有所积累，仍然时常会有一种无力感，不能够一下子就清晰地体悟到它们的奥妙之处；即便有所把握，也往往只是停留在极浅的层面上，不能够深入，也难于做到精通；甚至某些问题，当时以为是弄懂了，可是经过多年的反复研读后却恍然大悟，先前以为弄懂的有些竟然是彻彻底底的误解。

因为自己的学术生涯绝非一帆风顺，不仅时常与困惑、焦虑同行，而且很多时候也是百思不得其解，"只缘身在此山中"，所以如果仅因为自己研究过电影等文学艺术，就对友人的内心痛苦暗中揶揄，那无疑就是"五十步笑百步"！

正是基于对自己学术生涯的真切感受，基于对友人观影痛苦的感同身受，人到中年的我在万般感慨之余，突然对于"人生理想"这样一个看似很玄的问题有了更多的思考。

智者常常会对人生有一定的预设，它们往往与"务实"一词关联不大，相反总是体现出"宏大"、"高远"的特征。回顾自己此前的人生目标，发现它们极平常也极实在的，与绝大多数人的基本上并无差异，无非就是：童年时渴望品尝美味，少年时梦想身着华服，青年时期待考上大学，后来又想留城工作，过上小富即安的生活。因为这些人生目标很接地气，因为自己始终努力、不曾放弃，所以它们正在顺利地逐一实现。照理来说，现在的我本该快活自在才对。

可是从友人的观影体验联想到自己在学术研究上的种种窘况,这才明白自己其实并没有当初设定这些人生目标时所预想的那样快乐。一旦想到自己在语言文字方面没有极好的感受力,一旦想到在学术研究上既缺乏扎实的基础又不具备大师们的睿智眼光和独特思辨,便时时如坐针毡,难免会情绪低落。

这种情绪低落,其实就是精神上的不自由!

中年人,一旦在物质方面有所充足时,便会返璞归真,喜欢粗茶淡饭,亲近自然山水,热爱田园风光。这种天真灿烂,其实就是物质自由的直接体现。六零后和七零后最初在物质上会多加留意,这主要与他们儿时缺衣少食的不幸经历密切相关。我就属于那个时代的人,自然不免于此。可是当物质不再短缺而人生又趋向安全舒适时,便会就此打住,转而关注起那个一直潜伏着却极重要的精神世界来。所谓的中年危机,其实就是一种精神危机,心灵不自由的典型表现。喜爱物质与追求精神,这是迥然不同的两条道路,前者往往是适可而止,后者则会永无止境。

如果看部电影却不能充分理解,如果做学术研究却时常陷入困境,这样的人生自然会少了好多妙不可言的乐趣。既然注定要与文艺学术相伴终生,既然文艺学术又是众所周知的美好恒久,为何还要容忍自己的人生有此不自由的存在呢?要知道这样的不自由会让接下来的人生变得既漫长又乏味!

越是往深处思索,就越是澄明一片。于是我对接下来的人生有了新的理解。是啊,应当自此意气奋发地在精神王国里挥汗开拓,好使那里疆域辽阔、风光怡人。这样的人生目标较之此前已经不再"务实",相反它沾上"务虚"的气息。如果想改个称呼以示美誉的话,它其实可以被称为"人生理想"。

因为想清楚了这些,所以无论是读书思考还是撰文著书,每次都会忘我投入、全力以赴。做这些,其实已经不仅仅是为稻粱谋了,而是切实地行走在精神自由的康庄大道上,不但可以领略到沿途叹为观止的无数风景,而且还明白路的尽头定然是光明喜乐。

研读经典文艺作品既是学者从事人文学术研究的基点,也是每个人获得心灵自由极便利有效的方式。本书就是关于举世公认的十几部经典电影作品的深度研读,所以虽然本书再版适逢炎炎夏日,屋外鸣蝉聒噪而自己又琐事缠身,却依然每天欢悦地投入,在文字上精雕细琢,在情思上反复推敲,乐此不疲。

为一己精神自由所作的努力,竟然得到了读者的认可与爱惜,还顺带解决掉友人因观赏电影而产生的某些不解和困惑,利己又利人,何其幸哉!

修订书稿时,爱子葛尚文时常会在一旁陪伴并发表自己的阅读感想,出版社的刘飞老师也及时地作隔空沟通协助,于此一并表达谢意!

**2017 年 8 月**
于文景花园